古典エンタメあらすじ事典

著／櫻庭由紀子

淡交社

はじめに

現代の大衆エンタメの根幹は、古典、特に江戸時代に始まったと言っても過言ではないと思っている。それほど、江戸時代生まれの物語には、「それ知ってる！」「よくわからないけど好きかも」が詰まっている。

例えば戦隊シリーズで戦士たちが上げる名乗りや変身セリフは、歌舞伎の「名乗り」「ツラネ（連ね）」が源流だ。名乗りで有名なのは「知らざぁ言って聞かせやしょう」の弁天小僧《べんてんこぞう》。「白浪五人男《しらなみごにんおとこ》」（「青砥稿花紅彩画《あおとぞうしはなのにしきえ》」）の連ねは、まんま戦隊もの。それぞれの衣装とポーズもバッチリ決める。期待感が最高潮に盛り上がる演出だ。

時代劇やヒーローものの「正義は勝つ」法則も、昔ながらの勧善懲悪に則《のっと》っている。『暴れん坊将軍』で徳田新之助《とくだしんのすけ》が言う「余の顔を見忘れたか」とか、『水戸黄門』で助《すけ》さん格《かく》さんが「頭が高ァい！」と印籠を突きつけるといったお約束も、戯作《げさく》や講釈におけるクライマックス。洒落を重ねてみたり、ボケにツッコんだりという笑いのお約束は、黄《き》表紙《びょうし》や咄本《はなしぼん》にいくつもある。『ドラえもん』の未来の道具で世の中がひっくり返るという展開も、歌舞伎や黄表紙の「逆さま」の趣向であり、風刺や見立て、穿《うが》ちの表現なのだ。

現在の人気漫画にも、「古典エンタメ」が息づいている。人気漫画の『ＯＮＥ ＰＩＥＣＥ』には落語や歌舞伎に登場する人物が見立てられているし、『鬼滅の刃』は室町時代の御伽《おとぎ》草子《ぞうし》や浄瑠璃の設定を見ることができる。『ＮＡＲＵＴＯ』が幕末の合巻《ごうかん》『児雷也豪傑《じらいやごうけつ》譚《ものがたり》』をモデルとしていることは有名だ。

なぜこんなにも、江戸時代の物語が現代にも活きていて、我々はそれを「面白い」と感じてしまうのか。それは、人間が「こうだったら良いのに」と求める「物語」がそこに描かれているからだ。

人が生きるこの世は、全て上手くいくわけではない。理不尽なこともあるし、辛くてへたり込む日だってある。それは江戸時代の人々も同じこと。むしろ、封建社会で厳格な身分制度の中、絶望は我々の比ではなかっただろう。

しかし人々は、**理不尽や絶望を物語の中で希望や笑いに昇華した。**悪は正義にコテンパンにやられ、別れた恋人同士はどういうわけか再会する。時には自虐的に笑ったり、見立てや穿ちでヤケクソなこともあるけれども、大衆エンタメの中で紡がれる物語は、底辺でくすぶる人々の生きる糧であった。

とんでもなく都合が良くて、たとえ悲劇だとしても気高く、ばかばかしくて可笑しくて、たまらなく愛しい。

本書では、そんな江戸時代の「古典エンタメ」の中から、主に私が「面白い！」と推す話を選んで紹介している。あらすじだけではなく、**主に私が「ここがエモい」と悶えるポイントを、独断で記した。**概ね愛を叫んでるだけなのでうるさいかもしれないが、愛（重い）が伝われば幸いだ。

面白くてエモくて愛おしい、そんな江戸時代の物語を、本書を通じて楽しんでほしい。きっとあなたも、「そうきたか！」と膝を打つはずだ。

古典エンタメあらすじ事典

目次

1章 SF・冒険・妖術・魔人

2章 怪異都市伝説

3章 時代物

4章 推理・ミステリー

5章 パロディ・風刺・コメディ

6章 恋愛・ヒューマン

「古典エンタメ」を楽しむための予備知識

本書の古典エンタメは、主に江戸時代の作品を指す。エンタメ作品の種類によっては、平安期の説話（仏教の説経をわかりやすく興味を引く物語にしたもの）、室町期の謡《よう》曲《きょく》（能）、明治期の歌舞伎や落語・講談、小説も含んでいるが、明治期のものは江戸時代を舞台としているものを選んでいる。

なぜ江戸時代なのかというと、それは江戸のエンタメ作品が貴族や権力者のものではなく、下級武士も含めた庶民のものだったからだ。

徳川家康が江戸幕府を開府し泰平の時代になると、商業の発達により大坂や京都、江戸などの都市が発展し、同時に庶民が豊かになったことで、町人文化が発達した。

中でも浄瑠璃や歌舞伎などの芝居、落語や講談などの話芸、戯作《げさく》（小説や絵本）は、「物語」を伝えるものだ。庶民は、舞台で、高座で、本の中で、自分たちと等身大の登場人物、あるいは憧れの英雄や創造上のヒーロー、ヒロインの物語を楽しみ、共感した。

それまで貴族や武士など身分の高い者しか楽しむことを許されなかった芸能や書物を、庶民が自ら発信し、享受できるようになったのである。

人形浄瑠璃（文楽）

三味線などの伴奏で語る浄瑠璃と人形芝居が結びついたもの。浄瑠璃は語り芸能で、平曲（「平家物語」など）、謡曲（能）、説経節（説話に節を付けて語るもの）から進化したとされる。貞享《じょうきょう》元（1684）年に竹本義太夫《たけもとぎだゆう》が竹本座を開設。近松門左衛門《ちかまつもんざえもん》らの作家が脚本を書き、これを人形が演じることで、耳で聴く語りだけではなく、目で観る芝居としても楽しめるようになった。

物語の種類で**「時代物」**と**「世話物」**に分けられる。「時代物」は江戸時代より過去の出来事や人物を題材としたもの。「仮名手本忠臣蔵《かなでほんちゅうしんぐら》」「芦屋道満大内鑑《あしやどうまんおおうちかがみ》」「義経千本桜《よしつねせんぼんざくら》」などがあたる。「世話物」は当世、つまり江戸時代を舞台としたもの。「心中天網島《しんじゅうてんのあみしま》」「曾根崎心中《そねざきしんじゅう》」「冥途《めいど》の飛脚《ひきゃく》」が有名で、歌舞伎にもなっている。

歌舞伎

江戸時代に形成された芸能で、京都で出雲阿国《いずものおくに》が始めたややこ踊り、かぶき踊り（踊念仏《おどりねんぶつ》）が始まりとされる。芝居として確立したのが元禄期の頃で、初代市川團十郎《いちかわだんじゅうろう》は荒事《あらごと》芸で人気を博した。また、当時は人形浄瑠璃も盛んであり、「国性爺合戦《こくせんやかっせん》」を皮切りに、多くの演目が歌舞伎に移された。これを**「丸本物《まるほんもの》」**といい、「仮名手本忠臣蔵」「芦屋道満大内鑑」「義経千本桜」などがある。また、浄瑠璃と同様に**時代物**と**世話物**がある。化政期には鶴屋南北《つるやなんぼく》の写実的な演出で庶民を描く**「生世話物《きぜわもの》」**が生まれた。明治に入り演劇改良運動が始まると、座付《ざつき》作者ではない外部の作家による文学性の高い作品が生まれた。これを**「新歌舞伎」**という。主な作家には坪内逍遙《つぼうちしょうよう》、岡本綺堂《おかもときどう》がいる。

◉世界　古代から中世、江戸時代に至るまでに語り継がれてきた物語を、歌舞伎の物語に取り入れたもの。これらの物語は庶民にもお馴染みのストーリーで、初めての芝居を観る人でも理解しやすく、狂言作者はこの物語を前提にして、新たに**「趣向」**を組み込み、綯《な》い交《ま》ぜ、新しい台本を書いた。享和《きょうわ》元（1801）年に刊行された『戯財録《けざいろく》』には**「竪筋《たてすじ》は世界、横筋は趣向」**と記されている。また、「仮名手本忠臣蔵」のように、政治的事件をそのまま脚本にすることができないため、事件を「世界」になぞらえることで、タイムリーなドラマ化を可能にした。

主な「世界」には、**「太平記《たいへいき》」「六歌仙《ろっかせん》」「将門記《しょうもんき》」「隅田川《すみだがわ》」「義経記《ぎけいき》」「曾我物語《そがものがたり》」「道成寺《どうじょうじ》」「清玄桜姫《せいげんさくらひめ》」**などがある。

◉お家の重宝《ちょうほう》　歌舞伎には御家《おいえ》騒動がテーマとなっている演目が多い。この御家騒動の原因や御家乗っ取りの鍵として「お家の重宝」がある。この重宝が盗まれた、紛失した、偽物だったなどの事件が勃発し、主人公の家、あるいは主人公が家臣となっている家が危機に陥り、ストーリーが展開する。最終的に悪が滅び、重宝を取り戻してハッピーエンドというのが大まかな流れだ。

なぜそこまで重宝に拘《こだわ》るかというと、この重宝の多くが戦国時代に軍功として主君から贈られたもので、この重宝を所持することが、その家の後継者であるという証だからである。さらに、後継の儀式を執り行う際に重宝も継承されるわけだが、重宝がなければ儀式が出来ない。つまり、お家が断絶する。もう一つ言えば、先祖代々受け継いできた主君からの重宝を失くしたとなれば、謀反を疑われてしまう。

こうした理由から、お家の重宝は物語の展開において重要な役割を果たしている。世話物では、お家の重宝を持っていることで「実は大家の跡取り息子」であると判明したりする一方、判明したことで情を通じた相手と兄妹であることが明らかになったり、大団円かと思いきや悲劇に転じることも多い。

◉幽霊　能・狂言の影響を受けている歌舞伎には、仇討ちをする人物や方法として、幽霊や呪術、鬼神、妖術が登場する。これは、歌舞伎という芸能に「うらみ」「つらみ」の感情が根底にあるからだ。

封建《ほうけん》社会でどうにもならない身分制度の中、勧善懲悪は人々が求める物語の基本だった。しかし、主人公の恨みが権力や物理的な力の差でどうにもならない場合、泣き寝入りでは勧善懲悪にならない。そこで、幽霊や妖術といった超人的な力で悪を懲らしめる展開へと持ち込むわけだ。お岩や累《かさね》、お菊が女の身で復讐できたのは、神出鬼没に現れ、呪いを発動できたことが大きい。

また、歌舞伎の中で描かれる幽霊は血みどろで「怖い」が、「京鹿子娘道成寺《きょうがのこむすめどうじょうじ》」などの舞踏劇の幽霊は優美で、能の幽玄を思い起こさせる。

落語・講談

どちらも江戸中期に生まれた話芸で、一人で演じる。**落語は「話す」「語る」、講談（講釈）は「読む」**という。主君の話相手をする御伽衆《おとぎしゅう》や、説話を語る説経師が起源とされている。

落語は登場人物の会話で物語が進む。笑いを求める**「落《おと》し噺《ばなし》」**の他に**「人情噺」**があり、複雑な人間関係やストーリーで、歌舞伎と似た展開も多い。三遊亭圓朝《さんゆうていえんちょう》の「真景累《しんけいかさね》ヶ淵《がふち》」「怪談牡丹燈籠《かいだんぼたんどうろう》」などがこれに当たる。

対して、講談の演目は地の文とセリフで構成される。軍記物や政談など**立身出世**や**勧善懲悪**の物語が多いが、庶民の風俗を描いた世話物も作られるようになった。落語と講談で同じ演目も多い。

●サゲ　落語における物語のオチ。落語の演目の多くがサゲを以《もっ》て噺を終わらせる。長講の人情噺にはないことも多い。サゲには「地口《じぐち》落《お》ち」「考え落ち」といった種類がある。「死神」のサゲで、演者がバッタリと前に倒れて死を表現するのは「仕草《しぐさ》落ち」。

●修羅場　講談の「読む」はとうとうと美しく読み上げる話芸であり、素晴らしい読み上げを**「名調子」**という。この特徴をよく現しているのが**「修羅場」**だ。戦の場面で登場人物の名前と身なり、軍勢の数、戦い方などを、張り扇《せん》で釈台《しゃくだい》を叩きながら調子を取って高らかに読み上げていく。物語のクライマックスだ。

仮名草子

仮名書きされた本の総称。井原西鶴《いはらさいかく》の浮世草子《うきよぞうし》以前に、主に京都で出版された本で、**随筆《ずいひつ》**・**説話集《せつわしゅう》**・**怪異奇談集《かいいきだんしゅう》**・**笑《わらい》話本《ばなしぼん》**・**噺本《はなしぼん》**などがある。当時はまだ物語を書いた「小説」の概念が確立しておらず、この種類に入らない形態のものも多い。宗教性、教訓性、実用性が全面に出ていることも特徴。

浮世草子

天和《てんな》2（1682）年に発刊された井原西鶴《いはらさいかく》『好色一代男《こうしょくいちだいおとこ》』から、上方《かみがた》を中心に流行した文学形式。娯楽性が高く、風俗や人情を描いた物語となっている。古典のパロディや実録、町人を主人公としたもの、歌舞伎や浄瑠璃の翻案などがある。

浮世草子は江戸でも読まれ、多くの本の版元（板元）が八文字屋自笑《はちもんじやじしょう》だったため、**「八文字屋本」**と呼ばれた。明和期に入ると江戸でも赤本や青本など草双紙《くさぞうし》が作られ、安永期になると鱗形屋孫兵衛《うろこがたやまごべえ》から『金々先生栄花夢《きんきんせんせいえいがのゆめ》』が出版され黄表紙ブームとなり、浮世草子は同時期の洒落本《しゃれぼん》や読本《よみほん》などに吸収される形で消滅した。

実録本

社会的な事件を題材にして記した読み物。実際にあった当世の事件であり、登場人物も実名で記載されているため、公に出版することができず、写本（手書きで写された本）で貸本や講談師によって流通した。ドキュメンタリーと言いつつ、虚構も多い。

戯作《げさく》

江戸時代後期に江戸で始まった通俗小説や読み物。宝暦《ほうれき》期より武士や知識階級の人々が読本《よみほん》などを書くようになった。彼らの多くは下級武士であり、大田南畝《おおたなんぽ》や朋誠堂喜三二《ほうせいどうきさんじ》、恋川春町《こいかわはるまち》などがいる。平賀源内《ひらがげんない》も戯作の初期に新しいタイプの談義本《だんぎぼん》を書いた。

下級武士たちは愚痴を自虐的に笑いにしたり、社会への不満を風刺や穿《うが》ちで戯れに文章にした。これが読み物となったことで庶民が手に取るようになり、大いに共感をもって江戸の出版文化の中心を担うようになった。明治期に入ると近代化を目指す風潮の中「世の中のためにならない」という理由で途絶え、坪内逍遥などが提唱する近代文学**「小説」**にとって代わられた。戯作には次の種類がある。

◉洒落本《しゃれぼん》 遊里での遊女と客の会話を書いたもの。後に人情本となる。本の大きさがこんにゃくと同じなので、こんにゃく本とも呼ばれた。

◉談義本 おかしみのある教訓や、風刺・滑稽を交えて書かれた小説。後に滑稽本となる。

◉人情本 恋愛を描いたもの。

◉滑稽本 おかしみのある話。

◉読本《よみほん》 文章中心の読み物。史実に取材したものが多いがフィクションであり、勧善懲悪が基本。文学性が高く、口絵以外の挿絵は描かれない。歌舞伎の「世界」に仮託したものも多い。

◉草双紙《くさぞうし》 絵に文章が書き込まれた物語。絵本とも呼ばれ、現在の漫画のようなもの。

・赤本 子供向けの絵本。御伽噺《おとぎばなし》などが多い。

・黒本 戦記、英雄伝など青少年向けの絵本。

・青本 浄瑠璃や歌舞伎の筋を書いた女性向けの絵本。

・黄表紙《きびょうし》 大人向けの漫画。風刺や見立て、穿ちなどを滑稽に書いたもので、挿絵や地口などの読み解きも楽しめた。恋川春町の『金々先生栄花夢』（鱗形屋孫兵衛）から流行が始まり、通油町《とおりあぶらちょう》に地本問屋として進出した蔦屋重三郎も黄表紙を出版、多くがベストセラーとなっている。寛政の改革における出版統制で下火となり、読本や合巻、滑稽本にへと移っていった。

・合巻《ごうかん》 長い話で三冊以上になったものを一冊にまとめて綴じたもの。寛政の改革で下火になった黄表紙に代わるものとして主流となった。式亭三馬《しきていさんば》の『雷太郎強悪物《いかずちたろうごうあくもの》語《がたり》』が合巻の流行をもたらしたと言われる。

絵入りではあるが滑稽は鳴りを潜め、読本風の傾向が強い内容。歌舞伎役者の似顔絵を挿絵に使うなど、読本と比較してエンタメ性は高い。

明治に入ると、新政府による「三条の教憲《さんじょうのきょうけん》」で戯作は衰退へと追い込まれる。この戯作に代わり、人情を映す文学作品として「小説」が誕生。廃業に追い込まれた戯作者たちは、戯作風の実録小説を新聞に連載し、これを**「つづきもの」**と言った。

【凡例】

◎本書に掲載した物語の選定・並び順はすべて著者任意によるものです。作品名から検索したい場合は巻末「作品名五十音順索引」をご参照ください。

◎各項目の見出しには、「歌舞伎」「浄瑠璃」「落語」「読本」「洒落本」などの、その物語が成立したジャンルを示しました。また、物語の内容に応じて「成長・運命に立ち向かう」「敵討ち」「どんでん返し」などといったカテゴリーを作成し、巻末の「ストーリー・内容別索引」と対応させました。そのほか、作者・絵師・成立年・版元名などをわかるかぎり記載しています。

◎登場人物が多く複雑な話の一部には、登場人物紹介、主要人物相関図を付しました。ただしいずれも、すべての登場人物に言及するものではありません。

◎原則として常用漢字および現代仮名遣いを用いました（固有名詞など一部例外あり）。また、固有名詞や地名などには、一般に普及している読みを中心に極力ふりがなを記載しました。

◎歌舞伎や浄瑠璃のあらすじについては、上演当時の内容と現行の内容や演出が異なっている場合があることをご了承ください。

◎吉原や岡場所についてなど、一部に現在の社会通念上、差別的用語や不適切と思われる表現が見受けられる場合もありますが、当時の社会風俗や倫理観を示すものとしてそのまま掲載したことをご了承ください。

◎出版物の挿絵や資料画像については、初版のものではない場合もあることをご了承ください。

1章／SF・冒険・妖術・魔人

敵を倒すことで強くなる
妖術、忍術、エクソシスト
異能のキャラクターたちの江戸版RPG

SF・冒険・妖術・魔人/解説

『白縫譚』同志社大学所蔵　出典：国書データベース

冒険ＲＰＧはゲームの人気ジャンルであり、少年漫画のお約束設定だ。小説では異世界転生がライトノベルの一大ジャンルを築いている。

江戸時代の人々も、ＳＦ冒険ものが大好きだった。不幸に見舞われた主人公が、「強くなりたい！」と決意した時に、師となる存在がやってきて、力を授ける。その能力で敵を倒しながら、ともに戦う仲間と出会い、経験値を上げていく。そして現れるラスボス。知らされる真実、運命に抗い挑む最終決戦、等々、**冒険もの設定の全てが江戸時代の物語に詰まっている**から驚きだ。

彼らの能力は、妖術、忍術、仙術のほか、退魔師《たいまし》もいる。平将門《たいらのまさかど》、崇徳院《すとくいん》などは天変地異も操る魔神扱いである。また、幕末になるとヒロインが妖術を使って敵と戦う、またはヒーローの背後を任されるなど、女性が活躍する話が増える。海外からの脅威や政権交代など社会不安が広がる中、男女ともに強い女性像を求めた時代でもあった。

さらに、ヒロインが男装したり、女装する美少年とバディを組むなど、現在の二次創作お決まりの設定も多い。**「公式」が出す同人誌**。それが江戸の冒険ＳＦなのだ。

1 SF・冒険・妖術・魔人

南総里見八犬伝《なんそうさとみはっけんでん》

完結までに要した年月は28年 因果と運命に翻弄される八犬士の超スペクタクル長編伝奇小説

◉読本《よみほん》 ◉成長・運命に立ち向かう

作：曲亭馬琴《きょくていばきん》　画：柳川重信《やながわしげのぶ》、渓斎英泉《けいさいえいせん》 他

初出：文化《ぶんか》11（1814）年、天保《てんぽう》13（1842）年完結

登場人物

八犬士……仁・義・礼・智・忠・信・孝・悌《てい》のいずれかの文字の数珠玉《じゅずだま》（仁義八行の玉）と体に牡丹の形の痣《あざ》を持つ。「犬」の文字を含む名字が付いている。犬塚信乃《いぬづかしの》・犬川荘助《いぬかわそうすけ》・犬山道節《いぬやまどうせつ》・犬飼現八《いぬかいげんぱち》・犬田小文吾《いぬたこぶんご》・犬《いぬ》江親兵衛《えしんべえ》・犬坂毛野《いぬさかけの》・犬村大角《いぬむらだいかく》

里見義実《さとみよしざね》……安房里見家初代当主で伏姫《ふせひめ》の父。全ての因果の発端となる人物。

伏姫《ふせひめ》……八犬士たちの母の象徴。犬の八房《やつふさ》の気を受けて子を宿し、割腹した際に仁義八行の八つの大玉を飛散させた。

金碗大輔《かなまりだいすけ》・丶大法師《ちゅだいほうし》……伏姫の婚約者であり、八犬士の父親的存在。犬の八房を撃ったが伏姫にも致命傷を負わせてしまう。散った数珠の玉を探すために出家し「丶大」とした。

八房《やつふさ》……身体に8つの牡丹の形の斑を持つ。里見家に恨みを持つ玉梓《たまずさ》の怨念が憑いていた。

玉梓《たまずさ》……里見家と八犬士の運命を翻弄するキーパーソン。里見家に敵対する武将の妾であり、里見家によって一度は助命されるも殺される。この恨みで怨霊となる。

船虫《ふなむし》……物語前半に登場する毒婦。八犬士たちの行く手を阻む。

妙椿《みょうちん》……物語後半に登場する妖術を操る八百比丘尼《やおびくに》。八房を育てた牡狸《おすだぬき》で、玉梓の霊が取り憑いて八犬士たちの敵となる。

政木大全《まさきだいぜん》……八犬士たちから認められている準犬士。神獣・九尾《きゅうび》の狐に育てられた。犬士の中で唯一伏姫神の庇護《ひご》の元で育った、最年少の犬江親兵衛をサポートする。

嘉《か》吉《きつ》元年（1441）、結城合戦の落ち武者・里見義実《さとみよしざね》は安房国《あわのくに》に渡り、滝田城主神余光弘《じんよみつひろ》の遺臣・金碗八《かなまりはち》郎《ろう》とともに逆臣山下定包《やましたさだかね》を討ち、滝田の城主となった。神余の側室だったが山下の本妻となって寝返った玉梓《たまずさ》を、一度は助命としたものの、八郎の諫言《かんげん》で処刑に変える。玉梓はこれを恨み、「里見家の子孫を畜生道に落とす」と呪詛《じゅそ》を遺し斬首された。

その後、里見領の飢饉に乗じて館山《たてやま》の安西景連《あんざいかげつら》が攻め込んできた。落城を目前に、義実は飼い犬の八房《やつふさ》に「安西の首を取ったのなら娘の伏姫《ふせひめ》を娶《めと》らせよう」と戯《たわむ》れに言うと、

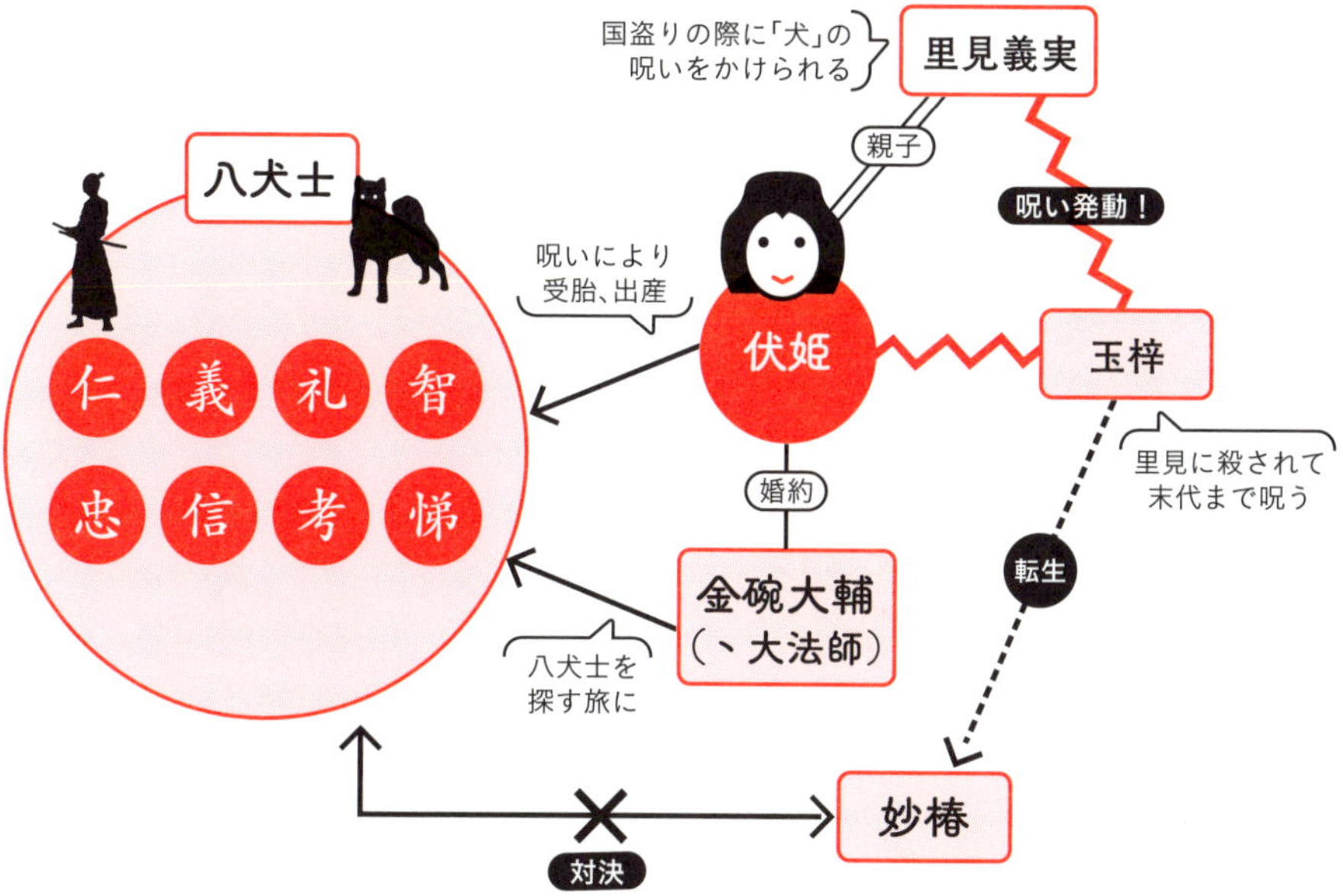

『南総里見八犬伝』主要人物相関図

八房は安西の首をくわえて戻ってきた。里見家は一円を領有するが、伏姫は約束通り八房の妻として富山《とみさん》に入る。

読経の日々の中、伏姫は八房に身体を許さなかったが、仙童から、読経により玉梓の怨念から逃れることは出来たものの、「物類相感（物の〔気〕が感じ合う）」により八房の子を懐妊したと告げられる。伏姫はこれを恥として自害を決意するが、八房を撃った金碗大輔の流れ弾に当たり致命傷を負う。姫は犬の子を宿していないと証明すべく守り刀で腹を切ると、傷口から流れ出た白い光が姫の数珠とともに空中へと昇り、仁・義・礼・智・忠・信・孝・悌《てい》の仁義八行の玉が輝き、各地へ飛び散った。大輔は姫を追って自害しようとするも止められ、犬の文字を分解した「ゝ大《ちゅだい》」法師と名乗り、8つの玉を探す旅に出る。

やがて、関八州《かんはっしゅう》に8人の勇士が誕生する。彼らは仁義八行の玉のいずれかを持つ八犬士。自身の出生の秘密を知らない彼らは、愛する人と別れ、大切な人が犠牲となり、理不尽な仕打ちを受けるも仁義を尽くし、同じ犬士と巡り合い、運命と因果を知る。互いに助け合って克服する中、8番目の犬士・犬江親兵衛《いぬえしんべえ》が因縁の玉梓の亡霊が乗り移った妙椿《みょうちん》と対峙し、これを成敗する。また、八犬士たちは大輔の姓である金碗へと改姓し、ゝ大は家を継承できた。

八犬士たちはゝ大法師の導きで里見家に集結。犬士たちを恨む扇谷定正《おうぎがやつさだまさ》は、安房へと攻めてくる（関東大戦）。犬士たちは里見軍とともに戦い、里見側の勝利となった。

八犬士は里見義成《よしなり》の8人の姫と結婚して子をもうけるが、ゝ大の勧めで富山に隠居する。痣や玉の文字は消え、不思議な力も失われた。この数珠玉は、安房の四周に配する仏像の眼として返上された。

高齢になった犬士たちが子に家督を譲り、富山に籠った挿絵には、仙人となったであろう犬士たちが描かれている。ある日、「里見家に内乱が起こる」と子らに他国へ行くように指示したのを最後に、再び姿を見せることはなかった。里見家は戦を続け、10代で滅んだ。

ここがエモい

呪怨をいかに浄化する？「因果の清算」が主題の物語

曲亭馬琴《きょくていばきん》が48歳から76歳まで28年間にわたって書き続けた、全98巻106冊9輯の超大作。天保《てんぽう》4年頃から馬琴は視力が衰え、11年には執筆ができなくなったため、息子の妻が口述筆記した。水滸伝《すいこでん》をモチーフにした作品で、設定や構成などに共通点も多い。

明治維新では勧善懲悪譚《たん》が荒唐無稽であるとされ、特に馬琴の『八犬伝』は批判の対象となった。昭和48（1973）年スタートのNHK人形劇『新八犬伝』が評判となり、再評価へと繋がったといわれている。

さて、『新八犬伝』のエンディングテーマ曲の歌詞に「めぐるめぐる、めぐる因果は風車」とある通り、本編のテーマは「因果」である。里見義実《さとみよしざね》の「言葉の咎《とが》」は因となり、果として里見家に勝利をもたらしたものの、玉梓《たまずさ》の呪いを発動させ、娘の伏姫《ふせひめ》は犬の八房《やつふさ》への褒美とされる。伏姫は八房に身体を許さず読経を繰り返すことで、玉梓の怨霊を浄化し畜生道への果を回避したものの、八房の気を受けて八犬士を生む。さらには玉梓の妙椿《みょうちん》への転生を許してしまう。因は陰陽の果を生み、ひとつを回避しても、さらなる苦難が待ち受ける。八犬伝は、この**「めぐる因果」を断ち切る物語なのだ。**

玉梓を成敗し、因果を断ち切ったのは8番目の犬士・親兵衛として描かれている。これは、親兵衛が持つ「仁」が儒教の徳目の中で一番尊いとされており、「仁」を以て仁義八行を全うさせねばならないからだ。

しかし、馬琴は陰陽思想の極致である「9」の数字の伏線も回収しなければならなかった。「八は陰数の終わりなり。九は陽数の終わりなり。かかれば八犬英士の全伝、局を九輯に結ぶこと」と断り書きをしている。

そこで登場したのが9番目の犬士といわれる政木大全《まさきだいぜん》だ。大全は伏姫を母とはしないが、九尾の狐に育てられたことで霊性を持つ。陽数の終わりである9の数字を持つ大全の役目は、物語の終わり、つまり玉梓の調伏によって因果の輪廻を止めることだった。大全が親兵衛と出会い共闘して初めて、八犬士の物語は完成をみるのである。

また、大団円の挿絵には、菩薩となった伏姫の横に八房はおらず、丶大《ちゅだい》（大輔）が居る。伏姫は処女受胎であるが、伏姫を出血させた唯一の人物は大輔であり、大輔が撃った鉄砲の玉だけが伏姫の身体を貫いた。これは破瓜《はか》（処女喪失）の意にもとれるわけで、八犬士たちは伏姫と大輔の子であるともいえよう。

NHK人形劇『新八犬伝』では、大輔の腕に抱かれた伏姫が、「お前に抱かれてうれしかった」と言い残している。

関連資料

版本は国立国会図書館等に所蔵され、デジタルコレクションで画像を閲覧できる。活字翻刻は、岩波文庫（岩波書店）と『新潮日本古典集成 別巻』（新潮社）のほか、高木元氏により第三十回までのテキストデータが公開されている。

伏姫と八房　3点いずれも『南総里見八犬伝』曲亭馬琴作　国立国会図書館デジタルコレクション

丶大（ちゅだい）法師と八犬士の出会いの場面

伏姫から現れる八犬士

2 SF・冒険・妖術・魔人

朧《おぼろ》月《づき》猫《ねこ》草《そう》紙《し》

京伝《きょうでん》弟・京山《きょうざん》と猫好き絵師・国芳《くによし》のタッグ
絶版の危機を乗り越えた幻の名作
猫のおこまととらの恋物語

◉合巻《ごうかん》　◉恋愛2（ハッピーエンド）◉見立て・擬人化

作：山東京山《さんとうきょうざん》　画：歌川国芳《うたがわくによし》　初出：天保《てんぽう》13（1842）年
版元：山本平吉

登場人物

おこま……飼い猫の牝。恋人有りの子持ちだが、美猫でマドンナ。きっぷの良い江戸っ子猫。
とら……野良猫の牡。惚れたおこまを守る男気のある猫。おこまが産んだ5匹のうち、3匹の父親。
くま……おこまと同じ鰹節問屋に飼われている牡猫。近所でも評判の暴れん坊。おこまに惚れている。
ゆき……米問屋の飼い猫の牡。おこまが産んだ子のうちの2匹の父親（くまには明かさない）。真っ白で美しく、若旦那のような振る舞いをする。
ぶち……神田火消しの飼い猫の牡。粋で男伊達な町内猫の親分。
きじ……大工の棟梁が飼っている牡猫。気が短くてきっぷが良い江戸っ子。
灰毛のいち……網打ちのろ八に飼われている牡猫。おこまを手込めにしようとする。
ふく……彫金師菊政のところで飼われている牝の子猫。おこまととらの子ども。

鰹《かつお》節《ぶし》問屋の又たび屋粉衛門の家の衆はみんな猫好きで、猫を3匹飼っていた。その中の紅一点、おこまが子を産んだ。そこに、おこまの恋人・野良猫のとらがやってくる。5匹のうちの3匹が「お前さんの子だよ。この斑《まだら》がよく似ている」とおこまから聞いたとらは、「おお、かわいい」と頭を舐めてやる。

すると、この家の飼い猫であるくまが、出刃包丁片手に帰ってきた。「間男見つけた、動くな」と、おこまととらを斬ろうとする。「これ、くま公！」と米問屋の飼い猫、ゆきが仲裁に入る。くま、とら、ゆきは義兄弟となる。

仲裁したゆきは、米問屋の下男が飯茶碗に入れた石見銀《いわみぎん》山《ざん》（鼠の毒餌《どくえ》）を口にしてしまい、命の危機となるも、作家の京山が言っていた鰊《にしん》を食べて快方に向かう。ことの次第を、神田のぶちと大工のきじに話をする。

さて、義兄弟となったのもつかの間、くまはやはり腹が立つのか、おこまに暴力を振るうようになった。ご飯にもありつけず、子どもたちがそれぞれ他家へもらわれたのを機に、おこまは家を出て、とらと心中を決意する。
ふたりを止めようと、神田のぶちが走り込んでくる。

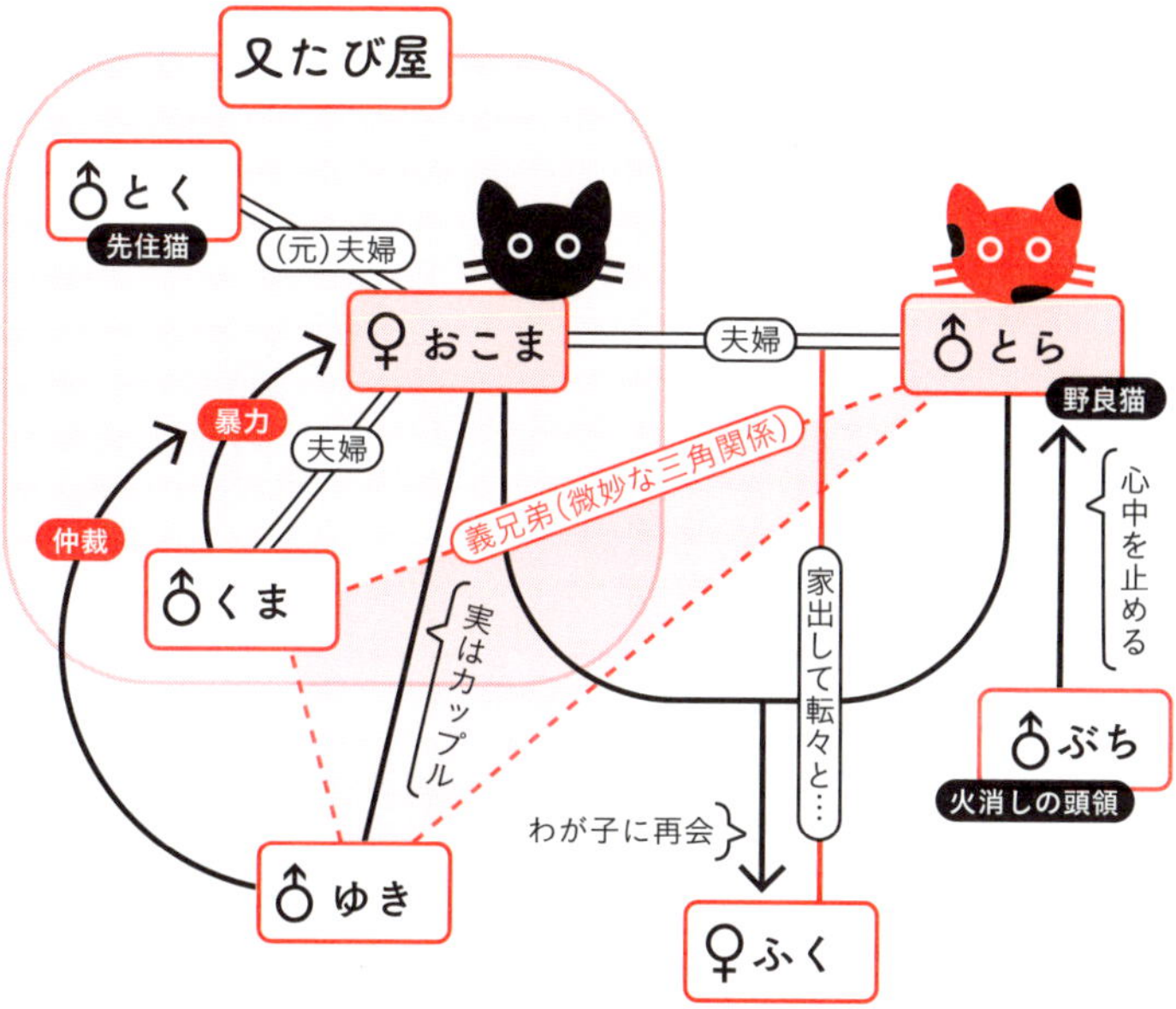

『朧月猫草紙』主要人物相関図

心中をやめるように説得した神田のぶちは、先日の普請で手がけた今出川《いまでがわ》家お屋敷の軒下を紹介してやる。「鼠を捕まえてやれば、家にあげてくれるかもしれん」。おこまととらは、今出川のお屋敷に向かう。

しかし、屋敷に着いて食べ物を探しに行こうとするとらが、犬に吠えられ逃げてしまう。生き別れになってしまったおこまは、地元の野良猫たちに虐められるが、今出川家の奥女中に見つけられて飼われることになる。

お屋敷のお姫様に気に入られたおこまは、彫金師が作った金の鈴を首に付けられ一層可愛がられる。ところが贅沢な物ばかり食べさせられて、腹を下してしまう。ついにお姫様の着物の上で粗相《そそう》をしてしまい、奥女中たちは泣く泣く糸と針を売る婆さまにおこまを預ける。婆さまと家に向かう途中、おこまは犬に吠えられ橋から川に落ちてしまう。おこまは川の畔《ほとり》に住む網打ちをするろ八と三太親子に拾われる。ろ八が出してくれた鰊を食べると、途端におこまの腹下しは治った。

ろ八のところに彫金師の菊政がやってきて、金物屋の吉二郎と網打ちで遊ぶという。菊政はおこまの首に着いている鈴を見て、自分が金で作った鈴であることに気付く。菊政は金を二分包んで猫を買い取った。

おこまが菊政に連れられ家に着くと、そこには子猫ふくがいた。おこまととらの間に生まれた我が子と知り、再会を喜ぶ。

さて、この家の近くに琴を教える盲目の初尾という娘がいる。母と女中の3人と猫一匹暮らし。その猫は、おこまの恋人とら。初尾の膝で可愛がられても、おこまが呼べば外に出てしまう。母親が「夜な夜な出かけていないで、鼠捕りの仕事をしておくれ」。とらは「はい、仰せの通りに今晩から必ずにゃん」と返事をするも、おこまが呼ばわる声を聞くと、言ったそばから駆け出してしまうのだった。

ここがエモい

規制から逃れるのに「猫」を利用 隠れ蓑《みの》のおかげで売れに売れた

幕末が近くなるとなぜか猫が流行し、歌舞伎でも講談でも猫又、つまり化け猫ものが登場した。有名な化け猫譚《たん》には鍋島の猫怪談があり、歌舞伎は鍋島藩からストップがかかり上演とはならなかったが、講談師桃川如燕《ももかわじょえん》の『百猫伝』は変わらず読まれた。曲亭馬琴《きょくていばきん》も山東京伝《さんとうきょうでん》も鶴屋南北《つるやなんぼく》も猫にまつわる話を書いているが、本作のように猫を擬人化したコミカルなものは少ない。

というのも、寛政《かんせい》の改革から天保《てんぽう》の改革の頃、出版メディア界隈は翻弄され続けており、擬人化や怪異は「荒唐無稽」とされた。それだけではない。役者や花里の女性を描いた錦絵は風紀を乱すので禁止、絵入り草双紙《くさぞうし》のカラー表紙は禁止、**忠孝貞節、勧善を題材とし、挿絵は粗雑にしなければならない、などとされた。うるせえ。**

そうしたわけなので、本書は初編と二編の合巻《ごうかん》4冊ものであったが、内容がお触れに抵触するところがあるとして販売禁止となった。今回紹介したのは、この初版である。

しかし、老中・水野忠邦《みずのただくに》が失脚すると徐々にこうした統制は緩くなり、本作も再版がかなった。しかし、吉原を舞台にした猫の恋模様をそのまま出すわけにもいかず、色里や恋愛描写はどういうわけか「加賀見山《かがみやま》」の世界を組み入れ、どうにかこうにか勧善懲悪譚に仕立てている。

ところが、猫を擬人化した本作は、たとえストーリーに野暮な勧善懲悪譚が入ろうとも、スイートなシーンが削除されようと、猫が主人公であり、しかも猫好きで有名な歌《うた》川国芳《がわくによし》の挿絵ということで、何度も重版され、売れ続けた。**猫好きは出版統制などものともしないのである。**

本作の流行により、文化2（1805）年に発刊された曲亭馬琴の黄表紙《きびょうし》『猫奴牝忠義合奏《ねこのつまちゅうぎのつれびき》』が41年ぶりに再版され、その際合巻に書き換えられたのだが、絵師は本作と同じく国芳だった。猫に対抗して『犬の草紙』という合巻も出た。幕末に入ってからは仮名垣魯文《かながきろぶん》が本作に取材した『鏁花猫目鬘《こがねのはなねこのめかづら》』を書いた。この挿絵は国芳の弟子の芳虎《よしとら》が担当している。山東京山《さんとうきょうざん》と国芳の本作は、改革の統制を乗り越え、後世に大いに影響を与えたのである。

さて、作者の京山は京伝の8歳下の弟だ。兄貴・京伝の天才過ぎる故の「どこから出てきたんだその設定は」という作風を意識したのかしなかったのか、京山の方は親子で読んでも気まずくならない、家庭小説を得意とした。

本業は篆刻《てんこく》だが合巻も執筆し、京伝が亡くなってからは京橋の煙草《たばこ》道具店を引き継ぎ、京伝以上の商才を発揮してよく儲《もう》けたらしい。晩年は随筆『歴世女装考《れきせいじょそうこう》』を執筆するなど風俗についても研究し、90歳で亡くなるまで執筆活動を続けたという。

挿絵の国芳の方はというと、**彼の猫好きは有名**で、常に5、6匹の猫を飼い、「猫飼好五十三疋」で猫のかわいさを描き分け、53匹といいながら73匹描いてしまった。**お前がかわいい。**

そんな国芳が挿絵を描くのだから、売れないわけがない。ところが、この頃の合巻は読み捨てが基本なうえに、統制で絶版となったものが多く、現存しない多数の合巻がある。本作もその憂き目にあった一作で、原本はほぼ残っていない。前述したとおり再版を繰り返す度に処分を逃れるため改編されており、初版は稀書である。

関連資料

翻刻は『鶴屋南北全集 第一巻』（三一書房）。元ネタの山東京伝『復讐奇談安積沼《ふくしゅうきだんあさかのぬま》』は、現代語訳が国書刊行会から、翻刻は『山東京傳全集 第十五巻』（ぺりかん社）。

『朧月猫草紙』山東京山作　国立国会図書館デジタルコレクション

3 SF・冒険・妖術・魔人

椿《ちん》説《せつ》弓《ゆみ》張《はり》月《つき》

悲劇の英雄・琉球渡来伝説の謎
歴史の空白を伝承で紡ぐ
馬琴と北斎コンビの代表作

◉読本《よみほん》 ◉成長・運命に立ち向かう

作：曲亭馬琴《きょくていばきん》 画：葛飾北斎《かつしかほくさい》 初出：文化《ぶんか》4（1807）年
版元：平林庄五郎・西村源六

源《みなもとの》為朝《ためとも》は弓の名手であったが、崇徳院《すとくいん》の御所で口論したことで九州に下される。九州で礫《つぶて》の名人である紀《き》平治《へいじ》を家来とし、阿曾忠国《あそただくに》の娘で武勇に秀でた白縫《しらぬい》の婿となるが、保元《ほうげん》の乱に参戦し敗北する。伊豆大島に流され、白縫と紀平治は四国へ逃れる。

為朝は大島で官軍に追われるが、島を脱出して讃岐《さぬき》へ向かう。崇徳院の霊の示現を受けて肥後に向かい、木原山《きはらやま》で白縫と紀平治に再会。敵である平清盛《たいらのきよもり》の打倒の機会を待つ。白縫は為朝との子・舜天丸《すてまる》を生む。清盛討伐のために水《みな》俣《また》を出た為朝一行は暴風雨に遭い、白縫は嵐を鎮めるために生贄《いけにえ》となって海中に身を投げる。舜天丸と紀平治とも離れ、為朝は崇徳院に従う天狗たちに助けられ、琉球に漂着する。

琉球では阿公《くまきみ》らが妖僧・曚雲《もううん》を使って琉球王・尚寧王《しょうねいおう》の政権を奪おうとしていた。尚寧王の第一王女・寧王女《ねいわんにょ》は追われ、瀕死となっているところに白縫の魂が憑依し、為朝の元へ向かう。阿公らは王の忠臣・毛国鼎《もうこくてい》の妻を殺して胎内の子を奪い、王子と偽る。為朝は偽りの王となった曚雲を討伐しようとするも敗北。毛国鼎の子どもである鶴《つる》と亀《かめ》の兄弟が母の敵を討とうとしたとき、阿公の娘は殺された毛国鼎の妻であり、その父は紀平治であることが判明する。つまり、阿公と紀平治はかつての夫婦であった。紀平治は自害しようとする阿公を介錯する。

琉球は平和を取り戻し、白縫の魂が宿る寧王女が即位を求められるが、為朝とともに琉球の平定を遂げたことで白縫の霊は去り、寧王女は亡くなる。為朝も崇徳院と白縫の霊に導かれ雲中に去る。舜天丸が即位して舜天王となり、子孫も栄えた。

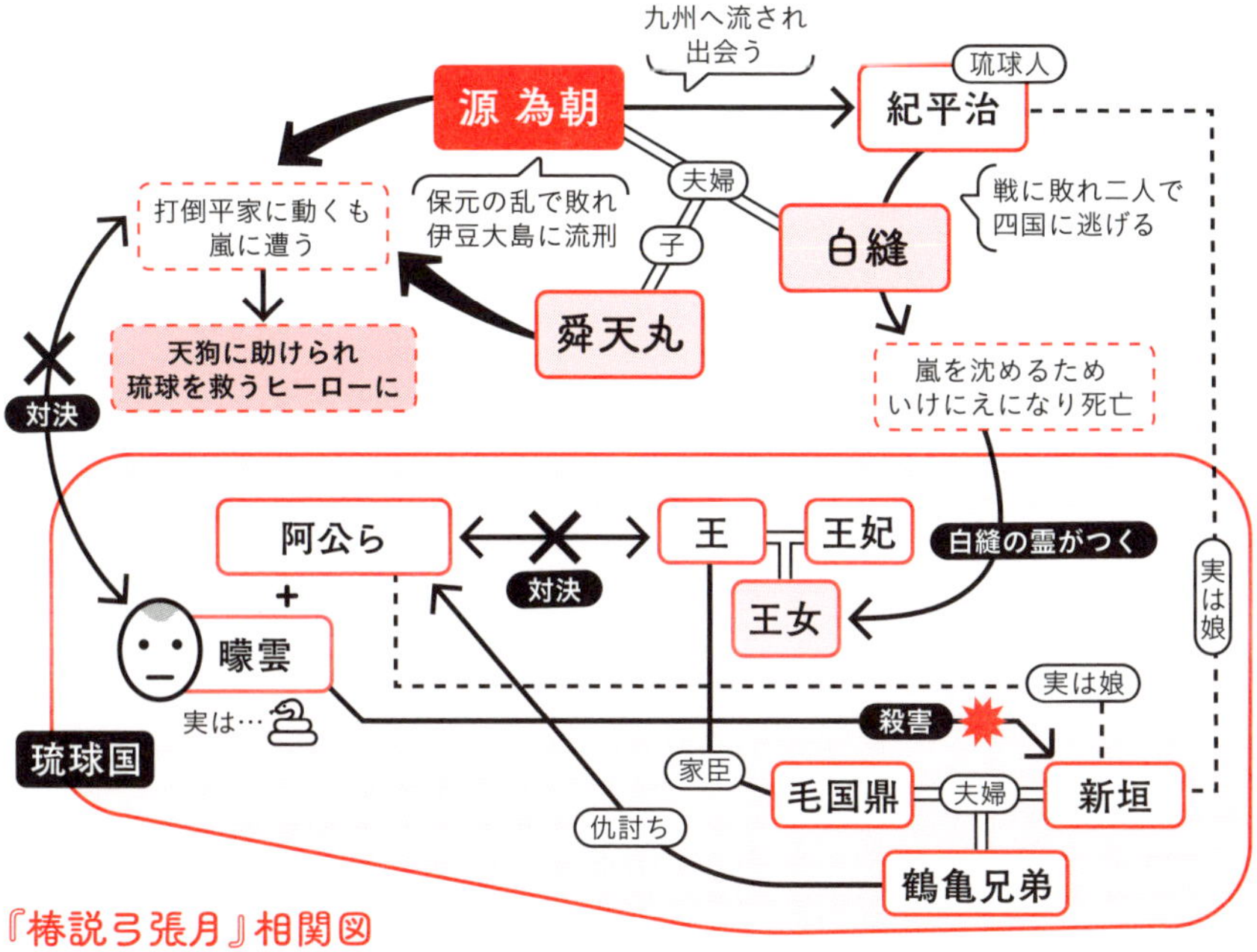

『椿説弓張月』相関図

ここがエモい

壮年コンビは江戸版『バクマン』、因果応報と勧善懲悪のストーリー

曲亭馬琴《きょくていばきん》の長編読本《よみほん》の初作。本作で、作家の馬琴、挿絵の葛飾北斎《かつしかほくさい》という馬琴&北斎の名が高まった。2人にとっての出世作でもある。北斎は本作の前から既に馬琴の読本に挿絵を描いていた。馬琴・北斎コンビの誕生は黄表紙《きびょうし》『花春虱道行《はなのはるしらみのみちゆき》』で、版元は蔦屋重三郎《つたやじゅうざぶろう》。以降、北斎は馬琴の本の挿絵を一番多く書いた絵師となる。**蔦重はまだ2人が駆け出しの頃からコンビの成功を予見し、プロデュースしていたのだ。**

本作の頃、馬琴は著述に専念するために小さな書斎「著作堂」に籠《こも》って執筆しており、北斎もたびたびここを訪れた。何だったら居候もした。本作も含めた多くの作品は、ここで馬琴が本文を執筆し、挿絵のラフを北斎に渡し、北斎がラフと原稿で挿絵を描いた。その集中力は凄まじかったという。

同年に出た『苅萱後伝玉櫛笥《かるかやこうでんたまくしげ》』は、北斎のアドバイスで実現したものだったと、馬琴は序文で述べている。馬琴は57日でこれを書き上げ、そばで北斎が端から絵を仕上げた。

本作は物語のテーマも壮大で、馬琴と北斎の才能が爆発している。英雄伝説のひとつ、源《みなもとの》為《ため》朝《とも》琉球渡来伝説を用いて、『保元物語』に記録される矛盾点を馬琴なりに解明しながら、そこに崇徳院《すとくいん》の霊や天狗による妖術、妻・白縫《しらぬい》との共闘と、死んだと思われた白縫の転生による再登場という、伝奇幻想を盛り込み一流のエンタメ文学に仕上げている。

漢画や浮絵（遠近法を用いた絵）から影響を受けた北斎の挿絵は、馬琴が描く世界観をダイナミックに表現しており、他の追随を許さない。集中するあまり喧嘩が絶えなかったらしいが、それでも馬琴は北斎の能力を信頼し、時には驚愕しており、北斎も馬琴の豊富な知識と戯作力を尊敬していた。

この頃馬琴は40歳、北斎は47歳。**壮年期のおっさんコンビが江戸のメディアに彗星のごとく現れるという、江戸版『バクマン』。とても熱い。エピソードそのものが青年漫画になりそうである。**

さて、本作のラストでは、阿公《くまきみ》が改心して自害しようとするも、これを救済することなく、かつて愛した男に介錯される。**悪人は善人となることも許されず、罪人のまま滅びる。因果応報と勧善懲悪という、馬琴の思想がはっきりと描かれていることに注目したい。**

北斎の挿絵は馬琴の本文の残酷さを可視化し、大きなインパクトをもって日本の読本界隈を揺るがした。版元はここぞとばかりに、北斎に源為朝の掛け軸を描かせ、これも大いに売れた。馬琴も稿料を稼いだ。出版の翌年には大坂で新浄瑠璃「鎮西八郎誉弓勢《ちんぜいはちろうほまれのゆんぜい》」、歌舞伎「島巡月弓張《しまめぐりつきのゆみはり》」が上演された。馬琴が「評判が良かった」と、ご機嫌に『近世物之本江戸作者部類《きんせいもののほんえどさくしゃぶるい》』に書いている。

馬琴の死後は、嘉永4（1851）年に柳下亭種員《りゅうかていたねかず》、仮名垣魯文《かながきろぶん》によって合巻化（現在のコミカライズ）されている。魯文は馬琴からサインをもらったらしい。

関連資料

翻刻は『日本古典文学大系60・61　椿説弓張月　上下』（岩波書店）。岩波文庫の上中下巻には挿絵がない。現代語訳は『古典日本文学全集27　椿説弓張月』（筑摩書房）。昭和44（1969）年11月に三島由紀夫によって戯曲化されている。

4 SF・冒険・妖術・魔人

高尾船字文《たかおせんじもん》

馬琴読本デビュー 水滸伝と歌舞伎演目を絢《な》い交《ま》ぜた意欲作

◉読本《よみほん》 ◉嫉妬・葛藤

作：曲亭馬琴《きょくていばきん》 画：栄松斎長喜《えいしょうさいちょうき》（天保6年の再刻では歌川国貞《うたかわくにさだ》）
初出：寛政《かんせい》8（1796）年 版元：蔦屋重三郎

足《あし》利義満《かがよしみつ》の命により奥州《おうしゅう》の巡察使となった山名洪氏《やまなひろうじ》が、松島の瑞岩寺で藤原実方《ふじわらのさねかた》の廟《びょう》をあばくと、白い気が立ち上り数十羽の雀が飛び出し、6尺あまりの白絹へと変じた。白絹の中に「十八」という文字が見えたが、風とともに白絹も数字も消え失せる。

時は下り、将軍となった足利義政《よしまさ》は弟の頼兼《よりかね》を奥州の太守に任じる。頼兼の叔父・典膳鬼貫《てんぜんおにつら》は執権の仁木直則《にっきなおのり》と結託し、奥州の横領を企てた。

頼兼の奥方で18歳の萩の方は、仁木らの奸策により不義を疑われ、また実家の祟《たた》りによって、廟から出た白絹で首をくくり自害してしまう。頼兼はさみしさのあまりに放蕩を始め、ついに遊女高尾《たかお》を身請けする。しかし、高尾が情夫の玉田十三郎《たまたじゅうざぶろう》に操を立てていることに腹を立て、高尾を惨殺する。

鬼貫と仁木はこの頼兼のスキャンダルに付け込み、忠臣絹川谷蔵《きぬがわたにぞう》と荒獅子男之助《あらししおとこのすけ》、鶴若《つるわか》君の乳母《めのと》である政岡《まさおか》らを陥れようとする。娘の仇を討ちたい高尾の母が、鬼貫らを手引きする。頼兼を船に招いて討ち取ろうとするも、男之助が敵を防ぎ、頼兼を義兵たちが籠る金花山《きんかざん》へと送る。

この後、政岡の活躍や都鳥《みやこどり》の掛け軸から鬼貫らによる企ての連判が見つかり、細川勝元《かつもと》によって事件は落着する。

ここがエモい 歌舞伎の名作＋水滸伝、強引な合わせ技

物語はこれといって特筆するところはないのだが、この作品を以て、曲亭馬琴《きょくていばきん》は読本《よみほん》作家としてデビューを飾った。しかも、デビューのっけから、『水滸伝』と歌舞伎「伽羅先《めいぼくせん》代萩《だいはぎ》」を絢《な》い交《ま》ぜにしたという、どちらかというと水滸伝オタクの馬琴による、水滸伝の二次創作である。しかもそれを蔦屋重三郎《つたやじゅうざぶろう》を版元として出した。

それまで馬琴は重三郎の元で黄表紙《きびょうし》を書いていたが、洒落や穿《うが》ちを得意としない馬琴のことなので、ヒット作を出すまでには至っていなかった。そんな馬琴の読本執筆にGOサインが出たのは、**大衆芸能として人気の歌舞伎の名作に水滸伝の一部を複合するという、斬新なアイデアにあったのだろう。**しかし、読者は馬琴ほど水滸伝に精通しておらず、馬琴が随所に盛り込んだ趣向に気付かず、本作自体は不発に終わった。馬琴自身、『近世物之本江戸作者部類《きんせいもののほんえどさくしゃぶるい》』で「時好には適わなかった」とめずらしく自戒している。ところが、馬琴の師である山東京伝《さんとうきょうでん》が、忠臣蔵と水滸伝を綯い交ぜにした『忠臣水滸伝《ちゅうしんすいこでん》』（50頁）を寛政11（1799）年に発表。馬琴が水滸伝の設定とストーリーをなぞるだけで精いっぱいだったのに対し、京伝は黄表紙で培った見立てと人物造形の技法で面白く練り上げている。こちらも京伝読本転向の第一作であり、馬琴を大いに意識したものと思われる。

ここから**師とかつての弟子がライバルとなり江戸文学の一時代を築く**のだが、それはまた別の話としてなかなか良い。

関連資料

高木元氏が「『高尾船字文』解題と翻刻」を公開している。
https://fumikura.net/text/senjimon.html　原本は天保版が国立国会図書館デジタルコレクションで閲覧可能。

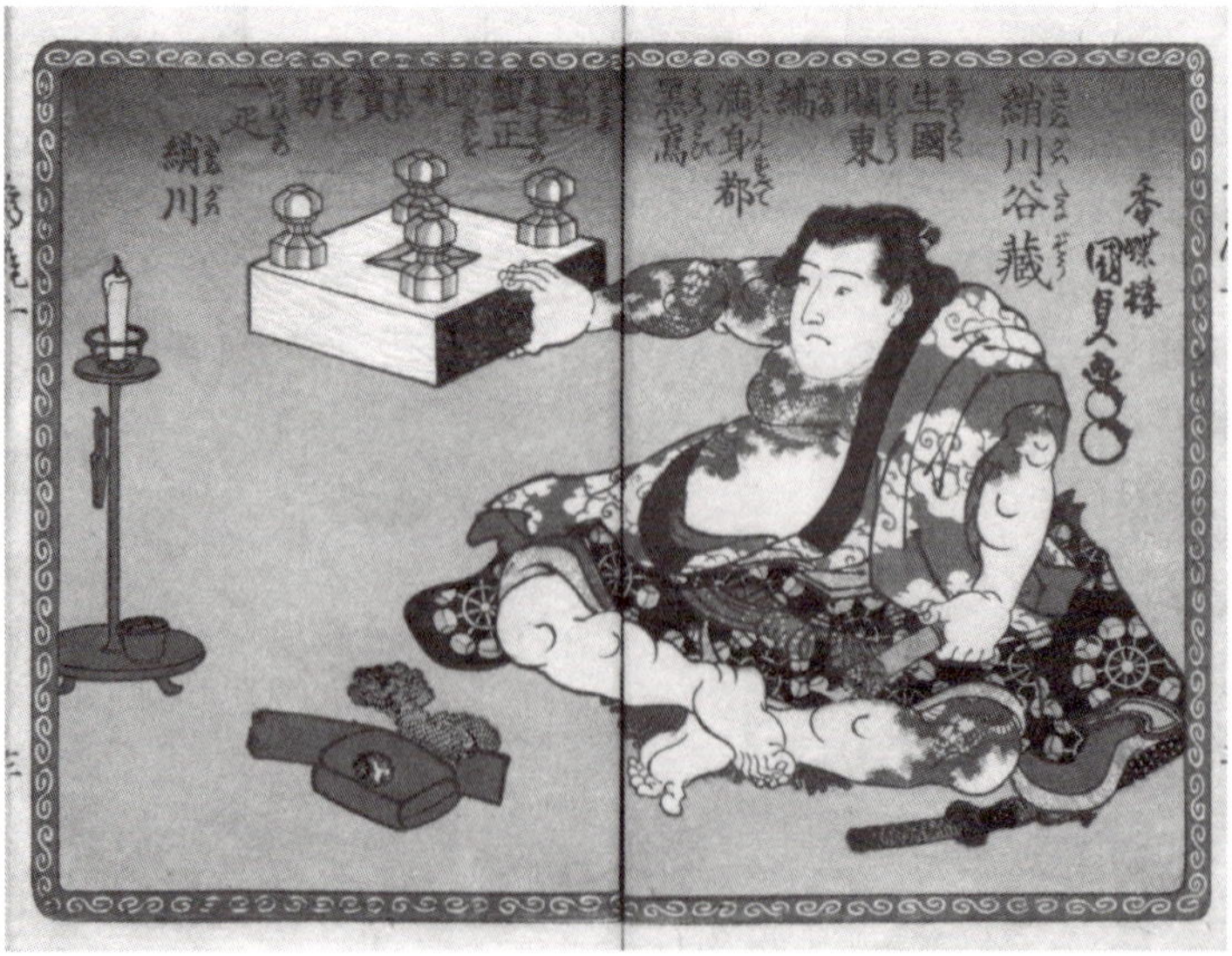

『高尾船字文』曲亭馬琴著　国立国会図書館デジタルコレクション

5 SF・冒険・妖術・魔人

児雷也《じらいや》豪傑《ごうけつ》譚《ものがたり》

ヒーローとそのライバルとの戦い、ヒーローを慕い共闘するヒロイン これぞ少年漫画の王道だ

◉合巻《ごうかん》　◉ライバル・バディ

作：6編までは美図垣笑顔《みずかきえがお》、11編までは一筆庵主人《いっぴつあんしゅじん》（渓斎英泉《けいさいえいせん》）、36編までは柳下亭種員《りゅうかていたねかず》、42編までは種員、柳水亭種清《りゅうすいていたねきよ》　画：歌川国貞《がわくにさだ》、豊国《とよくに》、国輝《くにてる》、国光《くにみつ》、国盛《くにもり》、国芳《くによし》、落合芳幾《おちあいよしいく》

版元：和泉屋市兵衛　初出：天保《てんぽう》10（1839）年。明治元年（1868）まで刊行された。

信《しな》濃《の》国で育った太郎は滅亡した尾形家の遺児。養父を亡くして孤児となるが、雷獣を倒したことから児雷《じらい》也《や》と名乗る。児雷也は尾形家の再興を志し、旅の途中で仙《せん》素道人《すどうじん》から蝦蟇《がま》の妖術を伝授される。同じ尾形家の系譜を持つ怪力の美女・綱手《つなで》は蛞蝓《なめくじ》仙人から武芸と水練を学び、将来は豪傑の妻になると予言を受け、その豪傑を探す旅に出る。途中、2人は出会いお互いに想いを抱くが、別れる。

人間と大蛇の間に生まれ、寺の稚児《ちご》として育っていたが出奔した大蛇丸《おろちまる》は、盗賊の首領となっていた。大蛇丸は月《つき》影《かげ》家に嫁した田毎《たごと》に懸想、田毎はこの気を受けて病気となり、治療には名刀蛞蝓丸《かつゆまる》の短刀が必要とされる。

この短刀をめぐり、多摩河原の闇夜に、児雷也・大蛇丸・綱手の三者が、蝦蟇・蛇・蛞蝓《なめくじ》の三すくみとなって闘う。短刀は綱手の手に渡り、三者は別れた。

児雷也は更科《さらしな》家の忠臣・高砂勇美之助《たかさごゆみのすけ》から、大蛇丸を討伐して尾形家を再興するように勧められ、児雷也は正義心

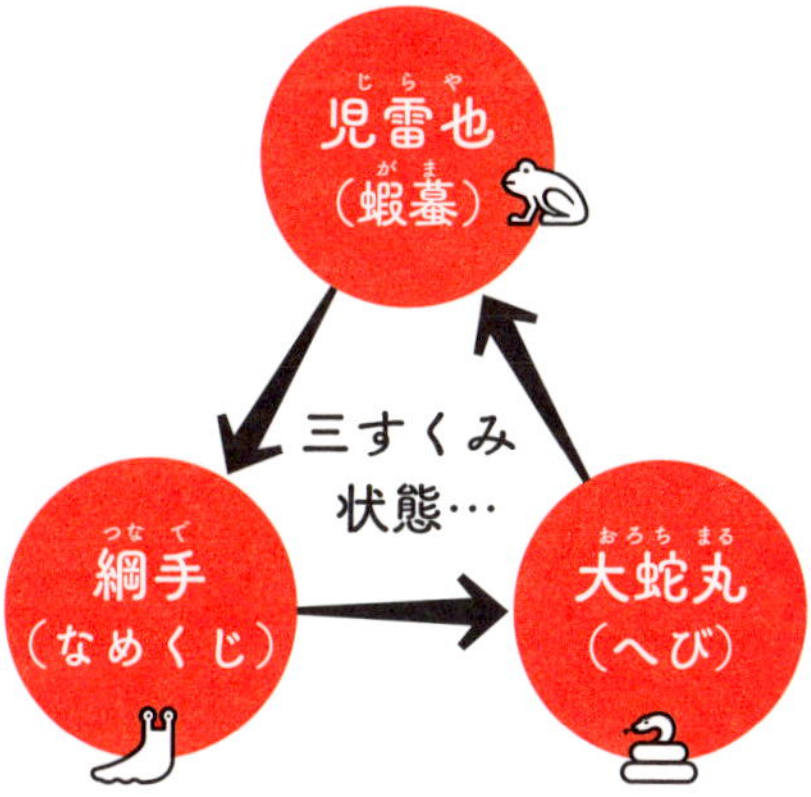

『児雷也豪傑譚』相関図

を固める。敵対する大蛇丸は越後国《えちごのくに》市振《いちぶり》の浜で児雷也を待ち伏せ、児雷也は妖術で応戦するも、大蛇の霊に守られている大蛇丸には効かない。そこに、立山《たてやま》の地仙《ちせん》に導かれた綱手が、短刀の蛞蝓丸で大蛇丸を撃退し、児雷也の窮地を救う。ふたりは身の上を語るも、押し寄せた波に再び別れてしまう。（未完）

ここがエモい

あの『NARUTO』の元ネタ、ヒーローを助けるヒロインが熱い

幕末から明治にかけて大変な人気で、歌舞伎にもなれば浮世絵にも描かれ、キャラクターグッズも販売された。歌舞伎オリジナルも上演された。現在で言うところの、**アニメ化された週刊少年ジャンプの人気漫画**である（実際、『NARUTO』の元ネタである）。ただ、『白縫譚《しらぬいものがたり》』（33頁）と同様に多くの作家による執筆のために設定がごちゃついたり、構成に矛盾が出たりで、ついには未完のままとなった。

当時、ヒーローが妖術を使って敵と戦い、ちょっとしたロマンスもある。そんなエンタメが定期刊行されるというのは大衆にとって大いに楽しみであり、構成の整合性などどうでもよかったと思われる。未完だったことの方が哀しかったかもしれない。

実は、この物語には読本《よみほん》「自来也説話《じらいやものがたり》」という元ネタがあった。元ネタでは自来也は盗賊で、大蛇丸《おろちまる》と綱手《つなで》は登場しない。**本作が空前のヒット作となったのは、主人公の宿敵・ライバルと主人公に想いを寄せるヒロインという独自のキャラクターが加わったからこそだ。**特に綱手はただ守られるだけのヒロインではなく、児雷也《じらいや》の窮地を救い、時には児雷也が背後を任せられる唯一の女性だ。児雷也を探す旅を続ける中で、一人で悪と戦うこともできる。怪力で妖術も使えて、**ヒーローの危険を察知して颯爽と現れるヒロインは、現在でも全く古さを感じさせない。**しかも、いざいちゃいちゃシーンかと思えば、邪魔が入ってしまい別れゆく。そんなやきもきさせる展開も、長期連載のスパイスとなったのだろう。

関連資料

翻刻は続帝国文庫と国書刊行会、現代語訳は『現代語訳・江戸の伝奇小説〈5〉報仇奇談自来也説話、近世怪談霜夜星』（国書刊行会）。嘉永5（1852）年に河竹黙阿弥が歌舞伎「児雷也豪傑譚話」、安政2（1855）年には歌舞伎「児雷也後編譚話」がどちらも河原崎座で上演された。

6　SF・冒険・妖術・魔人

天竺徳兵衛韓噺《てんじくとくべえいこくばなし》

キリシタン用語の呪文に大蝦蟇《おおがま》のケレン
異国情緒あふれるダークヒーロー見参！

◉歌舞伎　◉成長・運命に立ち向かう

作：鶴屋南北《つるやなんぼく》　初演：文化《ぶんか》元（1804）年　江戸河原崎座

吉《よし》

岡宗観《おかそうかん》、実は朝鮮の木曽官《もくそかん》は、真柴久吉《ましばひさよし》を滅ぼそうとするも失敗し、息子である大日丸《だいにちまる》に蝦蟇《がま》の妖術を伝授し自害する。大日丸は、天竺に吹き流された船頭の徳《とく》兵衛《べえ》だった。自分の出自を知った徳兵衛は、父の遺志を継ぐ決意をする。

故郷に帰る徳兵衛は、大友の月若丸《つきわかまる》を連れた乳母五百機《いおはた》を殺し、自分の娘と知らず迷い子のお汐《しお》も殺害してしまう。高砂浦《たかさごうら》の徳兵衛の家では、大友の忠臣・尾形十郎《おがたじゅうろう》が徳兵衛の名で入り婿となっている。五百機とお汐の霊により、女房のおつなは死ぬ。

日本転覆を狙う謀反人となった徳兵衛は、越後座頭の姿になり木琴《もっきん》を打ち、池に飛び込み水中早替わりで長裃《ながかみしも》姿の上使に化けるが、滝川左京《たきがわさきょう》の切腹で蝦蟇の妖術を砕かれる。

ここがエモい　**異国帰り＝妖術使い、キリシタン＝謀反人?!**

当時の歌舞伎の夏興行は、暑中役者入湯と称して興行を休んだ。江戸は今も昔も暑かったのである。とはいえ、全くやらないというわけにもいかず、若手や一部の役者で稽古芝居が打たれた。本作は、この夏狂言のひとつとして初演となった。

初演当時、徳兵衛《とくべえ》役の初代尾上松助《おのえまつすけ》は、少年時に竹田機関（からくり）を学び、早替わりなどのケレンや仕掛物の知識と技術を持っていた。鶴屋南北《つるやなんぼく》はこの松助が持つ技術に注目し、彼のために本作を書いたのか。徳兵衛初演時の松助は61歳にして、ケレンによる初めての通し狂言であった。以後、松助は文化12（1815）年に没するまで毎年夏狂言を出し、この技術と型は息子の三代目尾上菊五郎に受け継がれ、彼もまた夏狂言『東海道四谷怪談《とうかいどうよつやかいだん》』（63頁）のお岩《いわ》役で一世を風靡《ふうび》する。

本作は、「水中早替わり」など涼を演出するために「本《ほん》水《みず》」として水を使った演出が見どころで、蒸し暑い江戸の夏に、水しぶきが舞台から上がる様子に、庶民たちのテンションは大いに上がった。しかも、当時珍しかった木琴をたたいてみたり、蝦蟇《がま》の化け物（張りぼて）がドロドロの効果音の中で煙を噴き出してみたりなど、黄表紙《きびょうし》さながらの絵面にも仰天した。鶴屋南北の「芝居は魅せてなんぼ」の精神が表れている。

ストーリーはというと、近松半二《ちかまつはんじ》の『天竺徳兵衛郷鏡《てんじくとくべえさとのすがたみ》』に、多少の加筆をしたもの。天竺徳兵衛ものは既にジャンルとしてあり、江戸でも宝暦年間に並木正三《なみきしょうざ》の『天竺徳兵衛聞書往来《てんじくとくべえききがきおうらい》』があった。しかし、南北と松助コンビの本作がロングラン公演を達成するなどヒットを飛ばしたため、**「天徳」といえば本作のことになった。**南北と松助の出世作だ。

天竺徳兵衛は実在の人物で、寛永年間に朱印船に書記係として乗り込み、インド（天竺）に2回渡航している。**鎖国中の日本人にとって、異国帰りというだけで「妖術も身につけてきたに違いない」と考えるくらいに異質なことであった。**

蝦蟇の妖術に使う呪文は、「でいくでいかうでいすばる（でいすばる＝ゼウス）」というキリシタン用語を思わせる。蝦蟇の妖術が登場する浄瑠璃に、近松門左衛門《ちかまつもんざえもん》の『傾城島原蛙合戦《けいせいしまばらかえるがっせん》（52頁）』があり、この主人公が天草四郎《あまくさしろう》をもじった七草四郎《ななくさしろう》。キリシタンは謀反人の象徴であり、蝦蟇の妖術を使う徳兵衛もやはり、謀反人として描かれた。**当時の人々の偏見が描かれている芝居であり、そうした題材を楽しんでしまう時代でもあった。**

「天竺徳兵万里船」歌川国貞筆　東京都立中央図書館蔵

関連資料

初演台帳は発見されていない。改題増補版は国立国会図書館デジタルコレクションで『世話狂言傑作集』第2巻（春陽堂）が公開されている。この他、『鶴屋南北全集』第一巻（三一書房）がある。

7 SF・冒険・妖術・魔人

白縫譚《しらぬいものがたり》

蜘蛛《くも》の妖術を使う美女は大友宗麟《おおともそうりん》の遺児 元祖魔法少女・若菜姫《わかなひめ》の大活躍

◉合巻《ごうかん》 ◉成長・運命に立ち向かう

作：初編から29編まで柳下亭種員《りゅうかていたねかず》、30編から62編まで種員と二世柳亭種彦《りゅうていたねひこ》（笠亭仙果《りゅうていせんか》）、90編まで流水亭種清《りゅうすいていたねきよ》
画：歌川豊国《うたがわとよくに》、国貞《くにさだ》、落合芳幾《おちあいよしいく》ら
初出：嘉永《かえい》2（1849）年、明治18（1885）年頃完結

大友宗麟《おおともそうりん》の遺児・若菜姫《わかなひめ》は、上臈《じょうろう》の姿で現れた蜘蛛《くも》により、実の父である大友宗麟が太宰経房《だざいつねふさ》の讒言《ざんげん》によって謀反《むほん》の疑いをかけられ菊池秀幸によって滅ぼされたことを知らされる。若菜姫は大友家再興と仇討《あだう》ちを決意すると、蜘蛛から「数句の呪文」と「一巻の秘書」を授けられる。若菜姫は男装して白縫大尽《しらぬいだいじん》と名乗り、妖術を使い菊池家を狙う。

一方、同じく菊池家に滅ぼされた海賊の遺児・七草四郎《ななくさしろう》年正《としまさ》も、小姓・青柳春之助《あおやぎはるのすけ》となり菊池家に入り込み仇討ちのチャンスを狙う。菊池家の忠臣・鳥山豊後《とりやまぶんご》は息子の秋作《しゅうさく》に大友家の残党である若菜姫を探らせる。

若菜姫は途中で美少女を助けるが、これは秋作が女装した姿。秋作も、男装した若菜姫を見破り、妖術と勇力の戦いとなるが、勝負が付かないまま別れた。紆余曲折《うよきょくせつ》を経て、若菜姫は鳥山豊後が領する鳥山城に到着。若菜姫、鳥山豊後と菊池家の四勇士、鳥山に迎えられた春之助が総大将七草四郎となり、虚実入り乱れた戦いとなる。ついに鳥山城は陥落となるが、その直前に若菜姫と鳥山豊後は共に脱出。実は2人は、九州の海賊退治に天帝から遣わされた天神であった。役目を果たした2人は天神星子となり昇天した。

ここがエモい

アイドル並みの人気、魔法少女は男装もお得意！

合巻の最長編で、量もすごいが期間も36年にもわたる。これだけ長いので、当初の作者である種員《たねかず》が亡くなり、これを2人の作家がバトンリレーしてようやく完結している。しかも、当初の構成案がうまく伝わっていなかったのか、設定がまるっと変化しているうえに、若菜姫《わかなひめ》と七草四郎《ななくさしろう》の仇討ちはどこぞにいってしまった。

それでもこの話が名作として語り継がれているのは、ひとえに若菜姫の魅力的なキャラクター像にある。蜘蛛《くも》の妖術を自在に操り、蜘蛛の精を従えながら、男装をはじめ様々な姿となって敵と戦う様子は魔法少女である。しかも、実は「天帝の使者」だったとは、まんま「**魔法の国からやってきたお姫様**」だ。実際、若菜姫の人気は相当なもので、泉鏡花はあまりに若菜姫が好きすぎて、夢にも出てきてほしいと枕元に『白縫譚』の本を置いて寝たらしい。

関連資料

翻刻は、『白縫譚』（続帝国文庫。博文館版を国会図書館デジタルコレクションで閲覧可能）、『白縫譚』（国書刊行会）。河竹黙阿弥が嘉永6（1853）年に発端部分を歌舞伎「しらぬい譚」に脚色している。初演：江戸河原崎座。

『白縫譚』柳亭種員ほか作
国立国会図書館デジタルコレクション

「しらぬひ譚」男装のしらぬい大尽　歌川国貞画　東京都立中央図書館蔵

8 SF・冒険・妖術・魔人

鱸《すずき》庖《ぼう》丁《ちょう》青《あお》砥《との》切《きれ》味《あじ》

驚愕《きょうがく》のラストはまさに漫画 草双紙《くさぞうし》への道を決めた 種彦《たねひこ》の意欲作

◉草双紙《くさぞうし》、合巻《ごうかん》 ◉どんでん返し

作：柳亭種彦《りゅうていたねひこ》 画：葛飾北嵩《かつしかほくすう》 初出：文化《ぶんか》8（1811）年
版元：西村屋与八

筑《つく》紫《し》の桜戸家の長子・綾太郎が、大どうじの娘・初花《はつはな》と結婚した数日後、次男の雪次郎が出奔《しゅっぽん》した。その後、初花は桂之丞《けいのじょう》を出産。同日、綾太郎は天満宮で子を保護し、落葉之介と名付けた。十数年後、夫婦は落葉之介に家督を継がせ病死する。

桜戸の兄弟は北条時頼《ほうじょうときより》に仕えているが、この家臣である八剣軍藤太《やつるぎぐんとうた》は仁政を施している出頭の青砥左衛門《あおとざえもん》を妬み陰謀を企て、腹心の鬼惣次《おにそうじ》を介し、盗賊あずまの権六に、桜戸の兄弟が預かる北条家の重宝「身毒《しんどく》の鏡」と「友切丸の刀」を盗ませる。しかし、落葉之介は弟の桂之丞と鬼惣次の娘・小雪との恋仲の縁を解き翻心させ、鬼惣次は宝刀を返し、刀の所在を教え自害。さらに、小雪の記憶から落葉之介の実父が鬼惣次であるとわかり、落葉之介は責を引き受け切腹する。

宝鏡の捜索に出た桂之丞と小雪は、途中、筑紫の義賊である権六に助けられるも、あずまの権六を見つけ鏡を取り戻そうとするが、斬り合いの際に水中に落ち、大鱸《おおすずき》に鏡がのみ込まれてしまう。

桂之丞は軍藤太に捕らえられ、京勤番からの帰途で土山に宿泊する青砥左衛門の前で詮議が行われる。そこに筑紫の権六が現れ桂之丞の無実を訴え、青砥もあずまの権六を捕らえて軍藤太の悪事を暴く。実は、筑紫の権六は出奔した雪次郎であり、その妻は死没と偽り容貌を変えた初花であった。初花はその昔、雪次郎を慕っていたが、綾太郎に嫁してしまった。しかし綾太郎はこの2人を許したという。桂之丞は雪次郎との子だった。雪次郎と初花は軍藤太を斬り、自害する。

青砥が釣り上げていた大鱸《おおすずき》の腹からは、身毒の鏡が現れた。桜戸家はめでたく本領を安堵し再興を果たした。

ここがエモい

「捌《さば》き」と「裁き」って、なんだダジャレかよ

タイトルがネタバレしているとはいえ、まさかこんな漫画的なラストとは思わないではないか。青砥《あおと》が釣り上げた魚が御家の重宝をのみ込んだ魚で、しかも捌《さば》いたら中から現れる大団円。歌舞伎ならセットの見せどころであるし、漫画なら見開きで描かれるところだ。**まんが日本昔ばなしや初期の宮崎駿アニメを彷彿とさせる。**

ちなみに、タイトルは、青砥左衛門の名裁きと大鱸《おおすずき》の腹捌きをかけているのである。いわゆる洒落ているのだ。**ここが、読本《よみほん》と草双紙《くさぞうし》の違いであり、江戸のエンタメのなんかすごいところである。**

柳亭種彦《りゅうていたねひこ》は、当初流行した読本で戯作者《げさくしゃ》を目指したが、すでに山東京伝《さんとうきょうでん》と曲亭馬琴《きょくていばきん》がおり、このジャンルでヒット作を出すのは難しかった。種彦の初期の読本《よみほん》『総角物語《あげまきものがたり》』の後編の挿絵は葛飾北斎《かつしかほくさい》であり、当時売れ始めていた北斎を起用する程度には、版元も期待していたと見える。

そこで、草双紙を数冊合わせて一冊とした合巻《ごうかん》に転向。当時、草双紙には多彩なジャンルが生まれ、種彦が得意とする古典や歌舞伎を翻案としたもの、怪談などの長編もあった。体裁は絵本なので読みやすく、読者層も広かった。本作は種彦の合巻デビュー作であり、種彦の戯作者の道を確立させた記念すべき一作だ。

ところで、作中の青砥左衛門は鎌倉時代の実在の人物。歌舞伎や小説などで裁き役として登場した。当時、徳川政権を題材とすることがご法度であり、現代でおなじみの大岡越前や遠山の金さんを登場させられなかったのである。

関連資料

『柳亭種彦合巻集』（国書刊行会）

9 SF・冒険・妖術・魔人

碁《ご》太《たい》平《へい》記《き》白《しら》石《いし》噺《ばなし》

庶民の姉妹が剣術の修行を経て仇討ちへ実際にあった事件を脚色

◉浄瑠璃　◉敵討ち

作：紀上太郎《きのじょうたろう》・烏亭焉馬《うていえんば》・容楊黛《ようようたい》合作
初演：安永《あんえい》9（1780）年　江戸外記座《げきざ》

太平記の時代。南朝の宇治兵部之助《うじひょうぶのすけ》（後に常悦《じょうえつ》）は、討死した楠木正成《くすのきまさしげ》の霊が宿って出生したのが自分であったという夢を見る。その後、奥州で金江谷五郎《かなえやごろう》と出会い、南朝に尽くすために再会を約して別れる。

妖術使い楠原普伝《くすはらふでん》は南北朝の動乱に乗じて天下を奪おうと企む。ここに妖術を学ぶために兵部之助が普伝の門に入り、志賀台七《しがだいしち》を見知る。普伝の企てが露見し、台七は普伝を殺し、秘蔵の天眼鏡《てんがんきょう》と妖術の一巻を盗んで逃亡、白坂の代官となる。

盗んだ天眼鏡を水田の中に隠したが、これを百姓の与茂作《よもさく》に見つけられたので殺害。後日、与茂作の家に金江谷五郎が足を痛めてやってくる。この家の次女であるおのぶと話をするうちに、長女・おきのが谷五郎の許嫁《いいなずけ》であることがわかる。しかし、おきのは年貢未納のかたとして、宮城野《みやぎの》と名を変え吉原に身を沈めていた。台七から命を狙われる谷五郎は常悦に助けられ、おきの・おのぶの姉妹に仇を討たせることを約束する。

姉である宮城野を尋ねておのぶは江戸の吉原に向かう。姉妹は再会し、仇討ちを決意。すぐに吉原を抜け出そうとする姉妹に、浅草で売られそうになったおのぶを助けた揚屋《あげや》・大福屋惣六《そうろく》が、宮城野の年季証文と大門の切手を与えて吉原から出してやる。

おのぶは信夫《しのぶ》と名乗り、剣術の修行にはげみ、妖術を使う常悦らの助太刀を得て、みごと台七を討つ。宮城野と谷五郎は祝言をあげ、常悦らとともに南北朝の和睦を達成させる。

ここがエモい

粋といなせの美意識、対照的な姉妹の設定がエモい

太平記の世界に、享保8（1723）年に奥州白石の百姓娘の姉妹が父の仇討《あだう》ちをした実話を絡ませたもの。現在は、七段目「揚屋《あげや》」が上演される。再会を喜ぶ姉妹は仇討ちを誓い、吉原を抜け出そうとする。これを知った惣六《そうろく》が「曾我物語」になぞらえ、「時節を見て焦ってはならない」と血気を戒め、しかし廓《くるわ》を出るための切手を姉妹に渡して逃がしてやる。この惣六の男気が見どころとなっている。

脚本の烏亭焉馬《うていえんば》は、**江戸っ子の粋《いき》と張り、鯔背《いなせ》の美意識が浸透し始めた蔦屋重三郎《つたやじゅうざぶろう》と同時代の人物だ。**焉馬自身、竪川の大工の棟梁であり、噺家《はなしか》でもあった。弟子には朝寝《あさね》房夢羅久《ぼうむらく》や初代三遊亭圓生《さんゆうていえんしょう》がおり、現在にも継承される名跡を輩出した近世落語中興の祖だ。式亭三馬《しきていさんば》や柳亭種彦《りゅうていたねひこ》を支援し、五代目市川團十郎《いちかわだんじゅうろう》の贔屓《ひいき》でもある。**こうした焉馬の男気が、惣六の人物造形に反映し、現在でも上演される生き生きとしたシーンになったのだろう。**

ところで、太平記の時代なのに江戸の吉原が登場しているが、歌舞伎や浄瑠璃ではよくあることで、実在の事件を上演することがご法度だったため、便宜上太平記の世界を絡ませているに過ぎない。時代設定を鎌倉時代にしておけば、吉原が出てこようが登場人物が江戸弁だろうが、誰が見ても「あの事件だな」となっても、それで許されたのである。

しとやかな姉と、剣術の修行をする活動的な妹という設定も、とても良い。このシーンも見たい。

関連資料

翻刻は『浄瑠璃名作集　中』（有朋堂文庫）。

天保7（1836）年の合巻化による仇討ちの場面。
『碁太平記白石噺』宝田千町作　国会図書館デジタルコレクション

10 SF・冒険・妖術・魔人

浅《あさ》間《ま》嶽《がたけ》面《おも》影《かげ》草《ぞう》紙《し》

愛したふたりの女は姉妹
因縁と愛憎が交錯する怪奇小説

◉読本《よみほん》 ◉嫉妬・葛藤

作：柳亭種彦《りゅうていたねひこ》 画：葛飾北斎《かつしかほくさい》 初出：文化《ぶんか》6（1809）年
版元：山崎平八

鏡《かがみ》師《し》木の瀬が、淀《よど》で娘を取り違える。数年後、陸奥《むつ》の国司・浅間巴之丞《あさまともえのじょう》の悪家老・星影土右衛門《ほしかげどえもん》は、主の母・遠山尼の侍女・杜鵑花《さつき》と小姓・須崎角弥《すさきかくや》との不義を暴くが、遠山尼は温情で2人を追放、土右衛門も謀略が見抜かれ国を追われる。その夜、茶人の団一斎《だんいっさい》は隠形《おんぎょう》の術使いに殺され、主・巴之丞から預かった金を奪われてしまう。今《いま》際《わ》の際《きわ》に娘の忘貝《わすれがい》と寄居虫《やどかり》に茶の伝書二巻を託し、寄居虫は淀で取り違えられた幼女であることを明かして絶命した。

姉妹は悪党の奈古平に騙《だま》され、姉の忘貝は遊女に売られてしまう。妹の寄居虫は子分の切平に救われる。一方、木の瀬の幼女は浅間巴之丞に救われ、時鳥《ほととぎす》と名付けられ寵愛を受けた。しかし、正室の瞿麦《なでしこ》から虐待され、毒薬で容貌を変えられる。巴之丞は役目で上洛した際、廓《くるわ》で暴漢に襲われたところを五郎蔵《ごろぞう》に救われ、傾城逢州《けいせいおうしゅう》と契りを結ぶ。

五郎蔵は小姓・角弥であり、逢州は忘貝だった。忘貝は亡き父から預かった茶の伝書を巴之丞に渡す。さらに、妾の時鳥が淀で別れた妹であることもわかった。しかし、時鳥は瞿麦に惨殺され、その怨霊が瞿麦を狂死させる。巴之丞は時鳥と似た逢州を愛すが、身請金を作ることができず、五郎蔵は妻の杜鵑花（遊女になっていた）に相談。杜鵑花に横恋慕している星影土右衛門は、金の代償に五郎蔵と別れるように迫る。これを真に受けた五郎蔵は怒り、杜鵑花と誤り逢州を殺し、土右衛門を追うが、土右衛門は隠形の術で逃れる。

団一斎を殺したのは土右衛門と判明。逢州の霊と、時鳥の霊に導かれ、巴之丞は団一斎の娘で逢州の妹・寄居虫と五郎蔵夫婦の家で出会う。土右衛門を討つため、寄居虫と許嫁《いいなずけ》の雪枝小織之助《ゆきえださおりのすけ》が獅子舞に扮し、廓で遊ぶ土右衛門を巴之丞と切平らとともに襲う。五郎蔵夫妻の忠義の霊魂によって土右衛門の隠形の術を破り、仇《かたき》を報じた。

ここがエモい 盛り込みすぎの設定、コミカライズして大正解

柳亭種彦《りゅうていたねひこ》の読本《よみほん》で、戯作者《げさくしゃ》としての未来を悩んでいる頃の作品。水滸伝を翻案とする馬琴《ばきん》に対して、種彦は歌舞伎の題材を翻案として差別化を試みている。

歌舞伎が元ネタということもあるだろうが、とにかく見せどころがこれでもかと入っており、幽霊も忍術もエロもグロも詰め込んでいる。趣向も、歌舞伎の浅間物《あさまもの》の世界に則《のっと》り、浄瑠璃の『妹背山婦女庭訓《いもせやまおんなていきん》』（288頁）、謡曲《ようきょく》の「望月」、西鶴《さいかく》の『男色大鑑《なんしょくおおかがみ》』（283頁）など多種多様に綯《な》い交《ま》ぜされており、確かにこれではテーマも散漫になる上に、登場人物の設定も相関も盛り込みすぎで、読む方はなかなかしんどそうだ。

しかし、これが歌舞伎であったり、漫画（草双紙《くさぞうし》の絵本）であったりすれば、ビジュアルが伴いわかりやすく、面白さは格段に上がる。残酷シーンも幽霊登場も見せ場となる。実際、種彦自身が後に合巻《ごうかん》化（コミカライズ）し、柳烟亭種《りゅうえんていたね》久《ひさ》（柳下亭種員《りゅうかていたねかず》の門人）がオリジナル設定を加えて二次創作的にコミカライズしている。元治《げんじ》元（1864）年には「時鳥殺しの段」を河竹黙阿弥《かわたけもくあみ》が戯曲化した。

明治18（1885）年刊『浅間嶽面影草紙』（闇花堂）の挿絵。
柳亭種彦著　国立国会図書館デジタルコレクション

ビジュアル化で光る作風と設定であり、やはり種彦は合巻向きの作家だったのだ。

関連資料

翻刻は最新のもので昭和3（1926）年の近代日本文学大系第19巻『柳亭種彦集』。国立国会図書館デジタルコレクションで公開されている。

11 SF・冒険・妖術・魔人

雷太郎強悪物語《いかずちたろうごうあくものがたり》

洒落た会話文が戯作《げさく》の本道
わかりやすくて読みやすい
三馬《さんば》の勧善懲悪譚《かんぜんちょうあくたん》

◉合巻《ごうかん》 黄表紙仕立（十巻）としても刊行 ◉敵討ち
作：式亭三馬《しきていさんば》 画：歌川豊国《うたがわとよくに》 初出：文化《ぶんか》3（1806）年
版元：西宮新六

600年ほど前のこと。武蔵国調布里《たつくりのさと》の無頼漢・来太郎《らいたろう》は、万屋文右衛門《よろずやぶんえもん》の娘お鶴を強迫して乱暴し、仲間の無理太郎に頼んで強引に結婚を申し込んだので、文右衛門はお鶴を、豪傑・綾瀬権左衛門《あやせごんざえもん》の仲立ちで葛飾の高《こう》の大之丞《だいのじょう》に嫁に出す。

騙されたと知った来太郎は文右衛門を殺害して出奔し、お鶴は父親が死んだのは自分のせいだと思い込み、自害してしまう。この時、来太郎は無理太郎とともに熊谷に逃げ、雷獣を倒したので「雷太郎《いかずちたろう》」と名乗るようになる。

お鶴の弟・亀次郎、夫の高の大之丞、万屋の手代《てだい》（使用人）・綾瀬権左衛門は、文右衛門とお鶴の仇を討ちに、出立する。

雷太郎と無理太郎は須野《すの》のえんまの庄兵衛、秩父のかつはなの虎右衛門《とらえもん》など各地の盗賊の親分に匿《かくま》われ、悪の限りを重ね、鎌倉で海賊になる。一方、高の大之丞一行は浅草観音のお告げで雷太郎が大磯《おおいそ》にいると知り、大磯でうどんと酒を売る店を開いて潜伏する。

大磯の遊里には小磯《こいそ》・万代という2人の太夫がおり、大之丞は小磯、亀次郎は万代と馴染《なじ》む。彼女たちの協力により、雷太郎の居場所を知った一同は、七里《しちり》ヶ浜《がはま》で観世音菩薩の冥助を得て、一味の悪党も一緒にめでたく討ち取った。雷太郎と無理太郎は獄門となり、大之丞は小磯を、亀次郎は万代を妻として迎えた。

ここがエモい
生き生きとした口語体でキャラの魅力が引き立つ

式亭三馬《しきていさんば》は『浮世床』『浮世風呂』など滑稽本《こっけいぼん》の作家として名高いが、本作は三馬が初めてまともに書いた敵討物《かたきうちもの》だ。黄表紙《きびょうし》を5冊ずつまとめて上下巻とした初期の合巻《ごうかん》でもあり、以降、草双紙《くさぞうし》体裁の主流となった。

天明期の洒落た美意識が戯作《げさく》の本道と考えていた三馬ら

しく、物語を簡略化することでわかりやすく、セリフも言文一致体で読みやすい。

「亀次郎さん、敵《かたき》のありかを苦労さしやんすな。いつか一度は討つ敵、時節を待ったが良いわいな」「我が身のいやるも尤《もっと》もじゃが、何時めぐりあう事じゃやら、早く本望を遂げた上で女夫（夫婦）となって暮らしたい」

「さあさあ、時刻が伸びる。急ぎめされ」「綾瀬殿、少しも早く鎌倉へ駆けつけましょう、善は急げじゃ」

セリフが口語体なので、頭に入りやすい。キャラクターの性格も現れている。遊女の万代は亀次郎を気遣い、それを聞いた亀次郎は弱気な顔を見せる。しかし、敵がすぐそこにいるとわかった途端に、俄然やる気を取り戻す。大之丞の「善は急げじゃ」の言葉もリアルで、臨場感を演出する。**三馬が描くキャラクターは、本編が単純な話だとしても、読者に「面白い！」と思わせる魅力を持っているのだ。**

天明期の洒落といえば、狂歌や黄表紙であり、そこにはシニカルな笑いがある。極悪人を描いていても、物語に漂う空気感はカラッと明るく、ラストは「めでたしめでたし」でサクッと終える。三馬にしか書けない、勧善懲悪譚である。

『雷太郎強悪物語』前編 1-5 巻　式亭三馬作　国立国会図書館デジタルコレクション

関連資料

翻刻は『雷太郎強悪物語』（近世風俗研究会）昭和42（1967）年刊行がある。

12 SF・冒険・妖術・魔人

貞《てい》操《そう》婦女《おんな》八《はっ》賢《けん》誌《し》

八犬士たちを女性化した二次創作 人情本が苦手な二代目春水《しゅんすい》が後を継ぐ

◉人情本 ◉成長・運命に立ち向かう ◉敵討ち

作：3編まで為永春水《ためながしゅんすい》、4編から9編まで二世為永春水（染《そめ》崎延房《ざきのぶふさ》） 画：歌川国貞《うたがわくにさだ》、渓斎英泉《けいさいえいせん》、歌川貞重《うたがわさだしげ》 国直 初出：天保《てんぽう》5（1834）年、4編は弘化《こうか》2（1845）、9編は刊行年不明 版元：大島屋伝右衛門

長《ちょう》禄《ろく》（1457~60）の頃、武蔵国豊島郡《としまぐん》の領主・豊島左衛門信国は、豊島家内乱によって滅んでしまう。遺児の光姫と鳩若は、お齊《とき》の尼に護られて、再興の時を待っていた。豊島家には8体の阿弥陀仏があったが、家宝である錦《にしき》の御旗《みはた》とともに内乱の際に紛失していた。ある夜、お齊の尼の夢に8体の阿弥陀仏が現れ、人間界に生を成し、8人の乙女となって豊島家再興に尽くそうという。お齊の尼は8人の乙女を探す。

豊島家に仕えた医者の娘で父を討たれたお梅と青柳、同じく父を殺されたお竹とお道、百姓の娘の八代《やつしろ》は、親や恩義ある者を討った扇谷定正《おうぎがやつさだまさ》を仇《あだ》と苦心する中、定正の妾の娘に討たれた手古那三郎《てこなさぶろう》の娘お亀とその妹お安、豊島家の奸臣《かんしん》・岩鞍《いわくら》に夫を殺されたお袖の3人と知り合い、豊島の家を再興する運命の身であると誓い合う。

お齊の尼の導きで秩父に籠る悪臣一味を討つ。定正は豊島家を滅ぼしたのは讒者《ざんしゃ》（人を陥れようと事実と反する誹謗中傷をする者）を過信したことと悟り改心、鳩若に豊島家を再興させ、光姫は定正の息子である朝興の内方に迎えた。8体の阿弥陀仏も錦の御旗も戻り、豊島家は末永く栄えた。

ここがエモい

キャラの濃いSF少女漫画 本家の八犬伝より易しくウケた

タイトルからわかるとおり、曲亭馬琴《きょくていばきん》『南総里見八犬伝《なんそうさとみはっけんでん》』の二次創作である。八犬士がお梅ら親や恩義のある者を殺された豊島家に関連する女性たちで、ゝ大《ちゅだい》（金碗大輔《かなまりだいすけ》）がお齊《とき》の尼、八つの玉が八体の阿弥陀仏という見立てになっている。

前半は初代為永春水《ためながしゅんすい》の人情本らしく女性たちの会話文が中心。武蔵国一の氷川明神の神主の系譜を持つお袖や、観《かん》相易術《そうえきじゅつ》に秀でて神卜仙女真弓《しんぼくせんじょまゆみ》の異名を持つお道など、キャラが立つ。このSF少女漫画を、がっつり骨太勧善懲悪譚

に仕上げたのが、為永春水の門人で二代目春水を襲名した染崎《そめざき》延房《のぶふさ》であった。

染崎延房が二代目春水を公に名乗ったのは、本書からだという。染崎は人情本が苦手であった。滑稽本も苦手であった。なぜそれでも二代目春水になれたかというと、病気で伏せている春水が染崎を呼び寄せ「為永春水の名を世に残してほしい」と伝えたとされ、そこまでされても3年間も師の名を継いだことを公表できなかったのだから、念入りに自信喪失していた。

『貞操婦女八賢誌』為永春水著
国立国会図書館デジタルコレクション

しかし、本編の執筆にあたり染崎は二世の名を公表に踏み切る。春水が天保《てんぽう》の改革の筆禍《ひっか》で神経症となり、ついに没してしまったのだ。さらには、執筆を継いだ本編が自身が得意とする勧善懲悪譚だったことも大きいだろう（春水は人情本らしくするつもりだったのかもしれないが）。

得意なジャンルだけあって、染崎の筆は生き生きとしている。八賢女たちは師のキャラ設定を継承し、困難を乗り越え自らの手で運命を切り拓くべく行動する。**ひたすら八犬士を想い自らを犠牲にする、馬琴が描く貞女とはえらく違う。**本編は、染崎が春水の名で勧善懲悪譚の戯作《げさく》活動を開始した、ターニングポイントとなったのである。

ところで、初代春水が本編を執筆当時、馬琴は『八犬伝』の連載中だった。春水は馬琴の作品で版木が摩耗しているものを買い取り、補綴《ほてい》して新たに版木をこしらえて再版するなどして、馬琴の怒りをかっている。おそらく、この件についても馬琴はお怒りだったと思われるが、当時は著作権という概念はなかったのである。

もっとも、『八犬伝』は知識層向けの読本《よみほん》であり、庶民にとっては難しいところも多く、だからこそ、人情本作家の春水が書く二次創作が受け入れられたのだろう。

関連資料

翻刻は大正4（1915）年の『廓うぐひす・貞操婦女八賢誌（上）』『貞操婦女八賢誌（下）・〈深契―情話〉戀の若竹・吉原楊枝』（人情本刊行会叢書）。

13
SF・冒険・妖術・魔人

北雪美談《ほくせつびだん》 時代加賀見《じだいかがみ》

蝶《ちょう》の妖術使いは美少年 泉鏡花《いずみきょうか》も愛読した 幕末頽廃《たいはい》ダークファンタジー

◉合巻《ごうかん》 ◉敵討ち

作：二世為永春水《ためながしゅんすい》（染崎延房《そめざきのぶふさ》）、45編から49編まで柳水亭種清《りゅうすいていたねきよ》
画：二世歌川国貞《うたがわくにさだ》（四世豊国《とよくに》）他。35編まで表紙絵を初世国貞（三世豊国）
初出：安政《あんせい》2（1855）年 版元：若狭屋与市

少女手寄《たより》は怪我をした領主の多賀正方《たがまさかた》を療治に効く温泉に案内し、褒美をもらう。帰宅した手寄は、病床の養母から自身の出生を聞かされる。手寄は13年前に行き倒れの女から預かった男児で、これまで3人の男子をなくしたので、15歳になるまでは女子として育てたという。手寄が出かけている間に養母が殺される。手寄は借金のカタに身売りされそうになるが、多賀家に救われ腰元として奉公に入る。ある夜、手寄は正方の褥《しとね》に召されるが、男子であることを告げてわびる。正方は藤浪由縁之丞《ふじなみゆかりのじょう》と名を与え、若衆《わかしゅ》姿にさせ小姓《こしょう》として召し抱えた。養母の仇討《あだう》ちを許された由縁之丞は、加賀越前の三国峠《みくにとうげ》で曾祖母岩藤《いわふじ》の霊から、多賀家との縁を聞かされる。由縁之丞は多賀に滅ぼされた荒地家の属臣であり、多賀家への復讐のため、妖蝶の術を授けるという。由縁之丞が約すと、岩藤を討ったお初の養子である初浦尾上之助《はつうらおのえのすけ》に報復する遺恨の草履を託される。

由縁之丞は多賀一族の野心家である湯尾刀監《ゆのおとうげん》や女漁師小笹などを味方に付け、多賀家にスパイとして送り込む。途中、多賀家報復の連判状が見つかりそうになるも、由縁之丞の妖術で阻止する。由縁之丞の実父で、旅僧戒念となって荒地家の再興を目指す矢田忠太と出会い、戒念に家宝の朝日の弥陀の尊像を盗ませ、これを預かり役の尾上之助に罪を着せて、岩藤から託された草履で打ち据え、岩藤の怨念を晴らした。

その後、由縁之丞らは多賀家とその忠臣たちと一進一退の攻防を繰り返し、由縁之丞は妖術で応戦するもやがて追い詰められていく。（未完）

ここがエモい

強いだけではない ダークヒーロー像が大ヒット

染崎延房《そめざきのぶふさ》が『貞操婦女八賢誌《ていそうおんなはっけんし》』（43頁）で勧善懲悪譚の戯《げ》作者《さくしゃ》として手応えを得たのか、二世為永春水《ためながしゅんすい》の出世作となったのが本作だ。勧善懲悪譚といえども、岩藤と草履が登場する「鏡見山《かがみやま》もの」の世界を借りた、当時流行した妖術、美少年といった題材を主とした頽廃《たいはい》趣味の戯作である。染崎は序文で「最近の絵双紙は妖術とか奇々怪々な話を盛り込んで、挿絵で惹き付けなければ読者が満足しない」と、ぼやきなのか言い訳なのかを述べている。染崎が書きたいテーマであったかはわからないが、蝶《ちょう》の妖術使いの美少年が悪事をもって多賀家への報復を狙うという物語は、大いに読者の心を捉えた。

人気が出た要因としては、人気作品のポイントをうまく盛り込んだ内容にあるだろう。美少年が女子として育てられた設定は、曲亭馬琴《きょくていばきん》の『南総里見八犬伝《なんそうさとみはっけんでん》』で一番人気キャラの犬塚信乃《いぬづかしの》と同じで、しかも主君に夜伽《よとぎ》に召されるなど、色気のあるシーンも忘れない。多賀正方《たがまさかた》が手寄《たより》を寝間に呼び寄せ、手を握り行燈《あんどん》の明かりをフッと消し、後はあやなき真の闇。枕を並べたとしても、手寄はもとより男子なり。この末いかなるやらん、で1巻を終えている。うまい。

自身の出生を明かされ、妖術を授かるくだりは、『児雷《じらい》也《や》』（29頁）や『白縫譚《しらぬいものがたり》』（33頁）と同様で、この当時のお約束である。美少年が女装したり、艶やかな蝶を従えている様子は、若菜姫《わかなひめ》の男装や見かけによらない雄々しい蜘蛛《くも》を従えるなど、『白縫譚』に対応したものだ。後半では、由《ゆ》縁之丞《かりのじょう》は女盗賊の稲妻に見初められて拉致される。こちらも『白縫譚』の若菜姫と阿修羅丸《あしゅらまる》との一戦を想わせ、美少年の由縁之丞が蝶を使い、稲妻を屈服させて一味と成す。

妖艶で残酷な描写でみせる**ダークヒーロー**。これまでのヒーロー像とは違い、**ただ強いだけではなく、盗賊にも惚れられるほどの美少年で知能戦にも強く、女の色香にほだされることもない。**師である為永春水が描く「いい男」を継承しつつ、流行を押さえ、染崎なりのキャラ設定に成功した。

本作は『白縫譚』と同様に泉鏡花《いずみきょうか》の愛読書だった。さらに、明治9（1876）年に大阪・松島芝居で「けいせい時《じ》代鑑《だいかがみ》」、明治14年に東京・春木座《はるきざ》で『北雪美談時代鏡《ほくせつびだんじだいかがみ》』として上演された。版元の若狭屋《わかさや》も、双六《すごろく》に本作を入れて売れ筋作品として広報している。

二世為永春水と名乗り、初めてのヒット作にもかかわらず未完となったのは、明治維新の「著作道書き上げ」の影響が大きい。勧善懲悪譚が荒唐無稽とされ、こうした作品を大っぴらに書けなくなっていた。条《じょう》野《の》採《さい》菊《ぎく》との共著『近世紀聞』の執筆が忙しかったのもあるだろう。新政府は実用的な内容を良しとして、江戸のエンタメは風前の灯火であった。

そんな染崎延房ら**江戸の戯作者たちは、「つづきもの」という新聞小説の前身に活路を見いだす**のだが、それはまた別の話として機会を持ちたい。

関連資料

原本は『北雪美談時代加々見』として国立国会図書館デジタルコレクションで公開。翻刻は続帝国文庫 第30編「時代鏡：北雪美談 初ー44編」（博文館）。こちらも同サイトで公開。口絵カラーは『北雪美談　時代かがみ』として文化遺産オンラインで閲覧可能（国立劇場所蔵）。

『北雪美談時代加々見』為永春水著　国立国会図書館デジタルコレクション

14　SF・冒険・妖術・魔人

金《きん》幣《のざい》猿《さる》島《しま》郡《だいり》

将門《まさかど》が滝夜叉姫《たきやしゃひめ》に転生して盗賊の妻に鶴屋南北《つるやなんぼく》一世一代の遺作

◉歌舞伎　◉敵討ち　◉恋愛5（BL）

作：鶴屋南北《つるやなんぼく》　初演：文政《ぶんせい》12（1829）年、江戸中村座

田《た》原秀郷《わらのひでさと》に討たれた平将門《たいらのまさかど》は、妻である滝夜叉姫《たきやしゃひめ》の亡《なき》骸《がら》を借りて蘇り、筑波山《つくばさん》の盗賊・坂東太郎《ばんどうたろう》の女房となっている。田原秀郷は滝夜叉姫の元許嫁《いいなずけ》であり、秀郷は元許嫁の姿となっている、かつて殺した将門と再会する。

一方、将門の娘である七綾姫《ななあやひめ》は、源頼光《みなもとのよりみつ》と不義の関係にある。七綾姫に横恋慕する藤原忠文《ふじわらのただふみ》は、「父を蘇らせたら身を任せる」と言われ策を講じるものの、姫はなびかないため悶死する。頼光は清姫《きよひめ》のストーカー行為から逃れるために七綾姫と別れ別れになってしまう。

ようやく2人は再会するも、そこには清姫がおり、七綾姫への嫉妬から蛇体化する。祝言を挙げる2人を祝う白拍《しらびょう》子《し》に、忠文と清姫の怨念が取り憑《つ》き、双面《ふたおもて》となって2人を祟《たた》り殺そうとする。そこへ田原秀郷がやってきて、悪霊を退治する。

実は坂東太郎は取り違えの子であり、彼こそ本物の藤原《ふじわらの》純友《すみとも》であった。坂東太郎と滝夜叉姫、つまり藤原純友と平将門は、再起を目指して決起するのであった。

ここがエモい

完全にBL！ぶっ飛び度マックスの南北の遺作

鶴屋南北《つるやなんぼく》の遺作。この初演の11月の27日、75歳の生涯を閉じた。立て作者に息子の二代目勝俵蔵《かつひょうぞう》、中軸に孫の鶴屋《つるや》孫太郎《まごたろう》を据えての、親子孫三代の共作である。

本作は顔見世《かおみせ》狂言《きょうげん》として書かれた。いかに多くの役者を見せるかにかかっているので、物語は二の次。将門《まさかど》と滝夜《たきや》叉姫《しゃひめ》、忠文《ただふみ》と清姫の、2組の男女双面《ふたおもて》を見せるためだけに書かれたと言っても過言ではないだろう。

とはいえ、設定がすごい。平将門が転生するのはよいとして、妻の滝夜叉姫の体を借りて、しかも盗賊の女房である。さらに、その盗賊はというと、平将門の乱と同時期に承平天慶《じょうへいてんぎょう》の乱を起こした藤原純友《すみとも》だ。ふたりは東と西で朝廷に対して反乱を起こしており、同志のようでもある。

しかし、いくら取り違えられた過去があったとしても、藤原純友は別人であり、坂東太郎《ばんどうたろう》として生きてきたシン純友にとってみれば天下再興など関係ないのだが、**そこは歌舞伎でファンタジーなので、深く考えてはならない。**というか、**これは平将門と藤原純友の時を超えたＢＬではないか。**常に新しい扉を開いて世に問う、大南北の最期に仕掛けた秘密の扉であった。

関連資料
『鶴屋南北全集12』（三一書房）

『金幣猿島郡』歌川国貞筆　東京都立中央図書館蔵

15 一眼国《いちがんこく》

◉落語　◉どんでん返し　◉社会派ドラマ

作者不明

両国広小路で見世物小屋を持つ香具師《やし》が、諸国を巡る六部《ろくぶ》を家に上げ、旅で見つけた妖怪の類いを知らないかと探る。最近は見世物小屋の競争が激しく、何かめずらしい見世物がないと差別化できない。六部が知っている珍しいものを探して、見世物に出そうという考えだ。

六部は最初は思い出せないでいたが、香具師がしぶしぶ出した茶漬けを食べて帰ろうとしたところ、思い出したと戻り、不思議な体験を語った。

江戸から北へ１２０里ほどいったところにある、大きな原中の榎の下で、「おじさん、おじさん」と自分を呼ぶ子どもの顔を見ると、顔がのべらで目がひとつ。一つ目の女の子だった。

香具師はこの話を聞くと六部に礼を言い、早速一つ目を探しに旅に出た。そして大きな原にたどり着く。生暖かい風に鐘の音。「おじさん、おじさん」の声に振り向くと、顔がのべらで眼がひとつ。香具師は一つ目の女の子を捕まえようとすると、百姓たちが現れて捕らえ、奉行所へ引っ立てられた。

御白洲《おしらす》で周りを見ると、周りは皆、顔がのべらで眼がひとつ。一つ目の国に迷い込んでいたのだ。

「こんなにいらねんだ、一人でいいんだよ、一人で」

この期に及んで見世物を考えている香具師。役人が香具師の頭を掴《つか》む。

「この野郎、面ァ上げろ」

「ほう、こやつ、眼がふたつあるぞ。この詮議、後回しじゃ。見世物へ出せ」

ひとこと

日常が反転したとき、自身が異端となる。これほど怖い話があるだろうか。見事な逆さ落ちではあるが、笑えない。

話の中では「一つ目」という妖怪になっているため、コミカルな雰囲気で丸く収まっているが、しかし、「戦争が起きて隣人が敵になった」「災害のデマが真実として流布した」など、いつ何時、自分が香具師になり得るかもしれないのだ。


今、自分を取り巻いている常識や価値観は、果たして「正しい」のか「普通」なのか。哲学の落語である。

16 忠臣水滸伝《ちゅうしんすいこでん》

◉読本《よみほん》 ◉敵討ち ◉パロディ・パスティーシュ
作：山東京伝《さんとうきょうでん》 前編：寛政11（1799）、後編：享和元（1801）年

北朝光明《こうみょう》天皇の世。北陸に疫病が流行し、新田義貞《にったよしさだ》の兜を鎌倉に埋めて追善することになった。その命を受けた鎌倉の執事高武蔵介師直《こうのむさしのすけもろなお》と雲州《うんしゅう》の塩冶高貞《えんやたかさだ》が、穴を掘ると地中に石室があった。師直がこれを開くと、一筋の白い気が昇り、四十程の金の光が四散した。師直は鶴岡八幡宮で高貞の妻を見て恋慕し、奸計《かんけい》で高貞を自刃させる。

ひとこと

山東京伝《さんとうきょうでん》が読本《よみほん》に転向した第1作。曲亭馬琴《きょくていばきん》の『高尾船字文《たかおせんじもん》』の動きをみて着手したことは明らかで、世界を「仮名手本忠臣蔵《かなでほんちゅうしんぐら》」にとって、水滸伝を付着させている。『高尾船字文』の版元が蔦屋重三郎《つたやじゅうざぶろう》で、

京伝の本作は、蔦重のライバルで京伝を蔦重と独占した鶴屋喜右衛門《つるやきえもん》。挿絵は京伝の絵の師匠であり、その道の重鎮である北尾重政《きたおしげまさ》。大きく打って出た。

文体は多少古めかしく、しかし黄表紙《きびょうし》作家である京伝独特の見立てなどのくすぐりが入り、それがおかしみを誘う。馬琴は大真面目に物語をなぞったのに対し、京伝は忠臣蔵の世界の中で水滸伝のモチーフや説話を織り交ぜ、なぜか兼好法師《けんこうほうし》を登場させて師直の艶書《つやがき》のアドバイスをさせ、勘平《かんぺい》が生きて仇討《あだう》ちに参加するなど、「どうしてそうなった」感がすごい。読本というよりも、忠臣蔵と水滸伝のもっともらしいパロディにも思える。しかし、この軽さが大衆に受けたのはさすがの京伝で、馬琴も『近世物之本江戸作者部類《きんせいもののほんえどさくしゃぶるい》』で本書が好評であったと素直に伝えている。

『忠臣水滸伝』山東京伝作　東京都立中央図書館蔵

17 傾城島原蛙合戦《けいせいしまばらかえるがっせん》

◉浄瑠璃　◉トラウマ・ルサンチマン

作：近松門左衛門《ちかまつもんざえもん》　初演：享保《きょうほう》4（1719）年　大坂竹本座

鳥《と》羽院《ばいん》の夢占いで、邪法を広める浪人詮議の命が、富《と》樫左衛門《がしさえもん》と足立右馬允《あだちうめのじょう》に下る。葛西郡司《かさいぐんじ》は足立の恋人である琵琶姫《びわひめ》の父だが、奥州錦戸《おうしゅうにしきど》兄弟の七草四郎《ななくさしろう》を討てずに自害。琵琶姫は兄の源六郎と敵討ちを決意する。

四郎は京都に忍び、浪人手塚幡楽を味方に付けようと、その娘で遊女の更科《さらしな》に近づく。唐琴《からこと》と名を変えた琵琶姫は、更科の客が四郎と知り、兄に知らせる。そこに富樫の軍勢が押し寄せ、四郎は蝦蟇《がま》の妖術で更科を攫《さら》い姿を消す。幡楽は四郎と源六郎が引き合う矢で死ぬ。

四郎は七草城にこもるが、琵琶姫と更科が忍び込み、四郎一味を滅ぼし、富樫は戦死。源六郎と更科、足立と琵琶姫の祝言となる。

ひとこと

キリシタンものと呼ばれるジャンルであり、キリシタンは謀反人《むほんにん》という定義が入る上に、蝦《が》蟇《ま》の妖術が使える設定となっている。

偏見に満ちた内容なのだが、そこはさすが近松門左衛門《ちかまつもんざえもん》で、天草四郎《あまくさしろう》が美少年であった史実に留意し、悪役ながら魅力的だ。

虹の息を吹きかけ相手を惑わせたり、逃走するときは虹の橋を渡る。さらには蝦蟇に変化して更科《さらしな》の柔肌にぴったりと張り付く。

「四郎が来て身を責むる。見てくださんせ」と上の衿押し開けば、頭に角有大の蝦蟇、雪の肌にひつたりと四足をはつて肉をしめ……。**グロくてエロい。**仇討《あだう》ちものとしながら、四郎、更科、源六郎の、恋と陰謀の物語が展開する。これぞ、近松の真骨頂。蝦蟇を邪悪なものとしながらも、退廃的な四郎の魅力に、見た者は取り憑《つ》かれていくのだ。

18 お若《わか》伊《い》之《の》助《すけ》

◉落語 ◉どんでん返し ◉恋愛1（心中以外の悲劇・悲恋）

作：三遊亭圓朝《さんゆうていえんちょう》

日本橋横山町《よこやまちょう》の生薬屋《しょうやくや》「栄屋」の娘・お若は、今年18になる小町と呼ばれるほどの評判娘。父は他界しており、母が店を切り盛りしながらお若を育てていた。あるとき、お若は一中節《ちゅうぶし》（浄瑠璃の流派）を習いたいという。一人娘のことで外に出すのも心配で、に組の頭の初五郎に相談する。初五郎は、元武士で一中節の師匠の菅野伊之助《かんのいのすけ》を勧める。歳は25だが真面目で堅い人物ということで、伊之助に家に来てもらって習うことにした。

ところが、この伊之助が男も惚れ込む役者ばりの良い男。18の娘と25の男が毎日膝をつき合わせているのだから、間違いが起こらないわけがない。深い仲となってしまい、母親は初五郎に手切れ金を渡し、伊之助に二度とお若に近づかないように言い含める。

お若は根岸《ねぎし》の里、御行《おぎょう》の松《まつ》の近くで町道場を開いている叔父の長尾一角の家に預けられた。お若の伊之助への想いは募る。そんな時、伊之助がやってきた。それからは毎晩の逢瀬。お若は妊娠してしまう。

初五郎は伊之助を問いただすが、当の伊之助には身に覚えがない。そこで初五郎と一角がお初の離れを見張ることに。夜が更け、八つの鐘がなると伊之助らしき人影が現れ、お初の部屋に忍ぼうとする。これを短筒《たんづつ》で撃ってみると、古《ふる》狸《だぬき》であった。お初は月が満ちて双子の狸を産むが絶命していた。これを御行の松のほとりに葬り、因果塚の由来となった。

ひとこと

三遊亭圓朝《さんゆうていえんちょう》の創作落語。根岸《ねぎし》に御行《おぎょう》の松《まつ》は確かにあり、「江戸名所図会《えどめいしょずえ》」にも描かれている有名な松なのだが、因果塚はどこにもない。「これが因果塚の由来となりまして」ともっともらしいことを言っておきながら全くの創作だ。

実はこの話は現代風に改作されたもので、圓朝の原作には続きがある。お若が産んだ子は人間であり、男児を伊之吉、女児をお米と名付けた。お若は尼となるが、ここに本物の伊之助が通い、毎夜逢う仲に。これが周囲にばれ、ふたりは駆け落ち。新橋駅から神奈川に向かい、いろいろあるも幸せに暮らし、息子・岩次ができる。20年経って、根岸に戻るとそこにはお若がもうひとりいた。そして、そこに駆け落ちしてくる男女は伊之吉とお米であり、兄妹と判明する。伊之吉とお米は綾瀬川に身を投げ心中。お若は離魂病であり、伊之助と共にいたお若は消え、根岸のお若は死に、伊之助は首をくくった。遺された岩次は両親と兄妹を供養するため仏門に入り、谷中《やなか》に因果塚を建てた。扨《さ》て永々続きました因果塚の由来のお話もこれで終わりと致します。

明治に入ってから創作されたもので、新橋駅や品川駅が登場し、駆け落ちに汽車を使うなど、当時の風俗が描かれる。ただ、離魂病のくだりはとってつけた感があり、春陽堂版『圓朝全集』の編纂に当たった鈴木行三《こうぞう》氏は「これは圓朝の『因果塚』を、偽作屋が勝手に小細工をして、圓朝没後圓朝の名で出版したものと思われます。圓朝の『お若伊之助』の速記が出来ていない為已《や》むを得ず参考として編入したのであります」と書いている。後味が良くない噺でさもありなんなのだが、圓朝はこうした救いのない話については大得意でもあるので、贋作《がんさく》かどうかは謎のままだ。

19 竹斎《ちくさい》

◉仮名草子《かなぞうし》　◉成長・運命に立ち向かう　◉社会風刺

作：富山道冶《とみやまどうや》　初出：元和《げんな》7（1621）年

山《やま》城国《しろのくに》の藪医者竹斎《やぶいしゃちくさい》は、都に望みを失い、家来のにらみの介と諸国行脚《あんぎゃ》を思い立つ。京都の名所名跡を回り、三条大橋を後にして東海道を下り、美濃路を経由して名古屋についた。そこで「天下一やぶくすし竹斎」と看板を出し、当意即妙の療治で奇功を奏し、かと思えば大失敗をしたりする。3年ほどで名古屋を出て、東へとくだり江戸に出る。江戸の名所を回りながら、この江戸でなら自分も一旗揚げられそうだ。

くれ竹のすくなる御代にあひぬれば
やふくすしまてたのもしきかな

ひとこと　江戸初期の仮名草子《かなぞうし》で滑稽本。道中記でもあり、当時の社会に対する風刺が描かれているなど、既に近世文学の様相をみせている。この仮名草子、なんと初版は古活字版だった。古活字とは文禄の役で朝鮮から略奪した銅版活字を模した活字で、徳川家康はこの活字を使って愛読書の『吾妻鏡《あづまかがみ》』などを印刷、刊行した。この家康の文化事業で、近世の出版文化が活発化したと言える。本作の刊行は家康が開府してから18年ほどで、活字印刷が庶民の読物である仮名草子にも使用されていたことがわかる。

やがて日本語の特性上、活字は揃えるのも組むのも手間がかかり、その原稿をまるごと板に彫るという「整版」となるのだが、本作も初版から5年後の寛永3（1626）年には整版で刊行されている。

さて、この竹斎先生、藪医者ということでトンデモ療治で読者を笑わせるという滑稽本であり、当世の名ばかりの名医を揶揄する内容とされてきた。ところが、作者の富山《とみやま》道冶《どうや》は現役の医者であり、竹斎が行った治療には医学的根拠があったのでは、という説も出てきた。ということは、医学知識層にとってみれば、藪医者と嘲笑される名医が**「私、失敗しないんで」**と最新治療で人を救い、**「ここも長く居すぎたかしら」**と颯爽と去り、自由を求めて江戸に出るという医療ドラマとしても読めるわけで、江戸のエンタメ、恐るべしである。

2章

怪異都市伝説

四谷のお岩さん、
番町のお菊さん、累《かさね》ヶ《が》淵《ふち》の累《かさね》
まことしやかに語られる幽霊と怪異

怪異都市伝説

葛飾北斎「百物語・さらやしき　出典：ColBase（https：//colbase.nich.go.jp/）

江戸時代の人々も怪談や都市伝説が大好きだった。怪談の始まりは「説話」である。仏教の教えを説く「説教」は庶民には難しく、わかりやすい物語で伝えようとしたのだ。わかりやすくて関心を集めやすいテーマは何かと言えば、艶っぽい話と笑い話、そして怖い話である。説話集である『日本霊異記《にほんりょういき》』や『今昔物語集』には多くの幽霊や狐狸《こり》が怪奇現象を起こす奇談がある。物語の最後には、因果因縁や道徳、仏道を説くのだ。

そんな説話から怪談が独立し、エンタメ化したのが江戸時代。『伽婢子《おとぎぼうこ》』や『奇異雑談集《きいぞうだんしゅう》』など多くの怪談本が出版された。その集大成となるのが上田秋成《うえだあきなり》の『雨月物語《うげつものがたり》』だ。人物の心象を細やかに描いた耽美《たんび》的な物語は、怪談を読物《よみもの》に昇華させた。また、説話や伝承は能の題材となり、江戸時代になると、浄瑠璃や歌舞伎の趣向として取り入れられた。道成寺物《どうじょうじもの》や隅田川物《すみだがわもの》などは、能の演目を原点としている。

人が幽霊となるとき、幽霊と対峙《たいじ》するとき、そこに見えてくるのは人間の欲と業と因果応報。怪異に描かれるのは、人間の本質なのかもしれない。

1 怪異都市伝説

死霊解脱物語聞書《しりょうげだつものがたりききがき》

累《かさね》の怨霊は因果因縁か 祐天上人《ゆうてんしょうにん》が暴く因習村の罪

◉仮名草子《かなぞうし》 ◉嫉妬・葛藤 ◉社会派ドラマ

作者不詳（本文中の記載によると残寿という僧侶が祐天上人や村人から聞き書きした） 初出：元禄《げんろく》3（1690）年
版元：江戸山形屋吉兵衛

登場人物

祐天上人《ゆうてんしょうにん》……浄土宗の僧。下総国羽生村《しもうさこくはにゅうむら》で累の怨霊を成仏させるべく奔走する。後に浄土宗大本山の芝増上寺《しばぞうじょうじ》法主として大僧正となった実在の高僧。

累《かさね》……下総国羽生村の農民の娘。与右衛門を婿にとるが、与右衛門に殺害され、怨霊となって害をなす。

与右衛門《よえもん》……累の婿となった農民。累を嫌い、鬼怒川で殺害し、その後後妻をもらうも6人の妻が死ぬ。

菊……与右衛門と6番目の妻との娘。累の怨霊が取り憑《つ》き、菊の体を使って恨みを晴らそうとする。事件解決後、家を継ぎ、子どもも出来て栄える。

助……累の兄に当たる人物。累の母親の連れ子で、障害があったため累の父親が妻（累の母親）に殺させた。助も成仏を願ったため、村の過去の罪が明るみに出る。

名主《なぬし》……村の過去の事件を知るが、表沙汰になるのを嫌がったため祐天上人に脅される。

下《しも》総国《うさこく》羽生村《はにゅうむら》の農民・先代の与右衛門《よえもん》は、嫁の連れ子である助の目と足が不自由であることを理由に、助が6歳の時に嫁に殺させた。その後、嫁が産んだ女の子は、殺した助と同じ障害があった。娘は累《かさね》と名付けられた。

累は両親が死んだ後、婿を取った。婿は二代目与右衛門を名乗った。与右衛門は、妻の累が醜い上に性格が悪かったことを理由に嫌い、鬼怒川《きぬがわ》で累を殺し事故死に見せかけた。与右衛門は累の土地を我が物とし、後妻ももらった。しかし、後妻たちはなぜか次々と死去し、6番目の妻が「菊」という女の子を産んだ。しかし、菊が13歳の時に死んでしまった。

菊に婿を取らせるが、その翌年、菊は発病して苦しむ。そして、自分は与右衛門に殺された累の怨霊であるという。村人たちは与右衛門に剃髪させ謝罪させるが、累の怒りは収まらない。村の名主が累と問答したところ、望みは念仏供養による成仏と聞き、村中で念仏を唱えると累の怨霊は去った。その間、菊の魂は地獄と極楽を巡ってきたという。そ

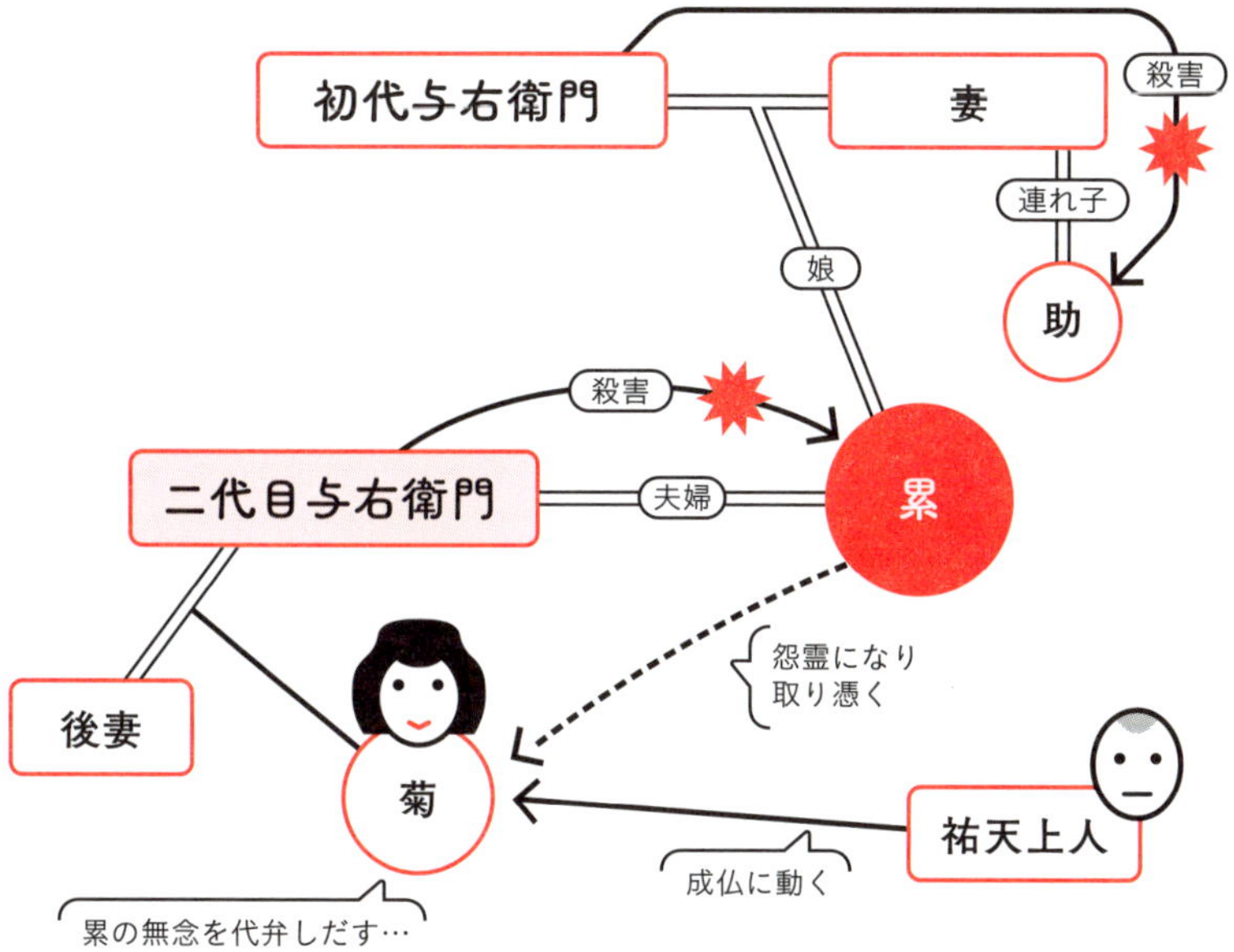

『死霊解脱物語聞書』主要人物相関図

の様子を聞くと、経典と同じであった。

しかし、累は再び菊に憑依《ひょうい》し、やっぱり成仏できなかったので、石仏を建立せよという。名主は約束するも、その代わりに村人たちの死後を教えよと頼む。累は、この村人はみな地獄に落ちたと伝える。偽りを言うなと怒る村人に、累は地獄に落ちる理由となる村人それぞれの罪を暴露していく。驚いた名主は、急いで念仏を唱え、累を無理やり去らせた。

石仏を建てないことに腹を立てた累は、再び菊に憑依して村人を責める。困った名主は祐天上人《ゆうてんしょうにん》に知らせる。祐天上人は村に入り菊に向かって読経するが怨霊は去らない。念仏を唱えるだけで成仏できるという教えはまやかしだったかと悩むも、菊（に憑依した累）自身に念仏を唱えさせる答えにたどり着いた祐天上人は、嫌がる累の怨霊をねじ伏せ、ついにその口から念仏を唱えさせることに成功する。累は成仏できた。石仏が建立され、戒名が与えられた。

しかし、再び菊に何者かが憑依する。祐天上人が返答を求めると、助と名乗り、自分は60年前に鬼怒川に投げ込まれ殺されたと答えた。名主がその事件を隠そうとするので、役人に届け出ると脅すと、事件を知る者が語る。助は、先代の与右衛門（累の父）の後妻の連れ子で、目と足に障害があったため邪魔に思い、後妻に鬼怒川に投げ込ませたという。後に生まれた累も同じ障害があったため、村人たちは因果の報いと噂《うわさ》していた。

祐天上人は助の身の上に同情し、戒名を与えて成仏させ、累と共に菊を守るように説いた。

菊は出家して尼となることを希望したが、祐天上人は女性でも在家で念仏を唱えることで極楽往生できると諭す。以後、菊の田畑はよく実り、子どもも2人生まれ、家は栄えたという。

ここがエモい

今やミステリーのド定番、クローズドサークルの先進的な話

全体を通して祐天上人《ゆうてんしょうにん》のエクソシスト譚《たん》なのだが、舞台が村人共通の秘密があるという**因習村**（因習ではないが）、そこに住む何か不思議な力を宿している少女という、**横溝正史ミステリー的な物語である。日本人はこういうのが昔から好きだった。**

しかも、「浄土宗すごい」「祐天上人マジ高僧」といったただの英雄伝ではなく、祐天上人が途中で自身の信仰や能力への疑念、否定など人間らしい葛藤が描かれており、娯楽小説として完成されていることにも注目したい。

本作が刊行された元禄期は、仏教が説く因果応報や功徳による極楽往生に対し、人々が疑念を持ち始めた頃でもあった。

病気は霊障ではないから呪いでも前世の悪事でもないので医者に行くべきだし、貧乏は因縁ではなく理不尽な身分制度によるもので、美醜や障害も因果応報とか親の因果などとは関係ない。従って加持祈祷《かじきとう》でどうこうできるものではないし、仏教だって万能の薬ではない。身に覚えがない不幸を、前世や親の因果では説明ができず、現世で功徳《くどく》を積んだとして結果が死んでから極楽往生という形でしか表れないのなら、今生きている人間はどうなるのだ。仏教説話は道徳倫理の話であり、怪異はエンタメへと変わる。そういう時代になっていた。

祐天上人が帰依する浄土宗も、念仏で悪霊退散など胡散《うさん》臭《くさ》いことはしないようにと僧たちに言い渡していた。本作の中で、祐天上人は闇夜に紛れて羽生村へと向かうのだが、これは「宗門の傷になるのでは」と躊躇《ちゅうちょ》したからである。

本作では、累の美醜や障害、助の存在、村人たちが知る罪や秘密、菊の行く末を、スピリチュアルな解説だけですませてはいない。

累の美醜や性格の悪さは、与右衛門《よえもん》や村人からみればそ

う感じるだけであり、過去に何があったのか知らない菊は、極楽で累《かさね》の案内で現世に戻ったあと、「とても美しく、後光が差し、親切だった」と累について述べている。そこには、与右衛門が累を殺したこと、さらには60年前に同じ鬼怒川で初代の与右衛門が累の兄である助を殺していること。この人殺しの事件を、村を維持するためになかったことにする、または累の性格や醜さ、障害のせいにして正当化するという、後ろめたさが見せているに過ぎないと語る。

　累が助と同じ障害があり、助と同じ場所で殺されたことに関しても、祐天上人は累と助を全く別の人間として対峙する。累は累として生まれており、助は全く理不尽な理由で殺された被害者であり、成仏を待っている個人である。

　また、累と助の依代《よりしろ》となった菊は、一見不思議な力を持った少女のように描かれており、実際に生きながらにして地獄と極楽巡りをしてきているし、村人も生仏《いきぼとけ》のように扱おうとする。しかし祐天上人は「あったかくしてちゃんと食べてちゃんと寝れば良くなる」と、とても真っ当なアドバイスをする。そして、菊の方はいろいろ体験して出家しなければならない気になるのだが「心配しなくても、念仏を唱えて日々真面目に暮らしていれば、これから幸せになれるし、極楽にも行けるんだから、わざわざ出家する必要はない」と諭す。

浄土宗の教えを広める説話のようでありながら、現実的で当世風なストーリー展開は、当時の人々もミステリー小説として楽しんだのではないかと思ってしまうほどに新しい。

　また、因果因縁に関係なく累と助は、多くの人々の同情と共感を以て人々に受け入れられた。当初の仏教では女人は生きながらにして地獄に落ちると言われていた。**これは修行中の男を惑わせるからという、「知るか」としか言いようのない理由なのだが、恐らく多くの女性たちは「ふざけるな」と思っていたことだろう。**これを、浄土宗は「念仏さえ唱えれば誰でも極楽行けます（大雑把な意訳）」と、女人救済の教えを説いた。

　さらに、美醜や障害についても「親の因果」「前世の行いが悪かったから」などと理不尽極まりない考え方であったものを、**本作では「美醜は見る人の思い込み」「障害があろうがあるまいが人として幸せに生きる権利」を説いた。**

　不合理な因果の救済と、現報《げんぽう》（仏語。現世でつくった業因《ごういん》の報いを受けること）の希望と肯定を描いた本作は人々に大いに受け入れられることとなり、祐天上人は江戸城の女性たちの信任を受け大僧正まで出世し、累の物語は本作以後、

「累《かさね》もの」として芝居や戯作《げさく》に描かれることとなる。**累の姿は、当時の女性たちの不幸と理不尽を一身に背負った女性そのものであった。**歌舞伎や戯作に登場する累は「美人」設定が多いのだが、役者を綺麗にみせる目的もあっただろうが、せめて本当の姿はそうであってほしいという、人々の希望だったのかもしれない。

関連資料

小二田誠二『死霊解脱物語聞書　江戸怪談を読む』白澤社に翻刻と現代語訳、解説がある。服部幸雄『変化論：歌舞伎の精神史』平凡社に翻刻があり、国会図書館デジタルコレクションの送信サービスで閲覧可能。

怨霊となった累（左）と祐念上人（右）が描かれた錦絵。
「祐天上人累の解脱」歌川豊国筆　国立国会図書館デジタルコレクション

2 怪異都市伝説

東《とう》海《かい》道《どう》四《よつ》谷《や》怪《かい》談《だん》

江戸怪談芝居の傑作 お岩の怨霊が助太刀する仇討《あだう》ち

◉歌舞伎 ◉敵討ち ◉パロディ・パスティーシュ

作：鶴屋南北《つるやなんぼく》 初演：文政《ぶんせい》8（1825）年、江戸中村座

登場人物

お岩《いわ》……塩冶《えんや》の浪人・四谷左門《よつやさもん》の娘、お袖の姉。民谷伊右衛門と夫婦となり子を産むが、産後の肥立《ひだ》ちが悪く、伊右衛門と親しい伊藤喜兵衛の使いが持ってきた毒薬を飲む。

民谷伊右衛門《たみやいえもん》……塩冶の浪人でお岩の夫。復縁を反対したお岩の父である左門を殺している。伊藤喜兵衛の孫娘・お梅に見初められ高家への仕官を条件に、お岩を見殺しにして婿に入る。

伊藤喜兵衛《いとうきへえ》……高師直《こうのもろなお》の家臣。孫娘のために伊右衛門を婿にしようと、お岩と離縁させる計画を立て実行する。

お梅……伊藤喜兵衛の孫娘。伊右衛門に恋をして結婚したいと願う。

小仏小平《こぼとけこへい》……伊右衛門の下男。元は塩冶の武士。お花を妻に持つ。お岩の間男に仕立てられ伊右衛門に殺される。

宅悦《たくえつ》……民谷家に出入りする按摩《あんま》。伊右衛門に脅され、お岩を誘惑しようとするが、容貌が崩れたお岩を見て恐れ、伊右衛門らの計画をしゃべってしまう。

お袖《そで》……お岩の妹。出自に秘密がある。塩冶の浪人・佐藤与茂七が許嫁《いいなずけ》。しかし、与茂七を殺した直助権兵衛に仇を討つと騙《だま》され、身を許してしまう。

直助権兵衛《なおすけごんべえ》……お袖に横恋慕していた薬売り。与茂七と間違って奥田《おくだ》庄三郎《しょうざぶろう》を殺害。

佐藤与茂七《さとうよもしち》……お袖の許嫁で塩冶の浪人。討ち入りを果たす日を待つ。

塩《えん》冶《や》家の家臣・伊右衛門《いえもん》はお岩《いわ》との復縁を親の四谷左《よつやさ》門《もん》に願い出るが、不義士を理由に断られたため、左門を斬り殺す。同じ場所で、直助権兵衛《なおすけごんべえ》がお岩の妹・お袖《そで》の許嫁《いいなずけ》である与茂七《よもしち》を殺す（実は人違いで殺されたのは奥田《おくだ》庄三郎《しょうざぶろう》）。直助はお袖に横恋慕していた。駆けつけたお岩とお袖に、伊右衛門と直助は自分たちが殺したことを隠し、敵討ちを助太刀すると騙《だま》す。

伊右衛門の子を産んだお岩は、産後の肥立ちが悪く病がちになり、この状況に不満が溜まる伊右衛門も仕官先は決まらず傘張りの内職をしている。伊右衛門の下男・小仏小《こぼとけこ》平《へい》が、塩冶浪人である元主人のために、伊右衛門が持つ秘薬を盗み、これが見つかり伊右衛門に縛り上げられる。そ

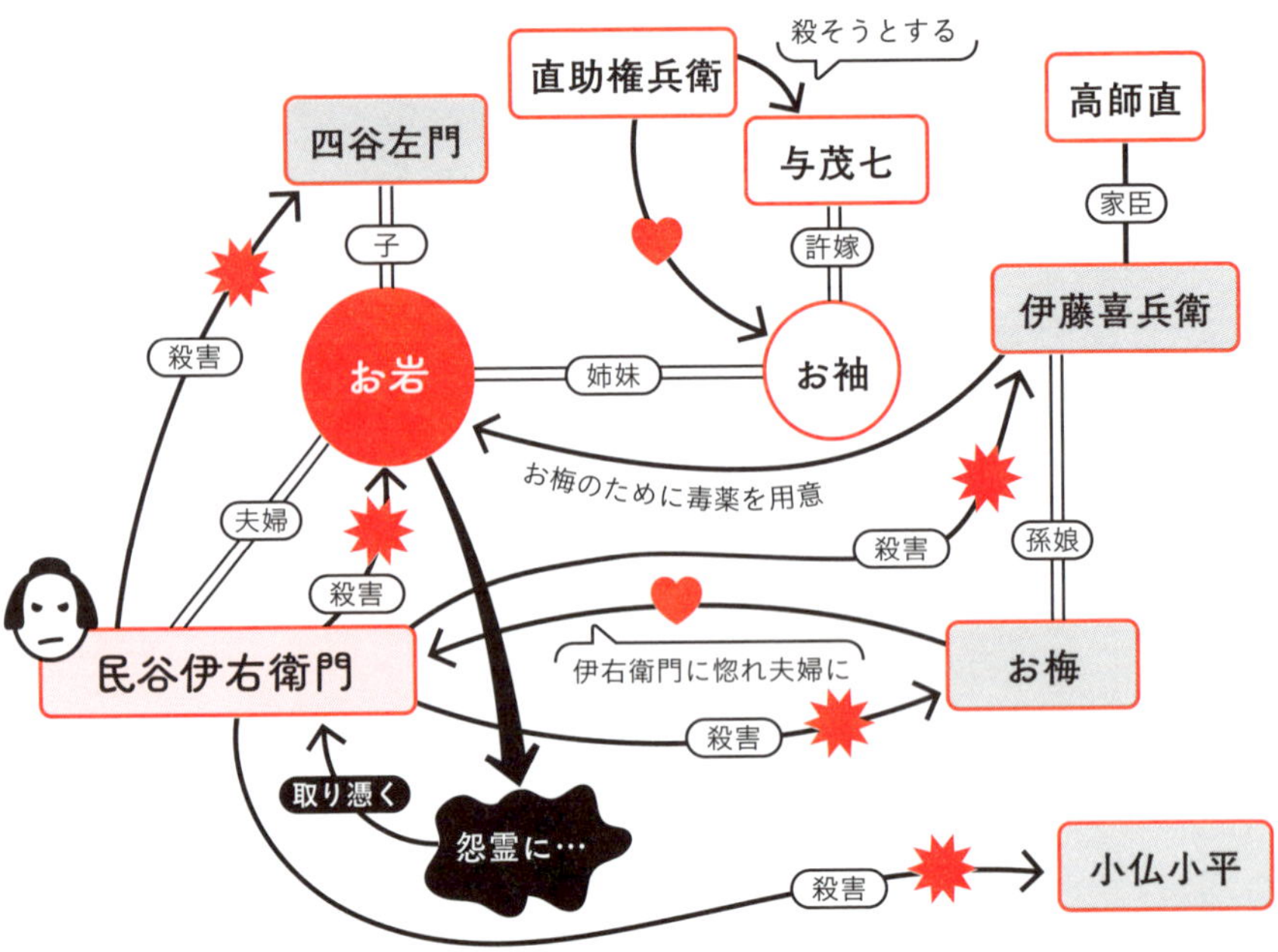

『東海道四谷怪談』主要人物相関図

こに高師直《こうのもろなお》の家臣である伊藤喜兵衛《いとうきへえ》の使いがやってきたので、小平を隠す。伊藤家の使いはお岩に飲ませる薬を置いていく。

伊右衛門が伊藤家に礼に行くと、喜兵衛は孫娘のお梅が伊右衛門に惚《ほ》れているので、婿になってほしいと頼む。お岩がいるからと断ろうとするが、喜兵衛はそのために毒薬を届けさせたと言い、高家の仕官を条件に伊右衛門は喜兵衛の誘いに乗る。一方お岩は、伊藤家が持ってきた薬を飲み、苦しみ出す。薬のせいで顔が崩れ始める。

そこに、按摩《あんま》の宅悦《たくえつ》がやってきて、お岩に同衾《どうきん》（一夜を共にすること）を迫る。抵抗するお岩に宅悦は、お岩に毒薬を飲ませて自分と不義の罪を着せて追い出すという、伊右衛門の企みを喋《しゃべ》ってしまう。お岩は苦しみ悶え、置いてあった小平の刀で首を刺し死ぬ。

戻った伊右衛門は、閉じ込められたまま全てを見ていた小平を斬り殺し、2人の死体を戸板に打ち付け、情死に見せかけて川に流す。

喜兵衛が連れてきたお梅と祝言を挙げた伊右衛門は、お岩が死んでいた部屋で新枕を交わそうとする。しかし、伊右衛門はお岩と小平の霊に錯乱し、喜兵衛とお梅を斬り殺す。伊右衛門は逃亡する。その後も、隠れ忍ぶ伊右衛門の前に戸板が流れてきて、引き揚げるとお岩と小平が死霊の姿となって現れるなど怪異が起こる。

一方、お岩の死を知ったお袖は、お岩と与茂七の敵討ちの助太刀を条件に、直助と同衾する。そこに、殺されたと思っていた与茂七が現れた。お袖は争う与茂七と直助に刺され死ぬ。お袖の遺書から、直助はお袖が生き別れた妹だったことを知り自害する。

与茂七は、小平の霊により全ての元凶が伊右衛門であると知る。一方、蛇山の庵室に逃れた伊右衛門は夢の中でも夜な夜なお岩の怨霊に苦しめられ、竹藪まで逃れるも半狂乱となり与茂七に討たれる。

ここがエモい
勧善懲悪を全否定、人間の「下衆《げす》」な部分を描き切った

本作は、「仮名手本忠臣蔵《かなでほんちゅうしんぐら》」（110頁）との交互狂言として初演された。一番目は仮名手本忠臣蔵、二番目に初代尾上《おのえ》松助《まつすけ》のお家芸である怪談狂言を仕組んだもので、四谷怪談の方に仮名手本忠臣蔵の世界が組み込まれているのは、そうした理由からだった。与茂七《よもしち》が裏切り者である伊右衛門《いえもん》を討ち、次の仮名手本忠臣蔵で討ち入りの段というわけだ。鶴屋南北《つるやなんぼく》が71歳のときの作品で、これまでの南北が手がけた趣向が綯《な》い交《ま》ぜになっており、その演出はグロく、これまでにない解釈で意表を突いた。

例えば、お岩が髪を梳《す》き、髪がごっそりと抜け血が滴るという有名なシーンがあるが、**本来女性が髪を梳く時は恋人と会う伏線であり、この後で濡場《ぬれば》がありますという意味だ。**ところが、南北はこれをひっくり返し、夫に裏切られ死を予感させるものにしている。毒で美人のお岩の顔が醜く変化するのも、南北が累《かさね》もので使った演出で、よりお岩への同情と残酷さを強調するものとなっている。

また、南北は本作を**仮名手本忠臣蔵の現パロとしているとも思える。**時代設定は仮名手本忠臣蔵の世界なのだが、描かれている風俗は江戸の化政期そのものだった。浪人の娘であるお袖《そで》は、食うために浅草の楊枝屋《ようじや》でバイトしつつ、夜は地獄宿（岡場所《おかばしょ》）で春をひさぐ。仕官先が見つからず禄がない伊右衛門は食うために蚊帳《かや》まで質草にして、傘張りの内職で糊口《ここう》を凌《しの》ぐ。**まさに、下級武士の困窮をリアルに写し取ったシーンだ。**

本作は『四谷雑談集《よつやぞうたんしゅう》』という実録本に取材しているのだが、四谷雑談の方の舞台は、タイトル通り四谷である。しかし、南北は「四谷」をお岩の父親の名に配し、舞台を浅草や深川など江戸の中心部から離れた場所にしている。こ

れも、**当時の退廃的な風俗を描写するものだ。**

しかも、仮名手本忠臣蔵の忠義の物語に対し、本作は伊右衛門の不義を中心に展開する。伊右衛門は塩冶《えんや》の浪人でありながら、金と生活のためにとっとと妻を裏切り伊藤喜《いとうき》兵衛《へえ》の策略に乗り、悪事を繰り返す。しかもこの悪事は、どうしようもないものではなく、明らかに伊右衛門の意思で手を染めていくのだ。

当時、読本《よみほん》や合巻《ごうかん》など文学の世界では勧善懲悪をテーマにした読み物が流行していた。勧善懲悪や実用的なものしか書けなかったという理由もあるのだが、ベストセラーとなるのは曲亭馬琴《きょくていばきん》の『南総里見八犬伝』（16頁）のような、正義と悪のスペクタクル冒険活劇だったのだ。

これを南北は真っ向から否定し、「色悪」の主人公である伊右衛門を、**とことん下衆《げす》に描き切った。「忠義や勧善懲悪など夢物語だ」という南北の、当時のエンタメに向けた挑戦状だったのかもしれない。**

実際、化政期にもなると忠義を尽くす物語に大衆は飽きが来ていた。仮名手本忠臣蔵の初演は寛延《かんえん》元（1748）年だが、この時でも既に、忠義や孝行だけでは登場人物を動かす理由には弱く、金や女で悩んだり死んだりさせねばならなかった。

南北が描くのは、芝居だ。大衆がわかりやすく楽しめるものでなければならない。人々が持つ勧善懲悪への疑念「タブー」を、そのまま描いた本作は大いに評判を取り、以後は単独公演となった。

また、本来本作は、小仏小平《こぼとけこへい》の忠義（男の幽霊譚）、四谷雑談に取材したお岩の怨霊譚、お袖を巡る不幸な三角関係という3つの物語を軸としており、主演の尾上菊五郎も、小仏小平、お岩、与茂七の3役に扮している。当初のメインと考えていたのはお袖と直助、与茂七の三角関係だったらしく、お袖が地獄宿で小間物屋に姿を変えた与茂七と出会うシーンから始まっている。

しかし、お岩の怪談部分で、戸板に打ち付けられた死体、直助が拾った櫛《くし》が災いをもたらすシーンなど、実際にあったセンセーショナルな事件に取材しており、ゴシップ的な要素が大衆の心を掴《つか》んだのだろう。本作以降、それまで女の幽霊と言えば累だったのだが、お岩に変わってしまった。

また、お岩さんの名誉のために書き加えると、お岩さんは伊右衛門と仲良し夫婦であったと、四谷近辺には伝わっている。東京都新宿区左門町にある於岩稲荷田宮神社《おいわいなりたみやじんじゃ》は、貧乏下級武士で生活に困ったお岩と伊右衛門夫婦が、それぞれ奉公に出なければならなくなり、お岩が奉公先で「早くまた夫婦で暮らせますように」と祈ったお稲荷様だという。
奉公先の主人は、お岩のこの話を聞いて不憫《ふびん》に思い、夫婦一緒に住めるように手配し、稲荷も建立した。人々は夫婦仲に御利益がある神社として、お岩とともに大切にお参りしていたという。
お岩さんは、きっと今も幸せにどこかで生きている。

四谷雑談集《よつやぞうたんしゅう》　元禄時代に実際に起きた四谷の事件を記した実録集。四谷在住の田宮家の総領であるお岩に、伊右衛門が婿入りしたが、上司の伊藤喜兵衛の妾に惚《ほ》れてしまい、喜兵衛の方も自分の子を身ごもった妾を押しつけたいと考え、2人はお岩を騙して追い出す。奉公先で騙されたと知ったお岩は狂乱し失踪。田宮家には不幸が続き、伊右衛門もネズミに食われて死ぬ。田宮家の女性が失踪した事件を、怪談に結びつけたのではないかとも言われる。

関連資料
新潮日本古典集成『東海道四谷怪談 新装版』(新潮社)では、郡司正勝による詳細な校注がある。元ネタとなった『四谷雑談集』の現代語訳は広坂朋信『実録四谷怪談』(白澤社)、高田衛『日本怪談集 江戸編』(河出文庫)。

役者絵「東海道四谷怪談」 歌川国芳画　東京都立中央図書館蔵

役者絵「東海道四谷怪談」 歌川国貞画　東京都立中央図書館蔵

2025年現在の於岩稲荷田宮神社（東京都新宿区左門町　撮影：淡交社）。
実際のお岩さんと夫の伊右衛門は仲が良く、良妻賢母の鑑「お岩さんの稲荷」として信仰を集めたそうだ。

3 怪異都市伝説

皿屋敷弁疑録《さらやしきべんぎろく》

「十」という数の謎 お菊が成仏できない理由とは？

◉実録、講談 ◉どんでん返し

作：馬場文耕《ばばぶんこう》　初出：宝暦《ほうれき》8（1758）年頃

時の将軍家光の姉である天樹院《てんじゅいん》（千姫）が住んでいた牛込御門内五番町の吉田御殿は、千姫の愛人殺害事件後、荒廃して妖怪屋敷と呼ばれた。この「更屋敷」に住むことになった火付《ひつ》け盗賊改《とうぞくあらため》・青山播磨守主膳《あおやまはりまのかみしゅぜん》は、傲慢で残忍な性格で、拷問方法の考案と実践を趣味とする人物であった。

あるとき、主膳は盗賊の甚内《じんない》を検挙、処刑した。この甚内の娘であるお菊は、下女として青山家に仕えることとなった。この日から、お菊は主膳と主膳の妻にきつい折檻《せっかん》を受けることに。

承応《じょうおう》2（1653）年の正月2日、お菊は青山家の重宝である皿10枚のうち、1枚を割ってしまった。主膳は皿1枚の代わりとして、お菊の中指を切り落とし、「正月が明けたら覚えておけ」と、一室に閉じ込めた。お菊は「このまま正月が明けるのを待っていても、死ぬような折檻が続くだけ」と絶望し、縄付きのまま部屋を抜け出し、裏の井戸に身を投げた。

お菊の死後、主膳の妻が産んだ子は、中指がなかった。そして、夜ごとに井戸の底から聞こえる「ひとつ、ふたつ……」と皿を数えるお菊の声。やがて幕府の耳に入り、青山は屋敷と所領を没収された。

しかし、その後もお菊の哀しげな声はやむことがない。小石川伝通院の了誉上人《りょうよしょうにん》が鎮魂の読経を始めると、皿を数える声が「八つ……九つ……」。すかさず上人が「十！」とくわえると、菊の亡霊は「あら、うれしや」と成仏した。

ここがエモい

いつの時代も、幽霊より怖いのは生きている人間

お菊の皿、皿屋敷怪談の番町バージョン。この皿屋敷伝説は全国各地にあり、有名なのが姫路の播州バージョン（127頁）と、この番町バージョンだ。播州バージョンは御家騒動が絡んでおり、ここに御家の重宝として10枚ひと組の皿だったり盃だったりが登場する。播州版お菊はただの女中ではなく、御家乗っ取りを企む青山家に腰元として入り込んだスパイ。夫へのサポートと忠義を果たすため、亡霊となってからでなければできない能力を使い、青山を追い詰めていく。なかなかスペクタクルだ。

江戸の方の皿屋敷はもともと牛込の皿屋敷伝説があり、これと千姫の吉田御殿の逸話とを、馬場文耕《ばばぶんこう》が綯《な》い交《ま》ぜ一席にした話なのだろう。

サゲ（落ち）の上人による「十！」のくだりは、**10という数字が完成を象徴するものであり、**欠けたままでは成仏できなかったという説がある。

また、なぜお菊が皿をたかが1枚割っただけで死ぬほどの折檻を受けねばならないのかというと、当時の揃いの食器は御家継承など重要な儀式に使用するもので、1枚でも欠ければ儀式を行うことができなかった。つまりは**家の没落につながる事態になりかねなかった**ということらしい。

また、当時の暗殺はなにも斬り殺すだけが手段ではなく、毒殺もポピュラーだった。皿が1枚無くなり、代わりを作成する、または新たに10枚セットを誂《あつら》えるとなれば、その皿に毒を仕込むなどの細工の可能性が高くなる。皿を割った、あるいは無くした、となれば「殿の毒殺を企んでいるのか」と言われ、下手をすれば謀反《むほん》とされてしまうのだ。それほど10枚セットの食器には意味があり、且《か》つ重要なため、皿を管理する者は責任重大だった。**お菊にその役目を与えた青山主膳《しゅぜん》には明確な悪意があってのこと**で、ストレスを抱えたお菊が粗相をするのを、今か今かと待っていたのだろう。サイコパスは幽霊よりも怖い。

「新形三十六怪撰・皿やしき於菊の霊」月岡芳年画
国立国会図書館デジタルコレクション

4 怪異都市伝説

阿《お》国《くに》御《ご》前《ぜん》化《け》粧《しょう》鏡《のすがたみ》

人気の「型」に役者を当て書き 理不尽で救いのない、南北の世界観

◉歌舞伎　◉嫉妬・葛藤

作：鶴屋南北《つるやなんぼく》　初演：文化6（1809）年、江戸森田座

佐々木家の家老である小栗宗旦《おぐりそうたん》がお家乗っ取りを企て、佐々木家の忠臣である狩野《かのう》四郎次郎元信《もとのぶ》は、宗旦の後室お国御前から家督継承に必要な系図を色仕掛けで取り返す。その褒美として、元信は銀杏《いちょう》の前《まえ》と夫婦となる。一方、天竺徳兵衛《てんじくとくべえ》は蝦蟇《がま》の妖術を得て天下征服を目論《もくろ》む。元信を慕うお国御前は、元信と銀杏の前が祝言を挙げたと聞き、憤死する。

お国御前の怪異に悩まされる元信と銀杏の前だったが、元信の家来である土佐又平《とさまたへい》の尊像威徳で、お国御前の亡霊は骸骨となり牡丹燈籠の中から系図が現れる。天竺徳兵衛が天下征服できずに自害する。

土佐又平は木津川与右衛門《きづがわよえもん》と名を変え、佐々木家の重宝「鯉魚の一軸」を入手するため、芸者の累《かさね》に金策を頼む。累は元信の妹であり、お国御前の嫉妬の怨念で顔が醜く変わる。芸者の小さんが与右衛門の情婦だと誤解して嫉妬に狂い、与右衛門の手にかかり死ぬ。亡霊となり恨みや嫉妬が浄化された累は、重宝の在処《ありか》を告げる。与右衛門は木津川に飛び込み重宝の軸から抜け出した鯉を捕まえ、見事軸に収める。

ここがエモい

理不尽、そして救いのなさが際立つ不条理な世界観

尾上松助《おのえまつすけ》と尾上栄三郎《おのええいざぶろう》（後の三世菊五郎《きくごろう》）親子に計7役を振った、尾上親子を魅せることが目的の芝居狂言。あらすじからわかるように、ベースは「天竺徳兵衛韓噺《てんじくとくべえいこくばなし》」と「不《ふ》破名古屋《わなごや》」の世界を綯《な》い交《ま》ぜにして、牡丹燈籠《ぼたんどうろう》や累《かさね》の趣向が入る。

この芝居で有名なのは、累がお国御前の怨霊に取り憑《つ》かれる二番五つ目「湯上がりの累」だ。初演では栄三郎が肌を露《あらわ》わにして鏡の前で化粧する場面が大いに話題となった。この対照となるのが、お国御前が鏡を見ながら髪を梳《す》く場面。鏡を境にして因果因縁を描いた、南北流の演出であっ

た。この髪梳きの不気味な迫力もやはり当時の人々の記憶に残ったようで、南北は後の「東海道四谷怪談」（63頁）で、お岩にも髪を梳かせてその後に憤死させている。

　南北得意の嫉妬と怨念を描いたものだが、特に累が何の関係もないのに、ただ元信の美しい妹というだけで恨みを買って顔が醜く変貌するという、**理不尽で救いのなさが、凄《すご》みを倍増させている。**亡霊となっていきなり浄化するのは、浮世と切れたことでお国御前の呪いが解けたということか。

　というか、そもそも元信が色仕掛けでお国御前に迫ったことが発端であり、もう少し頭の良いやり方をしておけば、こんな悲劇は起こらなかったのである。

役者絵「尾上栄三郎」　歌川豊国画
東京都立中央図書館蔵

5　怪異都市伝説

色《いろ》彩《もよう》間《ちょっと》苅《かり》豆《まめ》

エログロ・下衆《げす》の極みを描いた南北の真骨頂

◉歌舞伎所作事《しょさごと》　◉嫉妬・葛藤

作：鶴屋南北《つるやなんぼく》　初演：文政《ぶんせい》6（1823）年、江戸森田座

結《ゆう》城《き》の家中の久保田金五郎《くぼたきんごろう》は浪人となり、百姓である助《すけ》の女房・菊《きく》と密通し出奔《しゅっぽん》。菊は途中で死に、赤子を抱いて追ってきた助は金五郎に鎌で殺され、赤子は川に落ち流れ去る。時は経ち、赤子は助かり、かさねと名乗り奥女中となる。与右衛門《よえもん》と名を変えた金五郎とかさねは通じ、心中を約束して木下川《きねがわ》に来る。

　かさねが与右衛門に出会った頃の思い出、自分がいかに与右衛門を思っているかを語り、懐妊を告げる。与右衛門は心中を承諾し、世を儚《はかな》んで泣き伏す。そこに、鎌が刺さった髑髏《どくろ》を乗せた、助と書かれた卒塔婆《そとば》が流れてくる。驚いた与右衛門がこれを折ると、かさねの足が痛み出す。鎌を取り髑髏を割ると、かさねは顔面を押さえて倒れ込む。

そこに捕手《とりて》がやってくる。逃れた与右衛門が、捕手が落とした書状を見るとそれは逮捕状。逃げようとすると、かさねが書状を女からの恋文であると思い込み、与右衛門をなじり追いすがる。かさねの顔の左半分は紫色の痣《あざ》となっていた。

与右衛門はかさねを鎌で切りつけ、鏡を突きつけ醜く変貌したその顔を見せる。さらに、かさねの母親である菊と密通し、父親の助を殺したと告白。親の仇《かたき》とも知らずに深い仲となったかさねの因果を語る。かさねは血みどろになって与右衛門を追い、土橋でついに与右衛門に殺される。

かさねは亡霊となり、逃げようとする与右衛門を引き戻す。

ここがエモい

人間はどこまで業の深い生き物か、ダークヒーローここに極まれり

鶴屋南北《つるやなんぼく》「法懸松成田利剣《けさかけまつなりたのりけん》」の二番目序幕「木下川堤道《きねがわづつみみち》行《ゆき》の場」の所作事《しょさごと》。清元《きよもと》の舞踏劇である。読んでわかるとおり、『死霊解脱物語聞書《しりょうげだつものがたりききがき》』(58頁)の登場人物たちが設定を変えて登場する。木下川《きねがわ》は鬼怒川《きぬがわ》のもじりだ。

与右衛門＝金五郎は母親と娘の両方に手を出すという（娘とは知らないとはいえ）、しかも子まで作って逃げる気満々という、下衆《げす》を絵に描いた人物となっている。**このわかりやすい悪役は「色悪《いろあく》」といい、歌舞伎の中でも特に人気の高い役どころだ。いわゆる、ダークヒーローというやつか。ヒーローでは断じてないけれども。**

今際《いまわ》の際《きわ》のかさねに、醜くなった姿を見せ、因果を語り絶望に落とす趣向は、やはり「東海道四谷怪談《とうかいどうよつやかいだん》」(63頁)で、宅悦《たくえつ》がお岩に鏡を見せ、伊右衛門と伊藤の悪事を伝える場面で再利用されている。それだけ残酷でグロいシーンとして、評判となったのだろう。

血みどろの姿となってもなお、嫉妬と情念で男を引き留めようとする女と、その恐ろしさから逃げるために女を心身ともに殺す男。やむなく殺すのではなく、**明らかな悪意をもって殺害するという、南北の「色悪」が確立した作品とも言える。**

亡霊となったかさねが与右衛門を見えない糸で引き戻す演出は「連理引《れんりび》き」という。与右衛門もまた、因果の糸に絡め取られていくのであった。

真景累ヶ淵《しんけいかさねがぶち》

人として最低の罪を犯した男の因果因縁を冷徹に語る圓朝の代表作

◉落語、講談　◉嫉妬・葛藤

作：三遊亭圓朝《さんゆうていえんちょう》　初高座は幕末、口演速記は明治21（1888）年頃

安《あん》永《えい》2（1773）年、鍼医《はりい》の宗悦《そうえつ》が旗本の深見新左衛門《ふかみしんざえもん》により殺害される事件が発端。20年後、新左衛門の息子である新吉《しんきち》は、宗悦の娘で、富本《とみもと》（浄瑠璃の一種）の師匠である豊志賀《とよしが》と、お互いの因縁を知らずに嵐の晩に男女の仲となり、その晩から夫婦のように暮らす。豊志賀は新吉よりもかなり年上で、指南に来ている若いお久と新吉の仲を疑い、悋気《りんき》が体に表れたのか、豊志賀の顔に腫物《はれもの》が出来て面相が変わる。

新吉は醜くなり卑屈になった豊志賀の看病をしていたが、ついに飛び出し、お久に「ともに羽生村に逃げよう」と口説く。すると「新吉さん、あなたは不実な人ですね」と言ったお久の顔がみるみる豊志賀の崩れた顔となり、伯父の家に逃げ込む。そこには豊志賀が来ており、「どうか側に居ておくれ」と泣く。

新吉が豊志賀を駕籠《かご》に乗せて家に戻ろうとすると、町内の衆がやってきて「豊志賀さんが首を切って死んだ」という。確かに駕籠に乗ったはず、と中を見ると誰もいない。急いで伯父と豊志賀の家に戻ってみると、豊志賀は血まみれの中で死んでおり、布団の下からは「新吉は不実な人だ。新吉の妻は7人まで取り殺す」と書いた遺書が見つかった。

それから新吉はお久とともに羽生村へ向かうが、途中豊志賀の霊に悩まされお久を殺す。次々と因果の糸に操られた新吉は深見家に縁のある人物に出会い、これを殺し、最後は腹違いの妹と通じてしまい、輪廻《りんね》の恐ろしさと罪に自害する。

ここがエモい

幽霊は罪人が見る幻か圓朝の人間に対する眼差《まなざ》しが怖い

あらすじは、落語や講談で抜き読みされる「豊志賀の死」を中心としている。この他、「宗悦殺し」「お久殺し」がかけられることが多い。

三遊亭圓朝《さんゆうていえんちょう》の代表作のひとつであり、「怪談牡丹燈籠《かいだんぼたんどうろう》」と

並ぶ有名な怪談。元は「累ヶ淵後日《ごにち》の怪談」であり、これがブラッシュアップされて、速記として残されている現在の形となったらしい。

「真景」は当時流行語だった「神経」の当て字。というのも、明治維新後の日本は欧米に追い付け追い越せで、怪談は「科学的ではない」とご法度な機運となっていた。しかも圓朝はその頃、「三条の教憲《さんじょうきょうけん》」という国民教化運動に巻き込まれ、落語も教化に役立つものとしますと、誓約させられていた。「科学的ではない」幽霊をあからさまに出すわけにはいかず、ましてやタイトルに怪談などと入れられず、「幽霊を見るのは神経病だ」と言われていたのを逆手に取って、「真景累ヶ淵」と改題したのだ。「幽霊と云うものは無い、全く神経病だと云《い》うことになりましたから、怪談は開化先生方はお嫌いなさる事でございます」という嫌みなマクラは有名で、現在も速記として文字になって残っている。

神経病というだけあって、噺《はなし》に登場する幽霊は、読み（聴き）ようによっては、**全て「罪を重ねる」者たちが見る幻であるかのように描かれていく。圓朝の言うところの「悪事をする者には必ず幽霊が有りまする」だ。**

しかし、因果の糸に操られる新吉に、悪意はない。どうしようもない状態の中、様々な要因が重なり、新吉は罪を重ねていく。そして最後は、**人間として最低の罪を犯していたことを知り、因果因縁に絶望して死を選ぶ。**いくら「親の因果が子に報う」とはいえ、あまりに残酷で無慈悲だ。

圓朝が「悪因果」の一言で突き放したこの噺は、どこまでも冷たく哀しい。幽霊よりもよっぽど怖い。

病で顔が変わった豊志賀が新吉とお久をなじる場面。
『真景累ケ淵』三遊亭圓朝口述　国立国会図書館デジタルコレクション

7 怪異都市伝説

清水《きよみず》清玄《せいげん》行力《こうりき》桜《ざくら》

死してもつのる愛欲への執着
超能力を使うストーカー清玄

◉歌舞伎、浄瑠璃
◉トラウマ・ルサンチマン

作：並木十輔《なみきじゅうすけ》　初演：宝暦《ほうれき》13（1763）年
版元：大坂亀谷座

船岡家の桜姫《さくらひめ》は志水清春と恋人同士。この桜姫が清水《きよみず》寺《でら》を参詣し、僧の清玄《せいげん》が一目見て恋に落ちてしまう。一度は迷いを振り切るも、桜姫が清春に宛てた恋文が御家《おいえ》乗っ取りを企む一味に拾われ、桜姫の腰元《こしもと》が「手紙の宛名は清春ではなく、清玄」と偽り、清玄は不義の汚名を引き受け寺を追われる。

清春と別れた桜姫は、清水の舞台から身を投げる。清玄は桜姫に口移しで水を飲ませ、胸をさすり、ムラついて桜姫の股に手を突っ込む。桜姫はこの刺激に驚き飛び退くが、清玄は「そなたのために破戒した。情だ、慈悲じゃ、抱いて寝てくだされ」と迫り、逃げようとする桜姫を行力《ぎょうりき》（修行で得た超能力）で引き戻す。

這々《ほうほう》の体《てい》で逃れた桜姫は清春と再会するも、清玄と鉢合わせ。清玄は桜姫を木にくくりつけ、清春を打ち付け、桜姫に同衾《どうきん》（男女の仲）を迫る。大工の瀬平が助けに入るも清玄に殺され、瀬平の婿養子の淀平が清玄を殺す。しかし、清玄は桜姫への執着により成仏できず、桜姫と清春の祝言に生首で現れたり、煙草盆《たばこぼん》に目鼻と足が出て歩き出したり、障子から毛が生えた手が出たりなどの怪異を起こす。

桜姫と清春は清玄の亡霊に苦しめられる中、法華経の読経が聞こえる。清玄は経の功徳により成仏し、桜姫と清春夫妻の安寧と家の栄えを守ると約束して消える。

ここがエモい

ただ己の欲望に突っ走る破戒僧「バイオレンス清玄」の最終形態

清玄《せいげん》の執着と妄念に振り切った作品。桜姫《さくらひめ》に迫る清玄の姿が恐ろしすぎて、「見物いたした女子児ともは其夜《そのよる》に清玄にうなされたといふ取沙汰近年の大あたり」と『役者角力《やくしゃすもう》勝負附《しょうぶづけ》』に書かれたほどである。

本作は、桜姫に清玄が一目惚れして破戒し、殺されてもなお亡霊となって執着するという**「清玄桜姫物《せいげんさくらひめもの》」**である。

「清玄桜姫」は、古くは古浄瑠璃「一心二河白道《いっしんにがびゃくどう》」があり、かなり仏教色の強い話なのだが、これを近松門左衛門《ちかまつもんざえもん》が同タイトルで歌舞伎化した（105頁）。**この清玄像が後の歌舞伎や戯作《げさく》における清玄像のベースとなる**わけなのだが、本作では近松の「一心二河白道」と同様、清玄の「悪」のエネルギーが凄《すさ》まじい。破戒の恐ろしさよりも、桜姫への愛欲が勝り、これを抑えられずに突き進む。暴力的でバイオレンスな清玄に、女性と子どもたちは本能的に恐怖を覚えたのだろう。男の幽霊と女の幽霊の、表現の違いが表れている。

これが文化・文政期になると、清玄と桜姫との因果因縁や人間の業といった複雑な心理によって物語が進む。清玄がただ桜姫に「やらせろ」と迫るのではなく、破戒と欲望の狭間で悩み、恋にやつれる。一方、桜姫自身は強くなり、自身の運命を変えるのは亡霊や祟《たた》りではなく、過去と現在の自分自身の行動であると悟る。そういった意味で本作の清玄は、**バイオレンスな清玄の最終形態**だといえよう。

関連資料 『歌舞伎台帳集成26』（勉誠出版）

8 怪異都市伝説

勧善常世物語《かんぜんつねよものがたり》

グロさ際立つ、勧善懲悪と立身出世の物語

◉読本《よみほん》 ◉恋愛3（夫婦・恋人の愛憎劇）

作：曲亭馬琴《きょくていばきん》 画：蹄斎北馬《ていさいほくば》 初出：文化《ぶんか》3（1806）年

下《しも》野国《つけのくに》佐野《さの》に幽居している佐野三郎正常《まさつね》は、妻の真萩《まはぎ》に死なれたので、侍女の手巻《てまき》を妻として、一女狭霧《さぎり》が生まれる。その後正常も死に、手巻は嫡男の常世を追い出し、狭霧とその婿である源藤太《とうた》に家督を継がせる。

ある時、殺生石《せっしょうせき》（那須湯本温泉の名勝）の見学に出かけた狭霧は、殺生石から立ち上った白煙にあたり、美しい顔が醜く変貌する。源藤太は大変な美男であり、醜くなった狭霧が疎ましくなり、隣家の長者・陀平太の娘、諸鳥《しょちょう》に懸想し、相思相愛となる。権力と名誉が欲しい陀平太は、狭霧を殺して源藤太を諸鳥の婿にしようと企む。この悪計に乗った源藤太は、不義密通をでっちあげ狭霧を斬り殺す。源藤

太と諸鳥は祝言を挙げるが、この日から怪異が起こり、源藤太も横死する。

手巻は零落《れいらく》し、これを常世が面倒を見るもやがて病死。常世は梅・松・桜の鉢を買うと、そこへ諸国巡業中の最明寺《さいみょうじ》時頼《ときより》が訪れたので、梅・松・桜の鉢を炊いてもてなした。後に、時頼が諸士を招集すると常世が鎌倉に馳せ参じたので、時頼は感激し、領地を与えた。

ここがエモい

蛇が生きたまま目玉を……。クライマックスは尋常でないグロさ

『椿説弓張月《ちんせつゆみはりづき》』(24頁)の前年に書かれた作品で、謡曲《ようきょく》「鉢《はち》の木」、浮世草子《うきよぞうし》「北条時頼記」「太平記」などを骨子とし、殺生石《せっしょうせき》伝説や『四谷雑談集《よつやぞうたんしゅう》』の趣向を取り入れるという、馬琴《ばきん》にしてはかなり大衆に寄り添った設定となっている。

ただ、物語前半は悪を、後半は立身出世を、という形でキッパリと分けて描いており、前半だけで終えとけばよかったのではないかと思ってしまう構成だ。恐らく、**勧善懲悪をテーマとした物語の書き方を、馬琴なりに模索していた**のだろう。

この物語のクライマックスは、狭霧《さぎり》の怨霊に取り憑《つ》かれ、いよいよ源藤太《とうた》が死を予感する場面だ。**とにかくグロい。**

狭霧の死霊は「白き虫」となり、源藤太のうなじに入り込み、これが小さな蛇となり腫瘍《しゅよう》を作る。源藤太が腫瘍をかきむしるとかさぶたとなり、小蛇が出てきてこれを食う。小蛇は源藤太の顔を舐《ねぶ》り、その跡が腫瘍となり出た膿《うみ》を小蛇が食う。そのうち源藤太は食われることに得も言われぬ快感を覚えるようになり、ある日、大きくなった蛇に首を絞められ、生きたまま目玉を食われて死ぬ。「早く死なせてほしい」という源藤太は、蛇と化した狭霧の中で息絶えた。狭霧と源藤太の濃厚な契りであり復讐であり、愛の形であったのか。

ところで、この本は火災で版木の一部が焼失してしまい、現存は再版されたものだ。再版したのは為永春水《ためながしゅんすい》で、無断で再版したと馬琴の怒りを買っている。

9 怪異都市伝説

近《きん》世《せい》怪《かい》談《だん》霜《しも》夜《よの》星《ほし》

道ならぬ恋にかけられた呪い、その発動条件とは？

◉読本《よみほん》 ◉恋愛3（夫婦・恋人の愛憎劇）

作：柳亭種彦《りゅうていたねひこ》 絵：葛飾北斎《かつしかほくさい》
初出：文化《ぶんか》5（1808）年、版元：群玉堂

笠《かさ》森観音《もりかんのん》（千葉）の御開帳の日、高西伊兵衛《たかにしいへえ》は美女・お花を助ける。お互い一目惚《ぼ》れで、お花は伊兵衛に恋文を送るが、その夜お花は悪者一味に拐《かどわ》かされる。後に伊藤快保《かいほ》という老人に助けられ、妾となった。

時が経ち、伊兵衛は室田家への入婿を薦められ、困窮していた伊兵衛はこの話に応じる。しかし、祝言の日に初めて見た妻となるお沢の顔を見て、あまりの醜さに驚く。

ある日、忘れられずにいたお花の居場所を知った伊兵衛は、伊藤快保の屋敷の隣に転居する。お花も伊兵衛に気づき、ついに褥《しとね》を共にする。2人の仲を知った快保はこれを許す。お花と結婚するために、伊兵衛はお沢を追い出そうとDVを繰り返し、お沢は入水《じゅすい》自殺をはかる。

伊兵衛とお花の祝言の日、2人の閨《ねや》の天井から蛇が落ちる。蛇を追い払うも、戻ってきた蛇はじっと初夜（ではないが）の二人を見つめている。その後も蛇が現れ、伊兵衛はその都度蛇を討ち、最後には陰火《いんか》（鬼火）となって消えた。

その後、怪異は起こらず、夫婦の間に2人の子ができた。しかし、伊兵衛の周りやお沢の噂をする者たちが不審な死を遂げ、ついには伊兵衛も死に至り、お花は尼となった。

ここがエモい

メロドラマ的な展開 愛欲に溺れて呪いが発動する

柳亭種彦《りゅうていたねひこ》の読本《よみほん》処女作。『勧善常世物語《かんぜんつねよものがたり》』（77頁）と同様に『四谷雑談集《よつやぞうたんしゅう》』に取材したものだが、馬琴《ばきん》がテーマとした勧善懲悪に対し、本作は伊兵衛とお花の道ならぬ恋に焦点をあてている。この罪が因となり、お沢が怨霊と化す果となる。**馬琴は「権力」への欲を悪とし、種彦は「愛欲」ゆえの不義密通を悪とする**ことで差別化を図ったのかもしれない。伊兵衛がお花を思い恋煩いで「嗚呼《ああ》あはれむべし」と嘆くメロドラマ風の台詞は確かに馬琴には書けまい。さらに種彦は、作者の「神の視点」ではなく、花方求次郎という通人武士の視点を通して物語を進行する。求次郎がお

沢と伊兵衛の因縁を話すことで呪いが発動する「口の咎《とが》」も描く。最終的に求次郎も惨死《ざんし》するのだが、その話をした者が呪われる、または取り憑《つ》かれるという掟は、自分ではどうにもできず、しとしとと怖い。

さて、新人作家のデビュー作に絵を挿したのが、当時既に押しも押されもせぬ人気絵師となった葛飾北斎《かつしかほくさい》だった。北斎の描くお沢の怨霊が変化《へんげ》した蛇は、ほっそりとしなやかで、鎌首をもたげ伊兵衛を見つめる。隣の部屋では屏風にかけた帯が、恐らくこの怪異譚を話して聞かせている求次郎の足に絡みついている。帯がお沢の「蛇帯」であれば、北斎は求次郎の死を挿絵で予言しているのである。

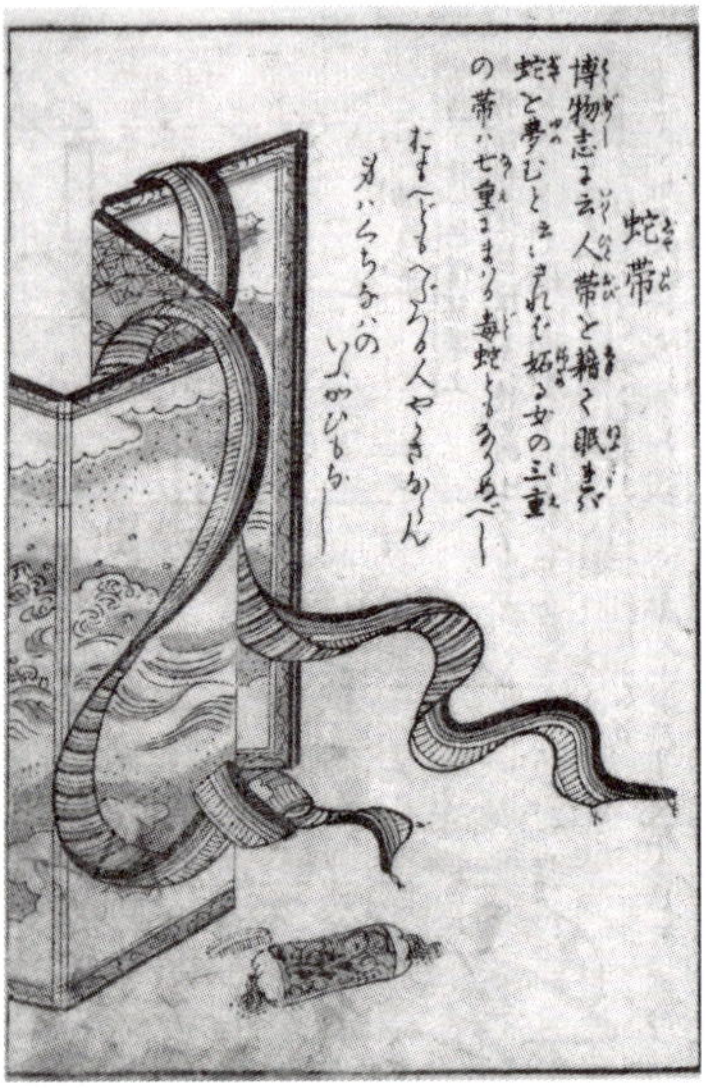

帯は女の情念を表す蛇に例えられた。
「百鬼夜行拾遺」より「蛇帯」鳥山石燕画
国立国会図書館デジタルコレクション

10 怪異都市伝説

三《み》浦《うら》遊《ゆう》女《じょ》薄《うす》雲《くもが》伝《でん》

哀しい結末を迎えた「猫の恩返し」

◉講談 ◉どんでん返し

作：馬場文耕《ばばぶんこう》
初出：宝暦《ほうれき》7（1757）年『近世江戸著聞集《きんせいえどちょもんしゅう》』より

時は元禄《げんろく》。吉原の三浦屋に薄雲《うすぐも》という最高位の遊女がいた。薄雲は三毛の子猫をたいそうかわいがり、客たちの噂《うわさ》にもなるほどだった。猫の方も薄雲によく懐き、いつでも側を離れない。厠《かわや》（トイレ）に行くにも付いてきて、中に入れろと鳴く。これを人々は「この猫は陰獣《いんじゅう》だ。美しい薄雲に取り憑《つ》いている」と噂する。妓楼《ぎろう》の主人の耳にも入り、「昔から言い伝えられていることには訳がある。かわいがるのもほどほどにしなさい」と薄雲に注意した。

薄雲の方も気味が悪くなり、離れるようにしたものの、猫は相変わらず慕ってくる。主人たちは「こうなれば猫を打ち殺してしまおう」と思案した。

ある日、薄雲が厠に行こうとすると、やはり猫が中に入ろうとする。これを見た店の者が、猫を斬り付けた。猫の首は飛んで行き、胴体は入り口に倒れた。首を探すと、厠の隅に蛇を咥《くわ》えた猫の首が落ちていた。薄雲を狙っていたのは、厠に待ち伏せしていた蛇であった。猫は薄雲を蛇から守ろうとしていたのだ。

人々は涙を流し、薄雲も泣いた。猫は土手《どて》の道哲《どうてつ》（当時浅草にあった西方寺のこと。現在は西巣鴨）に葬り猫塚と称した。これ以降、遊女は猫を飼ったとしても、禿《かむろ》に持たせる決まりとなった。

ここがエモい

猫と女性と蛇、その妖しい関係

猫の報恩譚《ほうおんたん》。薄雲太夫と猫の話は昔から伝わっていたそうで、馬場文耕《ばばぶんこう》はこれを遊郭で聞いて講談にしたという。山《さん》東京山《とうきょうざん》の『朧月猫草紙《おぼろづきねこのそうし》』（20頁）によると、薄雲の話は『松下庵随筆』にある少女が飼い猫に救われた話が元ネタで、松《まつ》平定信《だいらさだのぶ》は『退閑雑記《たいかんざっき》』の中で忠義な猫の話を「よく小児輩も知る物語」と記しており、**世間一般に「猫の恩返し」系の話は巷《ちまた》でよく語られていたらしい**（というか、あの堅物な松平定信も、寛政の改革で失脚して隠居したら、巷の戯作《げさく》について語るようになるのか）。

蛇が女性を狙うという類話も多く、『日本霊異記《にほんりょういき》』「女人、大蛇に婚はれ薬の力に頼りて命を全くすることを得る」、『今《こん》昔物語集《じゃくものがたりしゅう》』「蛇に嫁ぎし女を医師治せる」では、蛇が「女陰を見て欲を発し」体の中に入り込む。**女性は蛇に魅入られやすい**とも言われ、薄雲と猫の本作はこうした伝承が組み合わされてできた話だろう。

吉原の遊女の部屋から外を眺める猫。
「名所江戸百景・浅草田甫 酉の町詣」歌川広重筆
出典：ColBase（https：//colbase.nich.go.jp/）

11 怪異都市伝説

薄《うす》雲《くもが》猫《ねこの》旧《ふる》話《こと》

蛇の呪いから主を守る、猫の恩返しの派生形

◉合巻《ごうかん》　◉どんでん返し

作：山東京伝《さんとうきょうでん》　画：歌川国貞《うたがわくにさだ》　初出：文化《ぶんか》9（1812）年
版元：岩戸屋喜三郎

若侍の柏木衣文之介《かしわぎえもんのすけ》と桜木《さくらぎ》（薄雲太夫《うすぐもだゆう》）は許嫁《いいなずけ》同士であったが、桜木には大島嵯峨右衛門《さがえもん》、衣文之介には白拍子《しらびょうし》の袖《そで》が想いを寄せていた。

ある夜のこと、袖は桜木を呪い殺そうと丑の刻参りをしていた。これを見た嵯峨右衛門は、「恨むのなら衣文之介を恨め」と、袖を殺す。袖は怨霊となり蛇に乗り移る。桜木と衣文之介は家を追い出され、衣文之介の家臣である牡丹《ぼたん》燈籠之介《どうろうのすけ》とともに三河の国でひっそりと暮らしていると、そこを蛇となった袖が探し当て、衣文之介に取り憑《つ》く。病に伏した衣文之介の薬代を捻出するため、桜木は薄雲という遊女になる。

薄雲の元に真っ白な猫が現れ、薄雲はこの白い猫をかわいがるようになる。ところが、薄雲が猫に魅入られているとの噂《うわさ》が立ち、衣文之介の家臣・機嫌大臣は廓《くるわ》の客を装い薄雲の護衛に入る。

あるとき、薄雲は原因不明の病となる、猫が鳴いているのを聞きつけた機嫌大臣は、薄雲の頭上に飛び交う火の玉を見て、側にいる猫の首をはねた。火の玉は消え、明かりを付けてみると、欄間で白猫が蛇に食らいついている。蛇は心火となって飛び去り、猫の首も胴体も消えた。

首をはねられても蛇に食らいつき薄雲を守った白猫は「猫の香炉」の化身だった。

ひとこと

トイレに付いてくる猫という、尾籠《びろう》な話になりがちな元ネタを、「猫の香炉」の化身という爽やかな正体にして、厠《かわや》は出て来ず、薄雲が蛇に狙われるという因果を明確にして、**伝承を物語に昇華したのは、さすがの京伝《きょうでん》である。**しかし、登場人物の名前がいちいちネタに走っているのはどういうわけか。一世を風靡《ふうび》した黄表《きびょう》紙《し》作家として、どこかで笑いを取らねばならぬという、京伝の謎の矜持《きょうじ》を感じさせる（知らんけど）。

12 怪異都市伝説

百猫伝《ひゃくみょうでん》

事実と空想を綯《な》い交《ま》ぜにした「市川團十郎譚」

◉合巻《ごうかん》 ◉敵討ち

演者：桃川如燕《ももかわじょえん》 初出：明治18（1885）年、傍聴速記法学会（口演速記として）

【俳優市川団十郎猫】

歌舞伎役者の杉山半六《すぎやまはんろく》と妻のお勝は同居の伯母から大金を取り上げ、伯母は家出する。初代市川團十郎《いちかわだんじゅうろう》は彼らの所業を知りこれを憎み、その子どもである半之助にもつらくあたる。半之助は團十郎を舞台上で刺殺する。團十郎の子である九蔵《くぞう》は半六を討ち、二代目團十郎を襲名する。

半六の兄弟分である小幡小平次《こはだこへいじ》は、子どもたちにいじめられていた三毛猫を連れて帰りかわいがっていた。半六の死後、小平次はお勝と半之助を引き取っていたが、團十郎はこれをよく思わず、小平次を出入り禁止にする。江戸の芝居に出られなくなった小平次は妻子としたお勝と半之助、猫と旅興行に出る。仙台での興行中、お勝は博徒《ばくと》の太九郎と不義密通。2人は小平次を殺して沼に沈める。

小平次の幽霊がお勝と太九郎の前に現れ、半之助は喉を食いちぎられ死んだ。夫婦は小平次が飼っていた猫の仕業と悟り、狂乱し夫婦は死ぬ。それからというもの、関係者たちが次々と狂死。小平次の幽霊は團十郎の前にも現れるが、團十郎が「非業の最期となったのは、お勝を娶《めと》った報いであり、役者仲間にまで祟《たた》ったのは執念深い」とにらみ付けると、消えた。芝居の最中にも現れ、團十郎が「眼光鋭く睨付《ねめつ》くる」と、刀で斬り付けた。そこには大きな三毛猫が血まみれで死んでいた。

團十郎は小平次の飼っていた猫であると知り、「罪のない者たちを祟り殺したのは過ちだが、主人への忠義は感心だ」と、猫を手厚く葬った。

ここがエモい

効果てきめん、團十郎の「睨《にら》み」

元ネタは山東京伝《さんとうきょうでん》の読本《よみほん》『小幡小平次死霊物語《こはだこへいじしりょうものがたり》 復讐《ふくしゅう》奇談安積沼《きだんあさかのぬま》』をはじめとした小幡小平次もの。旅芝居に出た小幡小平次が妻の密通相手に印旛沼《いんばぬま》で殺され、妻の元に連絡が行くが、小平次は家に帰っていたという内容で、この小平次譚《たん》と化け猫譚を綯《な》い交《ま》ぜて一席の物語にしている。

史実の初代團十郎《だんじゅうろう》は、役者の生島半六《いくしまはんろく》に舞台上で刺殺されたと言われており、この事件に取材しつつ、噺《はなし》の中で息子に敵を討たせたのは、**「こうだったらいいのにな」という物語ならではの趣向だ。**さらに、二代目團十郎が「睨《にら》み」で怪異を退散させているのも、荒事をお家芸とする**團十郎の「睨み」のすごさ**であり、ファンにとっては團十郎譚であるとも言えるだろう。

本作は『百猫伝』の中の読物《よみもの》（講談では演目を読物という）で、ほかに有名な読物として「鍋島《なべしま》の猫」「有馬《ありま》の猫」がある。幕末明治期、怪異が荒唐無稽とされる中で、どういうわけか化け猫の話は問題なかったらしい。桃川如燕《ももかわじょえん》は「猫《ねこ》燕国《えんこく》」（当時の名は燕国）「猫の如燕」と呼ばれるほど百猫伝で人気講談師となり、夏目漱石『吾輩は猫である』にも、「吾輩もこの頃では普通一般の猫ではない。まず桃川如燕以後の猫か、グレーの金魚を偸《ぬす》んだ猫くらいの資格は充分あると思う」と、如燕の名前が登場している。

13 怪異都市伝説

花野嵯峨猫魔稿《はなのさがねこまたぞうし》

実際あった御家騒動ネタを舞台化
殿様を茶化した芝居は上演中止に

◉歌舞伎　◉敵討ち

初演：嘉永《かえい》6（1853）年に初演予定だったが中止

直島大殿直繁《なおしげ》は、家督を実の弟の松浦之介に譲ろうとするが、先の殿の側室だった嵯峨の方は実子である左近之介に継がせようとする。直繁は囲碁の勝負で家督を決めることとして、その相手を高山検校《けんぎょう》に依頼。直繁が勝てば左近之介に、検校が勝てば松浦之介が継ぐこととした。左近之介に継がせるため、直繁を勝たせたい悪臣たちは検校に負けるように脅す。しかし検校の母は、自分たちは直島家に恩義があるのだから、脅しに屈しないようにという。悪臣たちは検校の二つの石を隠し、直繁を勝たせる。不正を問いただした検校を、直繁は激昂して斬る。死体は悪臣たちによって壁に埋められた。

さらに嵯峨の方と悪臣たちは、封印されている怪猫の祠の前で検校の飼い猫を殺して直島家を呪詛し、直繁と息子の松浦之介を殺そうとする。すると殺された猫は嵯峨の方に乗り移り、腰元たちを食い殺し、直繁を夜な夜な苦しめる。忠臣伊東壮太が嵯峨の方の正体を見破り撃退、悪臣たちの罪も暴かれ、猫は宙に飛び去る。

ひとこと

ご存じ「鍋島の猫」の芝居化。ところが、「さる諸侯《しょこう》より」ストップがかかり、芝居は中止となってしまった。三代目中村仲蔵《なかぞう》は「手前味噌」に芝居興行中止となった顛末《てんまつ》を記録しており「当惑の外なし」と振り返っている。当惑したのはグッズ販売メーカーも同様で、上演となれば大いに儲《もう》かるはずと、絵双紙屋がこぞって芝居絵を準備していたが、こちらもハシゴを外されてしまい大損だったらしい。

仲蔵は「さる諸侯」とぼかしているが、どう考えても鍋島藩（佐賀藩）であることは誰の目にも明らかで、しかも中止に関わった町奉行が鍋島直孝で、かえって「鍋島猫騒動」と鍋島藩が一層有名になってしまった。桃川如燕《ももかわじょえん》の講談「鍋島の猫」も大いに人気を博した。

14 怪異都市伝説

怪病《かいびょう》の沙汰《さた》にて果福《かふく》を得《え》し事《こと》

ろくろ首と結婚した男の末路は？怪異に屈せずチャンスをつかめ！

◉随筆集（『耳嚢《みみぶくろ》』より）

◉成長・運命に立ち向かう　恋愛2（ハッピーエンド）

作：根岸鎮衛《ねぎししずもり》　初出：不明（享和年間から文政11〈1828〉年までの約30年間の間に書かれ、写本により伝わる）

宝暦《ほうれき》の頃。神田佐柄木町《かんださえきちょう》の裏店で貸本を営む若者が旅籠《はたご》に泊まる客に本を貸すと、その客から「姪《めい》の婿を探している」と言われる。

この伯父なる男、遠州の有徳な百姓で、貸本屋の若者が気に入ったのか「婿になってくれるのなら、すぐにでも国に参ろう」という。しかし貸本屋も「うちは自分も親類もみな貧乏で旅支度もできません故《ゆえ》」というと、「そんなことは気にするな。全部こっちで持つからすぐに行こう」と大いに乗り気。さすがに若者は不審に思い、「その娘さんは、何か問題でもあるのでしょうか」ときくと、伯父なる男は「実は、夜な夜な首が抜けるろくろ首なのだ」と打ち明けた。

さすがに「ちょっと考えさせてください」と、若者は懇意にしている古着屋の番頭に相談した。すると番頭は「何も迷うことなどないだろ。ろくろ首？　そんなものただ首が伸びるだけじゃないか。たったそれしきのことで、チャンスを棒に振るのかい？　それじゃ一生、しがない貸本屋のままだ」。

若者は伯父なる男に婿になる決意を告げると、伯父なる男は大いに喜び、遠州へと向かった。若者は娘と祝言を挙げたが、それ以降娘の首は伸びることなく、百姓一家は大いに栄えたということだ。

ここがエモい

乙女は恋に憧れ首が伸びる　首が伸びなくなるのは、つまり……

ろくろ首は「離魂病《りこんびょう》」とも言われたらしく、若い娘が罹《かか》る病だという。娘も年頃になると恋愛に興味がわくし、彼氏も欲しくなる。しかし、大っぴらに言うのははしたない。でも恋はしたいし、いちゃいちゃもしてみたい。そうやって未来の彼氏を求めて首が伸びるというわけだ。

不思議なことに、**結婚して初夜が済むと首は伸びなくなる。要するにそういうこと**なのだが、落語「ろくろ首」では与太郎が婿入りして、夜寝た後で嫁の首が伸びている。驚いておじさんのところに逃げ帰り、「やることはやったのか」と聞かれ「うん」と答える。それでも嫁の首は伸びたのだから、**与太郎ではダメだったらしい**（何が）。

作者の根岸鎮衛《ねぎしやすもり》は江戸南町奉行。『耳嚢《みみぶくろ》』は巷《ちまた》の噂《うわさ》を集めた著聞集で、膨大な数の珍談・奇談・怪談が記録されているる。自分の記録用で門外不出だったのだが、読みたいという人に貸していると「面白い」と評判になり、いつの間にか写本まで出回っていた。写本にして無断出版したのは式《しき》亭三馬《ていさんば》ではないかと言われているが定かではない。

また、勝海舟が「根岸肥前守の小姓を勧めていた13歳の滝沢馬琴《たきざわばきん》が暗記して写本した」と述べているそうだが、勝海舟の言うことなのでこちらも定かではない。

15 怪異都市伝説

番町皿屋敷《ばんちょうさらやしき》

皿屋敷伝説が恋愛ドラマに「明治青春爆裂譚」

◉新歌舞伎　◉恋愛3（夫婦・恋人の愛憎劇）

作：岡本綺堂《おかもときどう》　初演：大正5（1916）年、東京本郷座

旗本青山播磨《あおやまはりま》は血気盛んな青年武士。腰元のお菊と相思相愛なのだが、身分違いのためその恋は叶《かな》わない。ある日、青山の元に嫁取りの話が浮上する。

お菊は青山の自分への気持ちを確かめるため、重宝の皿を1枚割る。青山は不問にするが、自分を試すために故意に割ったと知り、「おのれ、それ程までにして我が心を試そうとは、あまりといえば憎い奴」と、お菊を手討ちにする。お菊は井戸に投げ込まれた。

その後、屋敷の井戸にお菊の幽霊が出ると噂《うわさ》になり、青山はますます乱暴を働くようになり、喧嘩に明け暮れた。やがて幕府の知るところとなり、処分の前に青山は切腹を決意する。その夜、青山は初めてお菊の幽霊を見る。「播磨も今行くぞ」というと、お菊の幽霊は薄く微笑《ほほえ》んだように見えた。お菊の魂は自分を怨《うら》んでいない。そう思うと、青山は俄《にわか》に力強くなり、春を送る雨の中で切腹の儀を進めた。

ここがエモい

罪を犯した2人のあまりにも悲しい破滅への一途

勧善懲悪や怪談が荒唐無稽とされ、**時代が現代に近づくにつれて「皿屋敷」の怪談は古めかしい昔話になっていく。**「最近は怪談や幽霊を芝居に出すのが難しい」と嘆いた岡本《おかもと》綺堂《きどう》の「番町皿屋敷」は、そんな過去の青山とお菊の2人を大胆に設定変更し、**爆裂青春ロマンス**へとひっくり返した。

それまでのお菊は青山家の女中に過ぎず、皿を誤って割るか、もしくは隠した、盗んだ、などとでっち上げられる。青山は明確な悪人であり、お菊が亡霊となり呪うことで、勧善懲悪譚が成り立っていた。

ところが、綺堂はお菊に能動的に皿を割るという「罪」を課す。その罪の動機は、「恋人を疑う」「恋人の気持ちを試す」という、哀しい恋情だ。そして恋人の青山もやはり罪を犯している。お菊を斬り殺したことではなく、お菊の

不安な気持ちを汲《く》み取れなかったことだ。旗本の嫡男である青山に、身分が低いお菊の不安はわからない。「俺を信じられないのか」という直情のまま、抜いた刃を収める間もなくお菊を斬るのだ。

青山はそのまま自滅の道を歩み、伯母から「せめて武士として」と助言を受け切腹を決意する。青山は微笑《ほほえ》むお菊の亡霊を見て「お菊は俺を怨《うら》んでいない」と安心する。ここで観客は、青山がずっとお菊を斬ったことへの後悔と、抱えていた罪の重さを知るのである。

あまりに甘くて愚かで哀しい。**こういう破滅的な青春悲劇が流行した時代があった**のだ。

番町に出るお菊の幽霊が描かれている。
「江戸乃花名勝會」河鍋暁斎写、歌川国貞画
東京都立中央図書館蔵

16 怪異都市伝説

怪《かい》談《だん》春《はるの》雛《ひな》鳥《どり》

不幸の発端となる雛人形 初代林《はやし》屋《や》正《しょう》蔵《ぞう》の怪談

◉合巻《ごうかん》(三編まで) ◉嫉妬・葛藤

作:初代林屋正蔵《はやしやしょうぞう》 画:1編・五雲亭貞秀《ごうんていさだひで》、2、3編・歌川《うたがわ》国貞《くにさだ》 初出:天保《てんぽう》9(1838)年 版元:福川堂

足《あし》利《かが》頼兼《よりかね》の執権・仁木弾正《にっきだんじょう》は舞妓であり役者・松島平次郎の妻である歌木の紹介で、その妹の歌門と馴染《なじ》むも上京後に命を落とす。弾正の妻・裏藤は蘭奢待《らんじゃたい》の香により夫との密通を察知し、歌門を惨殺。裏藤は歌門の怨霊に殺され、仁木家は断絶となる。

歌木が病死し、平次郎は音羽という女を後添えとするが、内弟子の竹次郎が音羽と通じ、竹次郎は平次郎を殺害。この死体を、歌木が以前に弾正から賜っていた雛《ひな》人形用の駕《か》籠《ご》に入れ、質屋・利足屋鳥右衛門に預け、音羽と竹次郎は上方へ出奔する。竹次郎は碓《うす》井《い》峠《とうげ》で音羽と伊勢参りの男を心中に偽装して殺し、百姓のお米を妻としてその土地の役者となるが、巡り巡ってやってきた駕籠に入っていた雛人形を飾ると、面相が崩れ役者を廃業する。一方、平次郎の死体が入った雛人形の駕籠を預かった鳥右衛門は所払いとなり、雛人形の呪いで顔が変わった竹次郎に母を殺された仁木の旧臣である六兵衛は、拝領の雛人形が一連の不幸の因であると悟る。この後、竹次郎は石川五右衛門と改名し、足利家の滅亡を目指す。未完。

ここがエモい

落語の名門の初代はエログロを得意とした

石川五右衛門の半生に伊達騒動《だてそうどう》の世界を絡め、お夏清十《なつせいじゅう》郎《ろう》、お駒《こま》才《さい》三《ざ》（どちらも実際の密通事件）の趣向を綯《な》い交ぜた未完の作品。といっても、石川五右衛門に改名云々は、林屋正蔵《はやしやしょうぞう》の死後に執筆を引き継いだ万亭応賀《まんていおうが》の設定らしく、雛《ひな》人形の呪いもなくなっている。

あらすじは3編までの内容で、林屋正蔵の著によるもの。全ての因は仁木弾正《にっきだんじょう》の妾《めかけ》騒動から端を発しているわけなのだが、幽霊や呪いが罪によって発動するだけでなく、そこに雛人形の呪いが加わり、関係者の元に巡り巡ってやってくるということで、そこはかとない不気味さを醸し出している。**伊達騒動の世界に「雛人形」という小道具を入れた正蔵の発想は、さすがに怪談噺《ばなし》の祖だ。**

林屋正蔵は現在も残る林家の祖でもあり、頽廃の化政期に鶴屋南北《つるやなんぼく》と並びエログロな怪談噺を世に発信した。当時は素噺《すばなし》（扇子と手拭いだけを小道具に話す）ではなく、道具や鳴り物を用いた芝居噺で自作の怪談をかけた。正蔵の葬式では、棺桶《かんおけ》に花火を仕込み、焼き場で派手に花火を鳴らしたという逸話が残る。もっとも、同じ逸話は十返舎一九《じっぺんしゃいっく》にもあり、とんでもない人物だったということなのだろう。

芝居噺は、現代では六代目林屋正蔵（林家彦六）が復活させ、彦六の死後は弟子の林家正雀《しょうじゃく》が継承した。

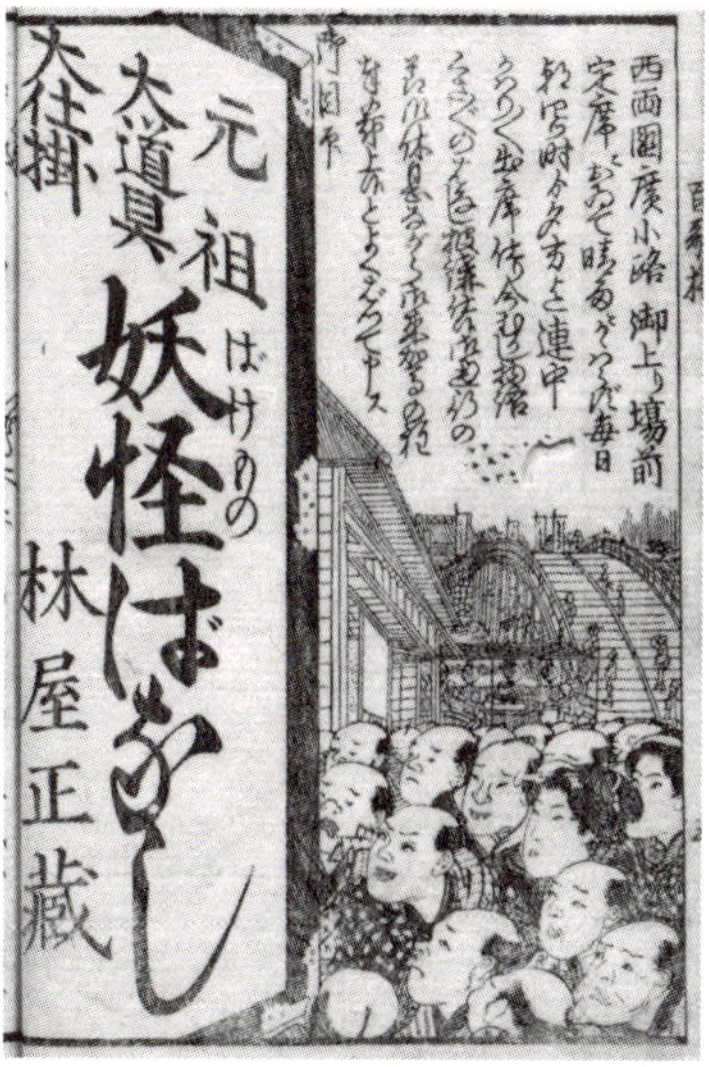

林屋正蔵は西両国に寄席を構え、道具仕掛けの怪談噺をかけていた。
『百歌撰』林屋正蔵作　国立国会図書館デジタルコレクション

小《さ》夜《よ》衣《ぎぬ》草《ぞう》紙《し》

トイレ怪談の元祖？ しとしとと読む世話講談

◉講談 ◉恋愛3（夫婦・恋人の愛憎劇）

作者不詳 初演：不詳

天《てん》明《めい》の頃。材木商の若旦那源治郎と、朝日丸屋の花魁《おいらん》小夜衣《さよぎぬ》が起請文を交わす仲となる。しかし源治郎はお八重という別の女性と結婚することとなる。小夜衣は若旦那を信じていたが、番頭たちの会話から「若旦那本心からの縁切り」であることを知ってしまう。小夜衣は絶望し、剃刀で喉を突くが死にきれず、柱に頭を打ち付け、眼球が飛び出した血まみれの無残な姿で絶命した。

源治郎の店では怪異が起こり始める。番頭が便所に行くと天井から髪の毛が降りてきて、上を見ると血まみれの小夜衣の顔。源治郎に小夜衣の霊が乗り移り、両親に恨み言を言う。婚礼の三三九度では天井から源治郎が小夜衣に贈った櫛《くし》が落ちてきてお八重の盃を割る。初夜の床では、屛風の上から小夜衣の幽霊が覗《のぞ》き込み「お羨《うらや》ましい」と言う。

次々と起こる怪異に気を病んだ源治郎は、ついにお八重を小夜衣と見間違い斬り殺してしまう。家は断絶となり、源治郎の両親は出家したという。

ひとこと

ド派手なグロ描写のわりに、しとしとと読むことになっている世話講談。明治期には邑井《むらい》一《はじめ》という講談師が得意にしていたそうで、「シトシトとせめていくと、客はすっかり傷めつけられて、気も魂も奪われ、満場水を打ったように」なったらしい。「お羨《うらや》ましい」で笑いが出ないほど、邑井一が読む小夜衣の幽霊描写は、凄惨な気配が漂っていたのだろう。

次々に起こる怪異は、文化文政期の怪談に登場するパターンのめじろ押しで、長い髪を上から垂らしてみたり、櫛《くし》を小道具にしてみたり、情事を覗《のぞ》いたりと、出来ることは何でもやっている。あまりに多いので、現在は怪異ごとに抜き読みされている。

怪異の現場の多くが便所であり、阿部主計《あべかずえ》氏の考察によると、**現代のトイレ怪談はこの噺《はなし》から生まれたもの**という。

18 怪異都市伝説

彩《いろ》入《いり》御《お》伽《とぎ》草《ぞうし》

亡霊・小幡小平次《こはだこへいじ》 初の「男の」幽霊登場

◉歌舞伎　◉敵討ち

作：鶴屋南北《つるやなんぼく》　初演：文化《ぶんか》5（1808）年　江戸市村座

小幡の百姓である小平次《こへいじ》は九州の菊池家の家臣であった。再興を願い諸国を巡礼し帰国したところ、流浪中の若君月若丸と、その乳母敷波《しきなみ》と会い、主家の大事を知らされる。小平次は、菊池家を狙う悪人、浅山鉄山《あさやまてっさん》の密書を手に入れ、自分の女房おとわが鉄山の妹だと知るが、おとわと愛人多九郎《たくろう》の奸計により沼に沈められ殺される。

小平次は幽霊になりおとわの首をかき切って殺害、多九郎は菊池家の忠臣、弥陀次郎《みだじろう》によって討たれた。多九郎の正体は天竺徳兵衛《てんじくとくべえ》で、鉄山との謀略で菊池家を滅亡させ、若君は御家の重宝を探し求めて流浪しているのであった。

将軍東山義政《よしまさ》の調伏をたくらむ浅山鉄山は、巳年、巳月の生まれの弥陀次郎の姉幸崎を捕らえ、毎晩、指を一本ずつ切りおとし、その血をまぜた土で10枚の皿を作り、義政を毒殺しようとしていた。幸崎は弥陀次郎に鉄山の悪事を告げ、界川に身を投げて死ぬ。

10枚の皿を受け取るため、将軍の使いが鉄山の播州の屋敷に到着する。幸崎の霊は鉄山の腰元として入り込んでいた菊池の姫に、皿を1枚盗めば儀式を行うことができないため、将軍に毒皿が渡ることはないと助言する。姫は皿を盗むが鉄山にバレてしまい、姫と弥陀次郎は皿を数えさせられる。

幸崎は鉄山の体に入り込んで正気を失わせ、重宝の在処《ありか》を白状させる。幸崎は弥陀次郎に鉄山の討伐を託し、姿を消す。火の玉が鉄山を苦しめ、その隙に弥陀次郎は鉄山を討つ。

ここがエモい

立役が演じる、珍しい男の幽霊が大ヒット

元ネタは小幡小平次《こはだこへいじ》の怪異譚《かいいたん》を描いた山東京伝《さんとうきょうでん》の『復讐《ふくしゅう》奇談安積沼《きだんあさかのぬま》』で、ここに大ヒットした「天竺徳兵衛《てんじくとくべえ》」と「皿屋敷」を綯《な》い交《ま》ぜにした。メインは皿屋敷をベースにした御家騒動なのだが、前半の小幡小平次の亡霊が大変にウ

ケて、現在もこちらがメインで上演されている。

注目されたのは、**「男」の幽霊の姿だった。** それまで、怨霊ごとといえば女性で、理不尽な理由で殺された女性が幽霊となり、その不思議な力で仇《あだ》を討つ、あるいは恨みを晴らすというものだったが、女形が演じるのではなく立役の男が、男の役として亡霊を演じるのは初めてだったのだ。

小幡小平次を演じたのは尾上菊五郎（二代目松助）だが、当初は初代尾上松助が小平次とおとわ、鉄山と幸崎の4役を演じる予定だった。後半の幸崎の霊が乗り移った鉄山のシーンは、鉄山の扮した幸崎という「男役が女性を感じさせる」という役者の腕の見せどころで、ファンからしてみると狂喜しそうなシーンが用意されていたのだが、松助が皿屋敷部分から欠勤となったため実現しなかった。

松助の代役として小平次を演じた菊五郎は、この作品が出世作となり、翌年に松助を襲名。以後、鶴屋南北《つるやなんぼく》と組んで怪談や早替わりで人気を博した。「東海道四谷怪談」のお岩と小平も松助が演じている。

関連資料　翻刻は『鶴屋南北全集　第一巻』（三一書房）。元ネタの山東京伝『復讐奇談安積沼』は、現代語訳が国書刊行会から、翻刻は『山東京傳全集 第十五巻』（ぺりかん社）。

19 菊花《きっか》の約《ちぎり》

◉読本《よみほん》『雨月物語』より

◉恋愛5（BL）

作：上田秋成《うえだあきなり》　初出：安永《あんえい》5（1776）年、
版元：京都梅村判兵衛と大坂野村長兵衛の合版

戦国時代。浪人の学者・左門は高熱を出した宗右衛門という武士を看病し、徐々に回復していく。2人は義兄弟の契りを結び、重陽《ちょうよう》の節句に再会しようと約し、宗右衛門は出雲に旅立つ。9月9日の重陽の節句の夜に、宗右衛門はやっと現れた。彼は幽閉されて出ることができず、自害して魂だけになって左門の元にやってきたのだった。

ひとこと　タイトルの「菊花」とは、重陽の節句が菊の節句とも言われることから。義兄弟の契りの「契り」が、**友情なのか衆道《しゅどう》なのか**は読み手の解釈の違いなのだろうが、「菊」が衆道や男色の暗示であるのは偶然か否か。ところで、宗右衛門の姓は「赤穴《あかな》」である。仕上がり過ぎている。

20 伊達競阿国戯場《だてくらべおくにかぶき》

◉歌舞伎、浄瑠璃
◉嫉妬・葛藤　恋愛3（夫婦・恋人の愛憎劇）

作：歌舞伎は櫻田治助《さくらだじすけ》・笠縫専助《かさぬいせんすけ》、浄瑠璃は達田弁二《たったべんじ》・吉田鬼眼《よしだきがん》・烏亭焉馬《うていえんば》　初演：歌舞伎は安永7（1778）年、江戸中村座。浄瑠璃は安永八（1779）年、江戸肥前座

遊女・高尾を寵愛するあまり足利頼兼の放蕩を憂う忠臣・絹川谷蔵は、主君と国を救うため高尾を殺す。谷蔵は高尾の兄である豆腐屋三婦《さぶ》の家へ逃げて、末の妹累《かさね》と夫婦になる。実は高尾は谷蔵を愛しており、高尾の怨念は累に取り憑《つ》き、累の顔は醜く変貌する。忠義の全うに金が必要な谷蔵のために、累は身売りしようとするができず、誤解から嫉妬に狂う。谷蔵は累を大切に思いながらも、これを殺す。

ひとこと　通称「身売りの累《かさね》」。元ネタである『死霊解脱物語聞書《しりょうげだつものがたりききがき》』（58頁）の累はもとから醜女《しこめ》となっているが、歌舞伎となると役者に醜女の役をさせるわけにはいかず、この頃から「美人の累が呪いや不慮の事故で醜くなる」という設定に変わる。**自分の顔が変貌したことに気付かず、鏡を見て初めて知るという絶望**は、この上ない因果で且《か》つ残酷であり、芝居のクライマックスとなった。

21 慙紅葉汗顔見勢《はじもみじあせのかおみせ》

◉歌舞伎　◉恋愛3（夫婦・恋人の愛憎劇）

作：鶴屋南北《つるやなんぼく》　初演：文化《ぶんか》12（1815）年、江戸河原崎屋

概ね「伊達競阿国戯場《だてくらべおくにかぶき》」（前項）と同じ。時代設定は室町時代。

ひとこと　通称「伊達《だて》の十役」。三代目市川猿之助《えんのすけ》が復活狂言として演じた際にこの題目としたため、現在は通称で演じられている。文字通り、1人で10役を演じ、早替わりの趣向をみせる演目。殺した高尾の首を持ち歩くシーンがあるのだが、「**累《かさね》もの**」の趣向よりも高尾の生首の出来の良さに注目が集まった。

22 仙境異聞《せんきょういぶん》・勝五郎再生記聞《かつごろうさいせいきぶん》

◉**神道書** ◉**社会派ドラマ**

作：平田篤胤《ひらたあつたね》 初出：文政《ぶんせい》5（1822）年・文政6年

【仙境異聞】

寛永寺《かんえいじ》で遊んでいた少年寅吉が、天狗と神仙界に行き呪術を身につけて帰ってきた。

【勝五郎再生記聞】

八王子の農家の息子・勝五郎は、ある夜に「自分は程久保村の子どもで6歳の時に疱瘡《ほうそう》で死んだ」と言い、調べてみると本当にその子どもは過去に存在していた。勝五郎は前世の記憶を持っており、その話は村や身内しか知らない事実であった。

ひとこと

国学者平田篤胤《ひらたあつたね》が寅吉や勝五郎から聞き出した話をまとめたもの。篤胤は文化9（1812）年に妻を亡くしたことから幽界研究など**スピリチュアルに傾倒**し、本作もその研究の一環である。当時はかなり話題となったらしい。岩波文庫から翻刻が出版されていたが、平成の異世界転生ブームで復刊となる。因《ちな》みに、昭和の異世界転生や前世ものブームの火付け役となったのは日渡早紀《ひわたりさき》作の漫画『ぼくの地球を守って』。ペンフレンドコーナーで、前世の仲間探しが盛んに行われた。なぜかやたらに月に住んでいた記憶を持つ投稿者が多かった。

23 猫人《ねこひと》のためにかたる

◉**説話集『新著聞集《しんちょもんじゅう》』より** ◉**見立て・擬人化**

作者不祥 初出：寛延《かんえん》2（1749）年 版元：大坂河内屋茂兵衛

江戸増上寺《ぞうじょうじ》の脇寺の徳水院に長く飼われている猫がいた。ある時、梁の上のネズミを追い掛けていて「南無三宝！」と叫んで落っこちた。これを見た人が「おっちょこちょいの化け猫だな」と言うと、猫はその場を去り、二度と戻って来なかった。

ひとこと

猫がミスをしたのを見ても、そこにツッコんではならない。

24 妖《よう》猫《ねこ》友《とも》をいざなう

◉説話集『新著聞集《しんちょもんじゅう》』より　◉見立て・擬人化

作者不祥　初出：寛延《かんえん》2（1749）年　版元：大坂河内屋茂兵衛

寺の住職が下痢を煩《わずら》って便所に行こうとした。すると「これ」と呼ぶ声がする。見ると、飼い猫が戸を開けて、猫を迎え入れた。入ってきた猫は「今日は踊りの日だから迎えに来た」と言う。すると飼い猫が「今日は和尚の具合が悪いから踊りには行けない」。「それは仕方ない。手拭いをちょっと貸してくれんか」「和尚が手拭いを使うから貸してやれん」「そうか、和尚を大事にしろよ」。和尚は飼い猫の元に戻り「わしのことは心配せずに、踊りに出かけたら良い。手拭いも持って行きなさい」と言った。

猫は手拭いをくわえ出て行き、二度と戻って来なかったという。

ひとこと

猫が喋《しゃべ》ったり踊ったりしていても、知らんふりをしていなければならない。

25 天《てん》女《にょ》降《おり》て男《おとこ》に戯《たわむ》るる

◉随筆『半日閑話《はんにちかんわ》』より　◉コメディ

作：大田南畝《おおたなんぽ》　初出：未詳（明和から文政期）

孫《まご》右衛門《えもん》という男が自宅で昼寝していたところ、天女が降りてきて接吻《せっぷん》した。その日から孫右衛門の口から良い香りがするようになり、一生香り続けた。

ひとこと

平成の頃、口臭予防ガムのCMで「息だけは福山雅治」というものがあった。江戸時代から口臭予防の概念はあり、歯磨き剤が流行していたという。「漱石香《そうせきこう》」は明和期の歯磨き粉で、このキャッチコピーは南《なん》畝《ぽ》と同時代に活躍した平賀源内《ひらがげんない》が制作。「はをしろくし口中あしき匂ひをさる」とあり、口腔《こうくう》ケアは重要なモテ要素だったのだ。孫右衛門がその後モテたか否かは不明である。

26 仕事師《しごとし》の女房《にょうぼう》密夫《みっぷ》の事《こと》

◉奇談集『梅翁随筆《ばいおうずいひつ》』巻二より

◉どんでん返し

作者不祥　初出：寛政期《かんせいき》（1789〜1801）

神田に住む大工の棟梁が寄り合いの後仕事に向かおうとすると弁当がない。今日は休んでしまえと近所の酒屋に行くと、隣の席で自分の弁当を食っている者がいる。聞けば昨日から何も食っていないというので、その弁当をめぐんだ。家に戻ると、女房が間男とお楽しみ中。そこに酒屋が飛び込んできて弁当を食べた男が死んだという。こっちでは間男が出た、あっちでは死人が出たと町中大騒ぎ。詮議の末、間男は入牢《にゅうろう》。棟梁を亡き者にしようと女房が弁当に毒を入れたのだが、飢えた男が食べてしまったことは、災難であった。

ひとこと

大工の棟梁の善行は、吉と出たか凶と出たか。YouTubeにある釣り動画みたいな話は、昔からあったらしい。

27 もう半分《はんぶん》

◉落語

◉どんでん返し

作：三遊亭圓朝《さんゆうていえんちょう》　初出：明治期

永《えい》代橋《だいばし》（千住大橋とも）のたもとで居酒屋を営んでいる夫婦は、客の老人が持っていた金を盗む。老人は絶望して橋から身投げする。この老人は、店に来ると一合瓶に「半分だけ」と頼み、これを飲み終わると「もう半分」とおかわりをしていた。盗んだ金を元手に店を大きくして、夫婦に死んだ老人そっくりの赤ん坊が生まれる。乳母を頼んだがみな辞めてしまう。不審に思った夫婦が夜隠れて見ていると、赤子は起き出して行燈《あんどん》の油差しから茶碗に油を注ぎ、うまそうに飲んだ。「おのれ爺《じじい》、血迷ったか！」。赤子は茶碗を差し出し「もう半分」。

ひとこと

六部《ろくぶ》殺し怪談「こんな晩」の変化形。六部殺しとは、旅の僧（六部）を殺し金品を奪った者が、後に六部の生まれ変わりである子どもに断罪されるという怪談のひとつで、通称の「こんな晩」は、生まれ変わった子どもが「**お前が俺を殺したのも、こんな晩だったな**」という台詞《せりふ》から。全国各地に六部殺しにまつわる怪談や民話があり、生まれ変わった子どもが、盗んだり借金したりした金額と同程度の放蕩《ほうとう》を繰り返すというパターンもあり、こちらは仏教説話に多い。**借りた金は返さねばならない。**

28 小幡《こはだ》小平次《こへいじ》事実《じじつ》のこと

◉随筆『耳嚢《みみぶくろ》』より ◉トラウマ・ルサンチマン

作：根岸鎮衛《ねぎししずもり》　初出：不明（享和年間から文政11〈1828〉年までの約30年間の間に書かれ、写本により伝わる）

ある人が小幡小平次《こはだこへいじ》について語った。小平次は幼い頃に両親に先立たれ、菩提を弔うために出家した。しかし、修行の途中で深川茶屋の花野という女に惚《ほ》れられ、いろいろあって小平次は還俗し役者になって花野と所帯を持った。役者になった小平次は博打《ばくち》に手を出したことで破門され、旅役者となって諸国を巡ることになった。花野は香具師《やし》の三平に気が移り、三平は小平次を殺す。三平が、小平次がいなくなった花野の元に行くと、「遅いじゃないか、小平次は昨日帰ってきたのに」と言う。慌てて2人が部屋を覗《のぞ》くが、そこには誰もいなかった。以後、不思議なことが続き、小平次殺しが露見した三平は処罰された。

ひとこと

小幡《こはだ》小平次《こへいじ》に関しては様々な怪異譚が残されているが、この話は小平次が役者になる前にも言及している。一般的な話では、売れない役者の小平次だったが、やっと取れた幽霊役で人気が出た。しかし殺されてしまい、**恨みを晴らすべく幽霊となったが、生前あまりにも幽霊役がうまかったので、誰も幽霊だと気付かなかった**という物語。

また、小幡小平次の話をすると怪異が起こると信じられており、江戸っ子の啖呵《たんか》の「幽霊が怖くってコハダが食えるか」は、小鰭《こはだ》と小幡をかけたもの。今ではあまり通じない。

29 お菊《きく》の皿《さら》

◉落語 ◉どんでん返し

作者不祥　初出：幕末頃には噺本《はなしぼん》に掲載されている

番町の皿屋敷に出るお菊さんの幽霊が美人だという噂《うわさ》が立ち、連日お菊さんを見たい人で大賑わい。やがて屋台が並び、興行主が現れて、番町皿屋敷の井戸では毎晩お菊の皿数えステージが行われた。「みんなー、ありがとうーー！　今日も皿数え、行っくよーーー！」。9枚まで全部数えている声を聴いたら呪われるというので、7枚まで数えるのを聴いたら逃げなければならないのだが、その日は慌てる客を前に18枚まで数えた。「おい、お菊さんといえば皿は9枚って決まってるんだ。何だって今日は18枚まで数えるんだ」。するとお菊さん、「わかんないんだねェ、明日休むんだヨ」。

ひとこと

幽霊のままアイドルに転生したお菊さんの話。休む前に仕事を片付けるあたり、**絶妙なワーカホリック味**があって良い。それにしても、成仏させずにアイドルとして働かせるってんだから、落語はおっかない。

30 万吉太夫化物《まんきちたゆうばけもの》の師匠《ししょう》となる事《こと》

◉怪談集『諸国百物語』より　◉コメディ

作者不祥　初出：延宝《えんぽう》5（1677）年

京都の猿楽師の万吉太夫《まんきちたゆう》は下手過ぎて食えなくなり、大坂に行くことにした。途中、枚方宿《ひらかたしゅく》の茶屋に泊めてもらおうとすると「夜に化け物が出る」という。万吉太夫はそれでも構わないと言って泊まった。夜になって、七尺ほどの大坊主が出た。万吉太夫は「そんな化け方では甘い」と、鬼の装束や女の着物を着て演じてみせると、大坊主は感心して「弟子にしてほしい」と言った。それから万吉太夫と大坊主は打ち解けたので、太夫が「何が苦手か」と聞くと「わしの正体はそこの榎《えのき》の下に生えるキノコなのだが、3年ものの味噌《みそ》で作った汁が苦手だ」と答えて帰って行った。次の朝、万吉太夫は茶屋の者に言って3年ものの味噌で汁を作らせ、これを榎の下に生えているキノコにかけると、キノコがしなしなになった。それから化け物は現れなくなった。

ひとこと

民話に類話がある。落語「田能久《たのきゅう》」の元ネタとも言われる。単に、周辺の植物を枯らす厄介なキノコを駆除する方法にも思える。

万吉太夫が立ち寄った枚方宿。
「六十余州名所図会　河内　枚方男山」歌川広重筆
国立国会図書館デジタルコレクション

31 傘《からかさ》のご神託《しんたく》

◉浮世草子『西鶴諸国《さいかくしょこく》はなし』より
◉コメディ
作：井原西鶴《いはらさいかく》　初出：貞享《じょうきょう》2（1685）年
版元：大坂池田屋三郎右衛門

急な雨に降られてしまった男が傘を借りて差していたところ、風に煽《あお》られ傘が飛んで行ってしまった。その傘は、傘を見たことも聞いたこともない肥後の山奥の村に落ちた。突然空から降ってきた傘を見て、村の賢い者が「天照大神《あまてらすおおみかみ》のご神体では」と言うので、社殿を作り祀《まつ》った。夏になり、そのご神体がゴキブリが大発生して怒っているという。「怒りを鎮めるには、巫女《みこ》を差し出さねばならない」。しかし、娘たちはそのご神体の形状を見て、尻込みする。そこに後家が「私が行こう」という。さて夜になり、後家は社殿に入るが何も起こらない。とうとう何事もなく夜が明けた。後家は「この見かけ倒しが！」と、ご神体をボキボキに折って打ち捨てた。

ひとこと　期待したけど何も起こらなかったという、ただそれだけの話。それにしたってデカ過ぎではないのか。下ネタではないが、類話に落語「松山鏡」がある。こちらはちょっとかわいい良い噺《はなし》。

32 幽霊《ゆうれい》の足弱車《あしよわくるま》

◉浮世草子『西鶴名残《さいかくなごり》の友《とも》』より
◉コメディ
作：井原西鶴《いはらさいかく》　初出：元禄《げんろく》12（1699）年、北条団水《ほうじょうだんすい》編

出《で》羽国《わのくに》。旅の一行が山道を登っていると、苦しがっている女の幽霊がいた。僧侶が幽霊に声をかけると、幽霊が死んだ理由を話し始めた。「私は想いをかけ深い仲になった男がいましたが、その男は年上の女とできてしまったので、悔しくて命を絶ちました。草葉の陰から2人を取り殺そうと思ったのですが、2人がいる二階座敷に駆け上がろうとして階段を踏み外して腰を痛めてしまったのです」。これを聞いた一行は「今の若い人は気力がなくなっている

というし、恨みの念力を送っても届くことはないだろう。それに、そんな男だもの、長くは続かないだろう。とっとと見切りを付けて成仏した方が良い。武士なら腰抜けと揶揄《やゆ》されるかもしれないが、幽霊なら腰が抜けてもかまやしないさ」と言って、幽霊の腰に軟膏を塗ってやった。

ひとこと

この頃の幽霊には足があったらしい。そして、**「いまどきの若い者はなっとらん」と言われてしまうのは昔かららしい。**軟膏を塗ってもらった幽霊はおいしいものでも食べて、しっかり養生して、黄泉《よみ》の国へ旅立ってほしい。

33 絵《え》の婦人《おんな》に契《ちぎ》る

◉怪談集『御伽百物語《おとぎひゃくものがたり》』より
◉恋愛2(ハッピーエンド)
作:青木鷺水《あおきろすい》
初出:宝永《ほうえい》3(1706)年 版元:京都菱屋治兵衛

洛《らく》陽室町《ようむろまち》のほとりに住む書生の篤敬《とくけい》は、衝立《ついたて》の裏面に描かれた絵の女に恋をした。寝ても覚めてもその女のことばかり考え、その女と逢《あ》えるのならこの身がどうなっても構わないとまで思い悩むようになった。これを見た友人が哀れに思い、「この絵の女は菱川師宣《ひしかわもろのぶ》が魂を込めて描いたものだから、魂が宿っている。一心に念じるのならば絵の姿から離れて本物の人間となるであろう」。篤敬は一心に念じると、ある日、女は絵の中から出てきた。篤敬の思った通りの、美しくたおやかな女性であり、ついに偕老《かいろう》の契り(生涯を伴侶として仲睦まじく暮らす)をなした。

「見返り美人図」菱川師宣筆
出典：ColBase（https://colbase.nich.go.jp/）

ひとこと

二次元の美少女に惚《ほ》れた男が、本当にその美少女と結婚するという、令和の時代でもありそうな話。推しと結婚したいという願いは、江戸の昔からあったらしい。菱川師宣《ひしかわもろのぶ》は浮世絵の祖であり、美人画を得意とした。「見返り美人」が有名。

34 豊《ぶん》後《ご》の国《くにの》なにがしの女房《にょうぼう》、死骸《しがい》を漆《うるし》にて塗《ぬ》りたること

◉怪談集『諸国百物語《しょこくひゃくものがたり》』より　◉嫉妬・葛藤

作者不祥　初出：延宝《えんぽう》5（1677）年

豊《ぶん》後《ご》の国に仲睦まじい夫婦がいたが、妻は風邪をこじらせて死んでしまった。今際《いまわ》の際《きわ》に妻は「私を土葬や火葬にせず、私のはらわたを取り除いて米を入れ、私の身体を漆で塗り固めて錫杖《しゃくじょう》を持たせて祀り、念仏をあげてください」と言った。夫はその通りにして念仏をあげていたが、妻の死後2年経ち、後妻を持った。しかし、次々と家を出て行く。何人目かの妻を持った際、男は用事が出来て家を留守にした。妻と女中たちが話をしていると、錫杖の音がして「ここを開けろ」と言う。開けずにいると「夫

にこのことは絶対に話すな」と言って錫杖の音は遠ざかった。妻がこれを夫に話すと、夫が留守の際にやってきた、錫杖を持った漆塗りの女は妻の首をねじ切って殺した。夫が家に戻ると、漆塗りの前妻の前に、妻の首が置かれている。夫が前妻を仏壇から引きずり降ろすと、女は男の喉元に食いつき、男は死んでしまった。

ひとこと

「私の妻はお前だけだ。お前が死んでも、雌猫一匹だって膝に乗せやしないよ」と言っても後妻を持ち、前妻が「嘘つき！」と祟《たた》る話は多い。後妻打《うわなりう》ちの怪談バージョンだ。女の執着の怖さをテーマにしているわけだが、世の中の男の執着だって相当なものである。「清玄桜姫物《せいげんさくらひめもの》」の清玄の執着なんてバイオレンスで相当怖い。**情愛にしても性愛にしても、男女問わず執着は化け物となるのだ。女だけがそうやって執着していると思っているのは、男のうぬぼれではあるまいか。**あと、守れない約束はするものではない。執着の因《もと》となるから。

35 死者《しゃ》の手首《てくび》

◉怪談集『百物語《ひゃくものがたり》』より　◉嫉妬・葛藤

作：松林伯圓《しょうりんはくえん》　初出：明治27（1894）年、都新聞《みやこしんぶん》

下《しも》野《つけ》常陸《ひたち》の野口家の話。弘化《こうか》3（1846）年秋、この家に30代半ばほどの比丘尼《びくに》が一夜の宿を頼みにきた。その晩、比丘尼の部屋から読経と苦しそうな声が聞こえる。あまりに苦しそうなので、主人が家内と声をかけると、比丘尼は因果を話し始めた。

比丘尼の名は雪子と言い、とある家の主人の、奥方公認の妾《めかけ》であった。奥方が病に伏し、雪子に殿の後添えになってほしいという。断るが執拗に頼むので承諾すると「縁側の花が見たいから背負ってくれ」という。雪子が奥方を背負うと奥方は雪子の乳房を掴《つか》み、そのまま息絶えた。雪子の乳房には奥方の手が食い込みどうしても離れない。ついに切断したが、そのまま家に居ることもできず出家した。今でもその手が比丘尼の乳房をギリギリと締め付けるという。比丘尼は出立したが、その後はどうなったのかわからない。

正妻から見る妾《めかけ》の姿は、自分にはない華やぎと花があったのだろうか。**夫にこの先愛されるであろう、若さとその柔肌への執着が痛々しく哀しい。**

ひとこと

この話は、明治26（1893）年に浅草奥山閣《おうざんかく》において、都新聞《みやこしんぶん》の条野採菊《じょうのさいぎく》主催で開催された、百物語イベントのうちの一席。メンバーは松林伯圓《しょうりんはくえん》や三遊亭圓朝《さんゆうていえんちょう》など錚々《そうそう》たる面々で、後に都新聞に連載された。松林伯圓は百物語イベントには出席できず、寄稿という形となっている。後にラフカディオ・ハーン（小泉八雲《こいずみやくも》）がこれを原話として「因果話」を書いた。『霊の日本』に所収されている。

条野採菊「百物語」新聞連載後に出版された際の挿絵。
『百物語』条野採菊著　国立国会図書館デジタルコレクション

36 人形《にんぎょう》生《い》きてはたらきしこと

◉怪談集『新説百物語《しんせつひゃくものがたり》』より
◉見立て・擬人化
作：高古堂主人《こうこどうしゅじん》　初出：明和《めいわ》4（1767）年、版元：京都小幡宗左衛門

諸国行脚をしている僧が一夜の宿を借りて寝ていると、老女が娘に「人形に湯浴みをさせよ」と言う。娘が人形を盥《たらい》に入れると、人形は人間のように動き出した。僧はこの人形をもらった。道中、人形は「ととさま、ととさま」と声をかける。「向こうからやってくる男は転んで怪我をする。薬をやると金子をくれる」と言う。これがその通りに当たった。何度か繰り返すと僧は恐ろしくなり、捨てようとすると「私はととさまの子だから離れない」と戻ってくる。ある夜、僧はそっと起きて宿の主人に相談すると、「笠に人形を入れて、一緒に川に入りなさい。あなたは溺れ

たふりをして、笠を手放すと良い」。次の日、僧は主人に聞いたとおりにして、人形を川に流した。その後、僧には何も起こらなくなったという。

ひとこと

人形が生きて動くという話は多い。人間と同じように目と手足があり、依代《よりしろ》の役目もあったというから、魂が入り込んでも不思議はなかろうと考えられていたのだろう。無邪気に「ととさま」と慕い、異能を発揮する様子は不気味であり、これが淡々と記されていることで、さらに底冷えのする怖さになっている。流れていった人形を拾った人物はいたのだろうか。

37 一心二河白道《いっしんにがびゃくどう》

◉歌舞伎　◉恋愛2（ハッピーエンド）

作：近松門左衛門《ちかまつもんざえもん》

初出・初演：元禄《げんろく》11（1698）年　版元：京都都万太夫座

丹《たん》波国《ばのくに》の佐伯郡司《さえきぐんじ》秋高の娘である桜姫《さくらひめ》は、許嫁《いいなずけ》の園部《そのべ》兵衛《ひょうえ》を嫌い、清水寺で出逢った若衆《わかしゅ》三木之丞に激しく恋慕する。清水寺の若僧清玄《せいげん》と三木之丞は衆道《しゅどう》の関係だが、桜姫に惹かれ、小袖を抱きしめて泣き、かき口説く。桜姫は園部との縁を切ってくれたら身を任せるという。清玄は三木之丞を使って園部から護らせ、桜姫を丹波に送る。これを知った園部が不義だと言い立て、清玄は住持から破門される。

清玄は生霊となり桜姫を悩ませる。しかし、いつまでも祝言を挙げようとしない桜姫を犯そうとする園部から、清玄が蛇となり桜姫を守る。清玄は桜姫の恋人が自分と契った仲である三木之丞だと知り、満足。清玄は2人を守ると決意する。

園部の悪心により佐伯家は乱れ、桜姫は家老とともに逃れるも、三木之丞・清玄と再会した後急死する。桜姫の前に火の川と水の川との二河白道が現れ、閻魔大王から出家の清玄を惑わした罪を責められる。しかし清水観音を信仰していたことで娑婆《しゃば》に戻される。桜姫が蘇ったところに園部一味が姫を奪いに来る。三木之丞は園部を討ち、お家はめでたく栄える。

ひとこと

推しカプの幸せが尊い世界。生霊《いきりょう》になって隙あらば襲いかかるほどの桜姫への執念を、昔の恋人との美しい思い出が浄化し、愛した元カレと推しの幸せを見届けて成仏する。オタクの鑑みたいな清玄《せいげん》である。

桜姫も、許嫁《いいなずけ》を嫌ってイケメンの三木之丞に迫ったり、「園部をどうにかしてくれるんだったら、寝てやらんこともない」などと清玄の恋心を利用したりなど、やることがなかなかすごくて『桜姫東文章《さくらひめあずまぶんしょう》』並みのキャラ設定だ。

仏教説話をここまで世話物にしてしまうとは、さすがの近松門左衛門《ちかまつもんざえもん》である。

38 反《はん》魂《ごん》香《こう》

◉落語 ◉恋愛3（夫婦・恋人の愛憎劇）

作者不祥 初出：原話は享保《きょうほう》18（1733）年、笑話本『軽口蓬莱山』より「思いの他の反魂香」

夜中になると長屋の坊主が鉦《かね》を叩《たた》くので眠れない八五《はちご》郎《ろう》。文句を言いに行くと、坊主は道哲といい元武士の島田重三郎で、自分に操《みさお》を立てて伊達公《だてこう》に殺された、恋人の高尾を弔《とむら》っているという。坊主は高尾と取り交わした死者の魂を返す反魂香《はんごんこう》を火鉢にくべる。すると、高尾が現れた。「そちは女房、高尾じゃないか」「仇《あだ》に焚いてくりゃんすな、香の切れ目が縁の切れ目……」。これを見た八五郎は、死に別れた女房に会いたいから反魂香を分けてくれと頼むが断られる。仕方が無いので、薬屋に行って買おうとするが、反魂香の名を忘れてしまい、越中富山の反魂丹《はんごんたん》を購入。早速火鉢にくべるが、一向に女房は出てこない。全部火鉢に突っ込み煙だらけにしていると、戸を叩く音がする。「そちは女房、お梅じゃないか」「隣のおさきだけどね、さっきからきな臭いのはお前さんのところじゃないのかい？」

ひとこと

高尾が言う「香の切れ目が縁の切れ目」は、全ての香を使い切ったらもう会うことはできない、という未練だ。八五郎も死に別れた女房への未練から、反魂香を使って幽霊でもいいから会いたいと願う。ところが、富山の胃腸薬を買ってしまい当然女房は出てこずに煙だけ。ここに、**過去に生きる道哲と今を生きる八五郎との対比がある。**八五郎はうっかりだから反魂香の名を忘れたのかもしれないが、あの世にいる八五郎の女房が「お前さん、しっかりおしよ」と**敢えて失念させていたとしたら**、などと想像してみるのだが、そうすると一気に落《おと》し噺《ばなし》が人情噺になってしまうし、主人公が八五郎《はちごろう》から熊五郎《くまごろう》に変わってしまう。可笑《おか》しくて愛しくて、ちょっと哀しい余韻が残る、この形がベストなのだろう。サゲは噺家《はなしか》によっていろいろなバージョンがある。

3章／時代物

史実ロマンはいつの時代も魅力的
勧善懲悪に恋愛設定、超人化に生存・ｉｆなど
歴史物の二次創作

時代物

「仮名手本忠臣蔵」歌川豊国画　東京都立中央図書館蔵

歌舞伎の古典演目は「時代物」と「世話物」に分類される。「時代物」は設定を江戸時代より古い、鎌倉時代や室町時代にして武家社会を描いたもので、過去の歴史的事件を題材にしている。

源　義経《みなもとのよしつね》や曾我《そが》兄弟など歴史で活躍したヒーローや、崇《す》徳院《とくいん》や平　将門《たいらのまさかど》、蘇我入鹿《そがのいるか》、天草四郎《あまくさしろう》といった超人化したダークヒーローが飛び回るスペクタクルな展開は、まさに歴史的事件の二次創作である。また、人形浄瑠璃の歌舞伎化は「丸本物《まるほんもの》」といい、人形浄瑠璃ではできない早替わりなどのケレンを盛り込んだ。さらに、能を題材としたものは、「幽玄」の世界や登場人物設定を引き継ぎながらも、みせる演出やロマンスを入れながら、エンタメ性を高めていった。

こうした歌舞伎や浄瑠璃などの芝居のみならず、戯作《げさく》や講談でも時代物が描かれるようになる。歌舞伎を見に行けない者にとって戯作は読む時代劇であり、講談や浪曲は耳で聴く芝居であった。やがて、戯作を原作とした歌舞伎も現れるなど、メディアミックスも盛んになっていく。今で言うところの大河ドラマや時代劇スペシャルといったところだろう。

1 時代物

仮名手本忠臣蔵《かなでほんちゅうしんぐら》

主君の遺恨を晴らすために赤穂浪士討ち入り事件に取材した歌舞伎三大名作のひとつ

◉浄瑠璃、歌舞伎　◉敵討ち

作：二代目竹田《たけだ》出雲《いずも》・三好松洛《みよししょうらく》・並木千柳《なみきせんりゅう》
初演：寛延《かんえん》元（1748）年、大坂竹本座

登場人物

塩冶判官高貞《えんやはんがんたかさだ》……伯耆国《ほうきのくに》の大名。普段は冷静沈着。史実では赤穂藩の大名・浅野内匠頭《あさのたくみのかみ》。

高武蔵守師直《こうのむさしのかみもろなお》……執権。傲慢《ごうまん》で好色漢の悪役。史実では高家旗本・吉良上野介《きらこうずけのすけ》。

かほよ御前……塩冶判官の妻。髙師直に横恋慕される。

加古川本蔵《かこがわほんぞう》……桃井若狭之助《もものいわかさのすけ》の家の家老。史実では殿中で浅野内匠頭を抱き留めた梶川与惣兵衛《かじかわよそべえ》。

大星由良之助義金《おおぼしゆらのすけよしかね》……塩冶家の家老。史実では赤穂藩浅野家家老・大石内蔵助《おおいしくらのすけ》。

大星力弥《おおぼしりきや》……大星由良助義金の息子。塩冶判官の側に仕える。史実では大石主税《おおいしちから》。

早野勘平《はやのかんぺい》……塩冶家の譜代の家臣。史実では赤穂藩浅野家家臣・萱野三平《かやのさんぺい》。

おかる……塩冶判官の妻・かほよ御前に仕える腰元であり、早野勘平の恋人。オリジナルキャラ。

寺岡平右衛門《てらおかへいえもん》……塩冶家の足軽。おかるの兄。史実では浅野家足軽・寺坂吉右衛門《てらさかきちえもん》。

天河屋義平《あまかわやぎへい》……塩冶家に出入りしていた廻船問屋《かいせんどんや》。討ち入りのために武器などを支援する。史実では大坂の廻船問屋・天野屋利兵衛《あまのやりへえ》だが、赤穂浪士とは無関係。

太平記の時代、暦応《りゃくおう》元（1338）年2月。足利尊氏《あしかがたかうじ》の命で、その弟直義《ただよし》が鎌倉鶴岡八幡宮に新田義貞《にったよしさだ》の兜を奉納するため、塩冶判官《えんやはんがん》の妻であるかほよ御前が兜の鑑定を務める。以前から横恋慕していた髙師直《こうのもろなお》は、権力にものを言わせかほよ御前を口説く。困ったかほよ御前を桃井《もものい》若狭之助《わかさのすけ》が助けると、髙師直が罵倒する。斬りかかろうとすると、塩冶判官に止められる。

若狭之助が家老加古川本蔵《かこがわほんぞう》に師直を討つと打ち明けると、本蔵は同意を示しつつも、師直に「若狭之助から」と告げて多くの賄賂《わいろ》を贈る。賄賂ですっかり機嫌が良くなった師直だが、ここに塩冶判官が、かほよ御前からの拒絶の手紙を持って登城。師直は塩冶判官に侮辱的な言葉をぶつける。エスカレートする罵詈《ばり》雑言に、塩冶判官は耐えきれず、殿

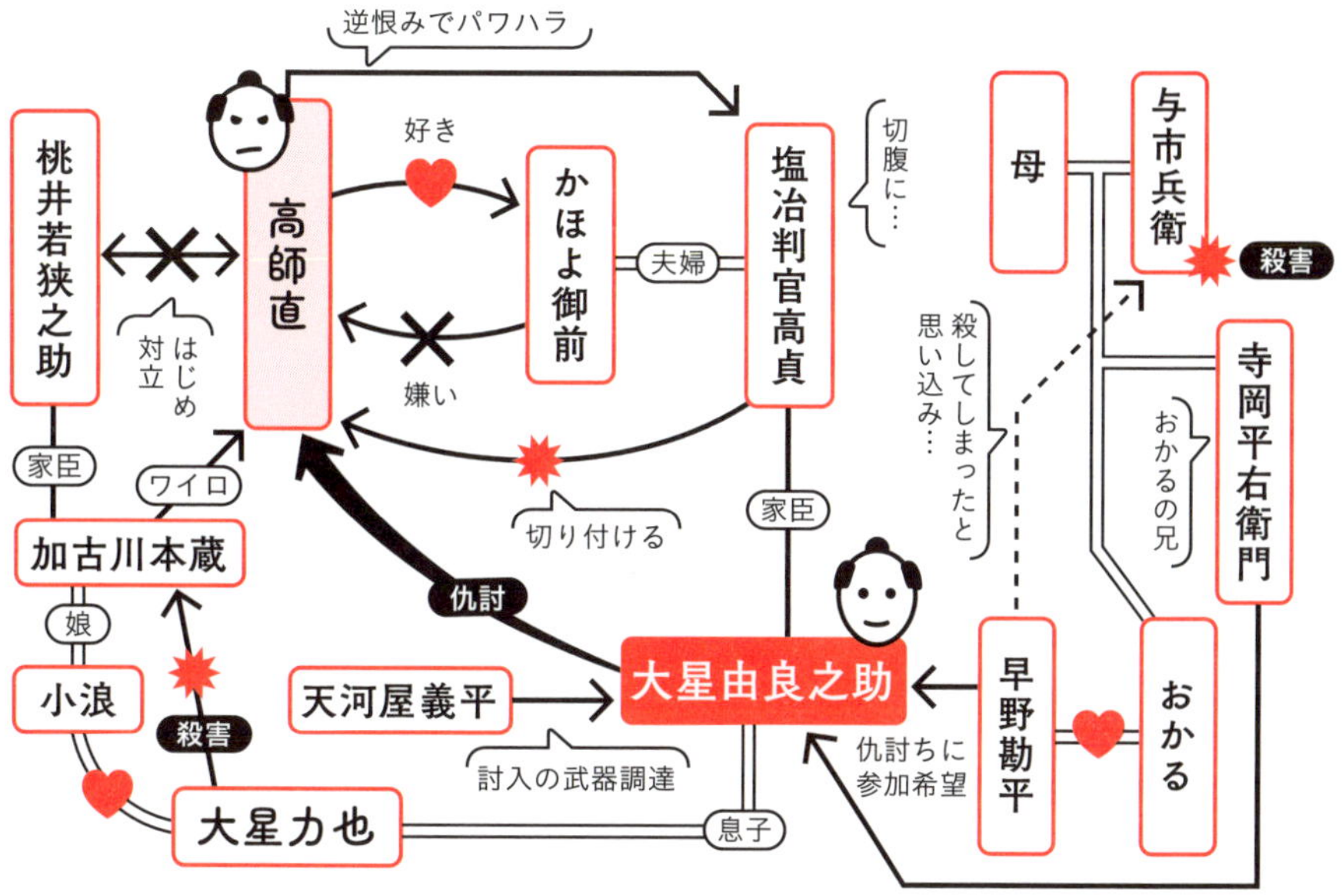

『仮名手本忠臣蔵』主要人物相関図

中にも構わず師直に斬り付ける。加古川本蔵に背後から抱き留められ、とどめをさせぬままその場で取り押さえられた。塩冶判官は切腹。家老大星由良之助《おおぼしゆらのすけ》に無念を伝え、「敵は高師直ただ一人……」と、仇討《あだう》ちを託す。

殿中での刃傷《にんじょう》事件の時、判官の供として来ていた早野勘《はやのかん》平《ぺい》は、恋人のおかると密会中で、一大事に居合わすことが出来なかったため、切腹しようとする。おかるは必死にこれを止め、2人はおかるの実家である京都山崎に落ち延びる。

大星由良之助が城を明け渡し、勘平は敵討ちに加わる機会を願い、おかるは身売りして金を用立てる。おかるの父・与市兵衛《よいちべえ》は身売り代金の50両を持ったまま、殺されてしまう。猪を撃っていた勘平の銃弾は、与市兵衛を殺した者を打ち抜く。勘平は死体の懐にあった財布に気付き、これを持ち帰ってしまう。お軽の身売り先の祇園の主がやってきて、勘平はおかるの身売りを知る。勘平は与市兵衛を殺したと思い込み、腹を切る。勘平が撃ったのは舅《しゅうと》与市兵衛の敵・定九郎《さだくろう》であったと判明し、勘平は仇討ちの連判状に血判を押し、息絶える。

見せかけの放蕩《ほうとう》をしている由良之助の元に、おかるの兄である寺岡平右衛門《てらおかへいえもん》が仇討ち参加を願い出るが、相手にされない。一方、師直側に寝返った斧九太夫《おのくだゆう》は由良之助に届いた密書を盗み読もうと床下に隠れており、由良之助が読む密書を、遊女となったおかるが2階からのぞき見てしまう。

　おかるは由良之助から身請けを持ちかけられる。これを知った平右衛門は、由良之助がおかるを口封じに殺そうとしていることに気付き、おかるを自分の手で殺そうとする。この兄妹の一途さを見た由良之助は、平右衛門に仇討ちの参加を許す。由良之助はおかるに刀を持たせ、手を添えて床下の斧九太夫を突き殺す。おかるに勘平の代わりに功を立てさせたのだった。

　加古川本蔵がわざと大星力弥《おおぼしりきや》の槍に刺さり、師直宅の絵図面を力弥に渡し、娘を託して死ぬ。天河屋義平《あまかわやぎへい》の義心に助けられ、いよいよ討ち入りの日。塩冶の浪人たちは師直の屋敷に雪崩れ込み、判官形見の短刀で、敵師直の首を取った。浪士たちは勝鬨《かちどき》をあげ、塩冶判官が眠る光明寺へと向かった。

ここがエモい

「忠義」だけのドラマはもう嘘くさい?! 大衆のリアル志向が大作を生み出した

「仮名手本忠臣蔵《かなでほんちゅうしんぐら》」は、史実の赤穂《あこう》事件とはほぼ別物で、共通しているのは殿中での刃傷《にんじょう》事件と、これを理由に藩主が切腹し、藩主が斬り付けた相手に主君の仇《あだ》を討つという一連の流れだけで、事件の時代設定もキャラクターの設定も、語られる色恋やロマンスも、ほぼ想像の産物である。

　この仮名手本忠臣蔵が大変に人気を博したことで、後の講談や浪曲、時代劇や小説が「仮名手本忠臣蔵」をベースに作られることとなり、**高師直《こうのもろなお》こと吉良上野介《きらこうずけのすけ》が悪役の代名詞みたいに思われてしまった。**史実の吉良上野介は、所領の人々からは名君として親しまれていたという。そして浅野内匠頭《あさのたくみのかみ》が吉良上野介の何にぶち切れて殿中で刀を抜いたのかは、はっきりしていない。

　赤穂浪士たちも、本来なら抗議すべきは浅野内匠頭だけに即日切腹を命じた幕府であるはずなのだが、すっ飛ばして吉良上野介を討ちに行く。あくまで「(とどめを刺すことができなかった)主君の遺恨を晴らす」という、忠義を全うするための討ち入りであったのだろう。

　このように、現代に至ってもいまだ謎の多い赤穂事件なのだが、当時も相当にセンセーショナルな事件だった。というのも、赤穂事件があった元禄期になると戦の時代を知っている者はとうにおらず、**既に忠義は物語の中で語られる理想と化していた。**人々が赤穂浪士たちを応援し、こうしてドラマ化して語り継がれてきたのは、**忠義がそれだけ稀《き》少《しょう》だったのである。**

ところが、いざドラマ化するにあたって、討ち入りの動機を「忠義」だけにするには無理があった。リアリティがないのだ。大衆が共感できる何かがなければ、ヒット作とはならない。そこで入れ込んだのが、**色と金**だ。

本作では、高師直の横恋慕が発端となり刃傷事件が勃発し、そこに勘平とおかるのエピソードが人々を動かしていく。

史実では、吉良上野介は横恋慕などしていないし、萱野《かやの》三平《さんぺい》については、恋人の有無は不明だが少なくとも結婚はしていない。そもそも、萱野三平が自刃したのは、仇討ちへの参加と、吉良家と関係が深い大島家への仕官を強く勧める親との、忠孝の狭間で思い悩んだ末だ。主君の月命日に自死したのは、三平の中で忠義に重きを置いていた所以なのかもしれない。

そんな悲劇も芝居の中ではスルーされ、勘平は主君の一大事に彼女とデートに出かけてしまうし、自分が撃ってしまったかもしれない死体から金を奪うし、自害の理由は50両を盗んだ申し開きだ。最期に連判状に名を連ね息を引き取るシーンは感動するけれども、いろいろの動機や発端が金とか女とか、割と俗っぽい印象は否めない。しかし、**これが大衆が見る武士のリアルだった**のである。

金の件で死んで詫《わ》びをするのは、加古川本蔵《かこがわほんぞう》も同じだ。本蔵は桃井若狭之助《もものいわかさのすけ》の仇討ちに同意を示しつつ、師直へ賄賂を渡すことでことを収めている。さらには浅野内匠頭を止めてしまった。武士道に反する行為に、本蔵は力弥の槍に自ら討たれ、死を以て犯した罪を償おうとしている。

ところが、史実の梶川与惣兵衛《かじかわよそべえ》の方は「あまりに急なことだったから、とっさに浅野内匠頭を取り押さえた」とあっさりしたものだ。「そこで討たせてやれよ」という庶民たちの思いが反映しているのだろう。

史実とはまるで別物に仕上がった「仮名手本忠臣蔵」は、史実がこちらかと思われるほどに大衆に受け入れられた。忠義を全うする赤穂浪士たちに喝采を送りながらも、金と女のあれこれを動機や発端に組み込みリアリティを追求する。それだけ、**「忠義」だけではドラマにならなかった**のだ。

本作四段目は判官切腹の場で「通《とお》さん場」ともいう。厳粛な場であり、客席の出入りは禁止となる。落語「淀《よど》五《ご》郎《ろう》」では、新人役者・淀五郎の判官切腹のシーンが見せ場となっており、高座も客席も大いに緊張する。

関連資料

注釈付き翻刻集として、『新編日本古典文学全集77　浄瑠璃集』（小学館）、『浄瑠璃集 上（日本古典文学大系 第51）』（岩波書店）、『新潮日本古典集成　浄瑠璃集』（新潮社）等がある。上演台本を『国立劇場上演資料集』として日本芸術文化振興会が出版している。

「忠臣蔵・夜討」歌川広重筆
出典：ColBase（https：//colbase.nich.go.jp/）

「忠臣蔵十一段目夜討之圖」歌川国芳筆
出典：ColBase（https：//colbase.nich.go.jp/）

赤穂義士祭（赤穂フォトライブラリーより）

2 時代物

芦屋道満大内鑑《あしやどうまんおおうちかがみ》

安倍晴明《あべのせいめい》は白狐の子ども
信田妻《しのだづま》伝説の集大成

◉浄瑠璃、歌舞伎　◉家族愛・ファミリードラマ

作者：竹田出雲《たけだいずも》　初演：享保《きょうほう》19（1734）年、大坂竹本座

平安時代。安倍保名《あべのやすな》は、婚約者・榊《さかき》を殺され狂乱するが、榊にそっくりな妹の葛《くず》の葉《は》と出会い正気に戻り、夫婦の約束をする。あるとき保名は、悪人の悪右衛門に追われる白狐を助けて怪我をするが、先に行っていた葛の葉が戻ってきて保名を介抱する。2人はそのまま夫婦となり、葛の葉は男児を産む。そうして6年の月日が経った。

保名と葛の葉が暮らす家に、庄司《しょうじ》夫婦が娘の葛の葉姫を伴ってやってきた。家を覗くと、娘の葛の葉姫とそっくりな女が機《はた》を織っている。実はこの家の葛の葉は、悪右衛門に追われていたところを保名に助けられた白狐の化身であった。

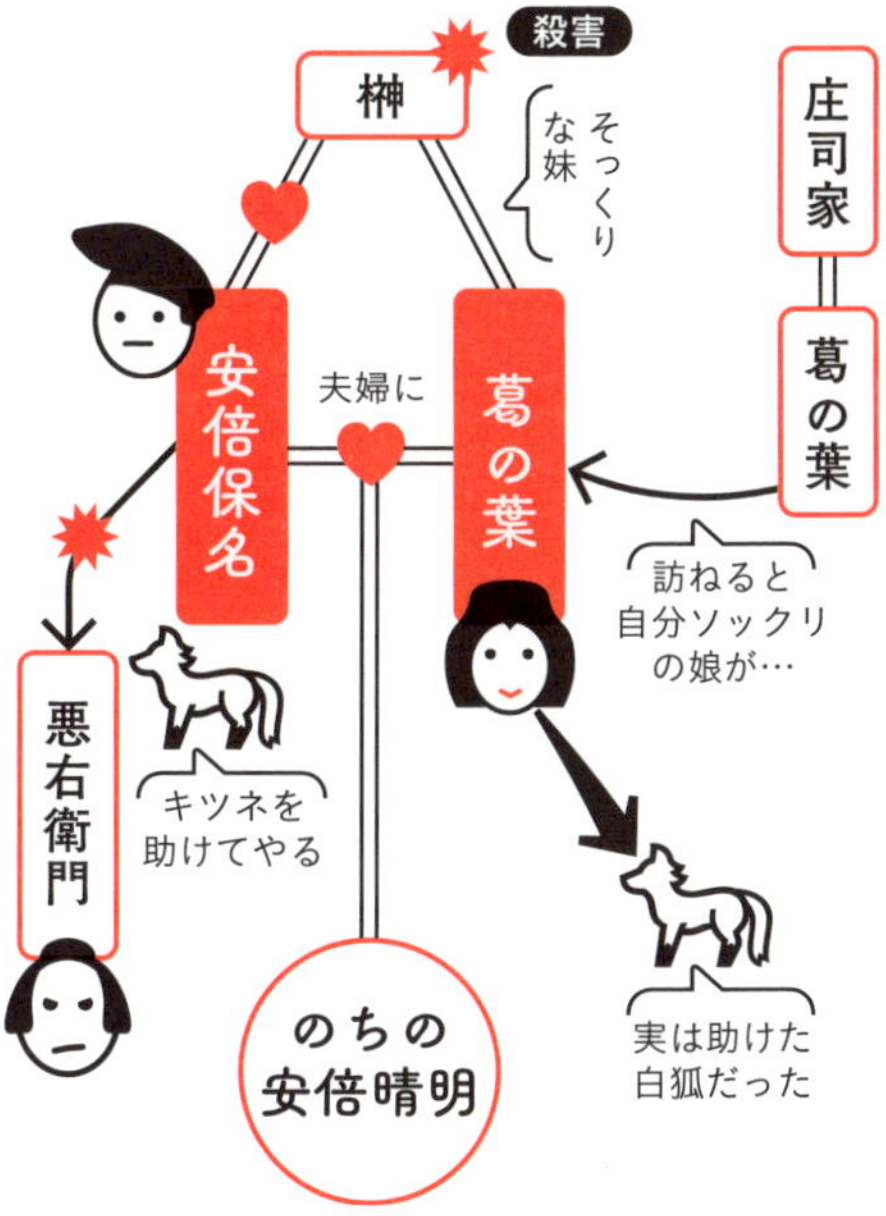

『芦屋道満大内鑑』主要人物相関図

本物の葛の葉姫が現れたのであれば、ここに居るわけにはいかない。葛の葉は身を引くことを決意し、息子の寝顔を見つめ「離がたや、愛《いと》おしや」と泣き崩れる。そして、母を慕ってぐずる子を抱きながら、筆を口に咥《くわ》え、「恋しくばたずねきてみよ　いずみなる信田の森の　うらみ葛の葉」と障子に書き残す。保名は、なぜ子を置いていくのかと別れを惜しむ。

子は驚くほどの才智に「清明《せいめい》」と名付けられた。

ここがエモい

あの陰陽師の生誕秘話！両親の夫婦愛と子への愛がエモい

元文2（1737）年に江戸中村座で歌舞伎化されて以来、歌舞伎の信田妻物《しのだづま》として上演されている。

本作は、安倍晴明《あべのせいめい》の出生秘話である保名《やすな》と葛《くず》の葉《は》の物語と、孝《こう》の士である芦屋道満《あしやどうまん》が父殺しの罪を苦悩し、陰陽師となる物語が同時進行するのだが、現在ではこの「葛の葉」のみが上演される。葛の葉の物語なのに芦屋道満がタイトルに入っているのはこのためだ。これまでの作品で芦屋道満は安倍晴明に対する悪役として登場するが、本作では清明の才能を見抜き名を付けたり、保名らを一緒に助けたりするなど、宿命のライバルが共闘するという、二次創作王道の展開だ。

とはいえ、この展開もやはり元ネタを知っていなければ楽しめないわけで、本作はやはり、葛の葉と保名の夫婦愛、葛の葉が子を思う**親子愛がテーマ**と言ってよいだろう。

いわゆる異類婚姻譚《いるいこんいんたん》ではあるが、狐といえどもその愛は人間と同様であり、**正体を知られたことで去らねばならない哀しみが切々と語られ、見る者の涙を誘う。**

障子に歌を書く葛の葉の文字は、ところどころ鏡文字となっており、人間界と異界との境界を思わせる。交わることができない定めに「離がたや」と嘆く葛の葉は、異類の者ではなく、紛れもなく人の母であった。

関連資料

翻刻は『浄瑠璃名作集』（帝国文庫）、『浄瑠璃作品集・上』（日本名著全集刊行会）。

母・葛の葉が、子との別れを惜しみ障子に想いを書き残す場面。
「芦屋道満大内鑑」歌川国芳筆　東京都立中央図書館蔵

3 時代物

菅《すが》原《わら》伝《でん》授《じゅ》手《て》習《ならい》鑑《かがみ》

無実の罪を晴らせ！
道真《みちざね》公の流転と忠孝の物語

◉浄瑠璃、歌舞伎
◉社会派ドラマ ◉家族愛・ファミリードラマ

作者：竹田出雲《たけだいずも》・竹田小出雲《たけだこいずも》・三好松洛《みよししょうらく》・並木千柳《なみきせんりゅう》
初演：延享《えんきょう》3（1746）年、大坂竹本座

筆道で一流を極めた菅丞相《かんしょうじょう》（菅原道真《すがわらのみちざね》）は、その技術を継承するべく、不義の科《とが》で追放中の旧臣・武部源《たけべげん》蔵《ぞう》を密かに召し出し、筆法を伝授する。同じ頃、菅丞相に嫉妬する藤原時平《ふじわらのしへい》は、無実の罪を着せて菅丞相を大宰府《だざいふ》へ流罪にする。源蔵は菅丞相の息子・菅秀才《かんしゅうさい》を連れて逃げる。

菅丞相は伯母の覚寿《かくじゅ》の館の一部屋に身を寄せる。覚寿の娘婿は時平と内通しており菅丞相の暗殺を企てているが、木像の奇跡によって難を逃れる。

菅丞相に仕える白太夫《しらたゆう》には3人の息子がおり、梅王丸《うめおうまる》は菅丞相、松王丸《まつおうまる》は時平、桜丸《さくらまる》は斎世親王《ときよしんのう》と、それぞれ別々

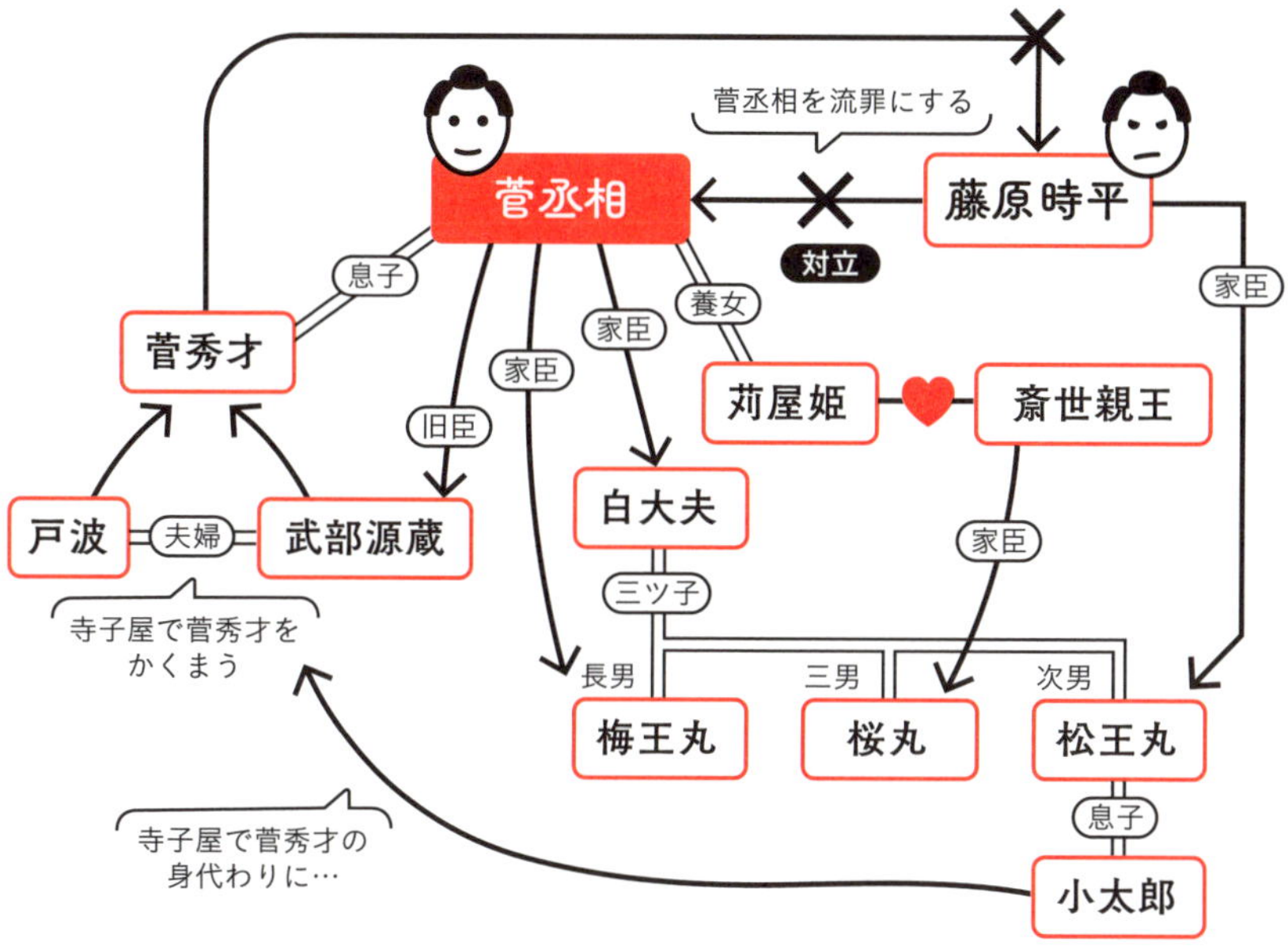

『菅原伝授手習鑑』主要人物相関図

の主君に仕えていた。時平の奸計《かんけい》により主家が没落した梅王丸と桜丸は時平の車に狼藉《ろうぜき》を仕掛ける。梅王丸は勘当、桜丸は切腹する。

源蔵は寺子屋に秀才を匿っているが、これを知った時平が秀才を討てと命じ、秀才の顔を知る松王丸を首実検に遣わす。源蔵は寺入り（入学）したばかりの子どもの首を討ち、松王丸はこれを見て「菅秀才の首に間違いない」と告げて去る。その首こそ、松王丸の息子・小太郎であった。我が子を身代わりにして菅丞相への忠義を立てた。

雷神となった菅丞相の怨念により天変地異が相次ぎ、また、桜丸の怨霊により時平は苦しみ、ついに菅秀才と養女の苅屋姫《かりやひめ》に討たれる。菅丞相は無実の罪が晴れ、天満大自《てんまんだいじ》在天神《ざいてんじん》と崇められた。

ここがエモい

「もし自分の子が」と思うと心が張り裂けそう……

「仮名手本忠臣蔵《かなでほんちゅうしんぐら》」「義経千本桜《よしつねせんぼんざくら》」と並ぶ、**人形浄瑠璃の最高傑作**と言われる。歌舞伎は人形浄瑠璃初演の翌年に江戸中村座で演じられ、現在でも上演頻度は高い。文楽では通しで演じられるが、歌舞伎の場合は、松王丸《まつおうまる》の首実検の段「寺子屋」が上演されている。


時平《しへい》に仕えて悪役のはずだった松王丸が、自分の子を身代わりの首にして忠義を立てる演出は、義太夫浄瑠璃特有の、悲劇を描く作劇法。鎌倉時代や戦国時代を舞台にした大河ドラマでは「首桶」が出てくると途端に不穏な展開となるが、不穏どころの騒ぎではない。

首実検の松王丸は、源蔵《げんぞう》に「頼むから小太郎を身代わりにしてくれ」と願い我が子を送り出す。そして首桶を源蔵から受け取り、その蓋《ふた》を取る。よく知った、自分の子の首が入っている。「菅秀才《かんしゅうさい》の首に、相違ない」と源蔵を見て言うことで、源蔵も真実に気付いただろう。あっさりとその場を去り、小太郎を迎えに来た母が「若君菅秀才のお身替わり、お役に立てて下さったか」といい、「女房喜べ、せがれはお役に立ったわやい」という。そこに流れる「冥土の旅へ寺入りの……」。当時の人々はこのシーンを見て、**これ以上の悲劇はないと涙したのである。**

ところで、本作の時代設定は平安時代前期なので、当然寺子屋はない。首実検は武士が台頭してきた平安末期からだ。しかし、当時は時代設定を平安・鎌倉にしながら武家のドラマや現在の風俗を見ていたので、「時代考証がなっていない」などと炎上することはなかったのである。

関連資料

翻刻は、『日本名著全集　浄瑠璃名作集・下』（日本名著全集刊行会）、『日本古典全書　竹田出雲集』（朝日新聞社）、『日本古典文学体系　文楽浄瑠璃集』（岩波書店）。

武部源蔵の役者絵
「菅原伝授手習鑑」歌川国貞筆　東京都立中央図書館蔵

寺子屋の場の役者絵。松王丸、武部源蔵、松王丸の女房千代が描かれている。
「菅原伝授手習鑑」歌川国芳画　東京都立中央図書館蔵

4 時代物

義経千本桜《よしつねせんぼんざくら》

「平家物語」生存ｉｆ！ 死んだはずの平家たちが義経を追う

◉浄瑠璃、歌舞伎
◉家族愛・ファミリードラマ
◉成長・運命に立ち向かう

作者：二代目竹田出雲《たけだいずも》・三好松洛《みよししょうらく》・並木千柳《なみきせんりゅう》
初演：延享《えんきょう》4（1747）年、大坂竹本座

源《みなもとの》義経《よしつね》は平家追討を報告し、天皇から初音《はつね》の鼓《つづみ》を賜る。これは、義経の兄・頼朝《よりとも》を討てという意味だった。鎌倉からの使者川越太郎重頼《かわごえたろうしげより》が、義経が謀反を企てているのではないかと問いただす。義経は都を立ち退く。

義経の後を追ってきた静御前《しずかごぜん》は供をと願うが、義経は形見として初音の鼓を与える。そこへ鎌倉方の追手が来て静を捕らえようとするが、義経の家来佐藤忠信《さとうただのぶ》が現れて助ける。義経は忠信に静の供を言いつけ、自分の鎧《よろい》と「源九郎義経」の名を与えて去る。

九州へ渡ろうとするが、安徳帝《あんとくてい》と典侍局《すけのつぼね》を伴った渡海屋《とかいや》の主人銀平《ぎんぺい》と名乗る男が義経を討とうとする。銀平は西海に沈んだはずの平知盛《たいらのとももり》だった。しかし義経は知盛の策略を見破っており、平家の方の敗色が強い。典侍局は自害し、義経は安徳帝の命は守るという。知盛は平家再興はかなわぬと悟り、錨《いかり》を担いで海に飛び込む。

平家の武将維盛《これもり》の妻・若葉の内侍《ないし》と若君は、鮓《すし》屋の主人弥左衛門《やざえもん》に匿われる。家来の小金吾《こきんご》は追手に討たれる。鎌倉方の梶原景時《かじわらのかげとき》が維盛を渡せと迫るところに、弥左衛門の息子であるいがみの権太《ごんた》が来て、維盛の首と内侍と若君を差し出す。息子の行動に怒った弥左衛門は権太を刺すが、実は持ってきた首は小金吾で、内侍と若君は自分の妻子であった。梶原が残した陣羽織には袈裟と数珠が縫い込まれており、維盛をわざと見逃したことを知る。維盛は出家する。

静御前と佐藤忠信は義経がいる吉野山を目指す。吉野山の義経の元に、佐藤忠信が参上。そこに静ともうひとりの忠信が現れる。忠信は狐であり、両親は鼓の皮だった。義経が鼓を与えると狐忠信は喜び、鎌倉方に味方した僧たちが攻め寄せてくることを知らせる。

本物の佐藤忠信は狐忠信の通力の助けで義経を狙った僧、横川覚範《よかわのかくはん》を討つ。覚範は平家の猛将、能登守教経《のとのかみのりつね》だった。

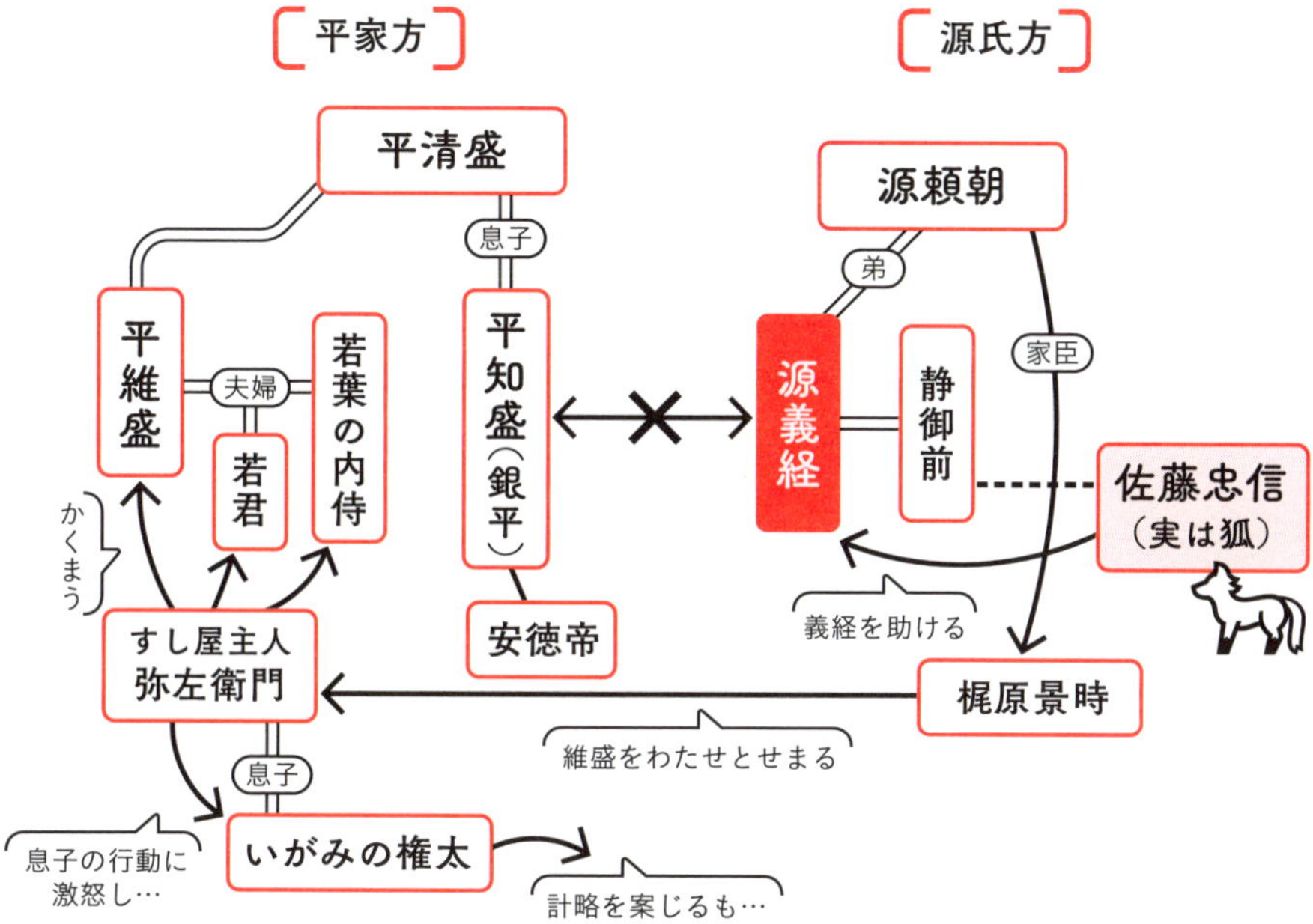

『義経千本桜』相関図

ここがエモい

町人が武士道をまっとう!? あり得ない設定が民の心をつかんだ

壇ノ浦で滅亡した平家の史実生存ｉｆで、しかも本作で生きていた設定の知盛《とももり》が幽霊のふりをして義経を襲うという、逆さまに逆さまの趣向を重ねている。さらに、ところどころに「平家物語」で語られてきた史実や台詞《せりふ》が組み込まれていて、「平家物語」を知っているからこそ楽しめる演出だ。**観客の知識を信用した脚本だと言えるだろう。反対に言えば、それだけ当時の人々は本作を楽しめるだけの素養があったというわけだ。**

そして、当たり前のように出てくる江戸の風俗と人情。源平合戦の時代に鮓《すし》屋が登場してくるのもすごいのだが、首桶が鮓桶になっている。首桶を鮓桶にしたいから町人を鮓屋という設定にしたのかと思うくらいには、奇抜である。

このいがみの権太《ごんた》は、町内の札付きクラスの半グレなのだが、父の企みを察して偽首と自分の妻子を身代わりに差し出す。悪者が改心して味方になる演出は、「もどり」といい、「菅原伝授手習鑑《すがわらでんじゅてならいかがみ》」（117頁）と同様、浄瑠璃特有の趣向だ。

善人に戻った権太は死に、権太を刺した父親の弥左衛門《やざえもん》は身の因果を嘆く。**町人なのに武士道を全うして命を落とす姿は、当時の庶民の憧れでもあったのだろう。絶対にあり得ない設定だからこそ、人々は妄想を楽しんだ。**

こうしたもりもり設定で登場人物が死んだり出家したりする中、観客に癒やしの笑いをもたらしているのが、静御《しずかご》前《ぜん》と狐《きつね》忠信《ただのぶ》の交流だ。狐忠信は最初から明らかに異類の者の動きをしているし、明らかに狐である。人間忠信から狐忠信への早替わりや、花道を狐の手振り足取りで引っ込む狐六方、宙乗りや欄間抜けなど、アクロバティックなケレンも楽しい。

関連資料

人形浄瑠璃の翻刻は『新日本古典文学大系93　竹田出雲・並木宗輔浄瑠璃集』（岩波書店）。歌舞伎台本は『義経千本桜（白水社）。映像資料として、ＮＨＫ・国立劇場とＮＨＫ・松竹からそれぞれＤＶＤが出ている。

「義経千本桜」歌川豊国（国貞）筆　東京都立中央図書館蔵

5 時代物

佐《さ》倉《くら》義《ぎ》民《みん》伝《でん》

史上初の農民主人公の歌舞伎 現在も語り継がれる義民伝

◉実録、講談　◉社会派ドラマ
◉トラウマ・ルサンチマン

作者：不祥　初出：明和期か

四代将軍、徳川家綱《いえつな》の治世。下総《しもうさ》佐倉《さくら》の領主、堀田《ほった》上《こう》野介《ずけのすけ》正信《まさのぶ》は、領民に厳しい年貢を課していた。印旛《いんば》郡《ぐん》高津《たかつ》村《むら》の名主・木内《きうち》惣五郎《そうごろう》（宗吾）たちは上訴するが聞き入れてもらえないうえに、宗吾たちを捕らえようとする。江戸の堀田家に向かい門訴するが、側近に握りつぶされ通じない。ついに宗吾は将軍に直訴する決心を固める。

将軍に直訴となれば、宗吾は死罪。せめて妻子に罪が及ばないようにと、宗吾は一度家に戻る。途中、渡し守の甚兵衛は禁令を犯して船の鎖を断ち切り宗吾を村に送った。親子の別れの後、渡し場まで戻った宗吾は目明《めあ》かし（役人の手先、岡っ引き）と格闘となる。そこに甚兵衛が助太刀に入り、宗吾は対岸に渡り、江戸に戻った。

将軍家綱の上野寛永寺《かんえいじ》への御墓参の日、宗吾は駕籠訴《かごそ》を果たした。佐倉の藩政は刷新、年貢も軽減した。しかし恥をかかされた領主の上野介は宗吾とその女房を死罪とし、子らの首もはねた。最後まで妻子の許しを願い出ていた領内の光善《こうぜん》和尚は、子どもたちの首を貰い受け、首を衣の袖に包み入水《じゅすい》して自死した。

それからというもの、領内では怪異が起こるようになり、宗吾の祟《たた》りか光善和尚の法かと領民たちは噂する。年貢取り立ての関係者は、宗吾の死後40日の間に怪死を遂げた。藩主上野介の妻は病死し、上野介自身も夜に宗五郎の姿を見て気がふれる。宗吾の霊と誤り近習を殺し、ついには将軍の面前で刀を抜いて暴れ出した。上野介はそのまま狂死し、堀田家は改易となった。

佐倉の領民は宗吾の霊を鎮め、その徳をたたえるため、宗吾霊堂を建立した。

ここがエモい

庶民が権力に立ち向かうには、幽霊になるしかなかった

下総《しもうさ》佐倉《さくら》とは現在の千葉県佐倉市。本作の中で改易となっているのは前期堀田家で、延享《えんきょう》3（1746）年から入封《にゅうほう》した老中堀田正亮《ほったまさすけ》が宗吾《そうご》の慰霊を行い、以後の藩主もこれを継承し公認したことで、佐倉宗吾の義民伝が広まったとされている。宗吾霊堂は日本遺産の構成文化財となっている。

江戸中期以降、実録小説で一部に読まれていたものが、幕末から明治にかけて講談師・初代石川一口《いっこう》など講談で読まれるようになり、宗吾は義民の代表として一般に広まった。

この講談が、嘉永4（1851）年に3世瀬川如皐《せがわじょこう》の作で歌舞伎「東山桜荘子《ひがしやまさくらそうし》」となり、河竹黙阿弥《かわたけもくあみ》が「仏光寺光然の祈り―入水」を加筆して「桜荘子後日文談《さくらそうしごにちぶんだん》」を書き、現在でも「将軍直訴」「宗五郎子別れ」の場が上演されている。

義民、農民を主人公とした史上初の歌舞伎として評価されているが、これは**当時の自由民権運動や地方の農民運動という背景も大いに関係するだろう**。庶民が権利を主張し声を上げるには死を覚悟しなければならないシーンに、庶民たちは御一新でも変わらない権力者たちによる政治を重ねたのかもしれない。

宗吾の霊が領主に祟《たた》る怪異のシーンは、一見蛇足に見える。しかし、このシーンこそ、**庶民たちが待ちに待った勧善懲悪のシーンなのだ**。江戸時代も御一新になってからも、権力者相手に庶民は生きている間には手も足も出ない。**権力者相手の勧善懲悪は、幽霊になってからでしか実現できなかったのだ。**

関連資料

歌舞伎「東山桜荘子」の脚本として『通し狂言佐倉義民伝 東山桜荘子（国立劇場上演資料集 399）』（日本芸術文化振興会）がある。

「東山桜荘子」歌川豊国（国貞）筆　東京都立中央図書館蔵

成田市・宗吾霊堂
提供：公益社団法人 千葉県観光物産協会

6 時代物

雷《なる》神《かみ》不《ふ》動《どう》北《きた》山《やま》桜《ざくら》

高いエンタメ性で海外にも人気 ハニトラ破戒シーンが見どころ

◉歌舞伎 ◉妖術・妖怪もの

作者：津打半十郎《つうちはんじゅうろう》、安田蛙文《やすだあぶん》、中田万助《なかだまんすけ》
初演：寛保《かんぽう》2（1742）年、大坂大西芝居

陽《よう》成《ぜい》天皇の時代。干ばつが続き苦しむ民衆のため、陰陽師の安倍清行《あべのきよゆき》と加持祈祷の鳴神上人《なるかみしょうにん》に雨乞いを命じるが、上人は朝廷への恨みのため応じず、清行は行方不明のため弟子の雲《くも》の絶間姫《たえまひめ》が参内する。陽成天皇の兄である早雲王子《はやくものおうじ》は帝の地位を狙っており、絶間姫に横恋慕していた。早雲王子は絶間姫を奪おうとして失敗する。

【毛抜《けぬ》き】小野家の子息である小野道風《おののみちかぜ》の恋人・小磯が何者かに殺され、お家の重宝である「ことわりやの短冊」が盗まれる。しかし、絶間姫の恋人・文屋豊秀《ぶんやのとよひで》の使者である粂《くめ》寺弾正《でらだんじょう》の痛快な推理によって短冊は元に戻る（161頁）。

さて、早雲王子の悪巧みと民衆を苦しめる干ばつ、鳴神上人の行方不明には訳があった。鳴神は朝廷への恨みを晴らすために竜神を北山の滝壺に封じ込め、みずからは岩屋にこもっている。このため天下が干ばつとなり、干ばつで民衆が苦しむのは陽成天皇の悪政が原因であるとし、早雲王子は帝位を奪おうとしている。館に幽閉されていた安倍清行からこれらを知らされた天皇は、絶間姫に鳴神を色仕掛けで堕落させよと命じる。

【鳴神《なるかみ》】絶間姫は北山庵室の鳴神の元にやってきて、亡き夫との思い出を仕方話（身ぶり手ぶりを交えた話）で語る。きわどいなれ初めの話に、鳴神は壇上から絶間姫の元に降りてきて卒倒する。これに姫は口移しで水を飲ませ、気付いた鳴神は誑《たぶら》かした詫びとして尼になれという。しかし尼になるのは悲しく胸が痛いと絶間姫が苦しみ出す。鳴神は「胸を揉んでやろう」と絶間姫の柔肌に触れ、ついに破戒する。破戒したからには夫婦になろうと、絶間姫は鳴神に酒を飲ませて眠らせ、竜神を封じ込めたしめ縄を切り、雨を降らせる。弟子たちに起こされ、絶間姫に欺かれたと知った鳴神は怒り狂い、悪鬼となって姫を追う。

【不動《ふどう》】姫に追いついた鳴神は逆に殺されて亡霊となり、豊秀と絶間姫との祝言の邪魔をする。そこに早雲王子も来て妨害するが、不動明王の霊験により悪人たちは滅びる。

ここがエモい

言語を超える、あからさまな「エロ」

現在主に上演されているのは「毛抜き」「鳴神」「不動」。いずれも歌舞伎十八番の演目となっている。初代市川團十郎《いちかわだんじゅうろう》から二世市川團十郎に継承され、以降市川家の荒事《あらごと》として演じられるも、高尚趣味の九世市川團十郎は生涯「鳴神」を演じなかったことで、幕末まで上演は途絶えた。明治に二世市川左團次《さだんじ》が見取狂言《みどりきょうげん》（面白いところだけ抜き出した上演）で復活させ、通し狂言は昭和42（1967）年に国立劇場で復活した。

「毛抜き」の詳細は別項で記すとして、ここでは「鳴神」を見てみよう。俗っぽいことが嫌いで、歌舞伎を海外にも通用する日本芸術にまで高めようとした九世市川團十郎が生涯演じなかったというだけあって、**全体的な雰囲気も性的にも大らかというか、実に古《いにしえ》の大衆エンタメ的な内容となっている。**

そもそも、**朝廷がハニトラ（ハニートラップ）を仕掛ける**ところからすごい。それをやってしまう絶間姫《たえまひめ》がすごい。婚約者の文屋豊秀《ぶんやのとよひで》は何ともなかったのだろうか。その後しれっと祝言を挙げているということは、この当時のことだから「朝廷直々の命でハニトラやって雨を降らせることができて、うちの嫁は誉《ほま》れ」くらいに考えていたのかもしれない。

「鳴神」は、絶間姫が思わせぶりな物語りをし、肌を見せたり触らせたりで、鳴神を破戒させていく様が見どころのひとつ。思い出話の中で着物をたくしあげて川を渡る様子を再現して素足を見せ、出家が悲しく胸が痛いと言って鳴神の手を胸元に誘う。「何か、柔らかいものに触った！」「それは乳です」「これが乳！　もう一回揉んでみたい。おおー、これが乳！　乳の下はなんじゃろな」というシーンは、確かに歌舞伎を高尚な芸術にするには一考が必要かもしれない。

また、絶間姫が鳴神に酒を飲ませて酔い潰すシーンでは「あたしの酒が飲めないの？　酒も飲めない男なんて男じゃないわ。キライ」「ああっ！　ごめん、飲むから飲むから許してよう」「ほらほら、もっと飲んで飲んで」「うわあああああ」というやり取りが繰り返される。鳴神の破戒と堕落を決定的なものとし、ついに竜神を解き放つ方法を聞き出すという緊張感漂うシーンのはずなのだが、**もはやギャグパート**である。

その後、騙《だま》されたと知った鳴神が、鬼と化して怒り、「柱《はしら》巻《まき》の見得《みえ》」（柱や木、長刀のような長いものに手と足を巻きつける荒事の見得の型）を切り、これまで鼻の下を伸ばしていたことを忘れさせるほどの**荒事の楽しさで魅せる。このギャップこそ、大衆芸能の楽しさ**だ。
竜神を操るほどの上人が肉欲であっけなく戒律を破るテーマ性と、言葉がわからなくても何となく理解できるエロシーンが好評で、海外公演でもよく演じられるという。九世市川團十郎が聞いたら卒倒するかもしれない。

関連資料
国会図書館で初演台帳の写本が四段目まで、日本大学図書館に五段目がある。翻刻は『歌舞伎台帳集成4』(勉誠社)。「鳴神」は『日本古典文学大系98　歌舞伎十八番集』(岩波書店)。

「鳴神」歌川豊国（国貞）筆　東京都立中央図書館蔵

7 時代物

播州皿屋敷《ばんしゅうさらやしき》

か弱いヒロイン像を一新、たくましいお菊像の先駆けとなった

◉浄瑠璃　◉敵討ち　◉怪談・幽霊もの

作者：為永太郎兵衛《ためながたろべえ》・浅田一鳥《あさだいっちょう》
初演：寛保《かんぽう》元（1741）年、大坂豊竹座

姫路城。山名宗全《やまなそうぜん》は細川家の乗っ取りを企て、細川巴之介と若君を殺害しようとしている。若君は忠臣団《だん》右衛門《えもん》に匿われるが、細川家家宝の唐絵の皿が一枚紛失した咎《とが》により、巴之介と船瀬三平《ふなせさんぺい》は追放される。皿を盗んだのは三平の妻・お菊の兄で、唐絵の皿の贋作を作るためだった。三平、お菊、お菊の父は唐絵の皿を取り戻した。
取り戻した皿は、巴之介と供に細川家家老の青山鉄山《あおやまてつざん》に預けられる。ところが、青山は宗全と結託しており、巴之介を毒殺しようとしていた。お菊にこの企みを聞かれた青山は、皿を一枚隠してお菊に皿を数えさせ、その罪を負わせて惨殺し、井戸に投げ込んだ。

お菊は亡霊となり青山を悩ませる。さらに、夫に皿の在処《ありか》を教え、三平と青山の対決に加勢する。青山が悶絶しながら懐から皿を取り出し、二人は皿を取り戻した。

青山はお菊の怪異が恐ろしく逐電する（逃げ回る）。しかし、行く先々でお菊が皿を数えるため、青山が住む屋敷は「皿屋敷」と呼ばれた。江戸の番町にも滞在したが播州に戻り、自害した。

ここがエモい　あのお菊が悪を成敗！強い女性像がヒットの秘訣

本作は芸能における皿屋敷物の基本の型となり、以降様々な皿屋敷の趣向を用いた歌舞伎が作られた。

浄瑠璃や歌舞伎の皿屋敷物と馬場文耕《ばばぶんこう》の『番町皿屋敷』（69頁）との大きく違う点は、お菊が忠臣三平《さんぺい》の妻という身分であり、さらに夫と協力して悪臣である青山を成敗するという、お家騒動で重要な役どころであることだ。

本作のヒロインお菊は、ただ指を落とされて「恨み晴らさでおくべきか」と化けて出てくるだけの弱い女性ではない。三平が「加勢は妻の神通力」と言う通り、殺され亡霊となったからこそ使える神通力で、皿の在処《ありか》を突き止め、夫が有利になるように皿数えの声で青山を翻弄する。本来、皿数えのシーンはお菊が非業の死を遂げ、そして成仏できないお菊の呪詛《じゅそ》となるクライマックスなのだが、このあらすじだけ読むと、皿数えの「ひとつ、ふたつ……」がお菊登場の出囃子《でばやし》か何かのように感じてしまう。

このたくましい、**ジャンヌダルクのようなお菊のキャラクター像**は以降の歌舞伎バージョンのお菊に共通しており、女スパイとして腰元に扮して青山の屋敷に潜入したり、お菊の生き血が呪術的な意味を持ったりするなどパワーアップしていく。この辺りが累《かさね》やお岩といったおどろおどろしい幽霊とは一線を画し、どこか「**戦う美少女戦士**」といった雰囲気を醸し出している。

落語の「お菊の皿」（98頁）で皿数えアイドルとしてたくましく小銭を稼いでいるのも、こうした歌舞伎のお菊像があったからこそ生まれた噺《はなし》なのかもしれない。

8 時代物

本朝《ほんちょう》水滸《すいこ》伝《でん》

「水滸伝物の嚆矢《こうし》」と馬琴も評価 その実は「なんでもあり」の未完の大作

◉読本《よみほん》　◉成長・運命に立ち向かう

作者：建部綾足《たけべあやたり》
初出：安永《あんえい》2（1773）年　版元：京都井上忠兵衛 等

味《うま》稲《しね》の翁《おきな》は仙女と契り、「生まれた子である」と仙女が言う栢《つみ》の枝《え》を百段に折り吉野川へ流した。これらの枝は、貴人、官人、民となり吉野川に戻ってくると仙女が言った。

時が流れ、女帝の孝謙天皇の時代となった。天皇の寵愛を受けた道鏡《どうきょう》の独裁的な政治は反感を集め、伊吹山に入った恵美押勝《えみのおしかつ》（藤原仲麻呂《ふじわらのなかまろ》）は道鏡討伐に動く。押勝は8人の配下を諸国に派遣した。同じく反道鏡の和気清麻呂《わけのきよまろ》は皇位につこうとする道鏡を阻止し、道鏡は清麻呂の命を狙うが巨勢金丸《こせのかなまろ》によって助けられる。加賀の白山では押勝の配下の橘奈良麻呂《たちばなのならまろ》らが300人の武士を集め、大伴家持《おおとものやかもち》らがこれを支援。塩焼王《しおやきおう》と妻の不破《ふわ》内親王も東北へと落ち延びる。

奈良の道鏡には押勝らの謀反《むほん》が伝えられ、道鏡は大伴家持の弟である書持《ふみもち》を官軍として遣わす。しかし白山に集う軍の真意を聞いた書持は白山の戦いで自刃。亡霊となり家持を押勝がいる奥州へ案内する。

奥州で酒屋となって潜伏する押勝は、奈良麻呂と家持とともに蝦夷の棟梁であるカムイボンデントビカラを味方に付ける。

藤原清川（清河）は安禄山の乱で殺されそうになった楊《よう》貴《き》妃《ひ》を日本に連れ帰り、九州の松浦に隠れ住み、道鏡の手下である阿曾丸に近付く。芝居の席で仲間である小治田珠《おはりだのたま》名《な》の妻らが阿曾丸を討とうとするも悟られて殺され、珠名と楊貴妃は尾張に逃れた。（未完）

ここがエモい

南総里見八犬伝の元ネタ?! エンタメ全振り二次創作

奈良時代に実在した人物と史実を水滸伝に当てはめた時代小説であり二次創作。だがしかし、人物相関も史実も順序も全くバラバラで異なっている。曲亭《きょくてい》馬琴《ばきん》の『椿説弓張《ちんせつゆみはり》月《づき》』や『南総里見八犬伝《なんそうさとみはっけんでん》』も歴史の大いなる二次創作で妖術や転生まで出てくるのだが、本作の場合は度を越しており、しかもどこから楊貴妃を引っ張ってきたのか唐突過ぎる。**エンタメに振り切る様は、戯作《げさく》というよりはむしろ浄瑠璃か歌舞伎であり、上方らしさが存分に活かされている**（同じ上方の上田秋成《うえだあきなり》もびっくりだが）。

しかし、馬琴は「水滸伝物の嚆矢《こうし》となった作品」と評価しており、押勝《おしかつ》が諸国に派遣した8人の武士が徐々に一堂に会していく様子など、**『南総里見八犬伝』も影響を受けたと見える**。寛政の改革後の江戸の戯作者たちが扱う題材や構成などに、本作の存在は大きく作用したと言えるだろう。

本作は「水滸伝」と銘打っていないながら、『古事記』や『日本書紀』の趣向が散りばめられている。神話の中では天照大神《あまてらすおおみかみ》が反発する神々を束ねて国を広げていく様子が描かれているが、本作では反発する者たちが諸国へ亡命し、彼らが蜂起する様子が描かれる。**悪と正義を反転させ、亡命した者の視点から物語が進む**。この亡命者の姿は、国を捨てて兄嫁と駆け落ちし、諸国を転々とした綾足《あやたり》自身の姿も垣間見える。自身の体験を物語に反映したわけだが、当時は個人の体験を投影した小説はほとんどなく、文化期に入り、鶴屋南北《つるやなんぼく》が自身の極貧生活を芝居のシーンに使っている。

9 時代物

志《し》賀《が》の敵討《かたきうち》

史実にもとづく敵討ち物なのになぜか突き抜けて明るい快作

◉浄瑠璃 ◉敵討ち

作者：紀上太郎《きのじょうたろう》 初演：安永《あんえい》5（1776）年、江戸外記座《げきざ》

備《び》前国《ぜんのくに》生田家の姫君が志賀上野家に嫁ぐこととなり、引き出物とする名刀の詮議が行われる。家老の渡辺数太夫《かずたゆう》家には長光《ながみつ》、瓦井又鱗《ゆうりん》家には正宗《まさむね》の名刀があったが、渡辺東之介《あずまのすけ》と腰元桂の密会中に瓦井政五郎《まさごろう》が長光の刀をすり替える。これを知った数太夫は又鱗を騙《だま》して正宗を入手するが、政五郎に斬られてしまう。又鱗に騙された東之介の弟である小源太は自害し、渡辺家は断絶する。

江戸家老松尾半左衛門《はんざえもん》の弟藤七郎《とうしちろう》は腰元桜との不義を言い立てられ出奔、半左衛門は数太夫殺しの政五郎を捕らえるが、又鱗に裏をかかれて半左衛門は処刑されてしまう。松尾家の若党宝井晋介《たからいしんすけ》は助かる。

東之介の叔父である蘭又右衛門《あららぎまたえもん》は、東之介を追う際に騙されて遊女として売られた腰元桂を身請けするべく、自分の妻を身売りさせる。政五郎の叔父桜江《さくらえ》は、又右衛門に真剣の勝負で斬られる。

悪事が露見した瓦井親子が志賀の浜で東之介と又右衛門に討たれる。そこに藤七郎が駆けつけるが仇討ちに間に合わなかったことを悔やみ切腹しようとする。これを又右衛門に止められ、兄の菩提を弔うために出家して、芭蕉と名乗って俳諧行脚を始める。晋介も其角《きかく》として従った。

ここがエモい

いきなり芭蕉が出てきても「まあいいじゃん」田沼時代を象徴するエンタメ性

原作者の紀上太郎の本名は三井高業《みついたかなり》。あの三井財閥の前身である豪商三井家の主だ。浄瑠璃作者としての顔のほかに狂歌師・仙果亭嘉栗《せんかていかりつ》としても活動しており、「碁太平記白石噺《ごたいへいきしらいしばなし》」（37頁）など他の作品も書いている。大店《おおだな》の主で狂歌を嗜《たしな》み、浄瑠璃を書くほど芝居は玄人。絵に描いたような「通人」だ。

本作が発表された安永5（1776）年は、**田沼意次《たぬまおきつぐ》の政治の真っ盛り。蔦屋重三郎《つたやじゅうざぶろう》がオリジナルの「吉原細見《よしわらさいけん》」を出版した年**であり、吉原には通人たちが集い、文化的な活動が盛んに行われていた。そんな明るく突き抜けた雰囲気は、その後にやって来る化政文化には見当たらず、いきなり芭蕉が絡んできても「そういうことがあってもいいじゃん、面白ければいいじゃん」という世相であった。

本作の敵討ちは「伊賀越えの仇討ち」といい、実際にあった事件だ。史実の事件はよくある敵討ちなのだが、実録や講談などの物語となると名刀をめぐる諍《いさか》いが付け加えられた。本作も名刀をめぐる丁々発止が入っている。また、婦女子へのサービスも満載で藤七郎（のちの芭蕉）は「雪の肌へを（中略）引き絞り、切って放した身あんばいたまった物ではござんせぬ」と、女たちが藤七郎の肌見せにキャーキャー言われるほどのイケメンとして描かれている。この他、登場人物たちのチャンバラに恋のさや当てなど、見どころ満載。極め付きが「みんなが尊敬するあの芭蕉の正体」として美青年が枯れた感じで現れて大団円だ。

エンタメをこれでもかと盛り込んでおり、田沼時代を象徴するかのような作品である。

4章／推理・ミステリー

市井《しせい》に蔓延《はびこ》る悪の企み
手を染めてしまう人間の
業と因果を描く

推理・ミステリー

「青砥稿花紅彩画」歌川国貞画　東京都立中央図書館蔵

いわゆる「推理小説」「探偵小説」が生まれたのは明治になってからだ。それまでの謎解きミステリーと言えば怪異が中心であり、つまり「不思議で不可解なことはみんな幽霊」でよかったというわけである。

そうした中で庶民に人気だったのが、市井《しせい》の犯罪や人情、出世話を扱った「お裁き物」だ。青砥左衛門藤綱《あおとざえもんふじつな》の名を借りた、庶民の味方である大岡越前守忠相《おおおかえちぜんのかみただすけ》は、江戸の捜査網を駆使して犯人を追い詰め、悪事を白日の下に晒《さら》す。

しかし物語の中心はお裁きに至るまでの経緯であり、幸せを求める故に生まれる悲哀、縁と人情、憎悪が物語の中で複雑に絡み合う。そこに因果因縁と怪異がスパイスとなり、大岡越前守は人情と法の狭間で判決を下す。こうした人間味溢《あふ》れるお裁き物は、義理と人情に厚い江戸っ子たちに大いに支持され、特に幕末から明治にかけては、怪異に代わるミステリーエンタメとして講談や歌舞伎として上演された。

悪が倒れ、正義が勝つ。勧善懲悪ももちろん健在。現在『暴れん坊将軍』『水戸黄門』『遠山の金さん』などにも、しっかりと受け継がれている。

1 推理・ミステリー

青砥稿花紅彩画《あおとぞうしはなのにしきえ》

江戸版ルパン三世一味！ 名台詞《ぜりふ》が粋な白浪物《しらなみもの》の代表作

◉歌舞伎 ◉ライバル・バディ

作者：河竹黙阿弥《かわたけもくあみ》 初演：文久《ぶんきゅう》2（1862）年、江戸市村座

登場人物

日本駄右衛門《にっぽんだえもん》……白浪五人男《しらなみごにんおとこ》の首領。〈浜松屋見世先の場〉〈浜松屋蔵前の場〉で玉島逸当《たましまいっとう》を名乗る。延享期の実在の盗賊で、尾張十右衛門こと浜島庄兵衛《はましましょうべえ》、通称・日本左衛門がモデル。

弁天小僧菊之助《べんてんこぞうきくのすけ》……信田小太郎《しだのこたろう》の正体。小山家千寿姫《せんじゅひめ》の婚約者だった。女装の際はお浪と名乗る。

忠信利平《ただのぶりへい》……赤星家家来筋・沼田幸蔵の正体。神出鬼没の盗賊。

赤星十三郎《あかぼしじゅうざぶろう》……信田家の小姓。盗賊に身を落とす。美少年。

南郷力丸《なんごうりきまる》……日本左衛門の手下で、実在の盗賊の南宮行力《なんぐうこうりき》丸。〈浜松屋の場〉では早瀬主水《はやせもんど》家若党・四十八《よそはち》を名乗る。

小山家の千寿姫《せんじゅひめ》は、父の三回忌法要で長谷寺《はせでら》に参詣すると、お家断絶の後に行方知れずとなっていた許嫁《いいなずけ》の信田小太郎《しだのこたろう》に出会い、茶屋で契りを結ぶ。信田家の家臣赤星十三郎《あかぼしじゅうざぶろう》は、主家のための金策に奔走し、小山家の回向《えこう》料《りょう》（法要の謝礼）を盗もうとする。小山家を狙う若党典蔵は、千寿姫と小太郎が潜む茶屋に踏み込むが、赤星家家来筋《けらいすじ》の沼田幸蔵、実は忠信利平《ただのぶりへい》が難を救い、忠信利平は100両をせしめる。千寿姫はお家の重宝「胡蝶の香合《こちょうのこうごう》」を小太郎に預け、小太郎の屋敷へと出立する。

この途中で、小太郎は自身の正体を盗賊の弁天小僧菊之助《べんてんこぞうきくのすけ》であると明かす。千寿姫は絶望し、谷底に身を投げる。「胡蝶の香合」を手に入れた菊之助のもとに盗賊の日本駄右衛門《にっぽんだえもん》が現れ、菊之助はその手下となる。

千寿姫は、谷底で一命をとりとめるが、そこに偶然に赤星十三郎が死ぬためにやってきた。千寿姫は十三郎の刀を奪い自害。自分も死のうとしている十三郎に、忠信利平が声をかけ止める。忠信利平は盗賊となっており、騙《だま》し取った100両を十三郎に渡す。十三郎も盗賊の一味となった。そこへ、南郷力丸《なんごうりきまる》、弁天小僧、非人《ひにん》の松《まつ》が現れ、だんまりの場。香合は十三郎、100両は弁天小僧の手に渡る。

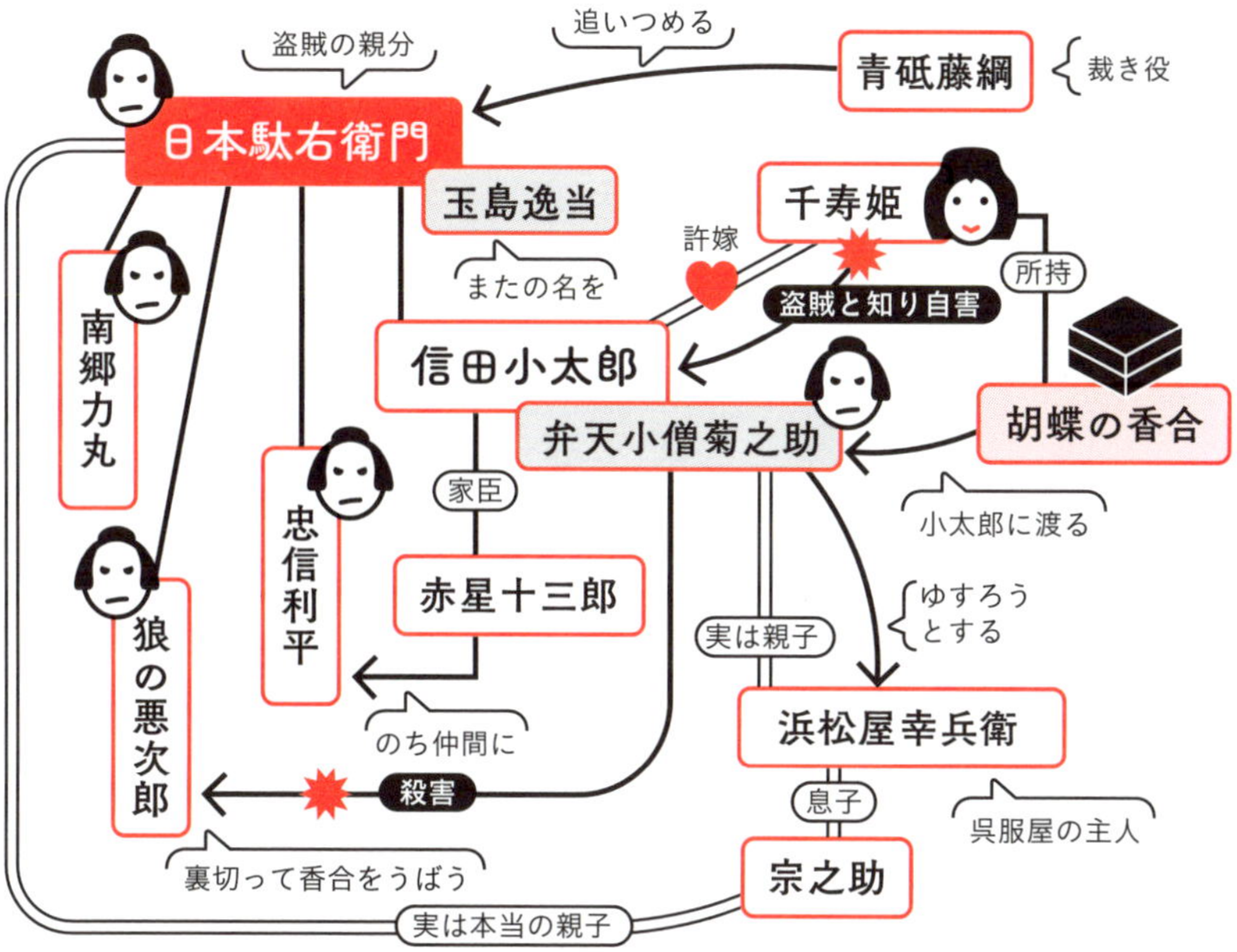

『青砥稿花紅彩画』主要人物相関図

【〈浜松屋見世先の場〉〈浜松屋蔵前の場〉】

鎌倉・雪ノ下にある呉服店・浜松屋に、若党・四十八《よそはち》を供に連れた美しい武家娘が婚礼の支度だと言って訪れる。娘が鹿の子の布を懐に入れたのを見た番頭は、そろばんで娘の額をたたく。この布は浜松屋のものではなく山形屋の商品で、これをネタに浜松屋を強請《ゆす》ろうとしていた。騒ぎを聞きつけた玉島逸当《たましまいっとう》と名乗る侍が現れ、娘の二の腕の刺青で男だと見破る。

強請りが目的だった2人は役人に突き出せと開き直る。そこに浜松屋の主人である幸兵衛がやってきて、娘（実は弁天小僧）に膏薬《こうやく》代として20両渡す。金額に納得できなかったが、引き下がる。

事を収めた玉島逸当は、主人幸兵衛のもてなしを受ける。しかし、実はこれまでのことはすべて芝居であり、逸当は盗賊日本駄右衛門《にっぽんだえもん》であると名乗り、そこへ弁天小僧、南郷力丸も加わって、幸兵衛の店からあり金全てを奪おうとする。

ところが話をするうちに、幸兵衛の息子宗之助は実は駄右衛門の実子であり、弁天小僧こそが実は幸兵衛の息子であることが判明。17年前、幸兵衛が初瀬寺に詣でた時に巻き込まれたけんかで赤子を取り違え、育ててきた子どもが宗之助だった。そして、駄右衛門は17年前、貧苦に耐えかねて赤子を初瀬寺に捨てたことを明かす。取り違えられた弁天小僧は、南郷力丸の父親が拾い子として南郷と兄弟同然に育ててきたのであった。

幸兵衛は、かつて小山家に仕えていたことを明かし、弁天小僧に「胡蝶の香合」を捜して改心するように頼む。弁天小僧は、結果的に千寿姫を死に追いやったことを後悔する。

駄右衛門の手下の狼《おおかみ》の悪次郎《あくじろう》がやって来て、白浪五人男《しろなみごにんおとこ》へ追っ手が迫っていると告げて、浜松屋を後にして逃れる。

【〈稲瀬川勢揃いの場〉〈極楽寺屋根上の場〉】

稲瀬川に勢揃いした白浪五人男は捕り手に取り囲まれ、一人ずつ名乗りを上げた後、追っ手を振り払い逃れる。

弁天小僧は千寿姫から奪った香合を小山家の家来筋にあたる実父幸兵衛に渡そうと鎌倉へ戻るが、捕手に囲まれ、極楽寺の屋根へ逃げる。

一味を裏切った狼の悪次郎に香合を奪われ、香合は滑川《なめりがわ》に投げ捨てられる。悪次郎を斬った弁天小僧は追っ手に追い詰められ、立ったまま切腹する。

極楽寺山門に潜んでいた日本駄右衛門は、山門の傍らの滑川の土橋に家臣を引き連れてやって来た青砥左衛門藤綱《あおとざえもんふじつな》を見て、もう逃れることはできないと悟る。青砥左衛門も川底から香合を見つけ出し、駄右衛門を諭す。駄右衛門は潔く縄にかかろうとするが、青砥左衛門は駄右衛門がこれまで殺人を犯さなかった義賊であることに情けをかけ、後日自首することを約して別れる。

ここがエモい

五人組やライバル＝バディ、今に通じる「エンタメの典型」の宝庫！

おそらく一番上演回数が多く、人気の高い歌舞伎演目。河《かわ》竹黙阿弥《たけもくあみ》が二代目河竹新七《かわたけしんしち》の頃に書いた作品で、五世尾上《おのえ》菊五郎《きくごろう》（当時十三世市村羽左衛門《いちむらうざえもん》）の弁天小僧《べんてんこぞう》、三世関三十《せきさんじゅう》郎《ろう》の日本駄右衛門《にっぽんだえもん》、四世中村芝翫《しかん》の南郷力丸《なんごうりきまる》らにより初演となった。当時菊五郎は19歳で本作が出世芸となり、以後菊五郎家のお家芸として継承されている。

通称「白浪五人男《しらなみごにんおとこ》」「弁天小僧」。序章は白浪五人衆が集まる経緯を描くが、現在はその部分を省略して浜松屋の場から上演することがほとんど。弁天小僧の名乗りと、稲瀬川勢揃いの場がとにかく有名だ。

「知らざあ言って聞かせやしょう」の長台詞《ぜりふ》は、以下の通り。

知らざあ言って 聞かせやしょう
浜の真砂《まさご》と 五右衛門が
歌に残せし 盗人《ぬすっと》の
種は尽きねぇ 七里ヶ浜
その白浪の 夜働き
以前を言やぁ 江の島で
年季勤めの 稚児《ちご》ヶ《が》淵《ふち》
百味《ひゃくみ》で散らす 蒔銭《まきせん》を
当てに小皿の 一文子《いちもんこ》
百が二百と 賽銭《さいせん》の
くすね銭せぇ だんだんに
悪事はのぼる 上《かみ》の宮《みや》
岩本院で 講中《こうちゅう》の
枕捜しも 度重なり
お手《て》長講《ながこう》と 札付きに
とうとう島を 追い出され
それから若衆《わかしゅ》の 美人局《つつもたせ》
ここやかしこの 寺島で
小耳に聞いた 祖父《じい》さんの
似ぬ声色《こわいろ》で 小ゆすりかたり
名せぇ由縁《ゆかり》の 弁天小僧
菊之助たぁ 俺がことだ

軽快な七五調の台詞は、弁天小僧が腕の刺青を晒《さら》し、諸《もろ》肌《はだ》を脱ぎ、あぐらをかいて脚も露《あら》わに語られる。長煙管《ながきせる》を回す指のしなやかさが、めちゃくちゃエロい。**女装したイケメンが悪事を繰り返す様子は、退廃趣味の幕末の芝居を彷彿とさせる。**

また、「稲瀬川」の五人男のツラネでは、「志らなみ」の字を染め抜いた番傘を差して男伊達の扮装に身を包み名乗りを上げていく。「渡り台詞」で見得を切る様子は粋で伊達で酔狂だ。この**五人組が自己紹介をしてポーズを決めるパターンは、日本人の琴線に触れたのだろう。**ゴレンジャーなどの戦隊ものに継承されているという。

確かに、全員が名乗るまで待ってくれる敵方や決め台詞に決めポーズはどう考えてもリアルにはあり得ないはずなのだが、なんとなく受け入れられ今日に至る。きっと、**日本における大衆エンタメの伝統作法**なのだ。

芝居絵も見どころが詰まっていて楽しい。初演時に歌川《うたがわ》豊国《とよくに》が描いた「稲瀬川勢揃いの場」には、それぞれの衣装が詳細に描き込まれている。浜松屋で誂《あつら》えた着物という設定になっているのだが、浜松屋の幸兵衛のセンスたるや。駄右衛門の着物は紫縮緬《むらさきちりめん》磁石碇《じしゃくいかり》綱《たづな》立浪《たつなみ》柄《がら》染《そめ》着付《きつけ》。磁石・碇・綱はいずれも白浪五人男の首領、つまり舵取り役であることに因《ちな》んでいる。弁天小僧の着物は紫縮緬《むらさきちりめん》琵琶《びわ》蛇菊《へびきく》柄《がら》染《そめ》着《き》付《つけ》。琵琶は江の島の弁財天に、菊は菊五郎の名に因む。

さて、泥棒と言えば現在ではルパン三世とかキャッツアイとかが浮かぶものだが、歌舞伎の泥棒ものといえば「白《しら》浪物《なみもの》」であった。初演時の幕末当時、泥棒ものが流行しており、講談師の松林伯圓《しょうりんはくえん》は泥棒ものばかり読んで蔵を建てたそうで、「泥棒伯圓」と呼ばれたほどだ。

絶対に揺るがないと信じて疑わなかった徳川政権が危うくなり、国は大きな変革期を迎えていた。加えて外国文化が入り、戦争が始まると噂され（実際に戊辰戦争が起こるわけだが）、物価は上がり続け、戦を知らない人々は荷物を持って、どこに避難すれば安全なのかと右往左往していた。こうした世の中で、**義賊という存在は庶民のヒーローであり、何かを変えてくれる存在だったのかもしれない。**

本作の中心はどうしても弁天小僧になってしまうのだが、最後に観念して青砥左衛門《あおとざえもん》と対峙する、日本駄右衛門にも注目したい。

日本駄右衛門は人殺しをしない義賊であり、仲間を束ねる有能さは、テレビシリーズのルパン三世をイメージさせられる（原作のルパンは躊躇《ちゅうちょ》なく殺すし犯すし大変である）。情けをかけて自首を促す青砥左衛門は銭形の父《と》っつぁんだろう（原作ではルパン一味は銭形に島ごと爆破されているが）。仕事ができて男もできている青砥左衛門に一目置く駄右衛門の姿は、ルパンと銭形の姿に重なり、**追われる者と追う者という対極の立場であるはずなのに、どこかバディ感が漂う。**妄想のしがいがあるこの関係性に、当時の婦（腐）女子たちも夢中になったに違いない。

実在の日本左衛門も奉行所に自首して処刑されている。だからきっと、本作の日本駄右衛門も約束通り自首するのだろうけど、何かの都合でできなくなってしまい、再び追う者追われる者となるｉｆ展開も、とてもおいしいと思う。

関連資料

『河竹黙阿弥集 第2』（名作歌舞伎全集 第11巻）東京創元新社、『青砥稿花紅彩画』（正本写合巻集 7）日本芸術文化振興会。現在もよく上演されているので、機会があればぜひ生の歌舞伎を鑑賞していただきたい。

2 推理・ミステリー

村井長庵《むらいちょうあん》

大岡越前守《おおおかえちぜんのかみ》が憎んだ、類《たぐ》いまれなる極悪人 悪人の代名詞である村井長庵

◉実録、講談、歌舞伎
◉トラウマ・ルサンチマン
◉社会派ドラマ

作者：不詳　初出：実際の事件は享保《きょうほう》期

登場人物

村井長庵《むらいちょうあん》……駿州《すんしゅう》から江戸に出てきた医者。医者の素養はなく、強請《ゆすり》、たかりで生計を立てている。実在の人物。
大岡越前守忠相《おおおかえちぜんのかみただすけ》……江戸町奉行。罪を憎んで人を憎まずがモットーの名奉行。緻密な捜査で長庵を追い詰め、ついに自白させる。
お登勢《とせ》……長庵の妹で重兵衛の妻。長庵に殺される。
重兵衛《じゅうべえ》……長庵の妹・お登勢の夫。長庵に殺される。
お小夜《さよ》……お登勢と重兵衛の娘。家の困窮の助けになるならと、吉原に身売りする。後の松葉屋の小夜衣《さよぎぬ》。
お梅……お登勢と重兵衛の娘。だまされて長庵に吉原に売られてしまう。
藤掛道十郎《ふじかけどうじゅうろう》……番傘を忘れてしまったことで、長庵に無実の罪を着せられる。
おみつ……藤掛道十郎の妻。瀬戸物屋忠兵衛の話から、犯人が長庵であると推理し、大岡越前守に直訴する。
三次《さんじ》……長庵の弟分。
久八……捨て子だったが、捨てられた村の久右衛門夫婦に引き取られ育てられる。商家・伊勢屋五兵衛の番頭。千太郎をかばってクビになる。
千太郎……伊勢屋五兵衛の若旦那。松葉屋の小夜衣にぞっこんとなり通い詰める。長庵に騙《だま》される。
瀬戸物屋忠兵衛……長庵の悪事に気付くも口をつぐむ。

【お小夜身売り】

駿州江尻《すんしゅうえじり》の生まれの村井長庵《むらいちょうあん》は百姓を嫌がり、江戸に出て医者を始める。といっても医者の資格はなく、強請《ゆすり》とたかりが本業。悪事を繰り返しながら日々を送っている。ある日、郷里から妹のお登勢《とせ》の夫の重兵衛《じゅうべえ》、その娘であるお小夜《さよ》が訪れ、不作続きで暮らしていけないためお小夜を吉原に身売りさせたいという。長庵はお小夜を吉原の松葉屋に60両で売りつける。

【重兵衛殺し】

麹町平河町《こうじまちひらかわちょう》に住む浪人、藤掛道十郎《ふじかけどうじゅうろう》は下痢で村井長庵の元に通うが、帰る際に番傘を忘れてしまう。重兵衛は娘を

売った60両を携え帰路に就くが、長庵は重兵衛の後をそっと追い、三田の札ヶ辻で彼に斬りつけ60両を奪う。死体の脇には、藤掛道十郎が忘れた番傘を置いておいた。この番傘が証拠になって道十郎は捕らえられ、伝馬町の牢屋へと入れられる。長庵は重兵衛のもう一人の娘、お梅を行儀見習いの奉公だと騙《だま》し、吉原に40両で売る。

【お登勢殺し（雨夜の裏田圃）】

田舎から妹のお登勢が娘たちを案じて長庵を訪ねてくるが、長庵はお登勢がうっとうしい。弟分である三次《さんじ》にお登勢を10両の金で殺害するように依頼する。

夜、三次は松葉屋の若い衆になりすまし、お小夜に会いに行くと言ってお登勢を誘い出す。雨の降る吉原裏田圃で、三次はお登勢を出刃包丁で刺し殺す。三次は10両を受け取ろうと長庵の元を訪ねるが、長庵はたった1分しか渡さない。怒った三次は長庵の家を飛び出し、浅草・馬道の自分の長屋に戻る。それ以後毎夜お登勢の亡霊が現れ、三次は発狂する。

【久八の生い立ち】【小夜衣・千太郎馴《な》れ初め】

京都に住む料理人、藤右衛門夫妻に男の子が生まれるが、間もなく妻は亡くなり、赤子を育てられなくなり京を離れ東海道を江戸へ向かう途中、捨ててしまう。村の久右衛門夫婦がこの赤ん坊を譲り受け、久八と名付けた。

久八は12歳になり、江戸でも指折りの質両替商、神田・三河町の伊勢屋五兵衛の家に奉公することになった。18年間奉公を続け、伊勢屋の番頭になる。

伊勢屋五兵衛は千太郎という養子を迎える。千太郎は寄り合いで吉原へ連れ出され、吉原の松葉屋で小夜衣《さよぎぬ》という花魁《おいらん》と出会う。実は彼女こそ村井長庵の姪《めい》のお小夜。一夜をともにしてからというもの、千太郎はこの小夜衣にぞっこん惚《ほ》れ込んでしまい、松葉屋へと通い詰める。

【長庵のかたり】【久八の放逐】【久八の告白】【千太郎の急死】

小夜衣に惚れている千太郎は、長庵に「身請けできる」と言われ50両を騙《だま》し取られる。その金は養父から盗んだものであった。久八は長庵を殺そうとする千太郎を止め、店の売り上げから50両を戻す。これが明るみに出て、久八は店をクビになる。

その後、叔父の家で浅草紙の仕入れをしていた久八の元に千太郎がやってきて謝罪。叔父は久八の無実を知り、また若旦那をかばうその忠義心に涙する。

ところが久八は、吉原土手で遊ぶ千太郎を見つけ、意見をしようと千太郎の体を激しく揺する。これが原因で千太郎は心臓発作を引き起こし死んでしまった。久八は自分が

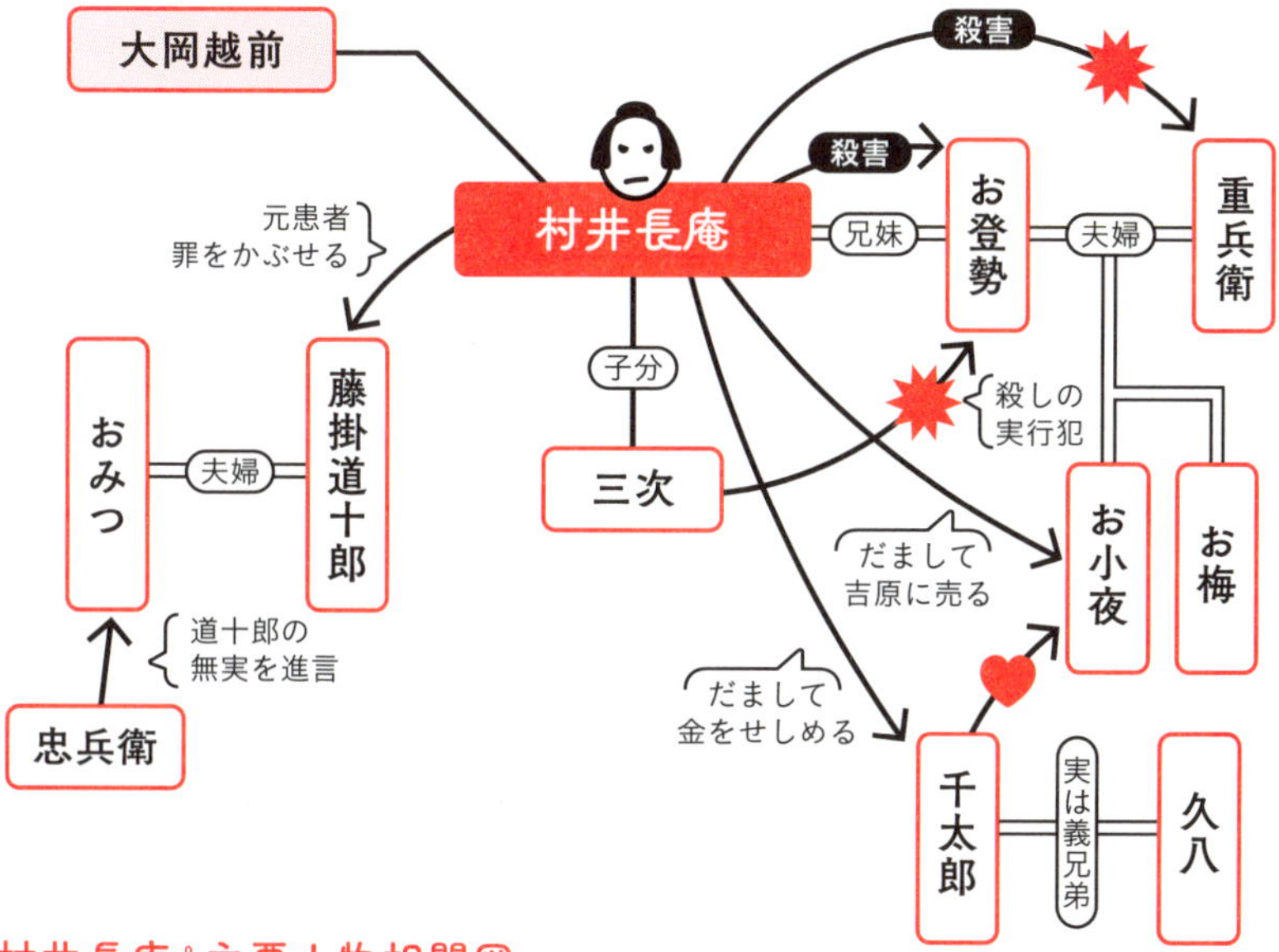

『村井長庵』主要人物相関図

殺してしまったと感じ、奉行所へ自首する。

【瀬戸物屋忠兵衛】

瀬戸物売りを生業にする忠兵衛は、天神様の境内を掃除しているときに、犬を殺した長庵が「とんだ所で2度目の殺生だ」という声を聞くも口をつぐむ。その後、隣に住む藤掛道十郎が捕らえられるが、忠兵衛は長庵の仕業であると確信する。しかし、これにも忠兵衛は何も言えず、道十郎は失意のうちに獄死する。

8年後、忠兵衛は藤掛道十郎の女房、おみつと偶然に出会う。酒に酔っていた忠兵衛は、道十郎は濡れ衣ではないかといい、これを聞き逃さないおみつは飲ませ食べさせ白状させる。おみつは真の下手人《げしゅにん》は長庵であると確信する。

【大団円】

おみつの住む長屋の家主・長左衛門の提案で、大岡越前が南町奉行所を出てきた所で駕籠訴《かごそ》をする。越前はすでに、千太郎が長庵に金を騙し取られた一件で目を付けていた。

越前は8年前の重兵衛殺しの件について調べると、藤掛道十郎が60両を盗んだその金が見つかっていないことに気付く。さらに、長庵の姪《めい》2人が吉原に身売りした際の金が、国元に届いていないことがわかり、しかもお登勢は行方不明であった。この一件には三次という男が絡んでいるとわかり、越前は周囲に同心を走らせ捜査網を敷く。

三次はお登勢の幽霊に悩まされており、同心たちを見て観念してお登勢殺しを白状する。証言に従い調べると、家の畳の下から手拭でくるんだ血の付いた包丁が見つかった。

越前は長庵に諸々の罪を問いただすがお白洲《しらす》の上でも長庵は証拠がないことを盾に白状しない。しかし、包丁を包んでいた手拭いがお小夜のものであり、これに60両を包み父親に手渡したことをお小夜が証言。ついに、長庵は罪を認めた。

長庵は市中引き回しの上獄門の刑となる。藤掛道十郎の無実が証明され、久八も、千太郎の死因が心臓発作であったことが分かり無罪になる。その後、亡くなった伊勢屋の若旦那・千太郎と元番頭の久八は腹違いの兄弟であったことが分かる。久八は伊勢屋の跡を継ぎ、店は前にもまして繁盛した。

ここがエモい

金欲まみれの極悪人を大成敗、大岡裁きが胸をすく！

村井長庵《むらいちょうあん》は実在の人物であり、三河国の生まれで江戸麹《こうじ》町《まち》の医者。犯した犯罪もほぼ実際のもので、大岡越前守忠《おおおかえちぜんのかみただ》相《すけ》の裁きを受け、享保《きょうほう》2（1717）年に処刑されたという。


極悪非道な悪徳医師の存在はかなりセンセーショナルだったらしく実録本『大岡仁政録』にまとめられ、これが講談として読まれて後世にいたるまで広く伝わった。現在も、「雨夜の裏田圃」がよく抜き読みされる。さすがの三次も後ずさる、実の妹を殺せという冷徹な長庵を、どう演じるのかが腕の見せどころだろう。

文久《ぶんきゅう》2（1862）年には河竹黙阿弥《かわたけもくあみ》が「勧善懲悪覗機関《かんぜんちょうあくのぞきからくり》」として歌舞伎化。因果因縁や怪異に頼らないリアル重視の構成は、これまでの歌舞伎を一新する予感に満ちた作品として観客に受け入れられた。**「酷《ひど》い殺しも金ゆえだ。恨みがあるなら金に言え」の長庵の台詞《せりふ》は、幕末から明治初頭における退廃的なムードを象徴する、無常観漂うものとなっている。**

本作は庶民の貧困や人情につけ込み、次から次へと罪を重ねる長庵が描かれている。そこには明確な悪意しかなく、後に三遊亭圓朝《さんゆうていえんちょう》が好んでテーマとする**「悪意なき罪」**とは対極にあるものだ。

己の欲のままに、感情を動かすことなく人を殺す長庵。その欲とは、これまで歌舞伎や戯作《げさく》で散々テーマとなってきた「色恋」「お家の存続」「お家の重宝」ではなく、「現金」そのものだ。

金こそ正義、金は裏切らないと言わんばかりに、金の匂いを嗅ぎつけると殺して奪う。そのためだったら、医者になれなかった頭もしっかりと働く。金を中心に長庵の人生は回っているのだ。

何故にそのような人物が生まれたのか。注目すべきは、本来の事件は享保年間に起こっていたという点だ。

享保期、八代将軍徳川吉宗の治世では、天災や飢饉《ききん》で庶民は貧困にあえいでいた。商業がまだ少なかった江戸では独自に経済を回すことは難しく、質素倹約が米価を上げて武士の所得を増やす最善の方法だと信じられていた。しかし、肝心の米が不作となれば、いくら質素倹約したところで庶民に見返りがあるわけでもない。

最終的にこの惨状を打破したのは、元文《げんぶん》元（1736）年の貨幣の改鋳《かいちゅう》だった。貨幣に使う金銀の品質を下げて通貨の供給量を増やしたのだ。ちなみに、吉宗に改鋳をアドバイスしたのは大岡越前守忠相である。

金の問題は金で解決。これが庶民にどう映ったのかはわからないが、時代は既に重商主義に動き始めたことは確かだ。金こそ世を動かす。長庵のような悪人が、こうした拝金主義に染まったらどうなるか。火を見るよりも明らかだ。

しかし、人々がこの世界で生きていこうとするとき、金が全ての世の中では非常に世知辛く、当時の倫理観としては受け入れがたい思想である。**だからこそ、物語の大岡越前守忠相が、庶民の弱さや人情に寄り添い、悪を懲らしめる姿が救いとなったのではないか。**

これまでの江戸戯作では、悪人にもそれなりの理由付けがされていた。育ちが不幸で愛を知らなかったとか、手ひどい詐欺に遭い人間を信じられなかったとか、そういうものだ。ところが、本作で長庵への擁護は一切描かれない。ただ犯罪が重ねられ、越前がこれを追い詰め処刑する。講談も歌舞伎も、虚しさが余韻として残る。これが実話だという現実も、虚しさに拍車をかけてくる。

大岡越前守は、長庵を「奸悪の者の多き中に、憎みても猶余りある大悪人にて、いかなる厳刑に処するとも飽き足らざるの賊徒」という。越前が極悪人とした人物は、もう2人いるが、その説明は別項に記すこととする。

関連資料

『大岡政談六・村井長庵之記』（夕陽亭文庫）。講談では「雨夜の裏田圃」が抜き読みされる。歌舞伎は「勧善懲悪覗機関」。

3 推理・ミステリー

賊禁秘誠談《ぞっきんひせいだん》

狙うは豊臣秀吉の命 忍術使いの石川五右衛門《いしかわごえもん》

◉実録　◉ライバル・バディ

作者：不祥　初出：18世紀前期から中期

時は豊臣秀吉の時代。武術と忍術を使う百地三太夫《ももちさんだゆう》に弟子入りした石川文吾は、三太夫から秘伝奥義を授けられる。しかし、文吾は三太夫の妻と密通し駆け落ち。この途中、妻を殺し逐電（逃亡）する。

京都に上り、文吾は名を石川五右衛門《いしかわごえもん》と改名。五右衛門の周りには悪漢たちが集まり、前野但馬守《まえのたじまのかみ》の大名屋敷から金品を強奪したり、大名家の弱みにつけ込んで賄賂《わいろ》を取ったりなど、悪事を繰り返す。追っ手に取り巻かれても、得意の忍術で逃げおおせてしまう。

謀反を企てている関白秀次《ひでつぐ》は、秀吉の暗殺を、五右衛門の弟子であり、家臣の木村常陸介《ひたちのすけ》に依頼。常陸介は伏見城に忍び入り秀吉に近づくが、千鳥の香炉が音を出し暗殺できない。失敗した常陸介は秀吉の暗殺を師匠である五右衛門に依頼。秀次は五右衛門に、秀吉から賜ったという陣羽織を与える。

五右衛門は秀吉の寝所に忍び込むが、仙石権兵衛《せんごくごんべえ》の足を踏んでしまい、権兵衛に捕らえられる。石田三成の尋問と拷問にも白状しない五右衛門は、京の七条河原で釜ゆでの刑に処されることとなるが、五右衛門は秀吉への目通りを願う。五右衛門は秀吉に向かって「信長の天下を盗み、凡夫の身でありながら関白となり、外国には日本国王と名乗り書を送る。これ、国王を盗み、関白を盗み、六十余州を奪い取った盗賊なり」と言い放った。

ここがエモい

庶民の代弁者が権力をやっつける痛快さ

講談でもルパン一味でもお馴染《なじ》みの石川五右衛門《いしかわごえもん》は、大正昭和の大衆小説にも登場する、有名な大泥棒だ。彼が最終的に狙ったのは、金品などという俗なものではない。太閤のお命だというのだから恐れ入る。

石川五右衛門が現代に至るまで人気があるのは、盗みの対象が権力者たちであったことが大きいだろう。しかも、その手段が得意の忍術ではない。知恵と知識と策略で権力者たちを騙《だま》すのだ。

その騙し方も、権力者たちの奢りや慣習の隙を突く。偉い人物に変装して監視の目をそらしたり、家紋ひとつで門番を騙して堂々と屋敷の中に侵入したり等、**「権力と威光こそ全て」と信じて疑わない人々を真っ正面から騙すのだから、封建社会に暮らす庶民にとっては痛快だ。**

さらに五右衛門は最期、時の最高権力者である秀吉に「お前も俺と同じ泥棒に過ぎない」と言い放つ。秀吉を守る重宝が「千鳥の香炉」なのだが、本来の絶対的な権威、つまり天皇であるならば、そんな重宝を使わなくても五右衛門ですら近づけないはずだ。

しかし、秀吉は戦という力技で権力を織田家から奪い、力を誇示して周囲を制している。五右衛門は、この秀吉からは、五右衛門が持つ「忍術」で命を奪おうとした（しかし、足を踏むという初歩的なミスで失敗）。**権力者といえども自分と同じ穴の狢《むじな》であると、五右衛門は秀吉に突きつけたのだ。**

秀吉はその後、徳川家康にやはり力を以《もっ》てその覇王の座を奪われる。泰平の世となった背景には、「戦」があった。覇者の政道が善となるか悪となるか。庶民の鋭い視線が五右衛門の最期の言葉に託されたのである。

「初代中村仲蔵の石川五右衛門」勝川春好筆
出典：ColBase（https://colbase.nich.go.jp/）

4 推理・ミステリー

新《しん》吉《よし》原《わら》百《ひゃく》人《にん》斬《ぎり》

人を狂わせるのは色か妖刀か
実在した事件を脚色

◉講談、実録、歌舞伎
◉トラウマ・ルサンチマン

作者：不祥（宝暦《ほうれき》期の馬場文耕《ばばぶんこう》「近世江都著聞集《きんせいえどちょもんしゅう》」に記載あり）
初出：事件は元禄《げんろく》、または享保《きょうほう》期

野《や》州《しゅう》（下野国《しもつけのくに》）佐野の長谷部村に住む医者の息子・次郎《じろ》兵衛《べえ》は、放埓《ほうらつ》の挙げ句に江戸に出て博打《ばくち》に明け暮れる。近所に住む江戸節《えどぶし》（三味線弾きの一派）お紺と深い仲になるが、やがて金に困るようになり、次郎兵衛はお紺を捨てる。

佐野に戻った次郎兵衛は博打打ちの女房おなると深い仲となり、夫が死ぬと早速所帯を持ち、次郎吉という子をもうける。しかし次郎兵衛の放埓はやまず、おなるは死に、次郎吉は父親に博打をやめるように懇願。これをきっかけに改心し、次郎兵衛は店を張る商人となった。

そして時は流れ、江戸に出た次郎兵衛は、戸田の渡しで落ちぶれたお紺に再会する。縋《すが》るお紺に次郎兵衛は「故郷へ連れて帰る」と嘘を付き、水中に突き落とし丸太で殴りつけて殺す。その後、お紺の亡霊に悩まされた次郎兵衛は、次郎吉に悪事を全て明かし「お前は不人情なことをしないように」と言い残し死ぬ。次郎吉は店を継ぎ、次郎左衛門と改名。しかし、お紺の祟《たた》りか親の因果が子に報いたのか、次郎左衛門は疱瘡《ほうそう》で二度と見られぬ顔となってしまう。

次郎左衛門は都築武助《つづきぶすけ》という浪人に助けられ、これが縁で剣術を教わるようになる。3年たって、いまわの際の武助から、籠釣瓶《かごつるべ》の名刀を手渡される。

実は、武助から剣術を習ったのは、吉原で手ひどく自分を振った遊女の八《や》つ橋《はし》と、その妓楼《ぎろう》の万字屋への復讐のためだった。八つ橋は自分との身請けを受け入れるふりをして、間夫《まぶ》（想い人）の栄之丞《えいのじょう》と切れるつもりはなく、自分を「化け物」と蔑《さげす》んでいた。おまけに万字屋の連中も一様に自分を化け物と陰口をたたいている。

八つ橋との一夜を果たした次郎左衛門は、吉原の若い衆である喜助の気遣いにカッとなり、刀で斬り付ける。「籠釣瓶は良く斬れるのう」。次郎左衛門はその足で八つ橋と栄之丞の部屋へ向かうため吉原に戻る。逃げる者たちや恨みのある者を次々に斬り、八つ橋を後ろから斬り付け、栄之丞も刺し殺す。死んだ後も散々に斬り付け、駆けつけた人々も斬られていく。

　吉原会所の番人に消火用の水鉄砲で水攻めにされ、足を滑らし落下して、ようやく次郎左衛門は気を失った。その後捕らえられ、誰にも知られないままに獄中で息を引き取ったという。

ここがエモい

レッテルを貼られた弱者男性大暴発！「無敵の人」が起こした無情の事件

　佐野次郎左衛門は実在の人物で、吉原遊女の八《や》つ橋《はし》に振られた腹いせに、籠釣瓶《かごつるべ》の銘のある刀で八つ橋を惨殺、そのほかの人々も殺傷したと伝えられている。元禄《げんろく》、あるいは享保《きょうほう》年間に事件は発生し、宝暦年間には講談師の馬場文《ばばぶん》耕《こう》による『近世江都著聞集』にも記述があったとのことで、江戸中期以降は広く庶民に流布していたと思われる。

　この事件を歌舞伎にしたのが河竹黙阿弥《かわたけもくあみ》。「籠釣瓶花街酔《かごつるべさとのえい》醒《ざめ》」は明治21（1888）年に東京千歳座にて初演となり、初代、二代目の市川左團次《さだんじ》が次郎左衛門を当たり役とした。歌舞伎では八つ橋殺しに重点が置かれ、講談のように何人もの人々を滅多斬りにはしない。話芸と芝居の魅せ方の違いだろう。

　本作は実在の事件を脚色したものなので、次郎左衛門が事件を起こした本当の動機はわからない。吉原で遊女に袖にされることは日常茶飯事であり、これがわからないと吉原で遊ぶことなど許されない。いっぱしの大店《おおだな》の主人となった次郎左衛門が、この吉原の掟《おきて》を知らないはずはなかろう。

　しかし、**そんな通り一遍な理屈が通らないのが人生であり、人の心である。**次郎左衛門は博打に狂う父親をまっとうな道に引き戻し、受け継いだ事業も真面目にこなし、立派な商家となった。しかしその裏で、不義理と悪事を繰り返してきた親の因果は、次郎左衛門を徐々にむしばんでいった。極め付きが、疱瘡《ほうそう》によるあばた顔への変貌だ。

　疱瘡に罹《かか》ったことは、親の因果に何の関係もない。たまたま流行していた疫病に罹ってしまっただけであり、そこに因果因縁などという時代遅れな考えは、戯作《げさく》の中だけで結構だ。しかし、周りが次郎左衛門の顔を「因果」であるとし、「化け物」とした。どんなに金を稼いで大店となり、まっとうな人生を歩んだとしても、「化け物」のレッテルが次郎左衛門の劣等感を抉《えぐ》る。そうした中で、次郎左衛門の心のよりどころは、妖刀・籠釣瓶《かごつるべ》だけとなっていく。金の力で全盛の花魁《おいらん》である八つ橋を身請けしようとしても、化け物と罵られ衆目の中で愛想づかしをされる。

もはや金すらも自分を裏切るのか。ならば、と抜いた瞬間に飛び散る血しぶきは、**次郎左衛門がなけなしの自己肯定感と誇りで腹に収めてきたであろう、「怒り」の爆発だ。**

理不尽であまりにも救いがない物語。これが実際にあった事件というのだから、現実は恐ろしい。

本作は講談か歌舞伎で演じられることが多いが、落語ではお紺殺しの場を、八代目林屋《はやしや》正蔵《しょうぞう》（林家彦六）が「戸田の渡し」として高座にかけていた。

「籠釣瓶花街酔醒」歌川国貞筆　東京都立中央図書館蔵

5 推理・ミステリー

冥途《めいど》の飛脚《ひきゃく》

手を付けたのは天下の公金 破滅にひた走る男女の悲劇

◉浄瑠璃 ◉恋愛1（心中以外の悲劇・悲恋）

作者：近松門左衛門《ちかまつもんざえもん》 初演：正徳《しょうとく》元（1711）年、大坂竹本座

大坂・淡路町の飛脚問屋《ひきゃくどんや》亀屋の養子忠兵衛《ちゅうべえ》は、槌屋《つちや》の遊女梅川《うめがわ》に夢中になって廓《くるわ》通いに忙しい。梅川を身請けしたい忠兵衛は、友人の丹波屋《たんばや》八右衛門《はちえもん》に渡すべき金50両を使い込む。告白する忠兵衛に、八右衛門は廓で会う約束をして帰る。

夜更けに江戸から荷物が届く。あるお屋敷に届けるべき300両である。忠兵衛はこの300両を懐に入れて届けに出るも、梅川のいる廓へと足が向いてしまう。

梅川は身請けに来ない忠兵衛を案じている。このままでは意にそぐわない人に身請けされてしまう。そこに八右衛門がやってきて、忠兵衛の使い込みなどを遊女たちに暴露する。忠兵衛の将来を案じた八右衛門は、梅川から嫌われることで廓から遠ざけようとしたのだ。しかし八右衛門の思いがわからない忠兵衛は、廓でこれを立ち聞きし、カッとなって為替の金の封印を切ってしまう。50両を八右衛門に渡し、残りの金で梅川を請け出すも、梅川はその金が公金であったことに驚き嘆く。

忠兵衛は梅川とともに故郷新口村《にのくちむら》に落ち延び、実父孫右衛門と対面を果たすも、ついに代官所の捕手《とりて》に捕らわれる。

ここがエモい

もしお国の金に手を付けたら？ 最大級の禁忌やぶり、そこからドラマが生まれる

本作も実際にあった事件に取材したもの。宝永《ほうえい》7（1710）年に忠兵衛が盗んだ金で遊女を身請けし、親類を頼って逃亡していたが入牢《にゅうろう》になったという事件で、「梅川《うめがわ》忠兵衛物《ちゅうべえもの》」として浮世草子や浄瑠璃、歌舞伎の題材となった。

当時、日本における商業は大坂を中心に非常に盛んとなり、経済システムも確立していた。「貨幣」という明確な数字で売買が成立し、惚《ほ》れた遊女を身請けするにも相当な額の「貨幣」を用意しなければならない。金があれば2人は

添い遂げられるのに、金がないばかりに引き裂かれる恋人同士の悲劇が、あちこちで繰り広げられていたのである。「飛脚屋」とは書状と貨幣を預かり輸送する業務であり、何らかの事故が起きた場合は飛脚屋仲間の連帯責任とされた。特に、顧客からの金品に手を出したものは重罪に処せられ、封印のある包み紙を破き盗んだ者は、死罪であった。

忠兵衛は24歳で飛脚屋としての仕事を請け負って4年、十分にその任務の責任の重さや罪の重大さがわかっていたはずなのだが、そこは木の股から生まれたわけではない忠兵衛、梅川への執着に分別を失ってしまったのだろう。

破滅へ向かうとわかっていても女の手を取らずにはいられない男と、犯罪者と知りながらも惚れた男の手を取り、共に落ちていく2人。端から見れば傾城《けいせい》に狂わされた男の末路であるが、当人同士は至って真面目に人生を賭けている。**滑稽で愚かで、しかしこの姿こそ、貨幣経済の中に生きる庶民のリアルであった。**

水氷に転んで下駄の鼻緒を切る孫右衛門、走り寄って介抱する梅川、互いに舅嫁と察しつつ他人事に託して語り交わす悲嘆を障子の陰に忍んで聞く忠兵衛。
「道行故郷の春雨」歌川豊国筆　東京都立中央図書館蔵

6 推理・ミステリー

宇都谷峠文弥殺し《うつのやとうげぶんやごろし》

金欲しさに盲人を殺す武士　罪の正当化に下される制裁とは

◉落語、講談、歌舞伎
◉トラウマ・ルサンチマン
作者：初代金原亭馬生《きんげんていばしょう》　初出：不祥

芝《しば》片門前《かたもんぜん》に住む座頭《ざとう》の文弥《ぶんや》は、姉が身売りした150両で市名《いちな》（盲人の官位）を取るために、東海道の鞠子《まりこ》で宿を取り、茅場町《かやばちょう》の伊丹屋重兵衛《いたみやじゅうべえ》と出会う。

重兵衛は文弥の金を盗もうとする盗賊の仁三《にぞう》を捕らえ、文弥の金を守る。重兵衛を信用した文弥は、難所の宇都谷峠《うつのやとうげ》を共に越えてほしいと重兵衛に頼む。歩きながら話すうちに、重兵衛は文弥が150両の金を持っていることを知る。

重兵衛は主家の再興のためにどうしても金が入り用だと、文弥にその金を貸してほしいと頼む。これに驚いた文弥は、もう一緒にはいられないと先に行く。追いかける重兵衛は非礼を詫《わ》びつつも諦めきれず、ついに宇都谷峠で文弥を殺して金を奪う。

1年後、重兵衛が営む居酒屋に仁三がやってきて、文弥から奪った金の半分をよこせと脅す。仁三は宇都谷峠での文弥殺しの一部始終を見ていたのであった。重兵衛は金を払うと言って仁三を呼び出し、殺害する。その晩、口入れ屋からやってきた老婆は、文弥の母親であると判明し、重兵衛はぞっとする。これらの話を聞いていた重兵衛の妻は、夫が文弥を殺したと確信し、乱心。文弥の霊が乗り移ったかのように夫の罪を口走る。これが公儀の耳に入り、重兵衛は捕らえられた。

ここがエモい

「お家のため」なんてもう古い、そんな時代に忠臣の物語がなぜ描かれたのか

原作は「道具入芝居掛続き物元祖」といわれる初代金原《きんげん》亭馬生《ていばしょう》とされる。幕末から明治にかけては三代目金原亭馬生が「清談《せいだん》冬の月」という題で怪談仕立てに改作し、盛んに演じた。さらに、三代目春風亭柳枝《しゅんぷうていりゅうし》や初代三遊亭圓右《さんゆうていえんう》が演じた記録も残るという。

話の内容から実録講談に近いが、当時は落語における人情噺《ばなし》はこうした長時間の落語や講談の続き物が多く、三遊《さんゆう》亭圓朝《ていえんちょう》の「怪談牡丹燈籠《かいだんぼたんどうろう》」「真景累ヶ淵《しんけいかさねがふち》」なども同じ人情噺に当たる。本作は流派を超えて演じられた、ポピュラーな噺だったようだ。ちなみに、初代三遊亭圓右は二代目三遊亭圓朝の名跡を継承することになっていたが、襲名を待たずに肺炎で死去してしまった、幻の二代目圓朝である。

この「文弥《ぶんや》殺し」は河竹黙阿弥《かわたけもくあみ》によって安政3（1856）年、江戸市村座「蔦紅葉宇都谷峠《つたもみじうつのやとうげ》」として歌舞伎化された。落語を歌舞伎にした第1号らしい。また、重兵衛《じゅうべえ》の居酒屋に来た仁三《にぞう》が酔っ払うシーンは、現行の落語「居酒屋」とほぼ同じやり取りが採用されている。

重兵衛が「お家の再興」という理由で文弥を殺して金を奪うシーンに、**従来の歌舞伎にあるような濃厚なテーマ性は感じず、むしろ冷めた目で罪人に墜ちた重兵衛を語っていく**。

黒船来航以後、「武士」という誇りも威厳も風前の灯火となる中、**家に固執する、恐らくは下級武士である重兵衛の姿が滑稽でもある**。黙阿弥はこの重兵衛を最後に切腹させている。黙阿弥なりの武士の情けであったのだろう。

「踊形容外題尽　蔦紅葉宇都谷峠座頭ころしの場」
歌川豊国筆　国立国会図書館デジタルコレクション

7　推理・ミステリー

妲《だっ》己《き》之《の》於《お》百《ひゃく》

知性、美貌、しなやかさを兼ね備えた悪女という魅力

◉実録、講談、歌舞伎
◉悪女もの

作者：桃川如燕《ももかわじょえん》　初出：講談としては幕末頃

廻《かい》船問屋《せんどんや》を営む徳蔵は、正月松のうちに船を出してはならないという海の掟《おきて》を破ったところ、海坊主に襲われる。しかし徳蔵はこれを斬り、九死に一生を得る。徳蔵の息子・徳兵衛は、出入りの漁師の妹で器量よしのお百《ひゃく》を雇う。あるとき徳兵衛が、父親が海坊主に襲われる話をしていたとき、この海坊主がお百に取り憑《つ》いた。この日からお百の性格はガラリと変わり、徳兵衛の妾となり贅沢三昧《ぜいたくざんまい》を繰り返す。

身代《しんだい》が傾き暮らしていけなくなった2人は、盗賊の赤嶺重右衛門に助けられ身を寄せる。お百の美貌と利発さに惚れた重右衛門は、徳兵衛を騙《だま》して常陸《ひたち》へ向かわせる。

しかし重右衛門は召し捕られ、お百は深川芸者の美濃屋で三吉と名乗り売れっ子となる。ここにお百を捜していた徳兵衛が戻り、お百を激しく責め殺そうとするが、お百は「ここで稼いでお前と駆け落ちしようと思っていた」と、木更津に逃げようと誘う。さらに「金目のものが入っている」と重たい荷物を徳兵衛に背負わせた。

真夜中、お百は深川の十万坪と呼ばれる底なし沼に誘い出し、荷物を背負ったままの徳兵衛を突き落とす。沈む徳兵衛。静かになった沼に火の玉が浮かぶ。

「お前は心底私に惚れているんだね。提灯代わりに照らしておくれか」

この後お百は数々の悪行を行い、秋田騒動に関わり秋田20万石を横領しようと企むが、見破られ最期を迎える。

ここがエモい

弱者の象徴＝女性が男たちを出し抜くという新たなエンタメの形

幕末になると、従来の怪談に代わり、化け猫や毒婦ものが大流行となった。幽霊ものが形骸化してきたり、歌舞伎においては「東海道四谷怪談《とうかいどうよつやかいだん》」に見るような仕掛けや役者の早替わりなどの方が目的となったりで、**人々は新しいエ**

ンタメを求めており、死んで恨みを晴らす弱者の代表だった女性が、その美貌と知性でしたたかに立ち回り、男性をも足蹴にして生き抜く姿に、女性どころか男性も夢中になった。

本作の元ネタは、馬場文耕《ばばぶんこう》の作とされる実録小説「秋田《あきた》杉直物語《すぎなおしものがたり》」で、これが宝暦《ほうれき》以降に流布したと見られている。実録ではお百は逆臣の妾に過ぎず、特に人を殺すこともなく、罪にも問われなかったらしい。ところが語り継がれていくうちに尾ひれもはひれも付き、いよいよ初代桃川如燕《ももかわじょえん》の手にかかると、お百のバックに海坊主が付くという、いかにも幕末らしい荒唐無稽な妖しさが伴った。

男という性別に興味が無く、あくまで金づるとして男を侍《はべ》らせ利用するお百の姿は、ルパン三世に登場する峰不二子そのものだ。自分を追いかけて、怨みながらも添い遂げたいと願う男の想いを、お百は冷たく深川の沼に沈めてしまう。冷静に息の根が止まるのを見定め、火の玉を見て最後の台詞《せりふ》だ。

「お前は心底私に惚れているんだね。提灯代わりに照らしておくれか」

青白い火の玉に照らされるお百は、妖艶に笑いながら暗闇の中で死者に声をかける。そのぞっとする美しさと怖さ。当時の講釈場の雰囲気が目に浮かぶようだ。

慶応《けいおう》3（1867）年には、河竹黙阿弥《かわたけもくあみ》が江戸市村座で「善悪両面児手柏《ぜんあくりょうめんこのてがしわ》」として歌舞伎化した。

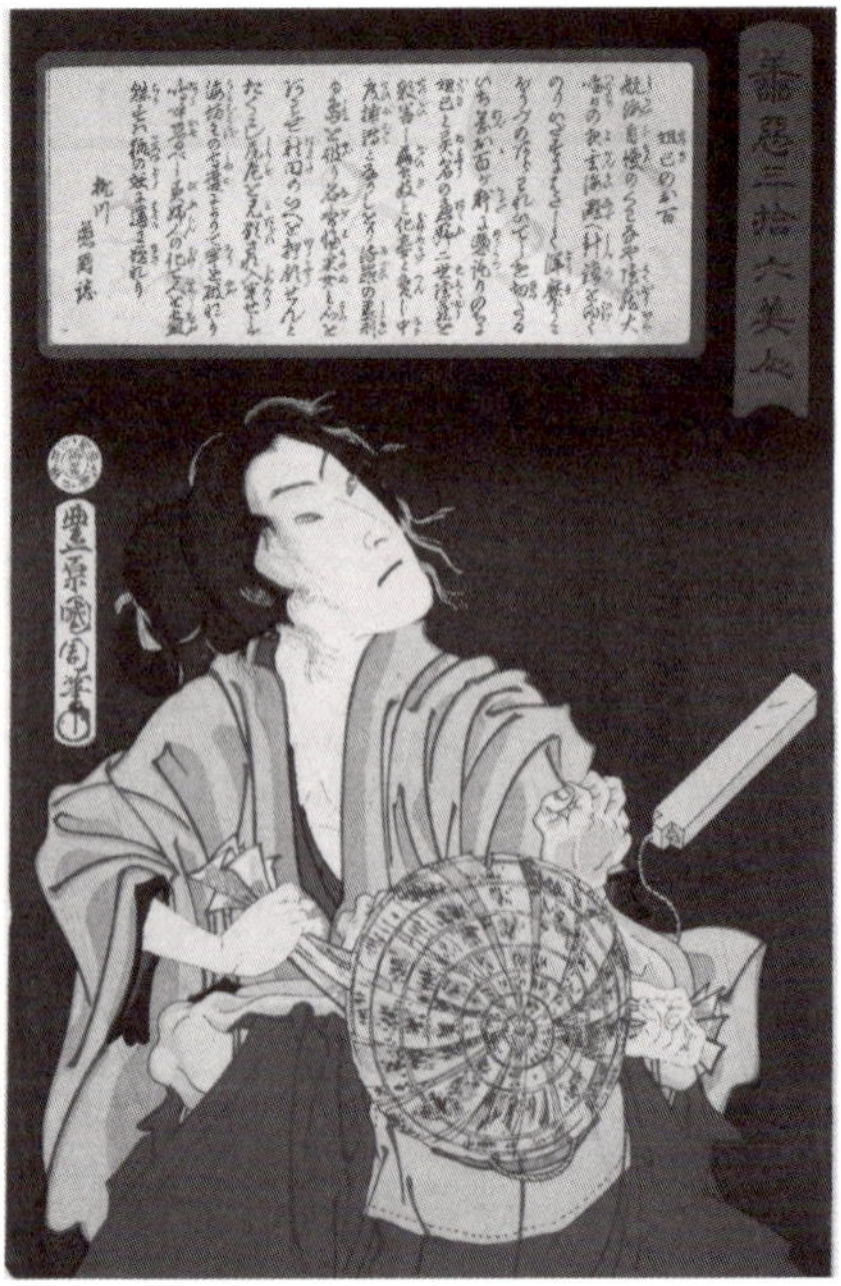

『善悪三拾六美人』より
「妲己のお百」豊原国周筆　国立国会図書館デジタルコレクション

8 推理・ミステリー

三《さん》人《にん》吉《きち》三《さ》廓《くるわの》初《はつ》買《がい》

真の悪とは何か 倒錯の関係は破滅への一里塚

◉歌舞伎 ◉トラウマ・ルサンチマン 恋愛6（心中）

作者：河竹黙阿弥《かわたけもくあみ》 初演：安政《あんせい》7（1860）年、江戸市村座

江戸本町の小道具商の手代《てだい》（使用人）・十三郎《じゅうざぶろう》は、安森家で盗まれた庚申丸《こうしんまる》の短刀を100両で売り、この金を持ったまま夜鷹《よたか》のおとせと遊ぶ。そこで喧嘩に巻き込まれ、100両を落としてしまうが、おとせがこれを拾う。おとせが100両を返そうと夜道を歩いていると盗賊のお嬢吉三《じょうきちさ》が現れこれを奪い、おとせは川に突き落とされる。それを見たお坊吉三《ぼうきちさ》と争いになり、通りかかった和尚吉三《おしょうきちさ》が仲裁に入る。三人の吉三は義兄弟になる。100両は和尚吉三が預る。

おとせは八百屋の久兵衛《きゅうべえ》に助けられ、和尚吉三の父伝吉《でんきち》の家に送り届けられる。そこには、行方不明になっていた

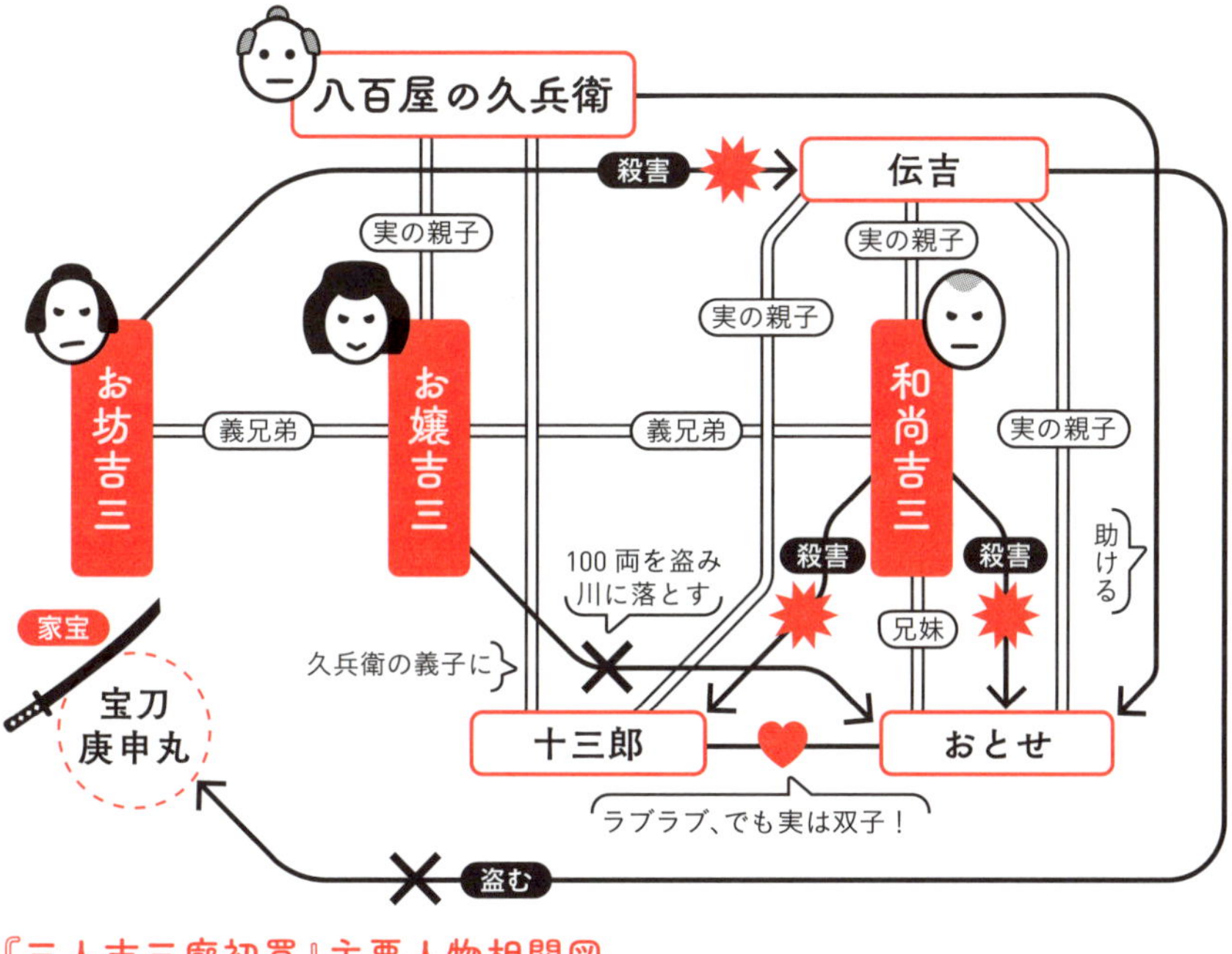

『三人吉三廓初買』主要人物相関図

十三郎がいた。おとせと十三郎は恋仲となる。久兵衛は、十三郎はかつて捨て子であったと語る。また伝吉が18年前に捨てたおとせと、双子の兄妹であることも判明する。

お坊吉三は100両を巡り、伝吉が和尚吉三の父親と知らず、伝吉を斬り殺す。お坊吉三が落とした小柄《こづか》（細工用の小刀）をおとせと十三郎が拾い、和尚吉三に届ける。お嬢吉三とお坊吉三も来て、お坊は安森《やすもり》家の跡取りで、お嬢は久兵衛の実子とわかる。

和尚吉三はおとせと十三郎の行く末を哀れんで2人を殺し、お嬢吉三とお坊吉三が死のうとするのを止め、おとせと十三郎の首を追われる2人のものと偽りお上に差し出し、お嬢吉三とお坊吉三を逃がす。

しかし、追っ手が2人を囲み、お嬢吉三は本郷の火の見の太鼓を打って町木戸《まちきど》を開けさせ、お坊を逃してやろうとする。しかし命運尽き、お嬢吉三とお坊吉三、和尚吉三の三人は互いに差し違えて死ぬ。

ここがエモい 幕末の退廃期を反映、どうにもならない因果を描く

盗賊である三人の吉三《きちさ》と、その周りの人々の中で、庚申《こうしん》丸《まる》の短刀と100両がめぐるうちに、お互いの関係を知っていくという、歌舞伎の演目としては、かなり物語性の高い構成となっている。そのためか、それとも派手さに欠けたのか、隣の中村座に出ていた人気絶頂の初代中村福助《ふくすけ》の人気に食われたのか、初演時の人気は振るわなかったらしい。

本作は盗賊を主人公とする白浪物《しらなみもの》ではあるが、**金品をめぐり殺しや盗みを繰り返す「悪」よりも、兄妹で契りを結んでしまったという「悪業」に焦点が当てられている。**腹違いや生き別れの男女が兄妹であると知らず結ばれ、その後自害する話はいくつもあるが、本作ではおとせと十三郎は最後までこれを知らず、親である伝吉と兄である和尚吉三が真実を知り苦悩する。

最終的に、「生きていても幸せになれるものではない」と、畜生道《ちくしょうどう》に墜ちた2人を斬り殺すのだが、それは和尚吉三の悪を成敗する正義ではなく、兄弟を想う憐憫《れんびん》故の手向《たむ》けの刃だ。おとせと十三郎も、来世で巡り合って一緒になれることを夢見て、兄の刃に果てる。人として最悪な罪を犯した2人の、幸せな純愛の最期だ。

また、お嬢吉三は女装の美少年で、彼もまた因縁のあるお坊吉三と惹かれ合う。倒錯の人間関係は、艶やかな舞台の中で繰り広げられ、運命の糸に操られるように破滅へとひた走る。

幕末の退廃的な世相の中で見せられる、己の力だけではどうにもならない陰惨な因果と因縁。取り入れられた「八百屋お七」（248頁）の趣向も、悲恋と破滅の伏線となっている。

「三人吉三廓初買」歌川豊国筆　東京都立中央図書館蔵

9　推理・ミステリー

鏡《かがみ》ケ《が》池《いけ》操《みさおの》松《まつ》影《かげ》

江島屋騒動の怪談でおなじみ

◉落語、講談　◉怪談・幽霊もの　◉社会派ドラマ

作者：三遊亭圓朝《さんゆうていえんちょう》
初出：初演は明治初期か。速記は明治18（1885）年

粗悪な古着で儲《もう》けている芝日蔭町《しばひかげちょう》の古着商江島屋《えじまや》。この番頭・金兵衛《きんべえ》が、下総八幡《しもうさやはた》の商用の帰りに道に迷い、藤ケ谷新田《ふじがやしんでん》の野中の一軒家に助けを求め、ここに泊まる。夜中、この家の老婆が婚礼衣装を引き裂いて囲炉裏にくべて火箸で灰に「目」と書き、呪詛《じゅそ》をつぶやき刺している。理由を聞くと、老婆の娘・お里は、縫わずに糊付けされただけの婚礼衣装が雨に濡れて破れてしまい、婚礼の席で恥をかかされた挙げ句に破談となり、自殺してしまったという。その婚礼衣装を売った店こそ、江島屋だった。

金兵衛は恐ろしくなり江戸に一目散に戻る。しかし、お里の命日だった日に、主人の内儀が既に死んでいた。さらに、蔵に幽霊が現れて主人の目が痛み出す。お里が身投げした川には老婆の幽霊が出て、主人の妾は死産、主人は川に落ち溺死する。

ここがエモい

圓朝怪談の「面白いところだけ」を抜粋した

あらすじは「江島屋怪談《えじまやかいだん》」の部分。現在はこの部分だけを講談として抜き読みすることがほとんどで、一龍斎貞水《いちりゅうさいていすい》の照明や音響を使った「立体怪談」の高座が有名だ。落語では五代目古今亭志ん生《ここんていしんしょう》が得意とした。

本作の原作は三遊亭圓朝《さんゆうていえんちょう》で、本来は医師の息子である倉《くら》岡元仲《おかげんちゅう》が悪事を重ね、最終的に仇《あだ》を討たれるという話。ところが怪談の部分が面白いため、怪談部分が抜き読みされるようになってしまった。

江島屋が原因のこの痛ましい事件は実在したらしく、圓朝が江島屋の番頭から話を聞いて、本作を思いついたという。では、事件を起こした江島屋の店名をそのまま使ったかというとそうではなく、江戸学研究の三田村鳶魚《みたむらえんぎょ》によると、富沢町の古着商・柳屋から出た話らしい。

富沢町は江戸の初めより古着商の町で、盗賊の鳶沢甚内《とびさわじんない》が「**盗みをするのは貧乏だからだ**」と徳川家康に訴え、「それもそうだ。じゃあ、古着を売る権利を与えよう」ということになり、盗賊たちで古着を商ったのが始まりだ。当初は甚内が粗悪品や盗品を扱わないように管理していたが、時代が進むにつれ良くない商売をする店が出てしまったのだろう。

『鏡池操松影』三遊亭圓朝演述ほか　国立国会図書館デジタルコレクション

10 推理・ミステリー

天《てん》一《いち》坊《ぼう》大《おお》岡《おか》政《せい》談《だん》

徳川吉宗の御落胤《ごらくいん》？ 越前切腹の危機！

◉講談　◉トラウマ・ルサンチマン　◉社会派ドラマ

作者：初代神田伯山《かんだはくざん》　初演：幕末頃

吉《よし》宗《むね》がまだ紀州に在住していたとき、女中の沢野は吉宗のお手つきとなり懐妊し、お墨付きと短刀をもらい紀州の平沢村の実家に戻る。だが、生まれた息子は生後まもなく亡くなり、沢野も亡くなる。それから12年後、その隣村に住む源氏坊戒行《げんじぼうかいぎょう》は、自分の出生が御落胤《ごらくいん》と同年同月同日と知り、沢野の母親を殺し短刀を奪う。育ての父親を殺し、さらには自身の着物を犬の血を付けて死んだことにし、肥後・熊本へと渡り、吉兵衛という名で加納屋の手《て》代《だい》（使用人）になる。別人となった吉兵衛は天一坊《てんいちぼう》と名を変え、徳川家を乗っ取るため浪人たちを集め、また不都合となる人物を次々と殺害する。

大坂で吉宗の御落胤と認められた一行は、江戸に向かう。江戸でも証拠の短刀で御落胤に間違いないと認められるが、大《おお》岡《おか》越《えち》前守《ぜんのかみ》忠《ただ》相《すけ》だけは、天一坊の人相を見て偽物であると判断する。これを進言すると蟄居《ちっきょ》を言い渡されてしまうが、吉宗の許可を得て再度取り調べとなる。しかし、越前の問いただしをことごとく論破する天一坊。越前は切腹に追い込まれてしまう。

そこで、家臣2人に紀州での至急捜査を依頼。紀州では神主の娘が過去を覚えており、沢野も子どもも死んでいることが発覚。源氏坊戒行が天一坊と顔の相貌がよく似ているという情報を得る。死因について調べると、付着しているのは犬の血であった。天一坊は御落胤ではなく、徳川家の乗っ取りを考える不届き者である。家臣は急ぎ、江戸へ戻る。

江戸では越前が既に白装束で切腹の準備にかかっていた。そこに家臣が戻り、天一坊が偽物であると報告。越前は切腹を免れる。

天一坊らは越前らが集めてきた証拠や村の人々の証言から観念し、一切の罪を認めた。お縄についた天一坊は伝馬町の牢に送られ、取り調べの上、獄門晒《さら》し首になる。

ここがエモい

徳川家の隠し子騒動は史実 幕末のムードが作った人気作

享保《きょうほう》期に実際にあった事件。しかし、捜査に当たったのは越前ではなく関東郡代・伊奈忠逵《いなただみち》。浪人・本多儀左衛門による密告が発端となり、名主や地主などから事情聴取し、緻密に捜査を進めたという。そもそも御落胤《ごらくいん》の可能性の有無についてはどうなのかと老中に問い合わせたところ、吉宗が「覚えあり」と言ったものだから、捜査は慎重に慎重を重ねたらしい。吉宗は紀州時代から暴れん坊であった。

この事件は当然徳川家の甚大なるスキャンダルであり、江戸時代を通して語られることはなかった。徳川家に関連する事項を題材にすることは御法度だったからだ。ところが、幕末ともなると倒幕派が台頭し、徳川政権は危うくなってくる。庶民たちもこうした空気は敏感に感じ取り、徳川政権や時事を風刺するメディアが巷《ちまた》に溢《あふ》れた。

講談は当時のニュース番組のようなもので、その時々の事件や世相に合わせた演目が読まれた。戊辰戦争の様子も、講談師たちが伝えていたという。本作はそうした世相の中で、初代神田伯山《かんだはくざん》が大胆にも「徳川の御落胤」をテーマとして、大人気を博した。伯山はこの天一坊で蔵を建てたと言われている。

御落胤と乗っ取りという、天地がひっくり返るスキャンダルの講談が庶民に受け入れられた理由として、徳川政権や社会への風刺もあるだろうが、**「新しいリーダー」への期待もあったのではないか。**

すでに新政府によって天地がひっくり返りそうになっており、徳川のお膝元である江戸の崩壊は秒読みだ。江戸っ子たちは何だかんだで徳川びいきだ。町に薩摩長州の田舎侍が我が物顔で闊歩しているのは面白くない。このまま終わるはずがない、**偽物の殿様なんてまっぴら御免。誰か、化けの皮をはいでおくれ！　その願いが、天一坊の正体を暴く大岡越前守の姿と重なったのではないだろうか。**

大岡越前守は、「奸悪の者の多き中に、憎みても猶余りある大悪人にて、いかなる厳刑に処するとも飽き足らざるの賊徒というは、徳川天一坊、畦倉重四郎《あぜくらじゅうしろう》、村《むら》井《い》長庵《ちょうあん》の三人なり」と言ったという。畦倉重四郎も享保期の実在の犯罪者で、講談にも読まれている。

「講談一席読切　天一坊実は観音流弟子法策　市川左団次」
松雪斎銀光筆　国立国会図書館デジタルコレクション

11 推理・ミステリー

毛抜《けぬき》

お家騒動に現れた色好みの名探偵！

◉歌舞伎　◉成長・運命に立ち向かう　◉コメディ

作者：津打半十郎《つうちはんじゅうろう》、安田蛙文《やすだあぶん》、中田万助《なかだまんすけ》
初演：寛保《かんぽう》2（1742）年、大坂大西芝居

文《ふん》屋《や》家からのお使者として、家老の粂寺弾正《くめでらだんじょう》が小野家にやってくる。文屋豊秀《ふんやのとよひで》は小野家の姫錦の前《にしきのまえ》と婚約したが、姫が病気になったと知らせがあったまま、話が進まないので様子を聞きに来たのである。小野家家老の玄蕃《げんば》が「姫のご病気では縁談は無理」と帰らせようとするので、弾正は、姫に直接お目にかかりたいと帰らない。姫は髪が逆立つ「業病《ごうびょう》」だという。しかし、お守りを縫い込んだ薄衣を被っていれば髪は逆立たないという。弾正は主の春道《はるみち》公と話をしたいと申し込み、待つ。

弾正が待っていると、もてなしの煙草盆《たばこぼん》を持って美少年の秀太郎がやってくる。弾正は「馬術の稽古をしてやる」と手を取り、背中に回って腰を動かすが逃げられる。次に腰元が「姫が点《た》てた茶」を持ってくるが、弾正は「そなたの点てた茶が食べたいのうー」と言い寄り、見事に振られる。

ひとりになった弾正は、床に置いた鉄製の毛抜きが踊り出すのを見る。試しに銀製の煙管を置いてみると、これは動かない。では小柄《こづか》（小刀）はどうだろうと置いてみると、こちらは毛抜きと一緒に踊る。毛抜きも小柄も鉄で出来ている。

弾正は玄蕃の悪巧みを見抜き、なくなっていた小野家の重宝「ことわりやの短冊」を取り戻す。そして、姫の簪《かんざし》を抜くと、髪の毛は逆立つことなく元に戻る。弾正は「病の根を絶ってみせる」と力をこめて槍を持ち、天井を突く。すると、大きな磁石を持った忍びの者が落ちてくる。鉄で出来た簪がこの磁石に吸い寄せられて髪の毛が逆立っていたと説明。縁談を邪魔して小野家を乗っ取ろうとした玄蕃の企みであった。

弾正は知らぬふりを通そうとする玄蕃を「御祝儀に」と斬り、意気揚々と文屋家へ戻っていく。

ここがエモい

スケベなお調子者が実は……、という鉄板の胸熱フォーマット

「雷神不動北山桜《なるかみふどうきたやまざくら》」（125頁）の三幕目だが、単独で上演されることも多い。

姫の病気のトリックは磁石という、いわゆる子どもだましのからくりなのだが、当時珍しかった磁石を趣向に使うことでエンタメ性を高めたのだろう。

本作品の魅力は、何と言っても弾正《だんじょう》のキャラクターだ。のっけから空気を読まない調子のいいお使者として登場し、セクハラが酷《ひど》い（というかセクハラの範疇《はんちゅう》を超えている）。「馬の稽古」だといって秀太郎の背後から手を取り、背中に乗ろうとするのだが、今でこそ「背中に乗る」という表現だが、当時は乗るのではなく挿入だったのではなかろうか。歌舞伎の音声ガイダンスでは「これは日本古来の衆道《しゅうどう》という文化です」とあって、いろいろと心配になった。今はどう説明しているかわからない。

　腰元に対しても、「食べたいのう、食べたいのう」と迫る姿が、昭和の飲み会でコンパニオンに迫る姿に酷似していて、日本のセクハラ作法が大して変わっていないことがよくわかる。

　そんな痛々しいセクハラ親父《おやじ》なのだが、推理と人を見る目は確かなようで、「鉄の毛抜きは踊るが、銀の煙管《きせる》は踊らぬ」と、冷静に推理する。また、玄蕃《げんば》の言動から「おかしい」とにらむも、相手に悟られないように、調子のいい言葉ではぐらかす。飄々《ひょうひょう》としてつかみどころがなさそうなのに、姫様への態度は紳士であり、傷つけないように、不安にさせないように言葉を選び、明るく対応する。

普段はお調子者のスケベだけど、いざという時はキリッと名推理で事件解決。どこかの「じっちゃんの名にかけて！」のキャラクターのようだ。**お家騒動を題材としつつもカラリと明るい。人気演目たるゆえんだ。**

「歌舞伎十八番　毛抜」「粂寺弾正
九世市川団十郎」
忠清画　東京都立中央図書館蔵

12 推理・ミステリー

桜《さくら》姫《ひめ》全《ぜん》伝《でん》曙《あけぼの》草《そう》紙《し》

主人公は桜姫の母
親の因果が子に報う悲劇

◉読本《よみほん》 ◉嫉妬・葛藤 ◉悪女もの

本作者：山東京伝《さんとうきょうでん》 画：歌川豊国《うたがわとよくに》

初出：文化《ぶんか》2（1805）年

丹《たん》波《ば》の鷲尾義治《わしのおよしはる》は妻・野分《のわけ》との間に子ができず、妾・玉琴《たまごと》と子を作る。野分は玉琴に激しく嫉妬し、玉琴を殺す。玉琴の胎内から子が助けられる。その後、野分は桜姫を産んだ。

桜姫は16歳になり清水寺で僧の清玄《せいげん》に見染められる。しかし桜姫は伴宗雄と相思相愛であり、清玄は桜姫を諦めきれずさまよう。横恋慕する信太平太夫が怪盗蝦《が》蟇《ま》丸《まる》と組んで鷲尾家を襲う。桜姫は家来に助けられるが伴宗雄と離れ、義治は殺される。逃げた野分は蝦蟇丸の家に入り込み、生き延びるために蝦蟇丸の妻を殺し、娘たちを追い出す。

桜姫は鳥辺野《とりべの》で病のため没する。破戒した清玄は、火葬場で蘇生した桜姫を犯そうとするが殺される。桜姫は伴宗雄と結婚し、野分も家に戻り鷲尾家を再興した。

しかし桜姫は夜な夜な妖鬼に苦しめられ離魂病となり、2人の桜姫に分裂する。やってきた祈禱師《きとうし》により桜姫は、自分は既に死んでおり、野分に殺された玉琴の魂が桜姫に取り憑《つ》き蘇生したこと、桜姫をストーカーしていた清玄は玉琴が産んだ子どもであることを語った。そして桜姫の一体は無数の小蛇となり飛散し、もう一体は骸骨となった。野分は雷に体を裂かれ死ぬ。宗雄は桜姫の菩提を生涯弔った。

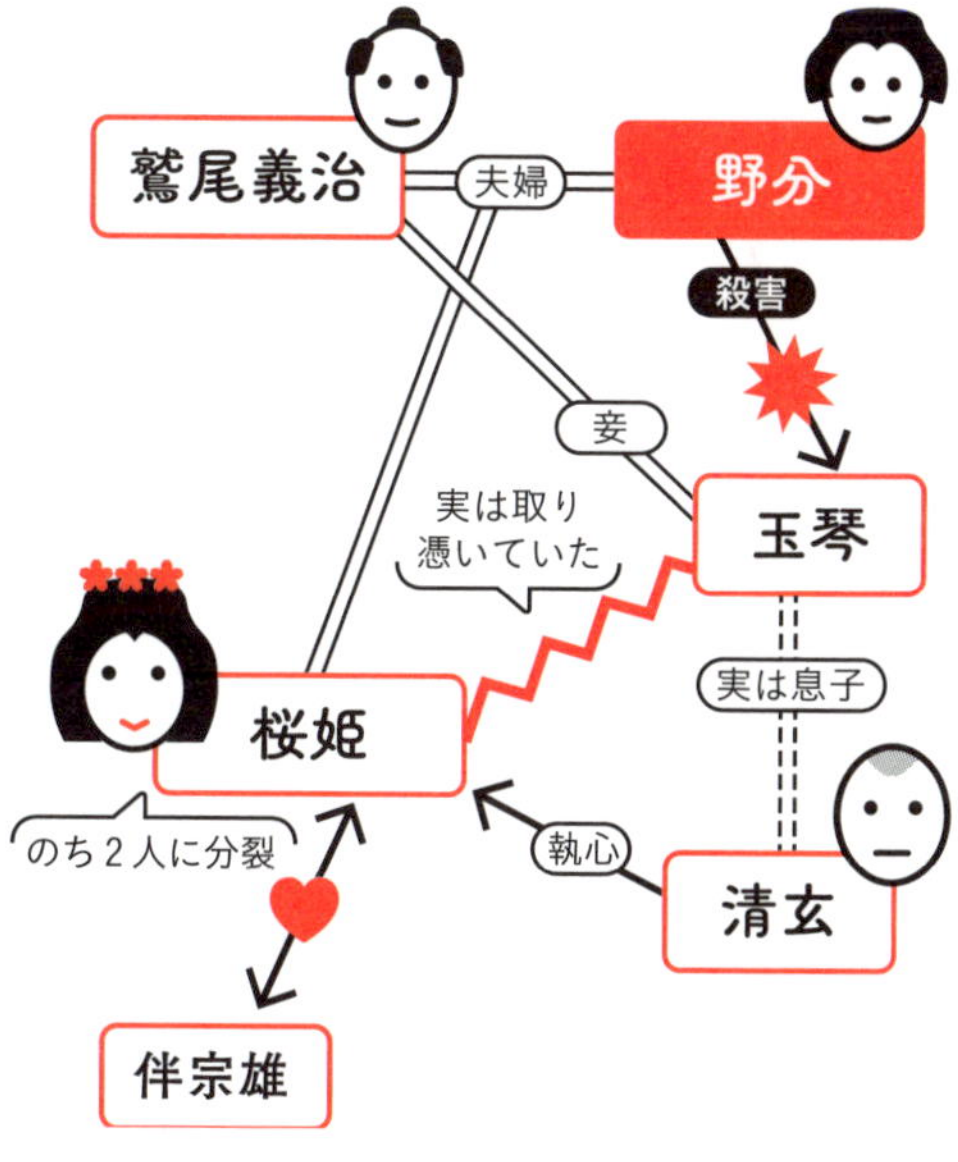

『桜姫全伝曙草紙』主要人物相関図

ここがエモい

怪異の元ネタは松平定信?! 救いのない不幸の連鎖が痛ましい

桜姫と清玄《せいげん》に罪はなく、ただただ、野分《のわけ》の玉琴《たまごと》への嫉妬と罪が因となり、不幸の連鎖という果を生んでいる。清玄が見初めた桜姫は異母兄妹。**愛欲は非情の苦しみ**であり、たとえ本懐を遂げても、近親相姦となり畜生道だ。**地獄でしかない。**

野分の罪は、桜姫の蘇生と御家復興の中で、闇へと葬り去られたかに見えた。しかし、鷲尾《わしのお》家の没落も清玄との悪縁も不幸も、全て玉琴の仕組んだことであり、野分が犯した罪が発端であることが、娘である桜姫の姿と声で白日の下にさらされる。救いがない。どこまでも残酷で愚かだ。

また、本編には多くの怪異が描かれるが、これは政事時論の雑文を集めた『牋策雑収《せんさくざっしゅう》』のうち、松平定信の悪政が引き寄せたとする怪異を元ネタとしている節がある。松平定信は寛政の改革を推進した張本人であり、その圧政に敵も多かった。「不幸の連続は松平定信のせいだ」と言う者がいたのだろう。

この改革で、山東京伝《さんとうきょうでん》は二度も筆禍《ひっか》で咎《とが》めを受けており、筆を折ることまで考えていた。**「悪」の象徴としての怪異の元ネタを松平定信の噂に取材する**あたり、京伝らしい意趣返しだ。

関連資料 『現代語訳・江戸の伝奇小説1　復讐奇談安積沼／桜姫全伝曙草紙』（国書刊行会）、『山東京傳全集 第16巻』（ぺりかん社）

『桜姫曙草紙：絵本』山東京伝著
国立国会図書館デジタルコレクション

13 推理・ミステリー

高《たか》橋《はし》阿《お》伝《でん》夜叉《やしゃ》譚《ものがたり》

エンタメを渇望する読者のための物語 女性死刑囚の波乱万丈の人生を追う

◉小説、つづきもの　◉社会派ドラマ　◉悪女もの

作者：仮名垣魯文《かながきろぶん》
初出：明治12（1879）年、仮名読新聞

高橋お伝《でん》は明治12（1879）年に刑を執行された女性死刑囚。お伝の生まれは嘉永《かえい》元（1848）年8月、上州沼田在下牧村《じょうしゅうぬまた》の農家で、父は高橋勘左衛門、母は春。春は、沼田藩用人のちに家老となる広瀬半右衛門の手つきとなり、そのまま高橋家に嫁いだという。しかしお伝が生まれて一か月で春は離縁され、お伝は勘左衛門の兄九右衛門の養女となる。

お伝17歳の時、婿養子を迎えるが夫婦の仲は悪く、お伝は家を出て中山道《なかせんどう》板鼻宿《いたはなしゅく》の仕出し屋で働く。その後、婿養子と離縁となり、慶応3（1867）年に高橋波之助と結婚。しかし、波之助がハンセン病となり、田畑を売り東京に出る。明治5年9月に波之助が死去する。

その後、お伝はつぎつぎと男を変えて渡り歩き、金を持ってこない古着商・後藤吉蔵の喉に剃刀を突き立て殺害に及んだ。当初は否認するものの提示される証拠に言い逃れができず自白。処刑は絞首刑ではなく斬首であった。

ここがエモい　いつの時代も、民衆は下衆《げす》な話題を求めていた

仮名垣魯文《かながきろぶん》が新聞の「つづきもの」記事として書いた実録小説。女性死刑囚であるお伝には当時相当な関心が集まっており、事件や裁判の様子は新聞で連日報道された。本作「高橋お伝のはなし」（連載当時のタイトル）は、新聞記事と戯作《げさく》の中間に位置するエンタメ性の高いもので、明治維新から絶滅に瀕していた戯作の復活に寄与するものとなった。

明治に入り、勧善懲悪や怪異などは「科学的でない」とされ、戯作者たちは「著作道書き上げ」として「国の教育のためにならぬものは書きません」と宣言させられる。この宣言により、仮名垣魯文や条野採菊《じょうのさいぎく》、二世為永春水《ためながしゅんすい》（染崎延房《そめざきのぶふさ》）、三世柳亭種彦《りゅうていたねひこ》（高畠藍泉《たかばたけらんせん》）らは戯作者としての筆を折られ、新聞記者や教科書など、細々と執筆を続けるし

かなかった。

しかし、人々はエンタメを求めていた。お利口な読み物ばかりで辟易《へきえき》していたのだ。そこに高橋お伝の事件が発生し、しかもこれが「事件記事と見せかけた戯作」「戯作っぽい新聞記事」となったのだから大衆は飛びついた。こうした読み物は「つづきもの」と呼ばれ、ついには**「つづきもの」の有無が新聞の売り上げを左右するようになってしまった。**

「実際にあった事件を道徳的に語っているのだから、荒唐無稽な戯作ではない」という大義名分の元で人気を博したわけだが、わりと「あることないこと」書かれていたらしい。

14 けいせい鏡台山《きょうだいさん》

◉歌舞伎 ◉敵討ち

作者：桜田治助《さくらだじすけ》 初演：文化2（1805）年、江戸中村座

重宝が見つからず家を継承できない愛護若《あいごのわか》が、御家《おいえ》の乗っ取りを狙う青山兵庫之介の屋敷の預かりとなる。愛護若を守るため、義姉のりくは青山の屋敷に奉公人として潜入する。青山が愛護若を毒殺するために唐絵の皿の偽物を作っていると気付いたりくは、10枚の皿のうち1枚が毒皿であると迫る。りくは毒皿を割り、青山はりくを殺し井戸に投げ捨てる。

ひとこと

皿屋敷の趣向を使った御家騒動だが、皿の贋《がん》作《さく》を作りこれを毒殺に使うというトリックがミステリーっぽい。りく＝お菊が自らの意思で皿を割り、青山の悪事を明らかにするという設定も斬新で、この趣向は岡本綺堂《おかもときどう》の「番町皿屋敷《ばんちょうさらやしき》」（87頁）に引き継がれている。

15 星野屋《ほしのや》

◉落語　◉どんでん返し

作者：不祥　初出：元禄期頃

星野屋の主が、妾で水茶屋娘のお花のところへやってきて「お前のことが女房にバレた上に、店がうまくいかないから死ぬつもりだ。この金を置いていく」と30両渡す。お花は「金はおっかさんのためにいただくが、旦那が死ぬんなら私も死ぬ」と言い、心中の話が固まり、やってきたのは大川の吾妻橋《あづまばし》。旦那が先に飛び込んでドボンと音がする。お花は身投げをやめて一人で家に帰ってくる。

そこにやってきたのがお花に旦那を取り持った重吉。旦那の幽霊が現れたという。「あら、もう?」と答えるが、あまりの恐ろしさに旦那の菩提を弔うためにと、髪の毛を切って差し出し尼になるという。

ところが旦那は死んでおらず、お花の心底を確かめる狂言だったことがわかる。ざまあ見ろという重吉に、お花は「切った髪は髢《かもじ》(添え髪・入れ髪)さ」とやり返す。これに悔しがる重吉は「やった30両は偽金だ」とやり返すと、お花がこれをたたき返す。

「騙《だま》されやがったな。こいつは本物だ!」「ええ、悔しい」

これを聞いていたお花の母親。「安心おし、3枚抜いておいたから」

ここがエモい　男と女のだまし合い……オチが秀逸!

原話は元禄《げんろく》11(1698)年『初音草大噺大鑑《はつねぐさはなしおおかがみ》』の「恋の重荷にあまる知恵」。水茶屋とは今で言うところのガールズバーのようなもので、ガールズバーと違い酒は出さないが、女たちが接待した。金を払えばそういった関係にもなれるという、限りなく風俗店に近い茶屋だった。

本作に登場するお花は『桜木のお花』といって実在したらしい。水茶屋の娘は当時のアイドルで、有名な水茶屋娘と言えば、笠森《かさもり》お仙《せん》が名高い。喜多川歌麿《きたがわうたまろ》も多くの水茶屋娘の美人画を描いている。本作のお花は「旦那がいなくなったら生きていけない」と言いながら、心中を取りやめてのほほんとするなど、したたかな女性として描かれているが、**誰よりも上手だったのが母親**であり、最初から星野屋の腹の内をわかっていたのだろう。

心中すると見せかけてお互いを騙《だま》すパターンは、この他にも「品川心中」などいくつかあるが、多くは女性が女郎で、本作のように水茶屋娘のパターンは珍しい。

16 小袖曾我薊色縫《こそでそがあざみのいろぬい》

◉歌舞伎　◉トラウマ・ルサンチマン

作者：河竹黙阿弥《かわたけもくあみ》　初演：安政《あんせい》6（1859）年、江戸市村座

極楽寺の所化《しょけ》（修行中の僧侶）清心《せいしん》は、扇屋の遊女十六夜《いざよい》と稲瀬川で心中を図るが死にきれず、寺小姓の恋塚《こいづか》求女《もとめ》を誤って殺したのをきっかけに、悪の道へ走る。十六夜は俳諧師白蓮《はくれん》に助けられて妾となるが、清心の菩提のため尼になったあと、鬼薊清吉《おにあざみせいきち》という盗賊となった清心に巡り合う。2人は白蓮の家へゆすりに行くが、白蓮も実は大《おお》寺正兵衛《でらしょうべえ》という御金蔵破りを犯した盗賊であり、清心の実兄であったことがわかる。さらに清心が殺した求女は十六夜の実弟であり、これを知った清心は罪を悔いて自害する。

ひとこと

文化期の盗賊・鬼坊主清吉《おにぼうずせいきち》と、安政期の藤岡《ふじおか》藤十郎《とうじゅうろう》による御金蔵破りの事件を綯《な》い交《ま》ぜにした作品。実際の事件である御金蔵破りのくだりがあったため公儀の目の付けるところとなり、上演にあたりヤバめな場面はどんどん削られ、最終的に何の話なのかわからなくなってしまい、35日目には上演禁止となった。**当時、事件の有無に限らず幕府や徳川家、大名家に関することを題材にすることは許されず**、黙阿弥《もくあみ》も当然これを知って曾我物《そがもの》（仇討《あだう》ちもの）として書いたのだが、誰がどう聞いても「御金蔵破り」と言えば江戸城の御金蔵破りであった。黙阿弥はどうしても諦めきれず、明治18（1885）年、東京千歳座にて「四千《しせん》両小判梅葉《りょうこばんのうめのは》」と題し、安政の御金蔵破りに特化した芝居を書いた。今度は幕府の顔色をうかがう必要がなかったため、犯人も時代設定も実在のものを使っている。実は文化7（1810）年にも江戸城の蔵が破られている。3月末、江戸の蓮池御金蔵の二番蔵が破られ、一朱金で約250両が盗まれた。与力同心《よりきどうしん》が総出で捜査し、怪しい者を片っ端からしょっ引いて金を取り上げた。結果、引き立てた人数は1800人、取り上げた一朱金は4300両に及んだ。随分と増えている。犯人とおぼしき人物は、事件の8日後に桜田門近くの堀から水死体で見つかっていたという。

17 水屋《みずや》の富《とみ》

◉落語　◉社会風刺

作者：不祥　初出：不祥

新八は本所《ほんじょ》や深川に水を売り歩く水屋《みずや》。この辺りは飲み水に乏しく、新八が水を届けなければ生活ができない地域だった。水屋という商売は夏も冬も重たい水を、どんなことがあっても届けなければならない。いつまでもできる商売ではなく、まとまった金を手にして商売を他に譲りたいと考えていた。そんな時に、買っていた富くじが当たった。喜ぶ新八。しかし、金を手にしたものの隠し場所に困り、畳を上げて床下に隠すことにした。

ところが、その金が気になって商売に身が入らない。帰ったら一目散に軒下に竹竿を突っ込み、金が入っている瓶の存在を確かめる。「カチン」と手応えがあると安心してようやく人心地《ひとごこち》がつくのだが、夜は夜で眠ると強盗に襲われる夢や、大家が金を貸してくれと迫ってくる夢を見て眠れない。一向に気が休まらず、まともに寝ることもできずやつれ始めた。

この様子を見ていた隣のヤクザ者が、毎日毎日床下に竹竿を突っ込んでにやついている新八を不審に思い、新八の留守に忍び込み床板を剥がしてみると、大金。ヤクザはこれを残らず盗んで逃げた。

新八がヘトヘトになって戻ってきて、いつものように竹竿を床下に入れて動かしてみると、手応えがない。床板を剝がして確かめると、すっかり盗まれていた。

「ああ、これで今日からぐっすり眠れる」

ここがエモい

笑い話だが、現代にも通じるコワさ

元のネタは安永と文政期の笑話本。金を手に入れたとしても、**盗《と》られたらどうしよう、なくなったらどうしよう、金持ちだとバレたらどうしよう、などとノイローゼになっていく様子は、狂気じみており、しかもリアルで怖い。**

どこで読んだか忘れてしまったのだが、宝くじが当たった人物の家に大家が「まことにおめでとうございます」とまんじゅうを持ってきて、不審に思ってそのまんじゅうを猫に食わせたら、その猫が死んだという事件が実際にあったらしい。水屋が夢でうなされるのも無理はなかろう。

現在は金は銀行に預けられるし安心なはずなのだが、こちらも昨今不祥事が多く、どうにもぐっすり眠れないようだ。何事もほどほどが一番である。

18 死神《しにがみ》

◉落語　◉トラウマ・ルサンチマン　◉社会風刺

作者：三遊亭圓朝《さんゆうていえんちょう》　初出：幕末頃か

年末の借金を返すことができず、ついに自殺しようとしている男が痩せこけた老人に声をかけられる。死神だと名乗る老人は、「死神が足元に座っていればまだ寿命ではない。逆に枕元に死神が座っている場合は程なく死ぬ。足元にいる場合はアジャラカモクレン、テケレッツノパーという呪文を唱えれば死神は消えるので、それで医者を始めろ」と助言して消える。

男が医者の看板を掲げてみると、さっそく日本橋の大店《おおだな》の番頭がやってきて「主人を診てほしい」と相談してきた。男が店に行き、主人を見ると足元に死神がいたので、これ幸いと呪文を唱え死神を消して病気を治す。男は名医とたたえられ、多額の報酬を受け取る。この話が瞬《またた》く間にひろがり、男は医者として大繁盛。お金が回るようになると妾を囲い、女房子どもとは離縁し贅沢三昧《ぜいたくざんまい》。しかしほどなく、行くところ行くところ死神が枕元にいるために病気を治すことができず、あの男は死神などと言われるようになり、再び一文無しに。

金が欲しい。どうにか足元に死神がいる病人が来ないものか。すると大きな商家から声がかかり、行ってみると、やはり苦しんでいる主人の枕元に死神が座っている。多額の報酬を示された男は一計を案じ、死神がうたた寝している隙に主人の布団の向きを変え、死神が足元になった瞬間に呪文を唱えた。死神は消え、主人は全快。まんまと大金を手に入れる。

着物を新調し、どんちゃん騒ぎをしたその帰り道、男はあの死神に再び声をかけられる。「とんでもないことをしてくれた」と、男をたくさんの火のついた蠟燭《ろうそく》がある洞窟へと連れてくる。蠟燭は人の寿命だと説明する死神。そこで小さな今にも消えそうな蠟燭を指さし、それが男の蠟燭だという。

「お前は金に目がくらんで、主人の寿命と自分の命を入れ替えちまったんだ」

驚いた男が「助けてほしい」と必死に懇願すると、死神は新しい蠟燭を差し出し、

「燃え尽きる前にこれに火を移すことができれば助かる、早くしないと消えるよ」。

男は今にも消えそうな自分の蠟燭を持って火を移そうとするが、焦りから手が震えてうまくいかない。

「消えるよ……消える……ほら、消えた」

ここがエモい

欲にまみれた人間を、あなたは他人事と嘲笑《あざわら》えるか？

三遊亭圓朝《さんゆうていえんちょう》がグリム童話を翻案にして創作した噺。サゲは**落語の演目唯一の仕草落ち**で、「消えるよ……消える……」でばったりと前に突っ伏して男の死を表現する。

この仕草落ちは、一体いつからなのだろうかと調べてみると、どうやら創作者の三遊亭圓朝が継承元らしいことがわかった。大正15（1926）年の「講談倶楽部」で二代目三遊亭金馬《きんば》が「（圓朝から）圓朝の型として覚えておくようにと教わった」と語っている。魅せ方のうまい圓朝らしいサゲの方法だ。六代目三遊亭圓生《えんしょう》がこの型を継承していたが、現在はわかりにくいということもあるのだろうが、様々なサゲの型がある。噺家の個性が表れるところであり、聞き比べてみるのも楽しいだろう。

人間が持つ欲と業と愚かさをこれでもかと描いた噺で、メンタルと体調がよろしくないときに聴くと、復活に相当かかるので注意されたい。欲に目がくらんだ男の方にばかり気が行ってしまうのであるが、ふとした時に、**自分こそが欲に付け込んだ「死神」になっているのではないか**と、ゾクリとさせられる。

5章／パロディ・風刺・コメディ

封建社会の理不尽も貧乏も
みんな笑いにしてしまえ

パロディ・風刺・コメディ

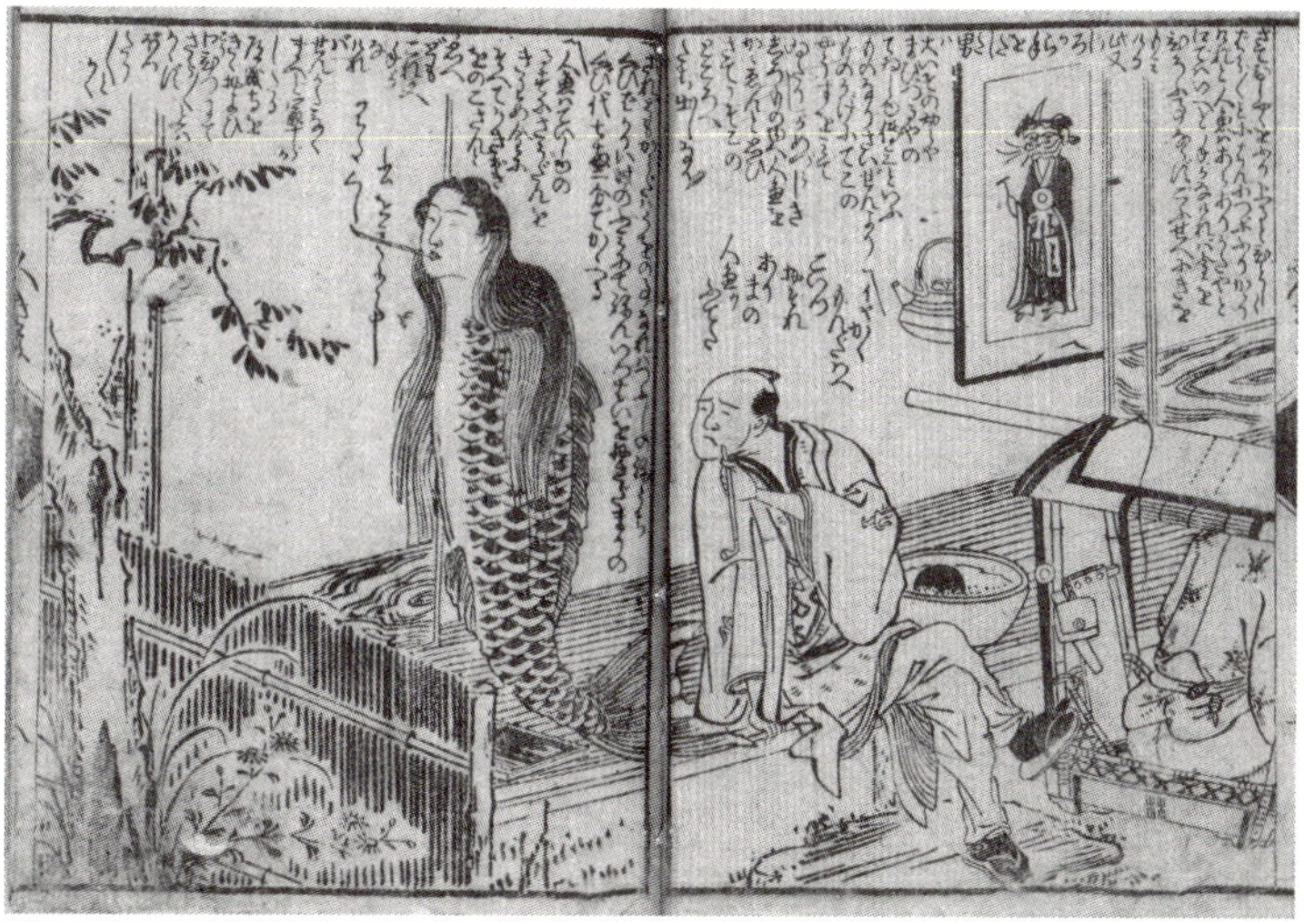

「箱入娘面屋人魚」山東京伝筆　東京都立中央図書館蔵

笑いの文化はそれこそ神話の頃から存在する。天岩戸《あまのいわと》に隠れてしまった天照大神《あまてらすおおみかみ》を、面白おかしい踊りで笑い声を立てて外に誘い出した話は有名だ。神様だって「笑い」の魅力には勝てない。それだけ「笑い」は人間が暮らす上で不可欠な感情である。庶民にとって「笑い」とは、仲間同士の共感を確認する手段でもあった。笑いのツボやネタがわかれば、同じ価値観と話題を持つ仲間であると認識される。風刺やパロディの笑いも同様だ。これらは反骨精神の発信手段でもあった。下級武士や知識層の庶民による「ぼやき」や社会風刺は、戯作《げさく》や話芸、芝居となって大衆に受け入れられ、共通の「笑い」となったのだ。

　時代が下るほどに笑いへの統制は厳しくなり、寛政《かんせい》の改革や天保《てんぽう》の改革では多くの戯作者や芝居の役者が処分され、寄席《よせ》は取り潰《つぶ》しの憂き目にあう。それでも、本質を見抜く手段であった「笑い」は消えることはなく、現在もどうにか我々の手中にある。

　怒りと対極にあると見せかけ、実は対等である「笑い」。大衆の声を世に伝え、生き抜く手段であった「笑い」は、手を替え品を替え、したたかにつながれてきたのである。

1　パロディ・風刺・コメディ

金《きん》々《きん》先《せん》生《せい》栄《えい》花《がの》夢《ゆめ》

この世は儚《はかな》く一瞬の夢のごとし　ただし金があれば話は別

◉黄《き》表《びょう》紙《し》　◉夢落ち

作：恋川春町《こいかわはるまち》　画：恋川春町
初出：安永《あんえい》4（1775）年　版元：鱗形屋孫兵衛

登場人物

金村屋金兵衛……田舎から一攫千金《いっかくせんきん》を狙って江戸に出てきた若者。夢の中で金持ちになって金々先生と呼ばれる。
和泉屋清三《いずみやせいざ》……金兵衛の夢の中に登場する神田八丁堀にある金持ちの商家。
手代源四郎《てだいげんしろう》……夢の中に登場する和泉屋の手代。金兵衛をおだてあげ、金をくすねる。
太鼓持ちの万八・座頭《ざとう》五一……夢の中に登場する金兵衛の取り巻き。

今は昔、片田舎に金村屋金兵衛という者がいた。この世の楽しみをやり尽くそうと思うのだが、貧乏なのでそうもいかない。そこで金兵衛は、「江戸に出てどうにか番頭になり、そろばんでごまかして金を貯めて、ぜいたくをして楽しもう」と思い立ち出立《しゅったつ》し、目黒不動に至り、腹が減ったので門前の粟餅《あわもち》屋で名物の粟餅を頼む。ちょうど餅を蒸している途中なので待つように言われ、粟餅屋の奥座敷で枕を引き寄せると、旅の疲れでそのまますやすやと眠ってしまった。

と、その夢の中に、立派な駕籠《かご》を従え多くの手代《てだい》（使用人）や丁稚《でっち》を率いた裃《かみしも》姿の者が現れる。

「我々は神田八丁堀の和泉屋清三《いずみやせいざ》の家の者です。跡継ぎがおらず困っていたところ、あなたが出世を望んで江戸に出てきたとお告げがあり、お迎えに参りました」

金兵衛は駕籠に乗せられ、和泉屋清三の屋敷に連れていかれる。主人は金兵衛に名前を譲り、財産も全て相続し、親子・主従のかための盃をかわした。

金兵衛は相続した莫大な金銀を使い、昼夜無しの酒宴ばかりし始めた。身なりも昔とはすっかり変わり、流行の本《ほん》多頭《だあたま》（粋人が好んだ本多髷《まげ》のこと）で着物は黒羽二重《くろはぶたえ》、帯はびろうどか博多織《はかたおり》などと気取って、すっかり放蕩《ほうとう》息子のなりになった。類は友を呼ぶ通り、手代の源四郎《げんしろう》・太鼓持ちの万八・座頭《ざとう》五一が遊びを取り持ち、ここぞとばかりにそそのかした。

金村屋金兵衛という名から「金々先生」と呼ばれるよう

になり、吉原だの深川《ふかがわ》の岡場所だのといった遊里で大散財する。しかし、元が田舎者だから吉原のしきたりなどわからず、遊女と野暮な喧嘩《けんか》をする。それでも金があるうちはよかったが、あちこちで騙《だま》されてお金を使っていくうちに乏しくなってしまい、取り巻きも相手にしなくなってきた。ついには駕籠に乗ることもできず、場末《ばすえ》の品川で遊ぶばかり。

いよいよ身代《しんだい》が危うくなってきたので、和泉屋の元主は大いに怒り、はじめに来た時の姿で屋敷から追い払った。実は源四郎は金々先生をそそのかして金を出させて、残りは自分でくすねていたのだった。「ああ、いいザマだ」。金兵衛は落胆し、途方に暮れて嘆くしかない。

と思ったらそれは全て金兵衛の夢で、目が覚めたのはちょうど粟餅ができあがる時分のこと。「もしもし、餅ができました」。金兵衛はハッと気づき、「たとえ人間栄華を極めたとしても、粟餅一臼の内。一炊の夢に過ぎないのだ」と納得し、そのまま故郷へと帰っていった。

ここがエモい

もしも死ぬほど金持ちになったら？ 庶民の願いをかなえる異世界設定が大バズリ！

本作は黄表紙《きびょうし》第1号とされる。この作品を機に、大人に向けた内容の草双紙《くさぞうし》が出版されるようになり、江戸地本の一大コンテンツとなったのである

これまで知識人だけの遊びであった社会批判や風刺を、絵入りで面白おかしく描く。その絵も、子どもだましではなく芸が細かく、絵解きの楽しさまである。内容は倫理道徳を諭すだけではなく、いまどきの風俗が描き込まれ、取っつきやすくてわかりやすい。何より、その内容に共感できる。週刊誌的な俗っぽさがさらに受けた。

黄表紙が流行した背景には、明和《めいわ》から天明《てんめい》にかけて続いた田沼意次《たぬまおきつぐ》の政治があった。**重商主義を謳《うた》う田沼政権下で自由な雰囲気が醸成され、町人文化が花開いた。金を稼ぎ、その金を遊興に使って経済を回す。**札差《ふださし》（米の仲介業者）や妓楼主《ぎろうしゅ》に代表される十八大通《じゅうはちだいつう》（江戸富裕町人）たちが、吉原で湯水のように金を使い、狂歌や芝居、琴、三味線、尺八といった知的な遊びに興じた。

金がものを言う時代。個人の力ではどうにもならない格

差社会に、**庶民と下級武士たちの鬱屈《うっくつ》は溜《た》まるばかりだった。**そこに登場したのが本作だ。

作者の恋川春町《こいかわはるまち》は、本名は倉橋格《くらはしいたる》で駿河小島《するがおじま》藩士。江戸詰めの留守居役である。家禄はさほど多いものではなく、春町も家計の足しになればと鳥山石燕《とりやませきえん》について浮世絵を学び、絵付けの内職に精を出していた。

春町の親友には、同じ武士戯作者の朋誠堂喜三二《ほうせいどうきさんじ》がいた。こちらは「宝暦の色男」などと自称して留守居役という立場を使って吉原で遊び倒すタイプで、恐らく春町を吉原に誘い、遊びを教えたのが、この喜三二だろう。

本作の金々先生は、田舎から出て江戸で一発当てようと考えている世間知らずの若者だ。彼は「一生懸命に働いて」とか「商売を学んで」などと考えていない。どこかの金持ちの家の若旦那になって豪遊しまくる夢を見るという、ひたすらにご都合のいいことしか考えていない。

春町はこの金々先生と自分を重ね合わせて、物語を進めていったのではないだろうか。田舎から出てきて、江戸城のお膝元である華やかな江戸詰めとなり、吉原にも深川にも行ける身分だと誰もが思うだろうが、実際は下級武士で家禄は少なく、吉原に行ったところで安い遊びしかできない。実際にやっていることは、コツコツ扇子に絵を描いてみたり、愚痴を狂歌にして詠んでみたりするくらいだ。

どこか良い家柄の婿養子にでもなれたなら、くらいに考えたこともあっただろう。

喜三二らに連れられて、流行の着物や小物を身につけて「通ですな」などと褒められている様子は、金兵衛が手代《てだい》の源四郎《げんしろう》や太鼓持ちの万八に「よっ！　金々先生」と持ち上げられている姿に重なる。

最終的に金兵衛は金をなくし、家を追われ路頭に迷う。そこで「餅ができました」の声に目覚める。吉原で夢のような豪遊をした後で、目の前に現れるのは目黒名物の粟餅だ。「栄華を極めたところで、その時間は一瞬なのだ」と諦めて故郷に帰る金兵衛だが、春町はそういうわけにはいかない。豪遊しまくる身分の高い武士や町人を横目に見て、溜め息交じりに内職を続けねばならないのだ。

本作にはこれまでの絵本にはなかった序文が記されている。

(訳) 金のあるものが金々先生となり、金のない者は間抜けとなる。だから金々先生は一人の名でありながら、その人ひとりの名ではなく、すべての人の名でもあるのだ。「神銭論」にあるとおり、「金のあるものが人の前に立ち、金を無くすものは人の後ろに付く」。つまりまあ、そういうことなのだ。

金がないなら間抜けなままで仕方が無い。世の中はそうやって出来てるんだってわかってるんだから、愚痴くらい言ったっていいじゃねェか。

そんな**自虐を赤本や青本のパロディで書いてみたら思いのほかバズってしまったことに、春町も驚いたに違いない。こうして、江戸のパロディ・風刺絵本の流行は始まり、武士作家たちがこぞってぼやき自虐を本にして発信するようになった。**

そして春町は、いきなり発生した江戸の大衆メディアの大津波に、不本意にも売れっ子作家として巻き込まれていくのである。

関連資料

『江戸の戯作絵本（一） 初期黄表紙集（現代教養文庫）』（社会思想社）、『「むだ」と「うがち」の江戸絵本 黄表紙名作選』（笠間書院）

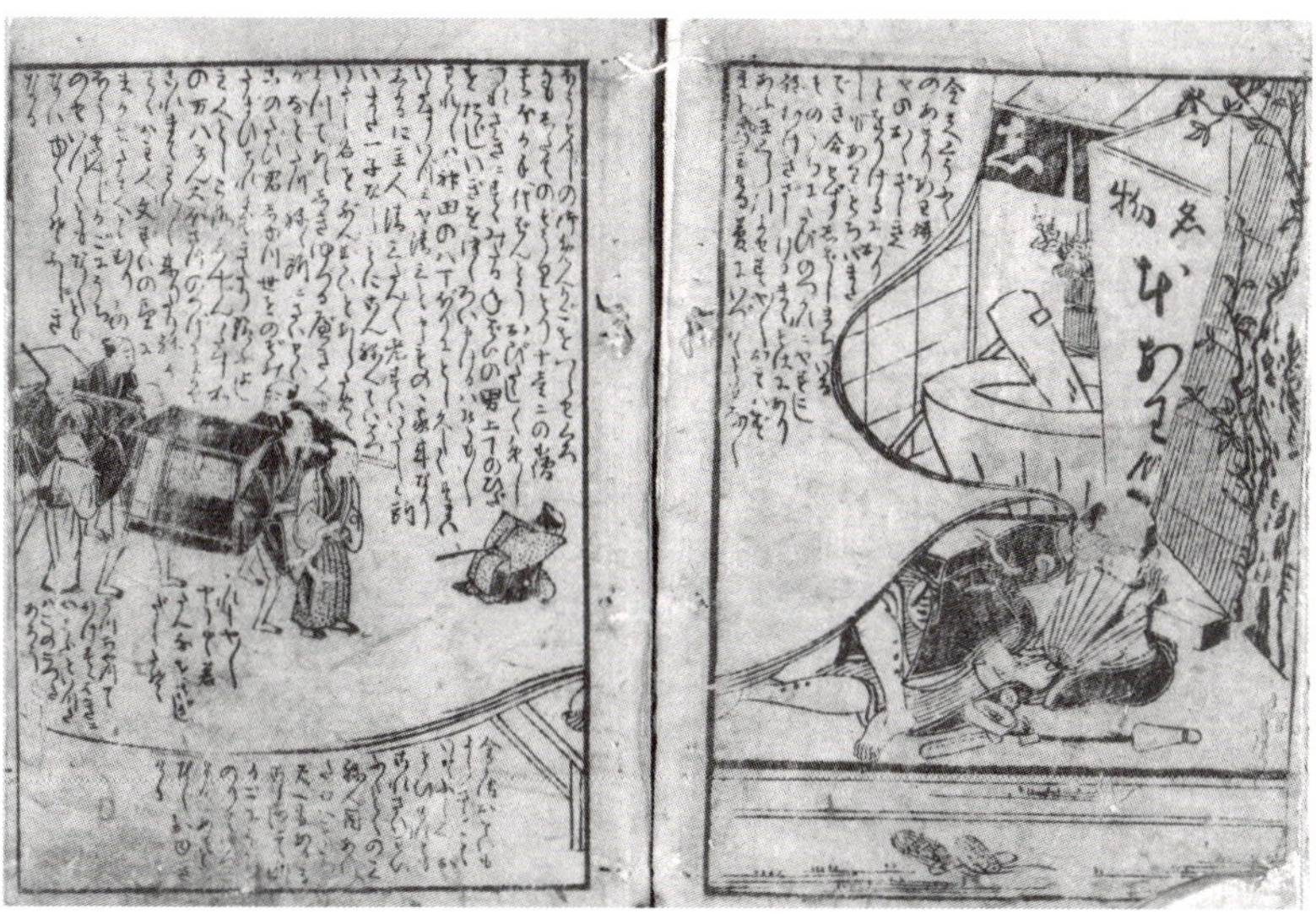

『金々先生栄花夢』恋川春町作・画　国立国会図書館デジタルコレクション

2 パロディ・風刺・コメディ

江戸生艶気樺焼《えどうまれうわきのかばやき》

いっぺんでいいからモテてみたい！ 金の力で花魁《おいらん》をレンタル彼女

◉黄表紙《きびょうし》 ◉恋愛2（ハッピーエンド）

作：山東京伝《さんとうきょうでん》 画：山東京伝
初出：天明《てんめい》5（1785）年 版元：蔦屋重三郎

登場人物

仇気屋艶二郎《あだきやえんじろう》……仇気屋という店の若旦那。店は繁盛し金に困ることがない。世間でいうところのブサメンの部類だが、本人は気にしていないうえに浮気で罪作りな男と思い込んでいる。浄瑠璃のような恋をして世間の評判になってみたい。

北里喜之介《きたりきのすけ》……艶二郎の悪友。イケメンで遊び上手。無責任に面白がって艶二郎のモテ作戦に協力する。

悪井志庵《わるいしあん》……太鼓持ち医者。というかほぼ幇間《ほうかん》（男芸者）。金のためだけに艶二郎のモテ作戦に協力する。

候兵衛《そろべえ》……若旦那の将来を危惧する仇気屋のよくできた番頭。

仇気屋弥二右衛門……仇気屋の主人で艶二郎の父親。息子の考えがまるでわからない常識人。息子に甘い。

浮名《うきな》……艶二郎が通う吉原の遊女であり、艶二郎が唯一特別と感じた女性。常に冷静で艶二郎の奇行にも動じない。

おえん……艶二郎の近所に住む芸者。金で雇って「女房にしてくれ」と家に駆け込ませる。

妾……女郎買いに行った際にヤキモチを焼かせるために雇った女。仕度金は200両。仕事はできる。

百万両の大店である仇気屋《あだきや》の一人息子・艶二郎《えんじろう》。歳《とし》は19、20の独身、お金持ちの若旦那という身の上だが恋人がおらず、恋というのをしてみたくてしょうがない。今日も今日とて浄瑠璃や新内《しんない》（これも浄瑠璃の一派）の正本を読みながら「こんな恋ができたらなあ」。浄瑠璃のような恋をして世間の評判になってみたい、そのためには命も惜しくないなどと思い込むようになった。

艶二郎は遊び人の北里喜之介《きたりきのすけ》と太鼓持ち医者の悪井志庵《わるいしあん》の協力を得て、とりあえず形から入ろうと、モテ男のなりをする。モテる男は腕に女の名前の一つや二つ入っているものだと、艶二郎は両腕やら指にやたらに女の名前を刺青で入れる。痛い。「色男になるのもつらいものだ」

役者の家にファンが駆け込むなんて話も聞くからと、近所の芸者・おえんを50両で雇い、駆け込ませることにした。

「こちらの若旦那に惚《ほ》れました。どうか、飯炊きでもいいのでここにおいてください。そうじゃないと死にます」

これをみて番頭はびっくり。

「若旦那の顔で、よもやこういうことはあるまいと思ったが。これ、お女中、家をお間違えではないのか」

親夫婦もまさか艶二郎が仕組んだことなどとは夢にも思わないから、気の毒そうに芸者に声をかけている。その横で艶二郎は「はて、色男というものは難儀なものだ。外に聞こえるように、もっと大きな声でやってくれ。頼む」。

これだけやっても、艶二郎のモテっぷりは噂にならない。そこで、読売《よみうり》（ニュースを伝える新聞に近いもの）を刷ってひとり1両で雇って「芸者がモテ男の艶二郎の家に駆け込んだ」とばらまいた。しかし、「作りごとさ。タダで読むのも馬鹿らしい」と、町内の女たちにはまるで相手にされない。

あるとき艶二郎が女郎買いに行くと、浮名《うきな》という女がいた。この浮名にモテて情夫（本当の恋人）というものになりたい。そこで、自分は浮名の情夫で、他の遊女と会いながらも隠れて浮名に会うという設定を拵《こしら》えた。遊女と浮名の両方に料金を払い、浮名を志庵に付ける。志庵の部屋を抜け出した浮名と逢《あ》い引《び》きごっこをしながら「なんという心持の良さ」と喜んでいる。それを見せられている志庵の方は「つまらない役目だが、生活のためだと思えば腹も立たない」とすっかりあきれている。

艶二郎は浮名と噂になるためにあれこれするが、どうにもうまくいかない。これは金があるからに違いない、モテる男は金に困って心中するじゃないか、と思い付き、親に頼んで仕送り付き期限付きの勘当をしてもらうことにした。

そうこうしているうちに勘当の期限がきてしまった。艶二郎は浮名に心中ごっこを持ちかけた。南無阿弥陀仏の合図で喜之介と志庵が心中を止めに来るという寸法だ。浮名は「心中の相手が艶二郎じゃ外聞が悪い」としぶるも「心中ごっこが終わったら好きな男と一緒にさせてやるから」と言われ、しぶしぶ承知した。

浮名を1500両で身請けし、いざ心中。浮名の見世の若い衆も心得たもので「花魁《おいらん》、ごきげんよう、お駆け落ちなされませ」と送り出す。心中場所は三囲《みめぐり》の土手に決め、夜では怖いので夕方にして、うきうきと心中に向かう。さあいよいよ最期かと「南無阿弥陀仏」とやると、黒装束の泥棒が2人現れた。

艶「これは何かの間違いだ。命だけはお助け下さい」
泥「もうこんな思い付きはしないか」
浮「どうせこんなことだろうと思っていました」

身ぐるみはがされて、ふんどしひとつ、腰巻きひとつの帰り道。思っていた心中と全然違う。

艶「俺の酔狂でこんなことになって、俺はいいけどお前は寒いだろう」
浮「まったく、巻き添えの迷惑ってやつさ」
　家に帰ってみると、自分たちの着物がかけてある。さっきの泥棒は、番頭と親による、艶二郎の目を覚まさせるための狂言だったのだ。艶二郎はすっかり改心。それからはまじめに働いて店は繁盛、浮名は他の男のところに行くこともなく艶二郎の女房に収まった。
艶「浮名にヤキモチを焼かれちゃ困っちゃうし、雇った妾役には暇を出そう」
浮「私はすっかり風邪をひきましたけどね」

ここがエモい

モテたいのでなく「モテる男になってみたい」痛快なキャラがウケた

　人気作家の山東京伝《さんとうきょうでん》の作品で蔦屋重三郎《つたやじゅうざぶろう》が版元。文章も挿絵も京伝が手掛けている。黄表紙《きびょうし》全盛期の作品で、めちゃくちゃ売れた。

　人気の秘密は、主人公・艶二郎《えんじろう》のキャラクターにあった。野暮でモテない艶二郎なのだが、金の力でモテを体験しながら、「俺はもしかして本当にモテているのかも?」ときめちゃくちゃに自己肯定感が高い。そんな艶二郎はどう見ても団子鼻のブサメンなのだが、この特徴的な団子鼻は「京伝鼻」と呼ばれ、読者に大変にウケた。あまりにウケたので、京伝は自画像として採用してしまった。実は京伝自身は吉原や遊里で遊び慣れた通人である。通人があえてブサメン艶二郎を自画像とするあたり、こういうところが京伝の抜け目のなさである。

　本作は、絵に描いたような野暮な艶二郎が、巷《ちまた》で言われる**「モテる男の作法」を体現し**、その気になっている様子を笑う。しかし、主人公の艶二郎の勘違いは、なんともいじらしくておかしいし、何よりも愛らしい。

　しかも、艶二郎がやっていることは、多かれ少なかれ誰もが遊里でやらかしてしまうことだ。金を払って疑似恋愛を楽しむ。こうした行動は、本人は大真面目だが、端から見れば、または遊女や女郎など女からしてみれば滑稽なことこの上ない。**京伝は吉原や遊里での男女のやりとりを冷静に観察し、作品へと昇華させたのだ。**

　艶二郎の行動は一貫して「モテ」が基準である。ただし、その方向性がズレている。**彼は「モテたい」のではなく「モテる男」というものを体験してみたいのだ。**本当に好いた女にモテたいというわけではないので、喜之介や志庵に「モテるんなら楽器のひとつもできなくちゃ」「手紙のやり取りにも工夫しなくちゃ」というアドバイスをひとつも試すことなく、いきなり腕に女の名前の刺青を入れることから始める。つまり、モテへの努力をせずに、手っ取り早く「モテ男で評判になりたい」のだ。本人はバズるのが目的なので努力する理由がない。これはなにも、艶二郎だからというわけではない。吉原など女性と遊ぶ場所には、艶二郎みたいな**マウントお化け**がたくさんいた。

いかにも粋で通でモテているという自慢を、女相手にふっかけて、「俺みたいな粋で通な男が相手してやってるんだから、お前さんは幸せものだよ」などと言うのだ。余計なお世話である。もっと始末が悪くなると「俺みたいな男が客だっていうとお前のレベルも上がるだろう」と言い出して、どうにかこうにか安い値段でアフターをさせようとする。こうなってくると、マウント云々《うんぬん》を通り越して**害悪**だ。

艶二郎はその点、金だけは出している。遊びに（本人は至って真面目なのだろうが）金に糸目をつけないというところは、艶二郎はただのマウントお化けよりも、ずっと粋で通なのだ。しかし、そこに本人は気付いていない。だからこそ読者は、艶二郎を滑稽だと笑いつつも、憎めないのだ。

そんな艶二郎の魅力に結局ほだされてしまったのが、吉原の花魁《おいらん》であり、最終的に艶二郎の女房に収まる浮名《うきな》ではなかろうか。

浮名は、「ほんにぬしは酔狂な人でござりんす」と言いながら、艶二郎の自己満足でしかない心中ごっこにまで付き合う。金はきっちり払って、無体なことはしない（ただしやることは酔狂だが）艶二郎との恋愛ごっこを楽しんでいる感じまである。

ここで京伝が描いた挿絵を見てみよう。いろいろあって心中ごっこは失敗。ふんどしと腰巻きだけの惨めな帰り道、相合傘をよく見ると、艶二郎と浮名がふたりで傘の柄を持っているではないか。

艶二郎は「ふんどしと腰巻きが緋縮緬《ひちりめん》でお揃いってのがおかしい」ととぼけたことを言いつつも「寒いだろう」と浮名を気遣っている。浮名は「まったく迷惑な話さ」と言いながら、ブチギレることもなく傘を一緒にさしている。この添えられている手に、後に夫婦となるフラグが立っているではないか。

艶二郎と浮名の出会いの書き方も、他の女性たちとは違う。「深川、品川、新宿はいふにおよばず、端々まで買ってみたけれども、浮名ほど手のある女郎はないと思ひ」としていて、艶二郎にとって浮名は特別だったことがうかがえる。浮名にとってみても、大枚はたいてままごとみたいな恋愛ごっこに夢中になる客は初めてだっただろう。でも彼なら、男にありがちな浮気に泣かされずに、面白い毎日が送れそうだ。「紺屋高尾《こうやたかお》」（274頁）の高尾の心境にも似ている。

京伝は30歳のときに、吉原で年季を迎えた遊女を妻としたが、2年後にその妻は病死してしまう。39歳の時に迎えた妻も、やはり吉原の遊女を身請けしての再婚であった。

浮名を艶二郎の女房としたのも、どこか京伝の想いと重なる。浮名はきっと、艶二郎のズレっぷりを楽しみながら、しっかりもののお内儀《ないぎ》さんになっていることだろう。

相合傘のふたりの指のように、京伝の挿絵には本文中には書かれていないことが他にも仕込まれている。遊里の風景など、吉原に入り浸っていた京伝ならではの細かい描写が光る。懐紙が落ちていたり、雑多な茶屋の裏側を描いたりなど、小道具を使った感情の表現も多い。**現在の漫画にも通じる描き方、見せ方にも注目したい。**

関連資料

『江戸の戯作絵本（一）　全盛期黄表紙集（現代教養文庫）』（社会思想社）、『「むだ」と「うがち」の江戸絵本　黄表紙名作選』（笠間書院）

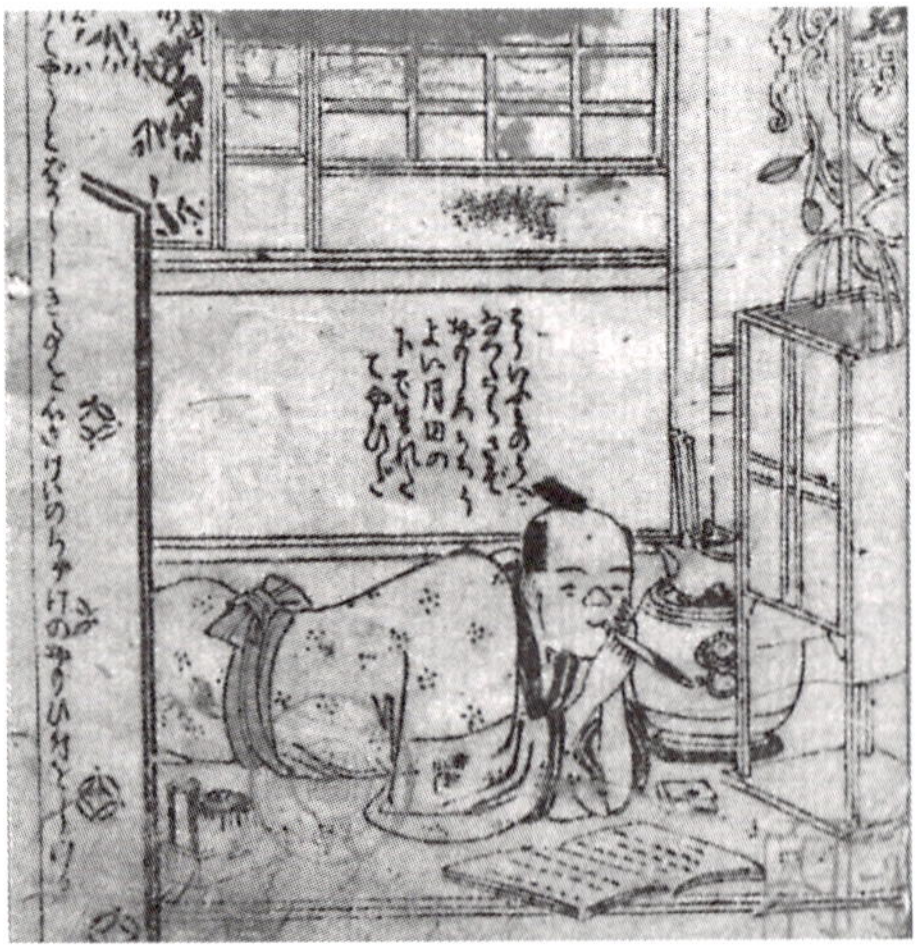

『江戸生艶気樺焼』山東京伝作
国立国会図書館デジタルコレクション

3 パロディ・風刺・コメディ

偐《にせ》紫《むらさき》田舎《いなか》源氏《げんじ》

源氏物語の歌舞伎パロディ
ハニトラでお家の重宝を奪還

◎合巻《ごうかん》
◎恋愛4（寝取られ、略奪愛、ボーイミーツガールなど）
作：柳亭種彦《りゅうていたねひこ》　画：歌川国貞《うたがわくにさだ》
初出：文政《ぶんせい》12（1829）年　版元：鶴屋喜右衛門

登場人物

足利義正《あしかがよしまさ》……桐壺帝《きりつぼのみかど》。時の将軍で光氏の父。
富徽前《とよしのまえ》……弘徽殿女御《こきでんのにょうご》。義正の正室。
花桐《はなぎり》……桐壺更衣《きりつぼのこうい》。義正の寵愛を受けた妾。光氏を産むも富徽前との不仲を憂いて病死する。光氏の母。
足利光氏《みつうじ》……光源氏《ひかるげんじ》。義正と花桐との間に生まれた妾腹の子。天性の美貌と叡智を持つ。正嫡の兄・義尚《よしなお》（朱雀院《すざくいん》）を超える寵愛を父・義正から受け、義母に当たる父の妾・藤の方（藤《ふじ》壺宮《つぼのみや》）と不義の仲に見せかけ、義尚に関心を向けさせる。
藤の方《ふじのかた》……藤壺宮。義正の妾。光氏と不義の仲に見せかける。
山名宗全《やまなそうぜん》……将軍職を狙う。藤の方に邪恋している。
遊佐国助《ゆさくにすけ》……宗全が味方にしようとする。紫（紫上）の父。
二葉上《ふたばのうえ》……葵上《あおいのうえ》。光氏の正妻。
紫《むらさき》……紫上《むらさきのうえ》。二葉上の死後、光氏の妻となる。
朝霧《あさぎり》……明石《あかし》の君。宗全の弟・宗入《そうにゅう》の娘。須磨で光氏の恋人となる。
阿古木《あこぎ》……六条御息所《ろくじょうのみやすんどころ》。重宝を隠し持っており、光氏に色仕掛けで取られてしまう。

足《あし》利義正《かがよしまさ》（桐壺帝《きりつぼのみかど》）は富徽前《とよしのまえ》（弘徽殿女御《こきでんのにょうご》）との間に嫡子義尚《よしなお》（朱雀院《すざくいん》）を、妾・花桐《はなぎり》（桐壺更衣《きりつぼのこうい》）との間に次郎の君を得た。花桐の死後、次郎の君は13歳で元服し、光氏《みつうじ》と名を改める。花桐に似た藤《ふじ》の方《かた》（藤壺宮《ふじつぼのみや》）が妾となって義正の館に迎えられる。

藤の方の腰元・杉生《すぎばえ》と富徽前の腰元・白糸は、雷よけの守りである葵の枝を義正に献上しようと争う。富徽前は山《やま》名《な》宗全《そうぜん》が藤の方に懸想《けそう》していることを利用し、宗全を藤の方の部屋に忍ばせて騒動を起こそうとする。これを知った光氏は藤の方の部屋に赴いて自分との不義密通に見せかけ、宗全に諦めさせようとする。義正は、光氏がわざと好色な行動に出て、義尚に家督相続させるよう促していると察する。

光氏は執権赤松氏の娘二葉上《ふたばのうえ》（葵上《あおいのうえ》）と結婚。義正の屋敷に女賊が入り、宝剣小烏丸《こがらすまる》が盗まれる。光氏は浮世狂いに見せかけ宝剣、玉兎《ぎょくと》の鏡と勅筆《ちょくひつ》の短冊を探す。五条を訪

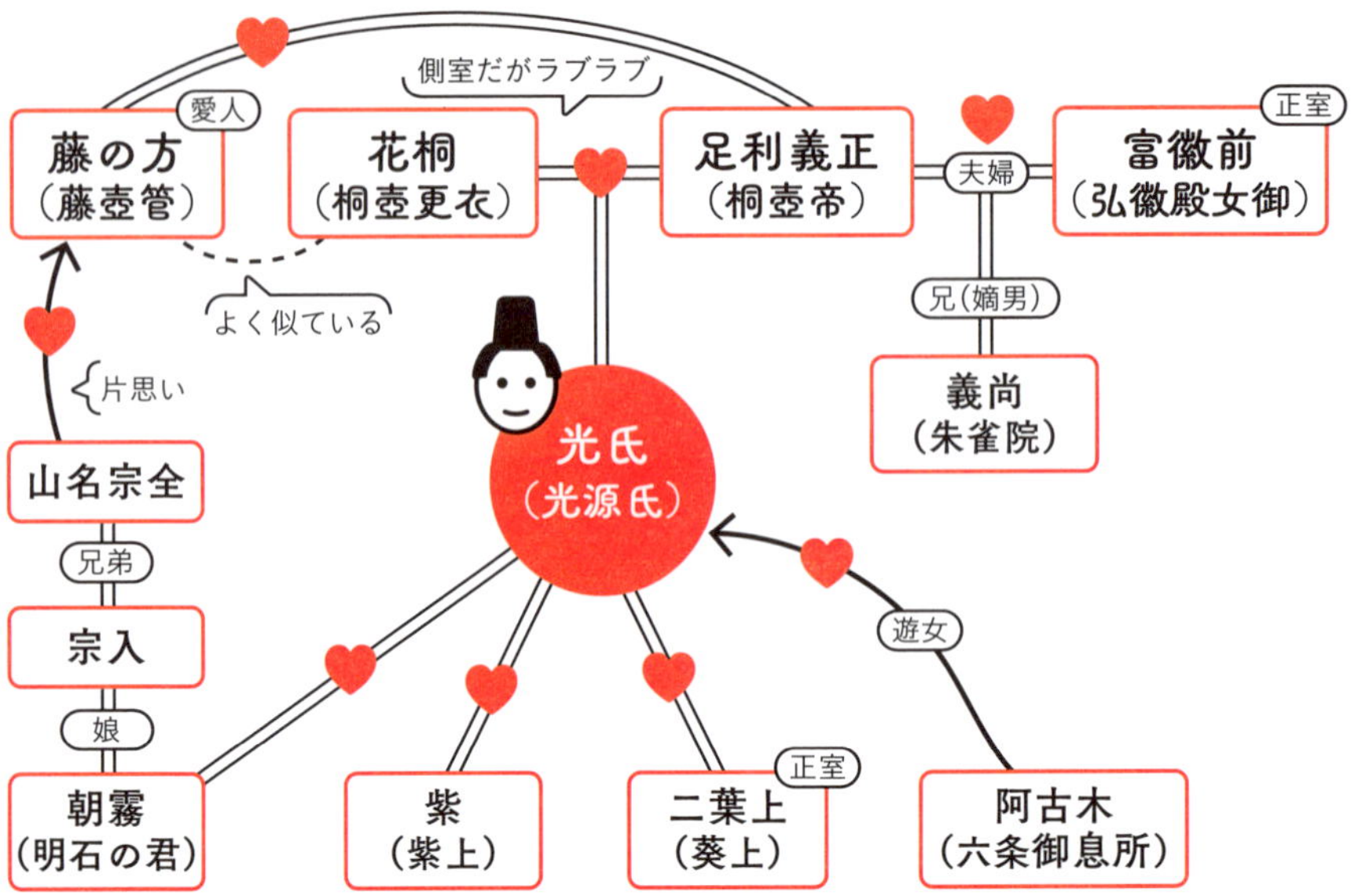

『偐紫田舎源氏』相関図

れ、黄昏《たそがれ》（夕顔《ゆうがお》）と知り合う。六条三筋町の遊女阿古木《あこぎ》（六《ろく》条御息所《じょうのみやすんどころ》）は光氏に岡惚れする。

光氏と黄昏が朽ち果てた寺に行くと、謎の女が現れ、光氏に恨み言を言って消える。深夜、鬼の面をつけた女が現れ二葉上の怨霊だと言って光氏を脅かすが、その正体は黄昏の母であるしののめで、光氏は女賊がしののめであると見抜く。

しののめは足利義正に滅ぼされた板畠教具《いたはたけのりとも》の娘だと明かし、ある人の依頼によって宝剣小烏丸を盗み、その依頼主が山名宗全であると暗示して死ぬ。黄昏も死ぬ。

光氏は勅筆の短冊を阿古木から色仕掛けで取り返す。遊《ゆ》佐国助《さくにすけ》が将軍職を狙う宗全とつながっていることを察知した光氏は、娘の紫《むらさき》（紫上《むらさきのうえ》）を人質に奪い、二葉上の死後に妻に迎える。好色の老女水原《みはら》（源典侍《げんのないしのすけ》）の隠し持つ玉兎の鏡を手に入れ、桂樹《かつらぎ》（朧月夜《おぼろづきよ》）に近づき浮名を流し、わざと須磨に流された光氏は、そこで宗全の弟宗入《そうにゅう》の娘朝霧《あさぎり》（明《あか》石《し》の君）を恋人に迎え、ふたたび都に戻り宗全の野望を砕く。

3種の宝をそろえた光氏は、将軍の後見役となり、声望を高めた。しかし、光氏の身辺は次第に慌ただしくなっていく（未完）。

ここがエモい

思いっきり源氏物語のパロディ！面白がれるだけの一定の教養も必要だった

人気作家となっていた柳亭種彦《りゅうていたねひこ》が、水滸伝《すいこでん》を翻案とする読本《よみほん》で大いに当たりを取っていた曲亭馬琴《きょくていばきん》に対抗する形で、日本の古典文学である「源氏物語」を翻案として書いた合《ごう》巻《かん》。あらすじの通り、**キャラクターやエピソードは源氏物語の登場人物や構成に沿っており、壮大な源氏物語の現パロ（現代パロディ）だ。**現パロと言っても、歌舞伎の「東山」の世界を組み込んだ室町時代なのだが、**権力者を書く場合、当世の徳川政権を舞台にするわけにはいかなかったのである。**作者も読み手も室町時代という名の現パロだとわかっていたようで、挿絵の風俗は、阿古木《あこぎ》が簪《かんざし》を目いっぱい挿している江戸の遊女だったりなど、思いっきり江戸の風俗である。

本作は全体を通して「源氏物語」をなぞっているわけだが、実はプロローグからパロディが始まっている。プロローグは次のとおりだ。

江戸の日本橋に近い式部小路《しきぶこうじ》にお藤《ふじ》という娘がいた。紫の紐で髪を結んでいるのであだ名は「紫式部」。そこで自分も「源氏物語」のような物語を書いてみようかと思うのだが、本は草双紙《くさぞうし》しか読んだことはないし、歌といっても三味線と都々逸《どどいつ》くらいしかわからない。「源氏物語」の参考書を本屋で注文してみたが、タイトルが似ている浄瑠璃本などが集まってしまった。まあともかく参考図書は集まったことだし、鉄砲洲《てっぽうず》の石屋の2階に仮住まいして、8月15日、月が海面に映るのを眺めながら明石町で筆を取った。

つまり、「日本橋に住む紫式部というニックネームの娘が本作を書いたんですよ」というわけだ。

本物の紫式部は石山寺《いしやまでら》で8月15日の月が湖水に映るのを見て須磨・明石の巻を書いたといわれるが、日本橋の偽式部の娘は江戸の鉄砲洲にある石屋（石山寺）に住み、その石屋がある明石町（鉄砲洲にある町）で筆を執ったことになっている。

本文にも、源氏物語の有名なシーンのパロディがそこかしこにみえる。例えば、腰元の杉生《すぎばえ》と白糸が葵の枝を義正に献上しようと争うシーンでは、杉生の打ち掛けには御所《ごしょ》車《ぐるま》、白糸の打ち掛けには花車《はなぐるま》が描かれている。つまり、「源氏物語」葵の巻の「車争い」の場面だ。

光氏とともに古寺に入った黄昏《たそがれ》が謎の女の物の怪《もののけ》に恨み言を言われる様子は、いわずと知れた「夕顔」の巻のシーンだ。本作では「謎の女」の生霊としか書かれておらず、その正体はわからない。しかし、「源氏物語」を知っている読者なら、その物の怪は六条御息所《ろくじょうのみやすんどころ》の生霊であるとわかるし、六条御息所役といえば六条三筋町の遊女阿古木《あこぎ》とわかる。挿絵を見ると、確かに簪をいくつも頭に挿している遊女らしい幽霊が描かれているので、「夕顔」の巻のパロディだな、と得心するといった仕掛けだ。

このように、前半は源氏物語の有名シーンをパロディ化しながら山名宗全の悪事とお家の重宝の在処《ありか》を捜査し、**様々な場所に潜入しながらハニートラップで重宝を奪還していくという、江戸っ子好みの推理・ミステリー仕立てとなっている。**光氏がイケメンで頭も良いというのが、女性読者にウケ、人気と注目は集まり大いに当たりを取った。

後半は種彦も疲れたのか、読者がパロディを欲しがったのか、源氏物語の忠実な翻案となっており、そろそろ連載を終えたいのだけど読者と編集者が終わらせてくれないという、連載終了のタイミングを失った人気漫画を彷彿とさせている。

ところが、ある日突然連載は終了する。時は天保《てんぽう》の改革真っただ中。寛政の改革よりも庶民の娯楽を制限した水野《みずの》忠邦《ただくに》は、歌舞伎や寄席《よせ》も規制の対象とし、出版メディアにおいては男女の恋愛をテーマとしたもの、カラー印刷なども禁じた。人情本では為永春水《ためながしゅんすい》が目を付けられ、合巻《ごうかん》界隈では種彦の本作が目を付けられた。カラー口絵といった華美な装丁が問題とされたほか、「光氏は徳川家斉《いえなり》がモデル」などという根拠のない噂が流布されていたのだ。

版元の鶴屋喜右衛門《つるやきえもん》は奉行所に呼び出され、種彦への原稿料の支払いなどの事情聴取のほか、版木を没収された。絶版である。種彦も風俗取り締まりの譴責《けんせき》を受けた。小禄とはいえ旗本家であり、著作物が取り締まりを受けたとなれば、責任を問われても仕方なかった。

種彦はまもなく死亡した。病気とも自害とも言われる。『偐紫田舎源氏』はベストセラーだったため、天保の改革が緩んでくると、『其由縁鄙俤《そのゆかりひなのおもかげ》』、『足利絹手初紫《あしかがぎぬてぞめのむらさき》』『江戸《えど》鹿子紫草紙《かのこむらさきぞうし》』『薄紫宇治曙《うすむらさきうじのあけぼの》』などの続編や類書が刊行された。人気作品の宿命であるエロパロディも刊行されており、本作の名場面で描かれなかったエロシーンを書いた『艶《えん》紫娯拾餘帖《しごじゅうよじょう》』『亥中源氏須磨琴《いなかげんじすまごと》』、『似世紫浪華源氏《にせむらさきなにわげんじ》』は、なんと種彦本人の筆によるものである。挿絵は本作と同じ国貞《くにさだ》で、**公式が出すエロパロ**という贅沢な作りであった。

関連資料

翻刻は『新日本古典文学大系88、89（偐紫田舎源氏　上下）』（岩波書店）。１９２７年刊の『偐紫田舎源氏　上下』（日本名著全集 江戸文芸之部）（日本名著全集刊行会）では、原本挿絵のほとんど全部と表紙、見返し等も紹介している。

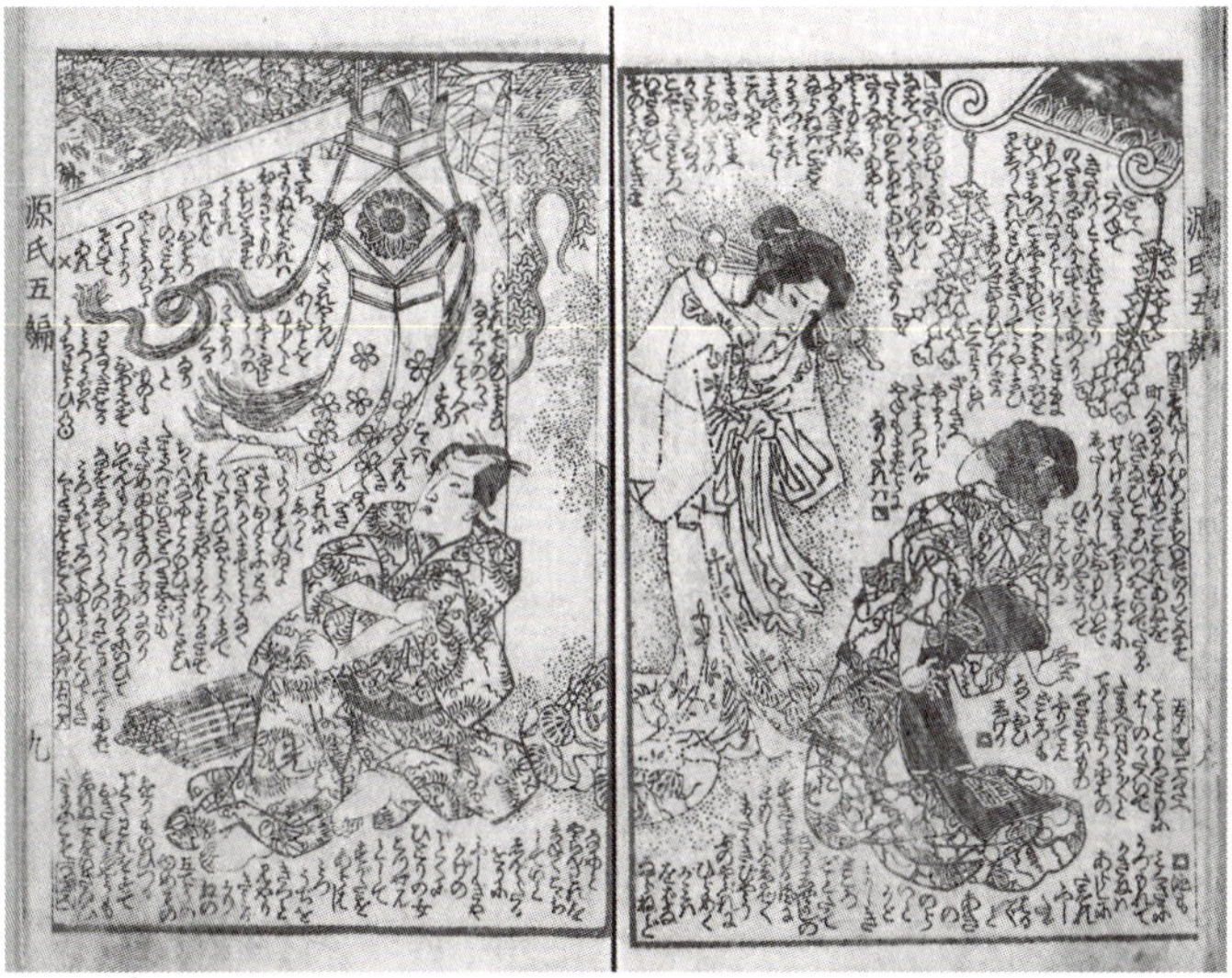

『偐紫田舎源氏』柳亭種彦作　国立国会図書館デジタルコレクション

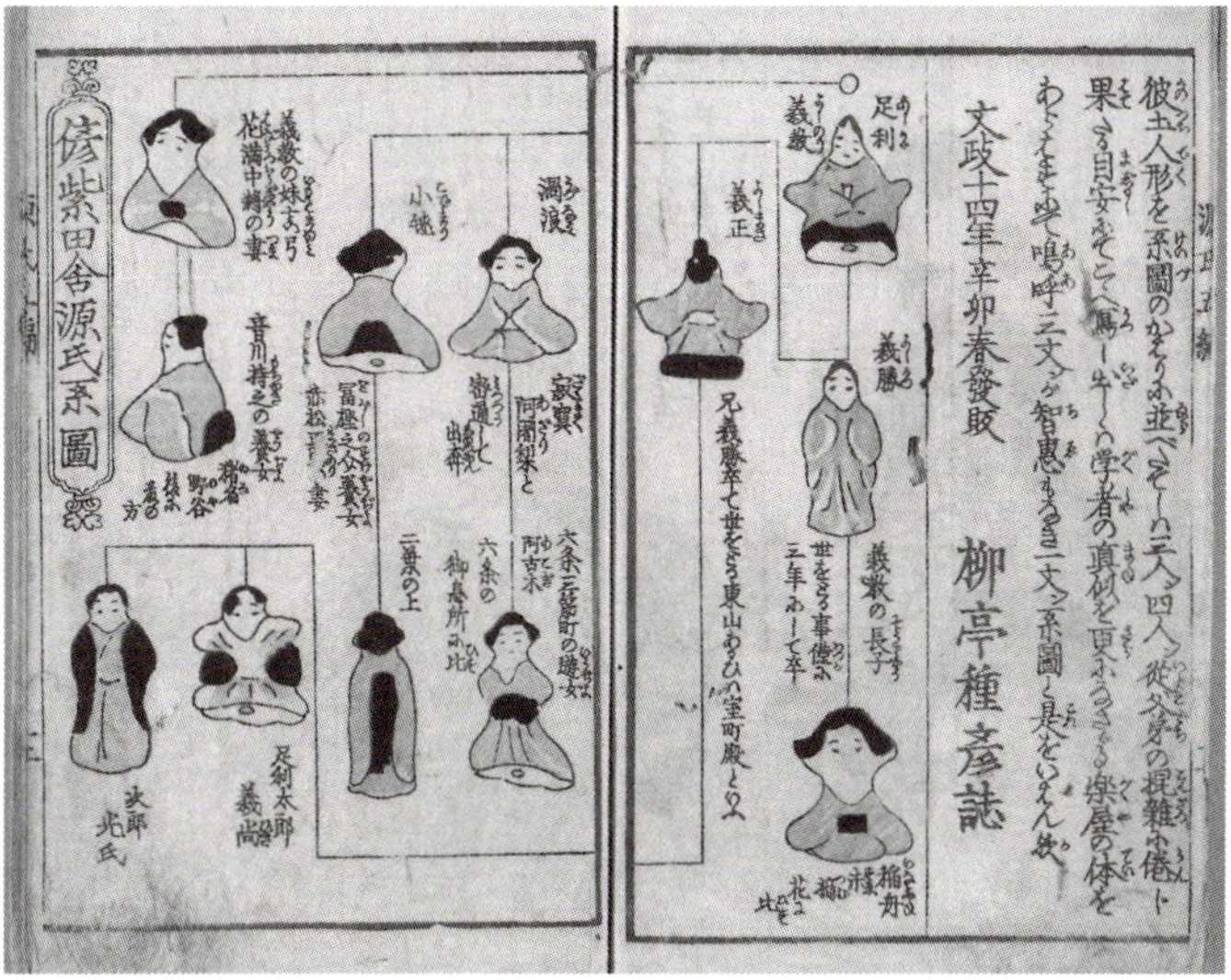

光氏が足利家正統の血筋だと示すこんな系図も！
『偐紫田舎源氏』柳亭種彦作　国立国会図書館デジタルコレクション

侠《きゃん》太《たい》平《へい》記《き》向《むこう》鉢《はち》巻《まき》

パロディと風刺の三馬 次世代作家、ここに誕生

◉黄表紙《きびょうし》 ◉見立て・擬人化

作：式亭三馬《しきていさんば》 画：歌川豊国《うたがわとよくに》

初出：寛政《かんせい》11（1799）年 版元：江戸西宮新六

楠《くす》木正成《のきまさしげ》の先祖である嘘気《うそのき》茶右衛門は火消《ひけ》し人足《にんそく》たちに軍学を講じながら、裏長屋に暮らしている。しかし、皇位継承を画策するわいわい天王のために軍師となり、よいよい天王となまくら・よくはらの軍勢に対し様々な奇策を立て実行する。

鉄砲女郎《てっぽうじょろう》（下級遊女）を出陣させて敵兵を引っ張り込む先手鉄砲の謀《はかりごと》。敵兵が空腹になったのを見計らって芝居の中売りのように菓子売りを遣わして菓子を食わせ、拍子木《ひょうしぎ》が鳴って弁慶、朝比奈、金太郎、為朝《ためとも》、義経、和藤内《わとうない》（いずれも歌舞伎の登場人物）などが現れる閑者《かんしゃ》の謀、閑道《ぬけあな》の謀。

この他、影絵の謀、蠅取餅《はえとりもち》の謀、落とし穴の謀などがあり、最後は城外に屏風をたて豆蔵に曲芸をさせる豆蔵の計で、敵勢が見物に集まったところを大網で十把《じっぱ》一絡《ひとから》げに生け捕る。

ここがエモい

芝居の趣向を取り入れた「実録もの」 過激すぎて作者は家を壊された

寛政10（1798）年に実際にあった、一番組と二番組の火消し人足の喧嘩に取材したもの。これを読んだ「よ組（一番組）」の火消したちが、作者の式亭三馬《しきていさんば》、版元の西宮新六《にしのみやしんろく》の家をそれぞれ破壊した。この一件で三馬は手鎖50日、西宮新六も処罰を受けたが、かえって双方とも名を高めた。さすがの三馬だし、三馬の本を扱う版元だけあってたくましい。

三馬にとって本作は、デビューから10作目にあたる。三馬は、山東京伝《さんとうきょうでん》、曲亭馬琴《きょくていばきん》に続く次世代戯作者《げさくしゃ》なのだが、寛政11年当時には既に黄表紙《きびょうし》の流行は遠ざかっており、京伝や馬琴は読本《よみほん》を書き始めていたし、黄表紙は教育色の高いものが主流だった。**この戯作者や作品の方向転換の流れは寛政の改革の出版統制にあり、松平定信《まつだいらさだのぶ》が失脚した後も風刺的な内容の本は自粛されていた。**

ところが**三馬は、堂々と実際の事件を風刺した黄表紙を**

出した。太平記の世界になぞらえて時代物に見せつつ、「太平記」の中のエピソードである「千早城軍事《ちはやじょうぐんじ》」のパロディを組み込んだ。芝居仕立ての展開に、風刺の手法は朋誠堂《ほうせいどう》喜三二《きさんじ》の『文武二道万石通《ぶんぶにどうまんごくどおし》』、恋川春町《こいかわはるまち》の『鸚鵡返文武二道《おうむがえしぶんぶのふたみち》』(226頁)を彷彿とさせている。

これは**三馬の反骨精神の表れだった。**幕府に忖度《そんたく》した道徳的な絵本に真面目一徹の勧善懲悪を語る読本たち。社会や世情、事件を風刺しつつも滑稽で笑わせるという、黄表紙本来の大衆エンタメは風前の灯火《ともしび》だった。**三馬は従来のヒット黄表紙の面白さに芝居の趣向を持ち込むという、芝居好きの三馬ならではの黄表紙を打ち出したのだ。**

とはいえ、火消したちの喧嘩は、水盃を交わして家を出る(=再会できるかどうかわからない)ほど本気であり、これを茶化したのだから、そりゃ家を壊されても仕方あるまい。当時は破壊消防だから、破壊はプロ技である。そんな火消しが壊しに来たのだから、おっかないことこの上ない。

処罰の理由は実際の事件を取り扱ったということもあるだろうが、何より世間を騒がせたことが大きかっただろう。

関連資料

翻刻は、『近代日本文学大系 第十二巻 黄表紙集』(国民図書株式会社)、『江戸の戯作絵本 第4巻』(現代教養文庫 社会思想社)。

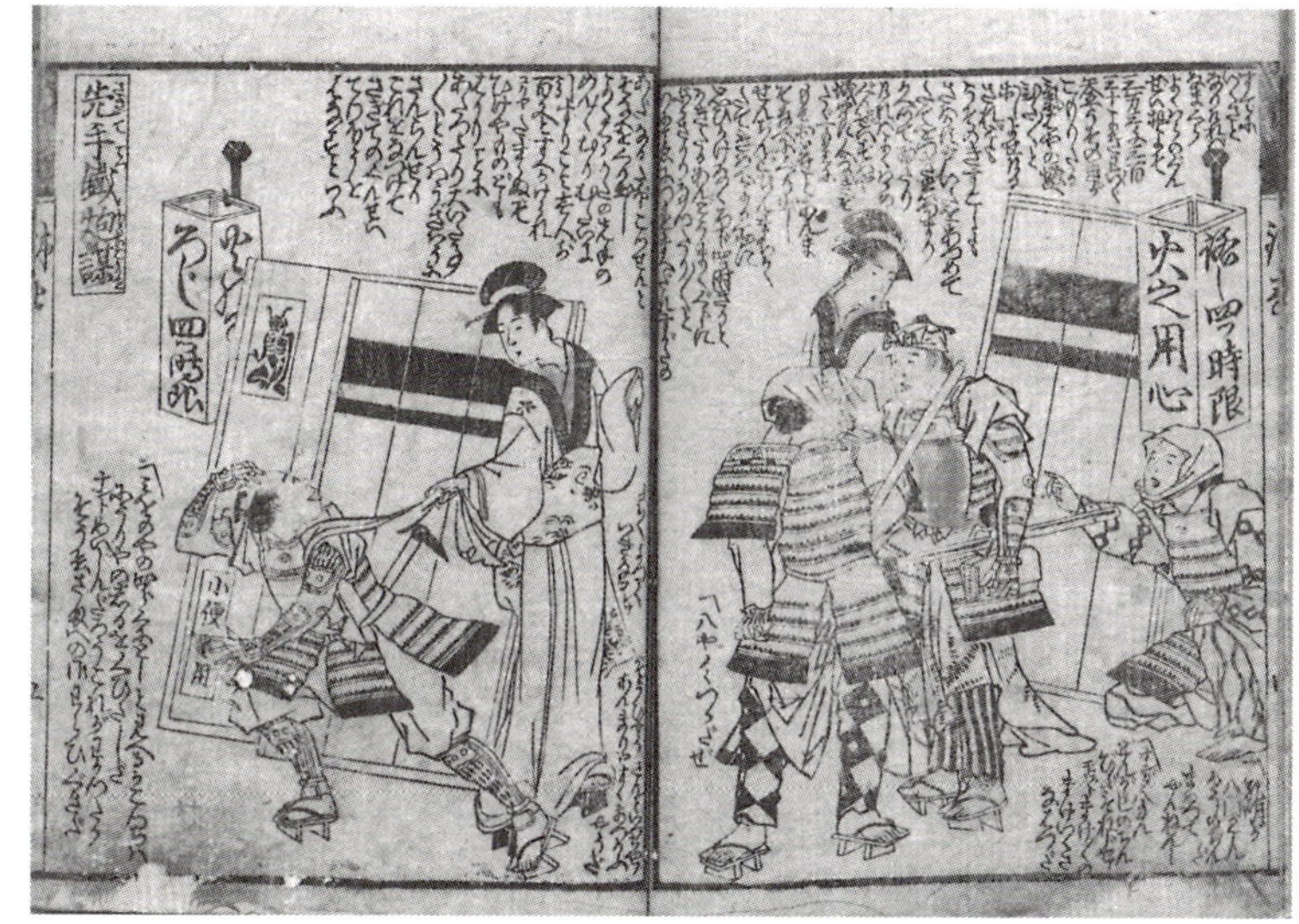

遊女が誘惑する「先手鉄砲の謀《はかりごと》」の場面。
『侠太平記向鉢巻』式亭三馬作 国立国会図書館デジタルコレクション

5 パロディ・風刺・コメディ

化物大江山《ばけものおおえやま》

そば vs. うどんの戦い！キャラクター設定に注目

◉黄表紙《きびょうし》 ◉見立て・擬人化

作：恋川春町《こいかわはるまち》 画：恋川春町
初出：安永《あんえい》5（1776）年 版元：鱗形屋孫兵衛

蕎《そ》麦《ば》がき院の治世、夜な夜な人の銭を盗る者が現れる。そこで源そば粉（源頼光《みなもとのよりみつ》）は、四天王の碓井《うすい》の大根（碓井貞光《うすいさだみつ》）、卜部《うらべ》のかつお節（卜部季武《うらべのすえたけ》）、渡辺の陳皮《ちんぴ》（渡辺綱《わたなべのつな》）、坂田のとうがらし（坂田金時《さかたのきんとき》）を呼び出す。そして、ついに帝から洛中を騒がせる「うどん童子」の退治を命じられ、源そば粉一行は山伏姿となって旅立った。そば切り包丁、蕎麦打ち板、すりこぎ、山葵《わさび》おろしを武器に、うどん童子が住む山へと入る。

菩薩《ぼさつ》の化身だと自称する謎の老人が現れ、一行にアドバイス。「うどん童子は、あるときは干しうどんになる、あるときは焼き餅へと変化する。そこでお前たちに、浅草で買った樫《かし》の木の麺棒を授けよう。これで討てば（打てば）うどん童子もさすがにのびる」

菩薩の加護を受けた5人はうどん童子のすみかにたどり着き、うどん童子に酒を飲ませて酔っ払ったところを麺棒でたたきのばした。とうとううどん童子は降参。それからというもの、蕎麦はその名を天下に知らしめ、江戸八百八《はっぴゃくや》町《ちょう》にも蕎麦屋がならび、瓢《ひょう》たん屋蕎麦は麹町《こうじまち》四丁目、雑し屋蕎麦と藪《やぶ》の蕎麦は鬼子母神《きしもじん》前、洲《す》さきの蕎麦は深川弁才町、道光庵《どうこうあん》の蕎麦は浅草称往院《しょうおういん》寺中等々。うどん屋はめったに見なくなってしまった。

ここがエモい **いつの時代も、人は「自分の推し」を推したいものなのだ**

江戸っ子の蕎麦《そば》自慢の話。『金々先生栄花夢《きんきんせんせいえいがのゆめ》』の翌年に出た本作は、御伽噺《おとぎばなし》の「酒呑童子《しゅてんどうじ》」のパロディだ。赤本の流れを組んではいるものの、そのテーマがうどん派と蕎麦派の戦い、現代で言えば「きのこの山vs.たけのこの里」という大人社会における永遠の戦いを題材にしたことで、大人こそが読んで楽しい黄表紙となっている。

本作が出版された安永期、江戸の衣食はまだまだ上方《かみがた》に頼るところが大きく、上方産は「下《くだ》りもの」と言われた。江戸や関東近郊の地物《じもの》は質がよろしくない。品質が良くない、粗悪なものは下りものではないことから、「下らない」といった言葉が生まれた。

と言っても、ぼちぼち地物の名物が出始めていた。鰻《うなぎ》の蒲焼きは千葉産の醤油やみりんの味付けで江戸っ子好みの甘辛いものとなり、新田開発と下肥《しもごえ》（人糞尿を肥料にすること）システムで江戸郊外や近郊での野菜栽培が盛んになっていた。芝居も地本も独自の江戸好み文化が醸成されていた。

当然食文化にも影響し、それまで関西圏のうどんが市民権を得ていたものが、「江戸っ子は蕎麦っ食い」という、蕎麦を好む人が増えてきたのだ。

そうした風潮の中で、「やっぱ、江戸っ子は蕎麦だぜ」と言いたいだけの黄表紙は、**江戸近郊に住む人たちだけが楽しい内容なのだが、江戸で出版して江戸で消費されるのが地本の運命なので、それはそれで良かったのである。**

挿絵も恋川春町自身が手がけており、源《みなもとの》そば粉はそば粉の袋、とうがらしに鰹節《かつお》など、キャラクターが擬人化されている。うどん童子は箱の姿なのだが、これは最高級の小田巻き蒸し（茶碗蒸しにうどんが入ったもの）で、けんどん箱という箱に入って出されたからだ。小田巻き蒸しは、蕎麦が1杯16文のところを、倍以上の36文。うどんを蕎麦よりも高級料理扱いしているところに、江戸蕎麦のそこはかとない劣等感が垣間見えて面白い。

高級食材「うどん童子」に蕎麦戦士たちが挑む場面。
『新版/うどんそば/化物大江山』東京都立中央図書館蔵　出典：国書データベース

関連資料

翻刻は『黄表紙集1』古典文庫、『江戸の戯作絵本　第1巻（初期黄表紙集）』（現代教養文庫　社会思想社）。

6 パロディ・風刺・コメディ

天下一面鏡梅鉢《てんかいちめんかがみのうめばち》

世相を逆さまにして風刺 好評につき絶版処分に

◉黄表紙《きびょうし》　◉社会風刺

作：唐来参和《とうらいさんな》　画：栄松斎長喜《えいしょうさいちょうき》

初出：寛政《かんせい》元年（天明9／1789年）　版元：蔦屋重三郎

天《てん》満天神《まてんじん》（菅原道真《すがわらのみちざね》＝松平定信《まつだいらさだのぶ》）の神徳が世の中に行き渡り、文武両道が盛んとなり、風俗も正しく豊かに国が治まった。帝（徳川家斉《いえなり》）「天下の政務はおぬしに任せるぞ」、道真（定信）「天下の人民を従わせるのは、手で髭《ひげ》をなでつけるよりはちっとばかり難しいものさね」。

素晴らしい政治のおかげだろうか、山が噴火して諸国に金銀が三日三晩降り続いたので、人々は大いに喜んだ。どの国も五穀豊穣《ごこくほうじょう》となり、来年の分の年貢まで納めようという村もある。百姓の子「かかさま、飯をくれ」、母「無理なことを言うな」。

町は悪人など出ることがないくらい世が治まり、家々では戸などいらないと打ち壊した。「閉ざさぬ御代」とはまさにこのこと。乞食たちも錦をまとい、花ござを巻き付け、蒔《まき》絵《え》の飯椀を持ち歩くほどの豊かさで、夜食に鯛《たい》を食べようという乞食もいる。人の心が素直なので、道を譲り合い過ぎてなかなか前に進まない。侍は道の端を歩き、大八車《だいはちぐるま》は邪魔だからと屋根の上に片付けられた。

人々は専《もっぱ》ら武芸を好んだので、勧進相撲の代わりに勧進剣術が始まった。吉原の遊女も、簪《かんざし》を手裏剣にしたり、長刀《なぎなた》の稽古など武芸の修練に忙しい。客への手紙は漢詩で送り、芝居では世話物や心中物がはやらず、人気役者がみな孔子の役で儒学問答を舞台で始める。

自身番《じしんばん》（番所で警備にあたる人）が見回る必要もないくらいの平和な世なのだが、現金が捨てられるので困っている。雨が定期的に降ってくるので、打ち壊した戸から雨が降り込んでくるのが厄介。しかし、金はいくらでもあるので、雨が降る度に畳替えしている。

見世物小屋の香具師《やし》も正直になったので、麒麟《きりん》の見世物には本物の麒麟や鳳凰《ほうおう》がやってきた。めでたき日本国の君主を一度拝見しようと、中国やインドなど万国の人々が貢ぎ物を持ってやってきた。こうして世の中は、君子を諫《いさ》めるための鼓《つづみ》に苔《こけ》がむすほど泰平となった。

ここがエモい

権力への大いなるイヤミ クリエイターたちの反骨心に民は喝采

唐来参和《とうらいさんな》の寛政《かんせい》の改革を風刺した作品。曲亭馬琴《きょくていばきん》曰《いわ》く「袋入りになりて市中を呼ばわりつつ売り歩きたり」（『近世物之本江戸作者部類《きんせいもののほんえどさくしゃぶるい》』）と大変に好評で、黄表紙《きびょうし》発売の正月を過ぎた4月になっても大名や旗本の屋敷が並ぶ町中で販売されていた。当然、松平定信が市中の噂や政治批判を水野為長《みずのためなが》に探らせた「よしの冊子」にも記載されることとなり、**案の定、処分が下り絶版となった。**

まあ、唐来参和も版元の蔦屋重三郎《つたやじゅうざぶろう》も、処分は想定内であっただろうと思われる。同年に出版された、同じく寛政の改革を風刺した山東京伝《さんとうきょうでん》の『孔子縞于時藍染《こうしじまときにあいぞめ》』（195頁、版元は大和田安右衛門）があるが、こちらは処分の対象になっていない。京伝のことなので注意深く風刺色を払拭した内容となっており、極力お上の睨《にら》みを避ける意図があったのだろう。ところが、**本作の方は、浅間山の噴火による火山灰被害を小判が降ってくると見立ててみたり、平和の象徴だと言って打ち壊しの町風景を描いたりして、あからさまに過ぎる。どう考えても幕府に喧嘩を売っている。**

そもそも唐来参和は、なかなか落語的な人生を歩んだ人物であった。唐来参和は狂歌師で戯作者《げさくしゃ》である志水燕十《しみずえんじゅう》と同一人物とされている。志水燕十のゴーストが唐来参和という設定だ。

志水燕十は武士（御家人）で、絵師・鳥山石燕《とりやませきえん》の門人。つまり、恋川春町《こいかわはるまち》や喜多川歌麿《きたがわうたまろ》と同門である。戯作者で狂歌も詠む。というわけでご多分に漏れず蔦屋重三郎サロンの一員となり、吉原に集うようになった。

こうした遊びが過ぎたのか、戯作活動が上司にバレたか、何らかの理由で禄を放たれ一転無職の庶民に。志水燕十のペンネームのままの活動はまずいだろうということで、この頃に唐来参和と名を変えたらしい。蔦重も責任を感じたのか、参和を耕書堂の食客《しょっかく》（客待遇のお抱え人）とした。さらに、義兄弟の契りも結んだという。蔦重はこういう類いの人物に惹《ひ》かれる性分のようだ。

しかし、元はといえば武士なので、いつまでもフラフラさせておくわけにはいかず、蔦重や吉原の面々が本所松井《ほんじょまつい》町《ちょう》の岡場所の女郎屋・和泉屋の婿の口を参和に紹介。これが馬琴なら泡を吹いてぶっ倒れるところだろうが、参和は全く気にすることなく、むしろ戯作に専念できると喜んで女郎屋の主に収まってしまった。『莫切自根金生木《きるなのねからかねのなるき》』（202頁）

など穿《うが》ちを持ち味とした黄表紙を発表し、寛政の改革となっても持ち味は変えず、案の定筆禍《ひっか》となったわけだ。

賄賂《わいろ》や格差、地方の農業荒廃などの田沼政権から、文武奨励で能力主義を人事に取り入れ、農村復興に力を入れるなど、政権交代時における松平定信への評価は悪くなかった。 参和もそうだったのだろう。本作の中では田沼意次に芝居の中で首を落とされる役を充てたり、松平定信の治世を予感して麒麟や鳳凰が現れる。

しかし、参和の表現はあまりにもあからさまだったし、参和や蔦重の「仕上げをご覧じろ」感が透けて見えていた。口だけはご立派なことを言っていても、浅間山の噴火における農村の荒廃は解決できていないし、天候不順による不作が続いて米は江戸に入ってこない。貧富の差は縮まらないし、庶民は相変わらず貧乏だ。文武を究めたところで出世はかなわないし、自分だって武士をクビになっている。

要するに、本書は幕府にとっては大いなる嫌みであり、痛いところを突いているわけだ。 庶民もそれがわかりやすいからこの本を手に取り、読んで話題にした。庶民が真実を知ることは、権力者にとってみれば都合が悪い。筆禍処分に参和と蔦重は「ほらな、どうだィ。これが改革とか言ってるお上の本心サ」というところだろう。

本作の後、参和は2年絶筆してから、蔦重のところで『善《ぜん》悪邪正大勘定《あくじゃしょうおおかんじょう》』『再会親子銭独楽《めぐりあうおやこのぜにごま》』といった教訓色の高い本を書いた。しかしお利口な内容は性に合わなかったのか評判になることもなく、そのうち女郎屋の主の座を捨て、流浪の生活に戻ったらしい。馬琴曰く、志水燕十についてではあるが「罪を得て終わる所を知らず」という。

関連資料

『江戸の戯作絵本　第3巻（変革期黄表紙集）』（現代教養文庫）、『「むだ」と「うがち」の江戸絵本 黄表紙名作選』（笠間書院）

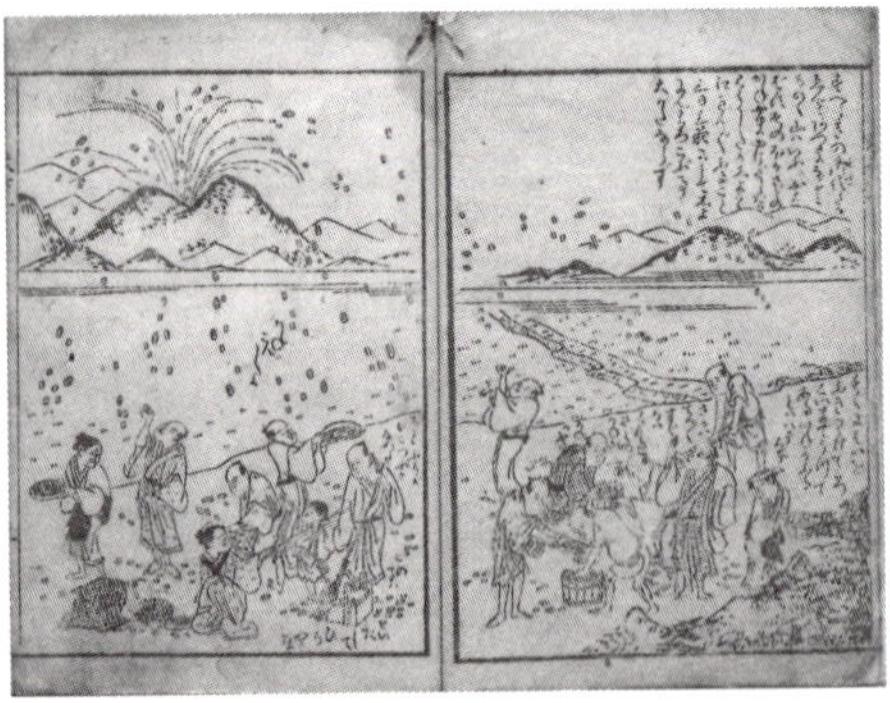

浅間山噴火による荒廃を風刺した、「山が噴火して諸国に金銀が三日三晩降り続いた」場面。
『天下一面鏡梅鉢』唐来参和作　国立国会図書館デジタルコレクション

7 パロディ・風刺・コメディ

孔子《こう》縞《し》于《じま》時《ときに》藍《あい》染《ぞめ》

巧みな逆さまの趣向「貧乏は尊い」への究極の皮肉

◉**黄表紙** ◉**社会風刺**

作：山東京伝《さんとうきょうでん》 画：山東京伝
初出：寛政《かんせい》元（1789）年 版元：大和田安右衛門

前《ぜん》

聖代《せいだい》の時代、聖賢《せいけん》の教えが世間に広がり、物貰《ものもら》いなどの乞食も漢籍を学び、金を欲しがる者は卑《いや》しい精神であると説く。町人は金銀を無理やり人に施そうとし、女郎も客に金を押しつけてくる。放蕩《ほうとう》息子は女郎買いで大金を背負い込んで勘当されたいと願い出て、金貸しならぬ金借りは、金を借り歩いて返済の際には受け取らない。

呉服屋は掛け値あり大高売りで粗悪な反物《たんもの》を売り出し、博《ばく》打《ち》はみんな正直で相手を勝たせたがるので一向にはやらない。盛り場には巾着《きんちゃく》切られ（巾着切り＝スリ）が横行して金を懐に投げ込んでいく。

通人たちは木綿の粗末な着物を粋だと着こなし、芝居は札銭を与えて客を入れ、混浴風呂には入る者はいない。追いはがれが出没して、通行人に刀や衣服、金銀をくくりつけて逃げる。

五穀は豊穣《ほうじょう》で、田んぼではないところにまで米が実り、余って困ってしまう。町人のこの様子を見た、ぼら長左衛門様はお救われ米を取り上げ、年貢を倍増。天からは金銀の粒が降り注ぎ、人々が埋もれて大惨事となるも皆助けられ、めでたい御代《みよ》を寿《ことほ》ぐ。

ここがエモい

政権批判をせずに社会風刺をする、ギリギリを攻めるその姿勢

同年に出た蔦重《つたじゅう》版の唐来参和《とうらいさんな》『天下《てんか》一面《いちめん》鏡《かがみの》梅鉢《うめばち》』（前項）と同じ趣向の黄表紙《きびょうし》。参和の『天下一面鏡梅鉢』は処分となったが、京伝の本作が処分されなかったのは、**逆さまの風刺や穿《うが》ちの対象を町人の生活に絞ったからだろう。**何かと目立つ重三郎を版元としていなかったことも大きいと思われる。

本作は参和と同じ趣向ではあるが、処分を恐れていたのか、それとも京伝の細やかさからなのか、徹底したif世界観となっている。京伝は、「**本作は清貧の精神を書いたものであり、田沼政治にも寛政《かんせい》の改革にも言及したものでは**

ない」という姿勢を徹底。道徳をもって物語を進めているだけで、**政治に対する風刺や穿《うが》ちではない**と断りを入れている。道徳を説いていたら松平定信の改革を褒めていた、という体だ。

興味深いのは、伊奈半左衛門《いなはんざえもん》を模した「ぼら長左衛門様」を登場させていることだ。伊奈半左衛門は関東郡代《ぐんだい》で、富士山噴火の際には災害対策の最高責任者として復興に尽力した。被害が大きく、幕府の支援が入らなかった地域にも積極的に支援の手を差しのべ、農地を回復するための土壌改良も行った。

噴火による飢饉《ききん》の影響は悲惨で、半左衛門は独断で駿府紺屋町の幕府の米倉を開き、1万3000石を村々の飢民へ分配したという。本作のぼら長左衛門様によるお救われ米の回収とは、この事件の逆さまを書いたものと思われる。半左衛門はこの行為により罷免《ひめん》され、後に切腹を命じられたと伝えられている。結構ギリギリラインの見立てなのだが、京伝による精いっぱいの風刺だったのかもしれない。

関連資料

『日本古典文学大系59 黄表紙・洒落本集』(岩波書店)、『鑑賞日本古典文学第34巻 洒落本・黄表紙・滑稽本』(角川書店)

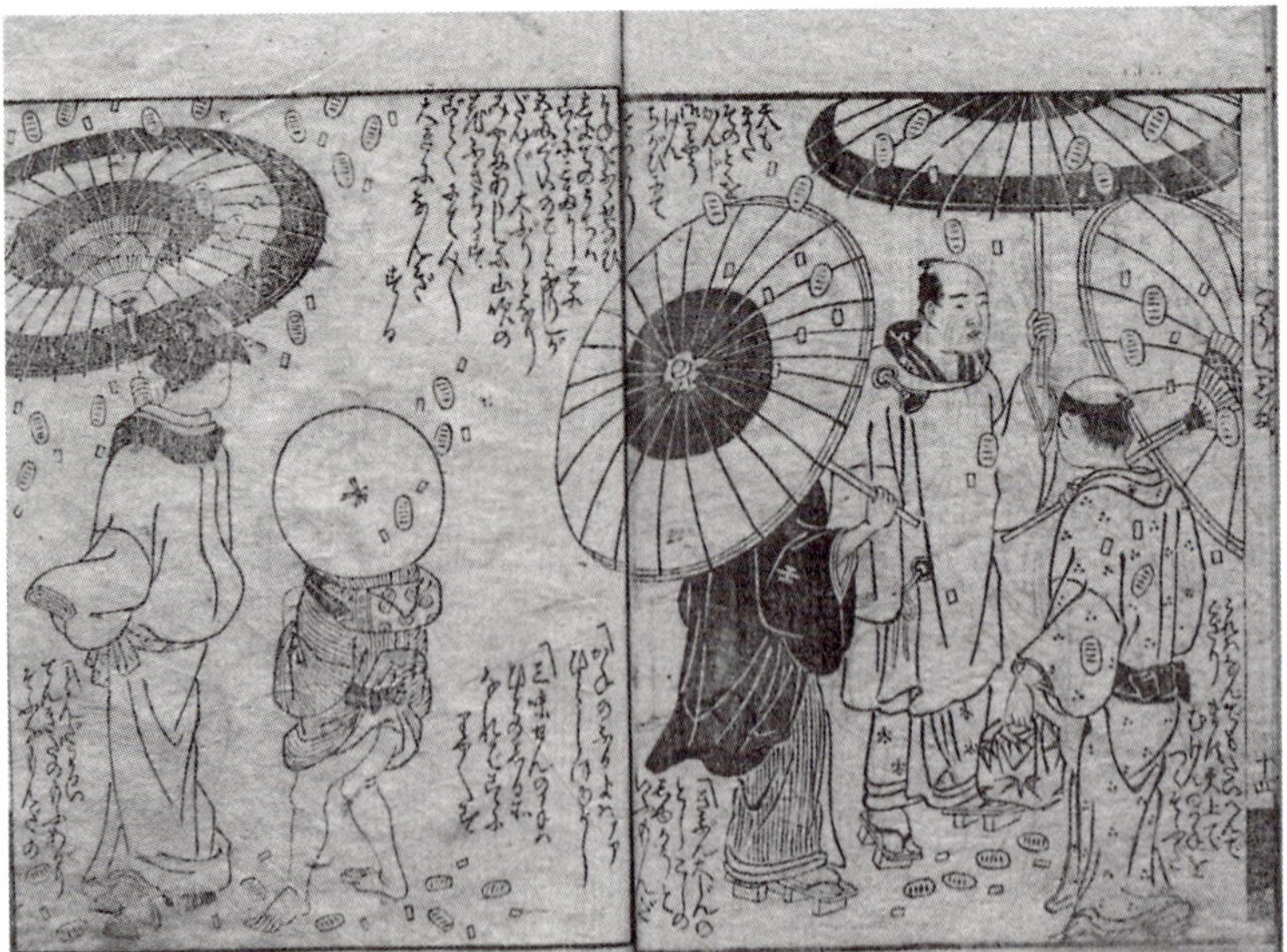

「天から金銀の粒が降り注ぐ」場面。
『孔子縞于時藍染』山東京伝作　国立国会図書館デジタルコレクション

8 パロディ・風刺・コメディ

大《だい》悲《ひの》千《せん》禄《ろっ》本《ぽん》

千《せん》手《じゅ》観《かん》音《のん》の「腕」をレンタル
最高のバチ当たりパロディ

◉黄表紙《きびょうし》　◉見立て・擬人化

作：芝全交《しばぜんこう》　画：北尾政演《きたおまさのぶ》（山東京伝《さんとうきょうでん》）
初出：天明《てんめい》5（1785）年　版元：蔦屋重三郎

千《せん》手観音《じゅかんのん》とて不景気には勝てない。そこで千本ある「手」のレンタル商売を始めた。千手観音が御手を貸し出すと聞いて、手が欲しいと言う者が、質屋に集まってきた。

一ノ谷の戦いで右腕を斬られた平家の武将、薩摩守忠度《さつまのかみただのり》。「借り人知らずとしておいてください」。渡辺綱《わたなべのつな》に片手を斬り落とされた鬼の茨木童子《いばらきどうじ》、端役のため腕を付けてもらえない文楽《ぶんらく》の捕手《とりて》の人形、手のない（手管《てくだ》が下手＝客との駆け引きがうまくない）女郎、てんぼう政宗（片手の刀工）、字の書けない者、三味線弾きの手習いなどがいる。

鬼の茨木童子は千手のすべすべした手では迫力が出ないと、神田駿河台の人形師である与吉に毛を植えてもらうことにした。「私の妻も、今ではモジャモジャです」。

薩摩守忠度は、腕を借りてきたは良いがうっかり左手を借りてしまったので歌を詠んでも鏡文字になってしまう。遊女は千手でうまく客を悦ばせていたが、時間切れだと禿《かむろ》が手を回収。字が書けない者が証文を書いてみたが梵字《ぼんじ》しか書けず役に立たない。そのまま返すのも損だと、爪に火を灯してロウソクの代わりにした。

そのころ坂上《さかのうえの》田《た》村《むら》麻《ま》呂《ろ》が、鈴鹿山の鬼神を退治せよとの勅命を受けたため「ひとたび放せば千の矢先、雨あられとふりかかって」のシーンに必要だと、千手観音の元にやってきた。「今、全部貸し出し中なのだけど、そういうことならすぐに集めましょう」「割引きしてくれるとありがたい」。

千兵衛が方々から返ってきた御手を調べると、女郎に貸した手の指が心中立て（愛の証しとしての指切り）でなくなっており、塩屋のは塩辛く、紺屋は青い。剛毛が生えているのもあるし、なんだか指から妙な匂いがする御手もある。

「では、田村麻呂殿、鬼退治が終わったら返してね」「8本で1両のレンタル料で返しに来るね」「ご武運を！」「さらば！」　いざ、鬼神退治に向かう田村麻呂。手手んてんてんてん……。

ここがエモい

ナンセンス過ぎるパロディだが その裏には重商主義への皮肉がちらり

内容はナンセンスが過ぎるし、挿絵はさすがの京伝《きょうでん》らしくいらんところで芸が細かいし、**最悪だ（褒めてる）。**

挿絵（左）には千手の御手のレンタル料が書かれている（以下現代語訳）

『大悲ノ千録本』芝全交作　国立国会図書館デジタルコレクション

ちょっと貸し……32文
一昼夜……銀3匁
一か月……金2両
一年貸切……金10両
御手を使った千手観音つぶし（シラミつぶし）はご遠慮ください
下半身に突っ込んでのおにぎり結び、指人形五人組は禁止です
心中で使用した指が足りない手は返却できません
※おにぎり結び……自分の玉を握ること
※指人形五人組……男の自慰。女は二人組

最悪だ（2回目）。

千手観音が「金がないから稼がにゃ」と、有料で救いの手を貸し出すというのがそもそも罰当たりが過ぎる。ところがこの頃、他にも罰当たりな話はあって、地蔵菩薩・蛸《たこ》薬師《やくし》・寝釈迦《ねしゃか》が品川の遊郭で遊ぶ『当世大通仏開帳《とうせいだいつうぶつかいちょう》』（200頁）、孔子・老子・釈迦が廓《くるわ》で遊び、釈迦が遊女と駆け落ちして三途の川を渡るという『聖遊廓《ひじりのゆうかく》』があった。**釈迦が駆け落ちする際の書き置きが梵字《ぼんじ》なので誰も読めない**というシーンがあり、本作でも同様の梵字ギャグが使用されている。どうやらお約束のギャグだったらしい。

罰当たりでナンセンスで、下世話な下ネタもご丁寧に入れた、どうしようもなく不謹慎な話なのだが、ひとたびレンタルしていった人々の事情を見てみると、そこにはそれぞれの立場ならではの悲喜《ひき》こもごもが見えてくる。

歴史に名句を残したくても文字にならなければ残せない、文字になっても読まれなくては意味がないという歴史上の偉人、手管《てくだ》がうまくなければ客が取れない遊女、使えない文字を書けたところで何の役にも立たない商人……。**己の悩みを解決できるのは己のみ。千手観音の御手をもってしても、根本的な問題の解決にはならないのだ。**

と、教訓めいたことも書いているのだが、本作の穿《うが》ちは仏様も困るほどの不景気と、ヒーローですら先立つものがなければ鬼退治もできないという、**重商主義の弊害や賄賂が横行した田沼政治へのちょっとした批判であろう。**

作者の芝全交《しばぜんこう》は狂言師であり、知識も滑稽のセンスもあり、多芸多才の「何でもそつなくこなす通人」であり、吉原でもちょっとした有名人だったらしい。恋川春町《こいかわはるまち》、朋誠《ほうせい》堂喜三二《どうきさんじ》、山東京伝らと並ぶ人気戯作者《げさくしゃ》だったが、寛政の改革で蔦重《つたじゅう》サロンの作家たちが政治風刺色の強い作品を発表する中、一貫してこうしたナンセンスで知的なパロディを書いていたという。出版統制が厳しくなると、京伝は『心《しん》学早染草《がくはやそめぐさ》』（206頁）のような倫理道徳でお上に阿《おもね》る作品を書くことになるが、全交は教訓めいた作品は書かなかった。

式亭三馬《しきていさんば》が全交の大ファンで、遺言から二代目を継承しようとしたが思いとどまったと洒落本「廓節要《くるわせつよう》」（寛政10年）の中で述べている。理由は、芝全交を名乗るために三馬の名を捨てることができないほど、三馬は既に流行作家になっていたということらしい。火消したちが三馬と版元の家を襲撃した事件（188頁）が起きたのは、その翌年である。

関連資料

『日本古典文学大系59 黄表紙・洒落本集』（岩波書店）、『江戸の戯作絵本 第2巻（全盛期黄表紙集）』（現代教養文庫 社会思想社）

いいところで手を回収される女郎の場面（右）と、
何を書いても梵字になってしまう「梵字ギャグ」の場面（左）。
『大悲ノ千録本』芝全交作　国立国会図書館デジタルコレクション

9 パロディ・風刺・コメディ

当世大通仏買帳《とうせいだいつうぶつかいちょう》

ありがたい説話が女郎屋居続けエピソードに転換

◉黄表紙《きびょうし》　◉どんでん返し　◉見立て・擬人化

作：芝全交《しばぜんこう》　画：北尾重政《きたおしげまさ》
初出：天明元《てんめい》（1781）年　版元：鶴屋喜右衛門

信《しん》州《しゅう》苅萱《かるかや》山《やま》西光寺《さいこうじ》の親子地蔵は、江戸目黒不動《めぐろふどう》に開帳に出てくるが、世話焼きたちに「俺も仏道などと堅いことを言ってないで、ここはひとつ色道修行でもして色道の教えもできる地蔵菩薩になろうと思うんだけど」と言うと、世話焼き衆は「それは粋な地蔵でございますな」と乗り気。地蔵尊は医者の格好をして品川に繰り出すことにする。

地蔵菩薩が品川への道を歩いていると、そこに犬と雉《きじ》と猿がやってきて「目黒不動の粟餅《あわもち》をくれ」と言うので、やって供に付けた。品川の松若屋に上がり、松若という女郎を揚げて遊んでいると、そこに蛸薬師如来《たこやくしにょらい》と寝釈迦《ねしゃか》が遊びにきた。首尾良く初回からモテて、みな床入《とこい》りとなる。

苅萱石童丸《いしどうまる》息子地蔵が、大家の弘法大師に「親父《おやじ》が品川に居続けで困ってます」と言うと、弘法大師も「大家と言えば親も同然、店子《たなこ》と言えば子も同じ。迎えに行こう」と旅立ち、居続けの地蔵尊に「帰りますよ」と言っても、松若が地蔵尊を帰そうとせずに引き留める。地蔵菩薩、ついに居続けも3日目となり、松若も別の客のところに行ってしまう。これは面白くない。ならば松若を連れて逃げようか。蛸薬師と寝釈迦に相談すると「天狗《てんぐ》の格好をして連れて逃げると良いよ！」と乗り気。供に連れてきた猿・雉・犬も「協力しましょう」。松若にこれを話すと「ならば、わっちを信濃国《しなののくに》へおぶって連れて行っておくんなんし」。

地蔵尊は松若と信濃に行き、地蔵尊は還俗《げんぞく》して眼医者となった。診察料は塩。蛸薬師はこの塩で「たこあん漬け」を作り稼ぎ、石童丸息子地蔵は漬物石になって商売を手伝った。寝釈迦はそのまま品川に居続けたため300両もの借金をこしらえてしまった。そこに御母堂の摩耶夫人《まやぶにん》がやってきて、300両を残らず支払い連れ帰った。

そこにやってきた目黒の不動尊。「みな、道楽をやめて精々開帳しやれ」。こうしてみな御開帳を務めたので繁盛した。ありがたきことなり。

ここがエモい

ほとけさまを色狂いにできる　その発想力と知識のたくましさに乾杯

罰当たりすぎてすごい。遊ぶ場所が品川というのも、目黒から一番近い岡場所というだけあって生々しい。

本作は出開帳《でかいちょう》で江戸にやってきた地蔵尊の話だ。自由に遠出できない当時、出開帳は江戸庶民にとってこのうえない娯楽だった。回向院《えこういん》で善光寺の出開帳が行われた時には、午前4時から提灯を持った参詣の人々が列を成し、幕府が提灯行列を中止させたほどだった。**江戸にやってきたありがたい御仏様たちが、遊里で居残りするというトンデモな話**に、読者は不謹慎にも大いに笑ったと思われる。

本作は安永《あんえい》8（1779）年の目黒不動で行われた善光寺参道の途中にある苅萱山寂照院西光寺《かるかややまじゃくしょういんさいこうじ》の地蔵尊開帳に取材したもの。説経節「かるかや」を元ネタとしている。

「かるかや」とは、筑前松浦党《ちくぜんまつらとう》の総領・加藤繁氏《かとうしげうじ》が無常を感じて出家し、苅萱道心《どうしん》と名のり、子の石童丸《いしどうまる》は父をたずねて高野山へ登りめぐり合うが、苅萱は師法然《ほうねん》との誓いを守り、親子の名のりを思いとどまるという、苅萱と石童丸の父子恩愛の情を哀切に描いた話。何がどうなって高野山が品川宿になってしまったのかは謎なのだが、**この発想の飛躍こそ、芝全交の才能**だと言えるだろう。

ちなみに、松若が言った「わっちをおぶって信濃へ」は、如来を拾い上げた本田善光《ほんだよしみつ》が、昼は如来を背負い、夜は如来が善光を背負って信州まで来たという善光寺縁起《えんぎ》からの発想である。**全交の知識の無駄遣い感がすごい。**

関連資料

『江戸の戯作絵本　続1』（現代教養文庫　社会思想社）、『近代日本文学大系第12巻　黄表紙集』（国民図書）

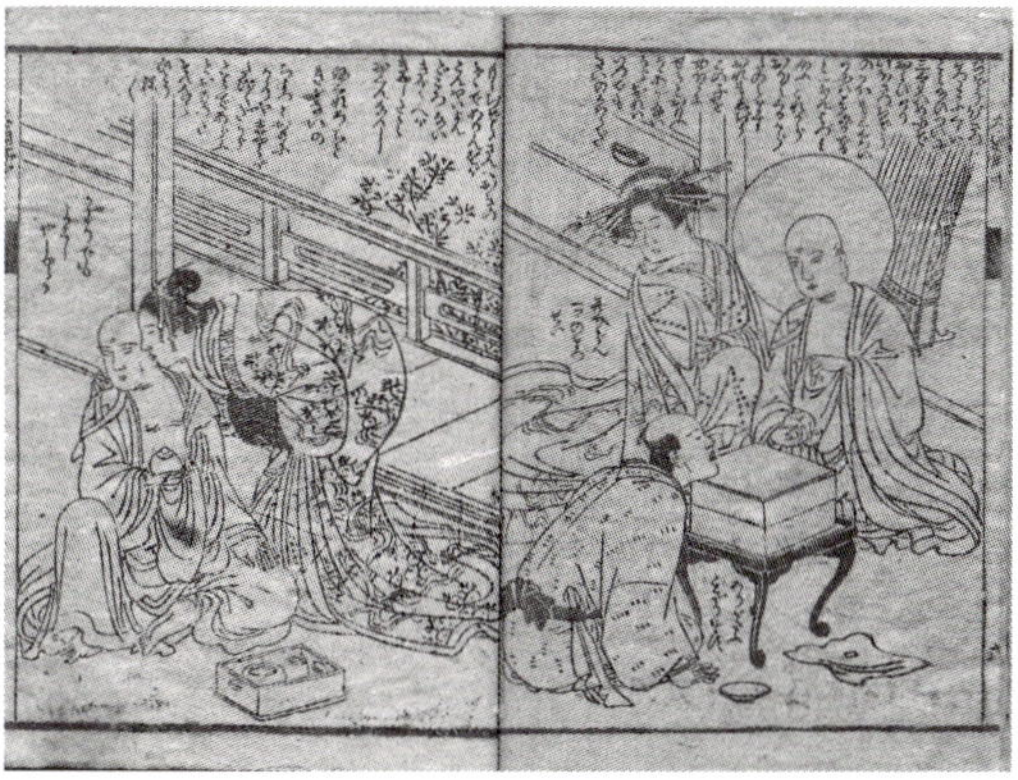

モテモテの菩薩たち。
『当世大通仏開帳』芝全交作　国立国会図書館デジタルコレクション

10 パロディ・風刺・コメディ

莫切自根金生木《きるなのねからかねのなるき》

それにつけても金の欲しさよ

◉黄表紙《きびょうし》　◉社会風刺

作：唐来参和《とうらいさんな》　画：喜多川千代女《きたがわちよじょ》
初出：天明《てんめい》5（1785）年　版元：蔦屋重三郎

大金持ちの萬々《まんまん》先生は、何でもかんでも金で自由になる生活が嫌になり、数日だけでも貧乏になってみたいと貧乏神を信心するが御利益がない。そこで、絶対に返ってこない者に金を貸してみるが蔵の金は一向に減らない。では、金持ちが落ちぶれるのは傾城《けいせい》買いだろうと、派手に遊里で遊んでみたが、あまりに金を使い過ぎるので「訳ありな金ではないか」と遊女屋の主人が金を返しに来る。帰りに駕籠《かご》に乗れば、先の客が忘れたのだろう、4、5百両も入った財布が落ちている。知らんふりを決め込むと、駕籠かきが「忘れ物です」と届けに来る。

法外な額で先物取引や博打《ばくち》、富くじ（宝くじ）をやってみるが、全て金が増えて戻ってくる。泥棒に盗ませようとしたり、豪勢な旅に出てみたりしても、やはり金が転がり込んでくる。三保《みほ》の松原《まつばら》の松を掘って江戸まで運ばせたらさぞ金がかかるだろうとやってみると、掘った場所から石の棺が出てきて、開けてみると中には金が入っている。腰が抜けたので大枚はたいて治療に行ってみれば、けろりと治ってしまう。

ついに金銀を全て海に捨てると、その金銀が空を飛んで世界中の金を連れて萬々先生の金蔵に戻ってくる。金がウンウン唸《うな》っている。「唸るほど金があるとは言うが、なるほど本当にウンウン言うのか」

こりゃ大変と家を逃げ出すと、今度は金を貸した者たちがえらい利息ごと返済すると追いかけてきた。万策尽きて夫婦は諦め、金に埋もれた家で年を越す。めでたしめでたし。

ここがエモい

きれいごとじゃない、金は欲しい　清貧思想と真逆なところが斬新だった

「宝くじが当たったらどうしようか」「お金があり過ぎて困っているなんて言ってみたい」など、多くの人が一度は想像したことがあるだろう。本作は、そんなありもしない話を、大真面目に書いた黄表紙《きびょうし》である。**金持ちの元に金が**

どうしたって集まってくるというのが、世の中の理《ことわり》を語っているようで、妙に納得させられてしまう。

貧乏人が金持ちになるという話は昔からあって、庶民のささやかな希望が御伽噺《おとぎばなし》になったものだ。落語には「宿屋の富」という噺がある。こちらは「金があり過ぎて困っている」と嘘をいう男の話。宿屋に泊まった男が大金持ちの振りをしていると、宿屋の主人が本気にして、「当たったら半分ください」と富くじを売りつけられる。すると本当に当たってしまい、男はびっくりして草履《ぞうり》をはいたまま布団に潜って震えているという内容だ。富くじの番号が当たっているのに、「違うなあ、当たらないんだよな、こういうのは」と、何度も番号を確認して、ついに気付くという流れが笑わせる。

本作が出た頃は、浅間山の噴火などの被害で深刻な飢饉《ききん》が問題となっており、米は入手できず都市部では打ち壊しも頻発し、一部の人々以外は皆貧乏だった。田沼政治にはそろそろ陰《かげ》りが出て、武士は武士らしく文武を以《もっ》て治世に当たらねばならないし、町民は武士の言うことを聞かねばならないし、農民は金を求めて都市に出てこないで米を作っとれ、という考え方がじわじわと幕府にも世間にも広まり始めていた。

こうした時に出てくる金銭の話は、ともすると道徳的な話になりがちだ。御伽噺《おとぎばなし》でも、正直者のじいさまとか、人助けをしていったら長者になったとかいう話になる。貧乏神と暮らすうちに情がわいて、やってきた福の神を追い出して、貧乏神とそれなりに幸せに暮らしたという昔話もある。「お金は徳がある人の元にやってきますよ」「幸せはお金だけじゃないですよ」という正論だ。

ところが唐来参和《とうらいさんな》は「いや、金は要るだろ。金は欲しいだろ。金持ちになりたいだろ」と、自分の欲望をそのまま書いて御伽噺パターンの逆を張った。本作の執筆当時、参和は武士をクビになり、金策に走っていたことだろう。切羽詰まった時こそ、こういった妄想をしやすい。現実に戻り「やっぱり金は回ってこない」とわかれば溜め息しかでない。溜め息の後に出るのは、乾いた笑いだ。

これを参和が戯作《げさく》にすると、そんな虚《むな》しさすら滑稽になる。というか、**虚しいから笑い飛ばせという、何だかよくわからないエールにもなる。読む人々は「馬鹿だねェ」と笑い、そんな作者に共感すら覚えてしまうのだ。**

関連資料

『江戸の戯作絵本　続2』（現代教養文庫　社会思想社）、『日本古典文学大系 第59　黄表紙・洒落本集』（岩波書店）等

『莫切自根金生木』唐来参和作　国立国会図書館デジタルコレクション

11　パロディ・風刺・コメディ

御存商売物《ごぞんじのしょうばいもの》

上方《かみがた》と江戸の本を擬人化 蔦重《つたじゅう》も吉原《よしわら》細見《さいけん》役で登場

◉黄表紙《きびょうし》　◉見立て・擬人化

作：山東京伝《さんとうきょうでん》　画：山東京伝
初出：天明《てんめい》2（1782）年　版元：鶴屋喜右衛門

作家が居眠りをして見た夢によると。八文字屋の読本《よみほん》（上方《かみがた》の浮世草子《うきよぞうし》）が貸本屋の風呂敷から現れて、行《こう》成表紙《ぜいびょうし》のくだり本（上方の絵本）のところに来て「最近、江戸の黄表紙《きびょうし》がはやり、洒落本《しゃれぼん》なんてのも出て俺たちの出番が少なくなっているのは納得がいかん」と妬《ねた》む。そこで上方本は、今ははやらない江戸の赤本・黒本を味方に引き入れ、どうにか黄表紙と洒落本を追い出したい考え。

黄表紙が吉原東屋の錦絵などを揚げて派手に遊んでいると、一枚絵《いちまいえ》と深い仲になっている黄表紙の妹・柱かくしは、赤本と黒本の一味に拐《かどわ》かされる。一枚絵は、柱かくしが兄の黄表紙も承知の上で黒本と良い仲になっていると赤本か

らたきつけられ、吉原帰りの黄表紙と果たし合いをしようと出かける。これを知った吉原細見《よしわらさいけん》が、黄表紙に伝える。唐詩選《とうしせん》と源氏物語が事情を聴いて、双方に「同じ本仲間であるというのに、赤本と黒本の仕業はもっての外。流行はその時々で違うのだから、繁盛するしないもその時々。黄表紙も、調子に乗って廓《くるわ》通いばかりしていてはいかん。一枚絵はろくに話も聞かないで刀を持ちだしてはならない。みんな、仲良くせんか」と窘《たしな》める。

柱かくしは一枚絵と祝言を挙げめでたくおさまり、赤本と黒本は根性を綴じ直され、八文字屋本と行成表紙本は陰謀の本元として腰張りや下張りにされてしまう。かくて草紙問屋の商売物は、仲睦まじく繁盛する。

ここがエモい

本を種類にふさわしい立場に見立てた、その擬人化がうまい

本を擬人化し、江戸地本《えどじほん》と上方《かみがた》本との戦いを描いた作品。恋川春町《こいかわはるまち》の『金々先生栄花夢《きんきんせんせいえいがのゆめ》』以降、青本（黄表紙《きびょうし》）が江戸地本の主流となり、**上方の浮世草子などが流行遅れとなった時流を擬人化で解説したところ**に、黄表紙の特色がよく表れている。**唐詩選《とうしせん》や源氏物語という往来物《おうらいもの》（教科書）が本の戦いを戒めるというのも、擬人化として成功している。**

本だけではなく、錦絵の流行の兆しもあり興味深い。柱かくしとは、柱に絵を掛けるための道具。これを一枚絵《いちまいえ》（一枚単位で売られる浮世絵）と良い仲にしているあたり、浮世絵が庶民の間で気軽に楽しめるものになっていることがわかる。

さて、赤本と黒本の奸計《かんけい》に気付いて黄表紙を匿《かくま》う吉原細《よしわらさい》見《けん》。この吉原細見を演じているのが、富士山に蔦の葉の商標を持つ版元、蔦屋重三郎《つたやじゅうざぶろう》だ。蔦屋は本作出版の翌年に日本橋の通油町《とおりあぶらちょう》に進出し、既に朋誠堂喜三二《ほうせいどうきさんじ》などを起用した黄表紙を出版していたが、まだこの頃は「吉原細見の蔦屋」であった。

本作は、大田南畝《おおたなんぽ》が絵双紙《えぞうし》評判記『岡目八目《おかめはちもく》』で最高ランクとして称賛したことで、これまで画工として活動してきた北尾政演《きたおまさのぶ》が、戯作者《げさくしゃ》・山東京伝《さんとうきょうでん》として名を上げるきっかけとなった作品なのだが、京伝に目を付けたのは大田南畝だけではなかった。**蔦屋重三郎は戯作者としての山東京伝をロックオンし、得意の狂歌外交と吉原接待で京伝を囲い込んでいくのである。**

関連資料

『江戸の戯作絵本 第1巻（初期黄表紙集）』（現代教養文庫 社会思想社）、『山東京傳全集 第一巻 黄表紙1』（ぺりかん社）。解説として『江戸の本づくし 黄表紙で読む江戸の出版事情』（平凡社）。

吉原細見（左）が黄表紙に赤本と黒本の奸計を伝える場面。吉原細見の袖に蔦屋の紋が見える。
『御存商売物』北尾政演（山東京伝）作　東京大学総合図書館蔵

12 パロディ・風刺・コメディ

心学早染草《しんがくはやそめぐさ》

善玉悪玉キャラが大ブレイク

◉黄表紙《きびょうし》　◉見立て・擬人化

作：山東京伝《さんとうきょうでん》　画：北尾政美《きたおまさよし》

初出：寛政《かんせい》2（1790）年　版元：大和田安兵衛

人間の魂には、善と悪がある。その働きによって人間の行動が変わる。裕福な町人目前屋理兵衛《もくぜんやりへえ》の倅・理《り》太郎《たろう》は、生まれてから良い魂である善玉に守られ、真面目で利発な青年として成長した。しかし18歳のある日、理太郎がうたた寝をしている隙を突いて、悪い魂である悪玉が善玉を追い出してしまう。理太郎は心と行動を悪玉に操られ、吉原などの遊里で放蕩《ほうとう》を繰り返すようになる。善玉と悪玉は理太郎の体を取り合い、ついに悪玉は善玉を殺し、善玉の妻子を理太郎の体から追放する。

悪玉に乗っ取られてしまった理太郎は、放蕩が過ぎて家から勘当され、盗賊にまで成り下がる。悪玉たちは大喜び。しかし、当時江戸で評判の心学《しんがく》（倫理学の一派）の道理《どうり》先生に諭され、理太郎の心に本心が戻る。そこに善玉の子どもたちが「父の敵」と悪玉たちを討つ。他の悪玉たちも理太郎の体から追放され、善玉は再び理太郎の体に戻る。

善人となった理太郎は勘当を解かれ、家は富み栄えた。善玉たちが理太郎の心を守ったため、理太郎も悪の誘いに揺らぐことはなかった。

ここがエモい

勉学すらエンタメにした大衆のたくましさ 善玉悪玉キャラはもうエモすぎ！

本作発表の前年、山東京伝《さんとうきょうでん》は石部琴行《いしべきんこう》『黒白水鏡《こくびゃくみずかがみ》』の挿絵を担当し、これが田沼意知《おきとも》殺傷事件を描いたことで作者と共に京伝も処分を受けた。恋川春町《こいかわはるまち》は幕府から呼び出しを受けた後に謎の死を遂げ、朋誠堂喜三二《ほうせいどうきさんじ》も大田南畝《おおたなんぽ》も戯作《げさく》の筆を折り、唐来参和《とうらいさんな》は『天下一面鏡梅鉢《てんかいちめんかがみのうめばち》』（192頁）でやはり咎《とが》めを受けた。京伝はその後、寛政《かんせい》3（1791）年には自著の洒落本《しゃれぼん》3冊が処分となり手鎖50日の咎めとなるのだが、本書刊行時点で既に戯作から手を引こうと考えており、蔦屋重三郎《つたやじゅうざぶろう》に懇願されて執筆を続けている状態だった。

本書はそんな状況下での、新趣向黄表紙であり、版元は蔦屋重三郎でも鶴屋喜右衛門《つるやきえもん》でもない、大和田安兵衛である。**京伝は従来の黄表紙が社会に受け入れられないと悟っており**、何度も処分を受けている蔦屋重三郎を版元とするのは危険だと考えていたのかもしれない。

心学をテーマにしたのは、当時庶民の間で、本書にも登場する道理先生のモデルとなった中沢道二《なかざわどうに》の心学教化が流行していたからだ。**大衆とはたくましいもので、文武両道が奨励される中、「勉強」ですらも流行として理解した。文武に励むという行動もエンタメ化したのである。**

こうした風潮をうまくすくい取り、大衆が大好きな勧善懲悪に仕上げた京伝なのだが、急に理屈っぽい話を書くことにいささかの照れくささがあったのか、序文で「絵草紙は理屈臭さを嫌うけれども、今はその理屈臭さもひとつの趣向だと考えて」と言い訳している。理屈っぽいのも最近の流行として考えてくれよ、という意味だ。野暮の極みみたいな教訓本で、粋を身上とする京伝にとってみれば世間に負けた気分にもなったのだろうが、松平定信《まつだいらさだのぶ》の改革下で生き残ろうとするのなら、文武奨励に倣った本を書くしかなかったのである。

京伝の思惑通りだったのか、それとも意外だったのか、本作は異常に売れた。**擬人化された善玉悪玉キャラがウケたのだ。**重三郎は早速この善玉悪玉キャラに目を付け、京伝に同じ趣向の『人間一生胸算用《にんげんいっしょうむなざんよう》』『堪忍袋緒〆善玉《かんにんぶくろおじめのぜんだま》』を書かせた。曲亭馬琴《きょくていばきん》にも『四遍摺心学草帋《しへんずりしんがくそうし》』を書かせている。ちなみに馬琴はこうした教訓本に何の苦もなかったらしく、後に「蔦重が俺に黄表紙を依頼してきたぜ」と自慢している。

版木は大和田から榎本屋へ、更に蔦屋重三郎へと移り、あまりに重版《じゅうはん》出来《しゅったい》となったため版木が摩耗し、蔦屋は京伝に作り直しを依頼。ところが、世間では悪玉キャラの人気が高まっており、**「悪」と書いた提灯をぶら下げて練り歩く暴走族（提灯族…？）が流行し**、幕府から禁止令が出てしまった。これを受け京伝は新編作成を断ったという。

京伝の勧善懲悪の思惑は、判官贔屓《はんがんびいき》の江戸っ子にとってみればどこ吹く風で、悪玉キャラ人気はその後も続いた。文化8（1811）年には「悪玉踊り」が流行、文化12（1815）年には『踊独稽古《おどりひとりげいこ》』という悪玉踊りの教本まで出た。これを描いたのが葛飾北斎《かつしかほくさい》。「世の中、思ったようにはいかねェもンだよなァ」と言いながら、ノリノリで描いている北斎の姿が目に浮かぶ。

関連資料

『江戸の戯作絵本　第3巻（変革期黄表紙集）』（現代教養文庫　社会思想社）、『山東京傳全集　第14巻』（ぺりかん社）、『日本古典文学大系　第59　黄表紙洒落本集』（岩波書店）他多数。

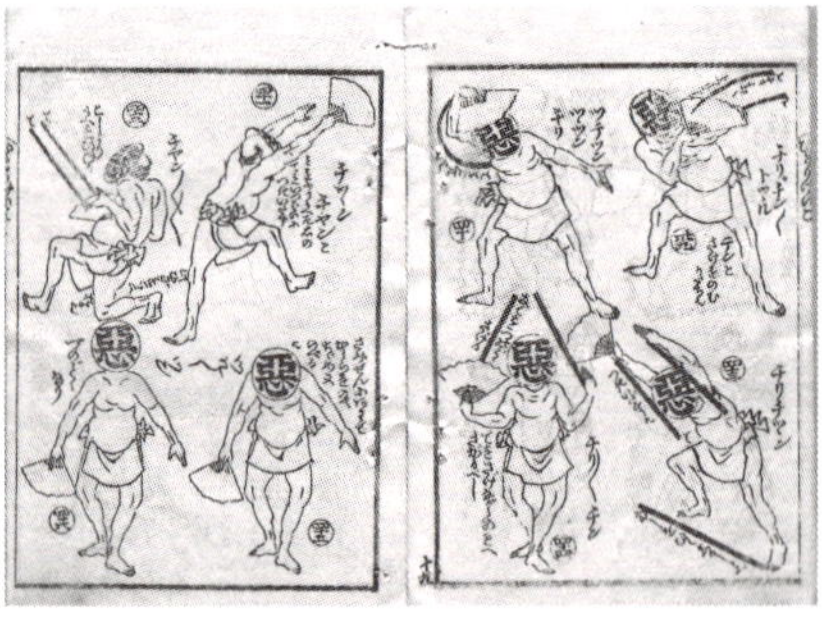

右上／悪玉にそそのかされ放蕩の限りを尽くす理太郎の図。
『大極上請合売心学早染草』山東京伝作　東京都立中央図書館蔵
右下／善玉と悪玉が理太郎の体を取り合う場面。
『大極上請合売心学早染草』山東京伝作　東京都立中央図書館蔵
上／葛飾北斎がノリノリで描いた?!「悪玉踊り」の図。
『踊獨稽古』葛飾北斎画・編　国立国会図書館デジタルコレクション

13 パロディ・風刺・コメディ

辞闘戦《ことばたたかい》新根《あたらしいのね》

流行語たちの戦争！
ナウい言葉 vs. 死語

◉黄表紙《きびょうし》 ◉見立て・擬人化

作：恋川春町《こいかわはるまち》 画：恋川春町
初出：安永《あんえい》7（1778）年 版元：鱗形屋孫兵衛

古 今の流行語「大木の切口太いの根」「どら焼・さつま芋」「鯛の味噌吸《みそず》」「四方《よも》の赤」「一杯飲みかけ山の寒鳥《かんがらす》」「とんだ茶釜」たちが集まっている。大木の切口が言うことには、「我々は出版界の人気者のはずなのに、本作りの職人たちは我々をねぎらおうとしない。ここは化け物になって思い知らせてやろう」。これを聞いた時代遅れの流行語「とんだ茶釜」は「こりゃ大変」と、鱗形屋《うろこがたや》でお蔵入りとなっている唐紙表紙《からかみびょうし》の正本、薄雪・烏帽子折《えぼしおり》・金平兜論《きんぴらかぶとろん》らに伝える。

大木の切口らは化け物になって職人たちを襲う。職人たちが逃げた蔵の扉を開けると、そこには正本の主人公、坂田金平《きんぴら》、渡辺武綱、牛若丸、鉢かづき姫が現れ、化け物を退治しようとする。そこへとんだ茶釜が現れ「命だけはお助け」と来たので、金平たちが化け物たちに意見する。

「今の世の中は何事も洒落る時代だから、お前たちのような者でも草双紙《くさぞうし》に載せてもらえるのだ。謙虚にしなくてはならない。地口や洒落《しゃれ》がなくては最近の草双紙は面白くないってことになるから、今日のところはこんくらいにしてやる」

こうしてはやり言葉たちはとんだ茶釜のおかげで命を救われ謝罪した。彼らが消えたあとには、この顛末を記した本が残っていた。

ここがエモい

はやり廃りは早いもの、それが世の常なのだ

安永期の流行語なので、これがわからないと何を言っているのかわからない。**こういうところが、瞬間的な流行を追い、これを消費して読み捨てられる黄表紙《きびょうし》の特徴であり、これをテーマとした春町の視点はなかなか鋭い。**

流行語の意味はそれぞれ、「大木の切口太いの根」はずうずうしい、「どら焼・さつま芋」はおいしい、「鯛の味噌吸《みそず》」は飲む、「四方《よも》の赤」は酒の銘柄で飲むの意味、「飲みかけ山の寒烏《かんがらす》」は一杯飲む、「とんだ茶釜」はとんだこと、転じて当てが外れた――という意味だ。

この中で、「とんだ茶釜」だけが微妙な立ち位置の死語扱いになっている。「とんだ茶釜」は、鈴木春信《はるのぶ》も描いた茶屋の看板娘、笠森《かさもり》お仙《せん》にちなんだ流行語。人気絶頂のお仙はある日突然嫁いだため、お仙の顔見たさに茶屋にいってみると、そこには頭が禿《は》げ上がった薬缶頭《やかんあたま》の親父《おやじ》が座っており、「とんだ茶釜が薬缶に化けた」と驚き嘆いたというわけだ。

安永《あんえい》7（1778）年頃であれば、この流行は8年前ほどであり、今（2025年現在）でいうところの「ナウい」までの古さではなく、「はいてますよ」とか「今でしょ！」といった微妙な古さだったのではないか。時の流れは恐ろしい。微妙な立場なのに「とんだ茶釜」の仲間を思う気持ちが優しい。

物語は、「誰のおかげで食えてると思ってるんだ」と本の職人たちに傲《おご》る流行語たちを、古式ゆかしい書物や言葉たちが戒める内容となっている。化け物となって職人たちを襲う流行語たちに、御伽草子《おとぎぞうし》の主人公である坂田金平が論すセリフが、いろいろと考えさせられる。

「今の世の中は何でも洒落るのが良いことだと思われているから、お前たちのような一発屋でも本に載せてもらえるのだ。俺たちがこの世に出始めた頃は下品な言葉なんて使わなかったし、『薄雪物語』や『猿源氏草紙』といった作品には、古い有名な歌を引用したものだ。今の時代だからこそ、お前たちに需要があるのだから、自覚して謙虚でなければならぬ」

いまどきの若いもんはとか、最近の言葉は品がないとか、この頃から言われていたことがわかる。しかし昔ながらの本たちは、**「言葉は生き物であり時代と共に変化する」と理解も示している。**流行語たちが己の傲《おご》りに気付き、「茶釜様の言うことを聞かず、今では大変後悔しております」と謝罪するのだが、「とんだ茶釜」は微妙な流行遅れの立場なので、**流行があっという間に去ること、天下が長くは続かないと、既に悟っていたのだ。**しかし謝罪した先から「飲みかけ山の寒烏」が「こんなことになるだろうと思っていました。一言も中橋京橋《なかばしきょうばし》おまんが紅《べに》」と、享保年間に流行した紅粉《こうふん》を使った「一言もない」の地口を言っているのだから、恐らく真面目に反省していないのか、よくわかっていない。そして、**自分たちが死語になって初めて、「あの時が一瞬の天下だったな」と気付くのだ。**

出版業界でも同じことが起こっていた。鱗形屋《うろこがたや》と蔦屋重《つたやじゅう》三郎《ざぶろう》の新旧交代劇だ。『金々先生栄花夢《きんきんせんせいえいがのゆめ》』からたった3年で、身内のうっかりで屋台骨が傾いた鱗形屋が、とんびならぬ蔦屋にその座をかすめ取られ、今や蔦屋重三郎は通油町《とおりあぶらちょう》で新進気鋭の版元だ。そんな様子を、春町は複雑な思いで見ていたに違いない。

大衆の興味は移ろいやすく、古いとされたものは記憶に残らない。誰が悪いわけでもない。これも人の営みだ。こうした憂いをも茶化さねばメディアに乗れない。そして、自分たちがその頂点から転落する日がやって来ることを、春町は知っていたのだろうか。

関連資料

『江戸の戯作絵本　第1巻（初期黄表紙集）』（現代教養文庫　社会思想社）、『「むだ」と「うがち」の江戸絵本　黄表紙名作選』（笠間書院）

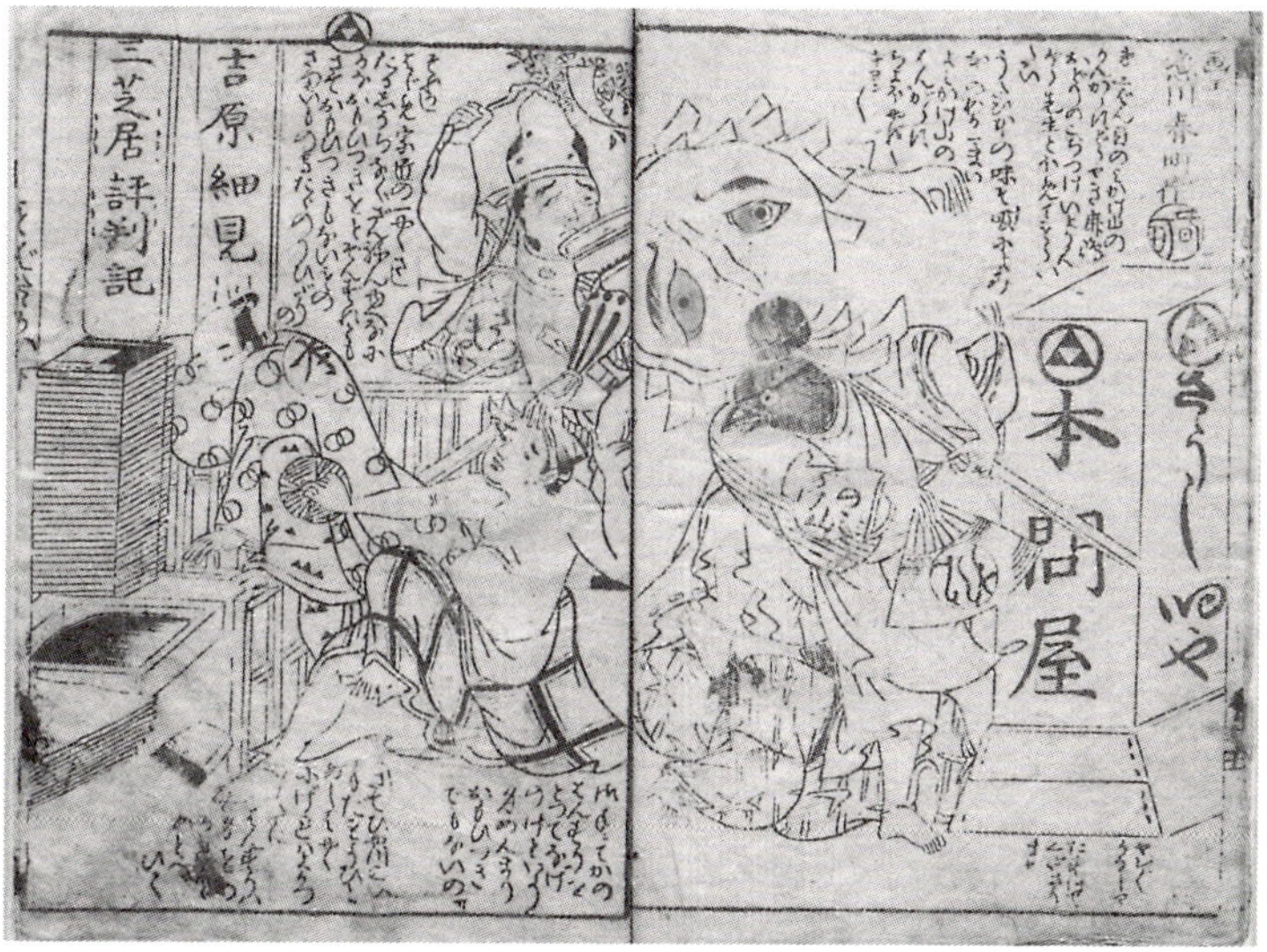

『辞闘戦新根』恋川春町画・作　国立国会図書館デジタルコレクション

14 パロディ・風刺・コメディ

吉原大通会《よしわらだいつうえ》

自称大通たちのSNS?

◉**黄表紙《きびょうし》** ◉**社会派ドラマ**

作：恋川春町《こいかわはるまち》　画：恋川春町

初出：天明《てんめい》4（1784）年　版元：岩戸屋源八

昔々ではないときの話。俳名・すき成という大通《だいつう》（江戸の粋人）である遊さん次（朋誠堂喜三二《ほうせいどうきさんじ》）は、島原に行く途中で鳶《とんび》を助け、その鳶が大通人《だいつうじん》天通となってすき成を吉原に連れて行く。すき成は菊葉屋の菊ん戸に馴染《なじ》み、大尽《だいじん》遊び（派手に遊ぶこと）をする。

狂歌の会を催すと、そこには四方赤良《よものあから》（大田南畝《おおたなんぽ》）や朱楽菅江《あけらかんこう》、平秩東作《へづつとうさく》など著名な狂歌師たち。しかも皆仮装している。そこに蔦唐丸《つたのからまる》（蔦屋重三郎《つたやじゅうざぶろう》）が「皆さんで狂言を書いてください。本に出来ますし」と紙を配る。狂言が出来上がると、古今の名優たちがこれに出演し、興行となった。しかし、すき成が「歌舞伎というのも俗っぽい」と思うや否や、古《いにしえ》の白拍子《しらびょうし》が現れ、今様《いまよう》を歌うなどして遊んだ。

古代の女舞《おんなまい》を寵愛したことで菊ん戸が嫉妬し、これを天通がなだめて大通たちを招待。両国で舟遊びをしようと、天通がかるた賭博を勧め、一同がこれに参加しようと手を伸ばした時、ふみ魚大臣（大和屋太郎次で十八大通の一人。文魚と号した）が現れ、天通を懲らしめ、すき成たちを救い出してめでたし。

ここがエモい

壮大な内輪ウケの話 自称「最先端」パリピたちへの皮肉

恋川春町《こいかわはるまち》や朋誠堂喜三二《ほうせいどうきさんじ》、大田南畝《おおたなんぽ》などが吉原に集い、蔦《つた》屋重三郎《やじゅうざぶろう》がお膳立てする狂歌会でウェイウェイしていた頃の本。そのイケてるメンツのパーティーをそのまま書いて、そのまま出版したため、黄表紙評判記『江戸土産』にも「先いつたいが楽屋落ちと見へて」と書かれ、呆れられている。

しかし、そんな内輪ウケ本でも、「通人」に憧れる一般庶民にとってみれば、**パリピなギョーカイ人のSNSみたいなもので、「ちょっと覗《のぞ》いてみたい」という感覚で受け入れられたのも事実なのである。**

重三郎が「狂歌の会」で人脈を広げ、絵入狂歌本で江戸随一の版元にのし上がったことは有名だ。大田南畝や朋誠堂喜三二、恋川春町といった人気作家を総動員した狂歌本は、「パリピたちの作品」として江戸っ子たちに注目された。

そんな彼らは、**自分たちがメディアの最先端にいるという自覚があった。**本作は内輪のノリそのままの本であり、しかもバブル期の業界人の業界用語満載の対談を読んでいるようで（偏見です）、**共感性羞恥がすごい。**

春町は、親友で先輩の喜三二を主人公として、贔屓《ひいき》筋である松葉屋（菊葉屋）を登場させ、大田南畝らを通人・狂歌師と持ち上げ、最後に大通の世界を正すヒーロー文魚を登場させる。まさに、内輪だけが楽しい同人誌である。

しかも、版元ではない他社のプロデューサーである蔦重を登場させている。狂歌名「蔦唐丸」として登場しておきながら、挿絵を見ると他の狂歌師たちのように仮装しておらず、くすぐりも言わず「企画ください」とシラフで紙を配っている。蔦重の役割は「狂歌本や草双紙を出すためのネタ集め」であり、むしろそのためだけに参加している。これを読者にも伝えているのだ。

恋川春町はこの同人誌に自身を登場させていない。もてはやされた「自称大通」たちによる「俺たちってパリピで最先端で通だから！」という享楽を、恋川春町は穿《うが》ち、黄表紙にしたためたのだ。確かに、この黄表紙は蔦重のところでは出せまい。自称大通たちのプロデューサー・蔦重をも穿っているのだから。

関連資料

『江戸の戯作絵本　続巻1』（現代教養文庫　社会思想社）

通人を気取るパリピ（狂歌師）たちが集まるなか、蔦屋重三郎（左頁の仮装をしていない男）が「企画ください」と紙を配る場面。
『吉原大通会』恋川春町作　国立国会図書館デジタルコレクション

15 パロディ・風刺・コメディ

桃《もも》太《た》郎《ろう》後《ご》日《にち》噺《ばなし》

桃太郎のトンデモ後日談

◉黄表紙《きびょうし》 ◉見立て・擬人化
◉嫉妬・葛藤

作：朋誠堂喜三二《ほうせいどうきさんじ》 画：恋川春町《こいかわはるまち》
初出：安永《あんえい》6（1777）年 版元：鱗形屋孫兵衛

鬼《おに》ヶ島《がしま》で鬼退治に成功した桃太郎は、犬猿雉と心優しい白鬼を連れて村に戻ってきた。桃太郎は16歳になり元服。白鬼も角を切り落とし元服し、鬼七と改名した。元服姿の似合う白鬼を見て、猿もまねして元服し、猿六と改名。元服した猿六は、下女のおふくに言い寄るが振られてしまう。一方、おふくは鬼七と密通する。その現場を猿六が目撃し、奉公人同士の密通は不義になると脅迫。これを知った桃太郎は、自分の恋がかなわないからといって告げ口をした猿六も同罪であるとした。桃太郎は打ち出の小槌《こづち》でおふくと鬼七に10両ずつ、猿には200文を出して、それぞれ暇を出した。

鬼七とおふくの夫婦は、桃太郎からの10両で煙草《たばこ》店を出し幸せに暮らす。そこへ、白鬼の許嫁《いいなずけ》だと鬼女姫が現れ、おふくは怒り、蛇身となってしまう。

おふくと鬼女姫に追われる鬼七は田舎寺に逃げ込む。「夫を殺す」と言うおふくを鬼女姫は止めるが果たせず、鬼女姫はそこで自害。来合わせた桃太郎と犬、雉はおふくを切り殺し、おふくを扇動した猿六のことも踏み殺してしまう。

ひとこと

安永《あんえい》6（1777）年刊ということで、かなり初期の黄表紙《きびょうし》だが、ちょっと大人向けの黒本に近い。御伽噺《おとぎばなし》と「道成寺《どうじょうじ》」の趣向を綯《な》い交《ま》ぜにしてパロディ化しているのだが、**面白いというよりは悪ふざけと飛躍がとんでもない。**後味もよろしくない。朋誠堂喜三二《ほうせいどうきさんじ》は春町と同様に留守居役なのだが、喜三二の方は藩の金を使って吉原で遊ぶことに罪悪感はなかったらしく「宝暦《ほうれき》の色男」などと自称している。安永6年の頃は、ますます調子に乗っていて、狂歌や戯作《げさく》でちょっとした有名な文化人でもあった。本作は、そんな喜三二が吉原の宴席で、仲間や遊女たちに桃太郎の後日談を面白おかしく語り、ウケた話をそのまま本にしたものかもしれない。ヒーローの桃太郎がまともなままなのが（むしろ空気）、喜三二の良心だったか。

関連資料

『江戸の戯作絵本　第1巻（初期黄表紙集）』（現代教養文庫 社会思想社）、『新編日本古典文学全集 79（黄表紙 川柳 狂歌）』（小学館）

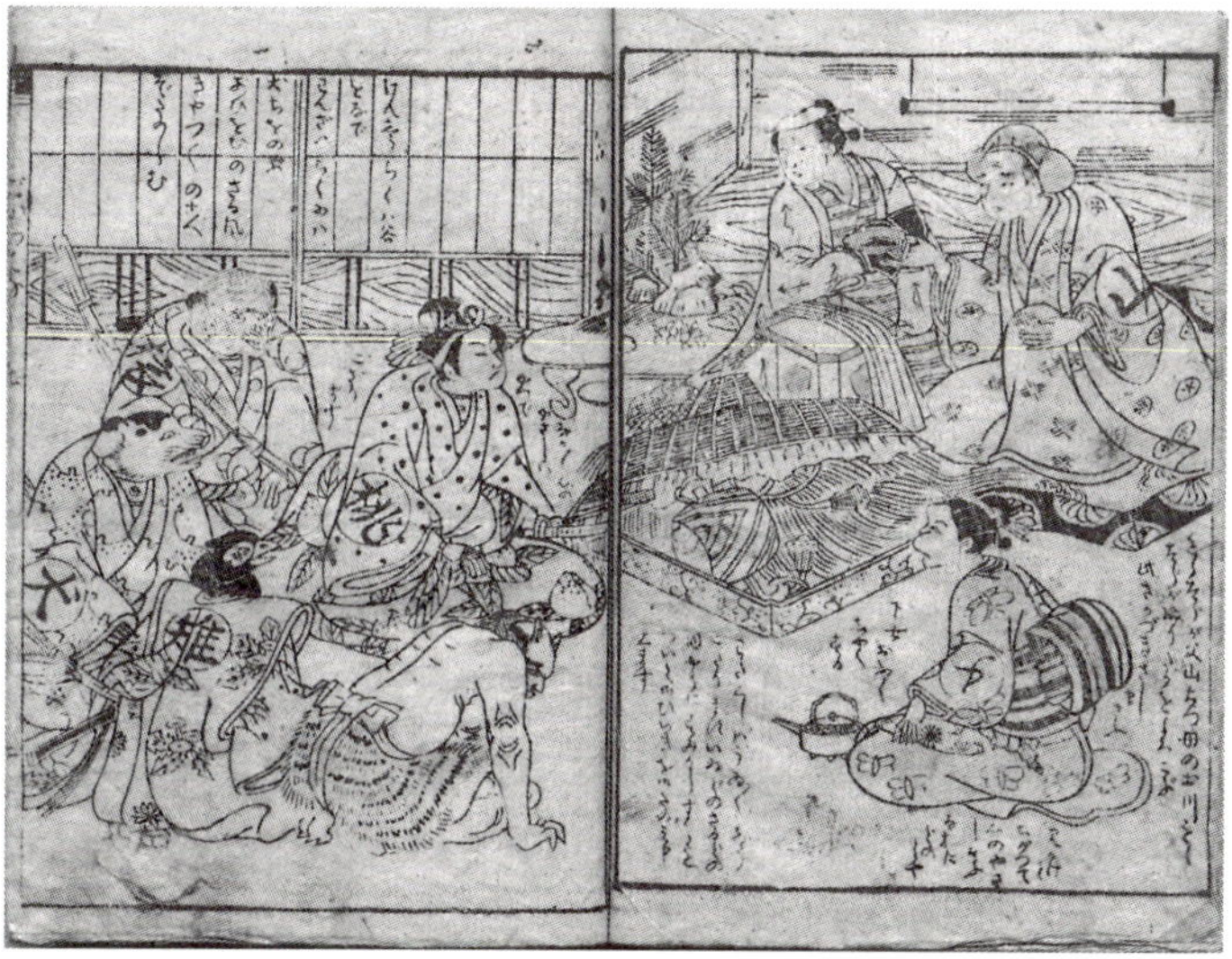

『桃太郎後日噺』朋誠堂喜三二作　国立国会図書館デジタルコレクション

16 パロディ・風刺・コメディ

箱《はこ》入《いり》娘《むすめ》面《めん》屋《や》人《にん》魚《ぎょう》

なぜその姿にした？ 人面魚チックな人魚の珍騒動

◉黄表紙《きびょうし》　◉どんでん返し　◉恋愛2（ハッピーエンド）

作：山東京伝《さんとうきょうでん》　画：歌川豊国《うたがわとよくに》

初出：寛政《かんせい》3（1791）年　版元：蔦屋重三郎

浦島太郎は竜宮城の乙姫《おとひめ》を愛妾《あいしょう》としていたが、鯉《こい》の遊女と浮気をしてしまい、鯉の遊女は、顔は人間、体は鯉という人魚を産んだ。浦島太郎は愛人との子どもを海に捨てる。人魚は（顔は）美しく成長し、平次という貧乏で冴えない漁師に拾われて、妻となる。

人魚は（顔は）美しかったので、女郎屋に唆《そそのか》され、家計を助けるために「魚人《うおんど》」という遊女になる。しかし、生臭いと苦情が来るなどうまくいかない。そこで、「食べると不老不死になる人魚の肉は、舐《な》めると若返る」という「人魚舐め処《どころ》」を始める。大いに儲《もう》かったが、夫の平次は人魚の体を舐めまくったので、若返りすぎて赤ちゃんになってしまった。

　そこに浦島太郎が玉手箱を持って現れる。赤ちゃんになった平次は元の年齢に戻り、どういうわけかイケメンになった。人魚は魚の部分が裂けて人間の体となった。2人は人魚の抜け殻を売って大金持ちとなり、いつまでも幸せに暮らしましたとさ。めでたしめでたし。

ここがエモい

ほんとに渋々書いたの？ 京伝ワールド全開のナンセンス黄表紙

　山東京伝《さんとうきょうでん》が画工を務めた『黒白水鏡《こくびゃくみずかがみ》』で処分を受けた後に執筆した作品。この時京伝はすっかり筆を折るつもりでいたのだが、「そこを何とか」と蔦屋重三郎《つたやじゅうざぶろう》に懇願され、仕方なく描いたのがこの作品だ。

　序文には「まじめなる口上」として蔦重自ら「筆を折ると言う京伝先生に、先生が書かなかったらうちも潰れてしまいますので何とかお願いしますと頼み込んで書いてもらった作品です。だから、どうか買って読んでください」と、手をついている。蔦屋重三郎の姿として伝わっている、一番有名な絵だ。

　版元が無理強いするから仕方なく書いたという割には、いつもの京伝カラーが全面に現れている。いや、むしろ、ぶっ飛んでいる。だいたい、のっけから浦島太郎が愛人に子どもを生ませてその子ども、もとい人魚を「見世物として小屋に出すという方法もあるが、それはそれでできないから」と海に捨ててしまう。下衆《げす》にもほどがあるだろう。

　さらに、ちょこちょこと下ネタが入り、当時の噂話や歌舞伎の名シーン、昔話の王道パターンなどが入る。最後は「どうしてそうなった」と言いたくなる大団円。**読者をいまどきの話題とナンセンスなギャグで楽しませる、まさに黄《き》表紙《びょうし》の基本みたいな作品だ。**

　吹っ切れたかに見えた京伝だが、笑っていられるのもここまでだった。この年、京伝はついに筆禍《ひっか》で手鎖となり、い

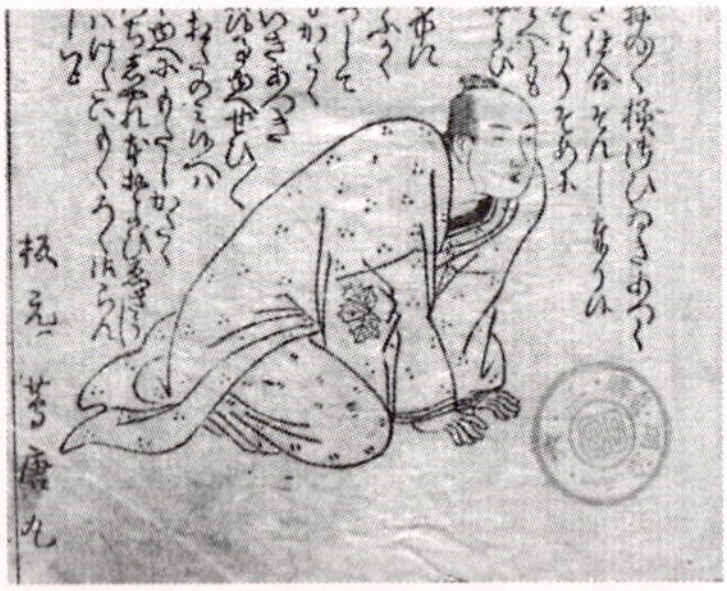

蔦屋重三郎が土下座して「買ってね」と懇願する序の場面。「版元　蔦唐丸《つたのからまる》」（蔦重の号名）の文字が。
『箱入娘面屋人魚』山東京伝作　国立国会図書館デジタルコレクション

よいよ思い屈する。そこに台風で家を流された読本《よみほん》作家志望の曲亭馬琴《きょくていばきん》がやってきて代作を務め、京伝の戯作《げさく》は大きく転換を余儀なくされるのである。

関連資料　『江戸戯作草紙』（小学館）、『山東京傳全集 第二巻（黄表紙2）』（ぺりかん社）

人魚が漁師に拾われる場面。そして二人は夫婦になり……。
『箱入娘面屋人魚』山東京伝作　国立国会図書館デジタルコレクション

17 パロディ・風刺・コメディ

的中《あたりやした》地本《ちほん》問屋《どいや》

江戸の出版社と作家の裏話

◉黄表紙《きびょうし》　◉社会派ドラマ

作：十返舎一九《じっぺんしゃいっく》　画：十返舎一九
初出：享和《きょうわ》2（1802）年　版元：村田屋次郎兵衛

毎年出版される草双紙《くさぞうし》が代わり映えがしないと、版元の村田屋は作者の十返舎一九《じっぺんしゃいっく》を呼び、酒の中に干鰯《ほしか》や馬糞《ばふん》、鋤《すき》と鍬《くわ》を粉末にして練り合わせた妙薬を入れて飲ませると、なぜか途方もなく良い原稿ができあがる。

これを版木屋にあつらえ、宝永《ほうえい》年中富士山噴火の際に湧いた琵琶湖の水を酒に入れて飲ませると、一夜のうちに版木が彫れた。板摺師《いたずりし》には朝比奈義秀《あさひなよしひで》と景清《かげきよ》の腕を黒焼きにしてこれを飲ませると、一気に何万枚も仕上げた。

丁合《ちょうあい》（製本の業者）には小夜《さよ》の中山の「やから鉦《がね》」（大道芸などで身に着け打ち鳴らして用いる8つの鉦）の黒焼きを飲ませると手が早くなり、本の天地の裁断には祇園豆腐《ぎおんどうふ》の包丁を煎じて飲ませ、綴《と》じには口八丁手八丁《くちはっちょうてはっちょう》の女たちを集めて間に合わせた。

いよいよ売り出しの日。せり売りに韋駄天《いだてん》のお守りを持たせるとあっという間に売ってしまい、小売りの本屋でも売り切れ、人が押しかけ「売ってくれ」と大変なことになってしまう。はては綴じなくてもよいからとなり、ついには刷らなくてもよいからとなり、大いに売れた本を書いた一九は村田屋の店主から大好きな蕎麦《そば》を振る舞われた。

「版元も目出度《めでた》い、おいらも目出度い、目出度い」

ここがエモい

江戸時代の製本事情がわかる資料的価値あり

タイトルの「あたりやした」は「当たりました」の江戸弁。現代で言うところのヒット作のことだ。作者が版元との裏話を書いた黄表紙《きびょうし》は以前からあるが、本作の場合は安《あん》永《えい》から天明《てんめい》までのこれまでとは違い、**より商業的な版元と作家との関係や、本が出来上がるまでの流れを詳細に記している点で、資料としても価値ある作品となっている。**

作者の十返舎一九《じっぺんしゃいっく》は本作刊行と同じ年に出した『東海道《とうかいどう》中膝栗毛《ちゅうひざくりげ》』で人気戯作者《げさくしゃ》の地位を確立した。一九が曲亭馬《きょくていば》琴《きん》の後に蔦屋重三郎《つたやじゅうざぶろう》の食客《しょっかく》（客待遇のお抱え人）となっていたのは有名で、重三郎の耕書堂《こうしょどう》では、寛政《かんせい》7（1795）年『心学時計草《しんがくとけいぐさ》』といった黄表紙だけでなく、何でも書いていた。本作執筆時の享和《きょうわ》元（1801）年までの8年間で、130種以上の黄表紙と10種の洒落本《しゃれぼん》、読本《よみほん》、咄本《はなしぼん》等々とにかく書いた。挿絵も描けるし筆耕《ひっこう》もできる（写字や清書もプロ級）。版元にとっては便利な作家なのだが、独創性に乏しいこともあり、いつもネタ出しに困っていたという。本作も、版元から原稿を催促され、ネタが出てこない一九に薬を盛って、物語を引き出すところから始まっている。

この頃になると、**版元は「売れる本」「読まれる趣向」をより求めるようになっていた。**それまでは、それこそ大田《おおた》南畝《なんぽ》など文壇の重鎮からのお墨付きをもらえれば良かったものが、寛政《かんせい》の改革で筆を折ろうとする京伝を蔦屋と鶴屋が原稿料で囲い込もうとした時から、作家に稿料を払い、その代わり版元が「これが売れるはず」といった企画を作家に話し、書かせることが多くなったのである。

一九が版元に「妙薬」を盛られて「良い案」が浮かんで素晴らしい本を書き上げるというのも、版元に稿料と企画を持ちかけられたことを皮肉っているのだろう。しかし、本が売れればオールオッケー「目出度《めでた》い」のだ。

ちなみに、文政《ぶんせい》4（1821）年の『海録』によると、作家への原稿料は五冊物で5両、京伝と馬琴は7両だったらしい。現在の原稿料に換算するのは難しいが、庶民の平均年収を30両とすると、合巻を6冊くらい書かないと難しい。まあまあ、現在と同じくらいなのかもしれない。

関連資料
『江戸の戯作絵本　続巻2』（現代教養文庫　社会思想社）、『「むだ」と「うがち」の江戸絵本 黄表紙名作選』（笠間書院）

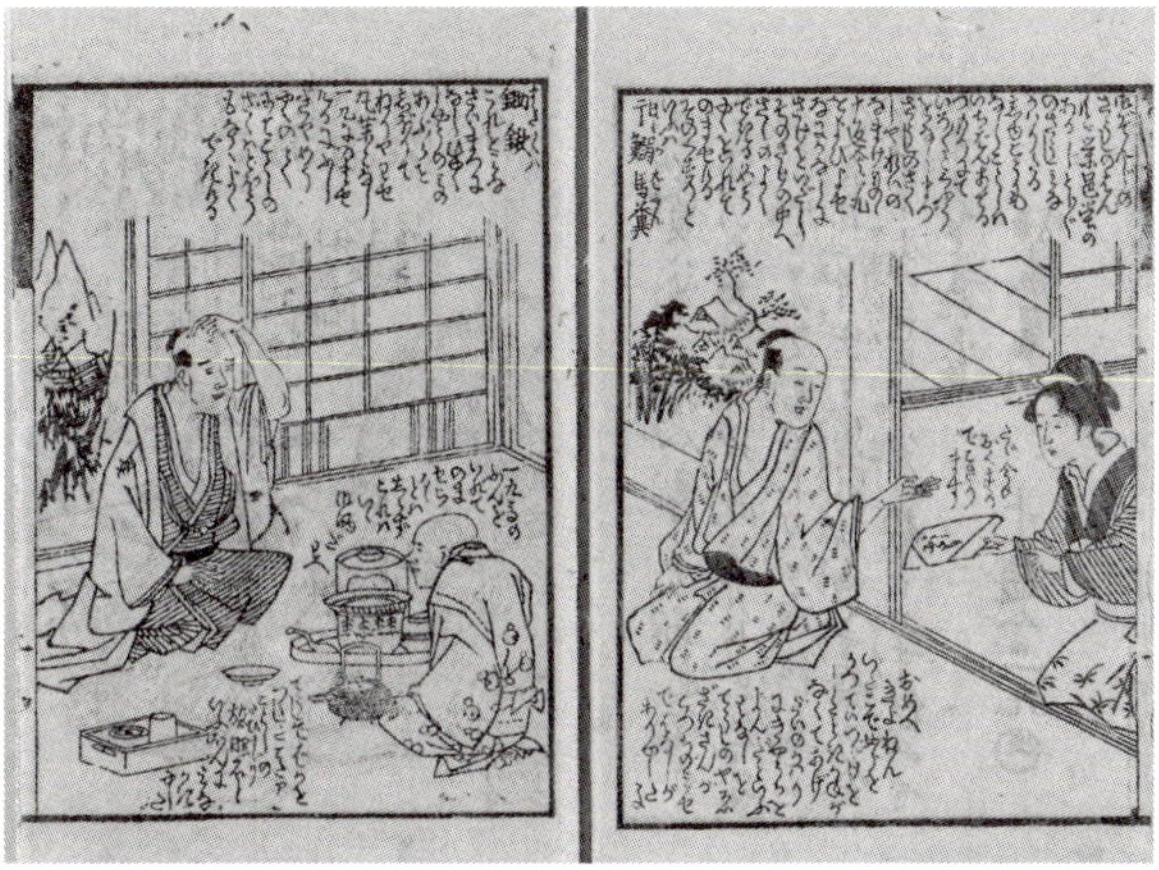

版元に妙な薬を飲まされる十返舎一九。
『的中地本問屋』十返舎一九作　国立国会図書館デジタルコレクション

18　パロディ・風刺・コメディ

東《とう》海《かい》道《どう》中《ちゅう》膝《ひざ》栗《くり》毛《げ》

旅行ブームを巻き起こした滑稽本の名作

◉滑稽本《こっけいぼん》　◉ライバル・バディ

作：十返舎一九《じっぺんしゃいっく》　画：挿絵は続編まで十返舎一九、口絵・扉絵は喜多川式麿《きたがわしきまろ》・歌川豊国《うたがわとよくに》・喜多川月麿《きたがわつきまろ》・渓斎英泉《けいさいえいせん》・勝川春亭《かつかわしゅんてい》ら
初出：享和《きょうわ》2（1802）年　版元：江戸 村田屋治郎兵衛

駿《する》河府中《がふちゅう》生まれの道楽者・栃面屋弥次郎兵衛《とちめんややじろべえ》は、旅役者の喜多八《きたはち》と江戸神田八丁堀《かんだはっちょうぼり》の裏長屋に住み、漆器の絵付けをしながら喜多八を手代奉公に出して気ままに暮らしていた。ところが喜多八が奉公先の女中に手を出し、その後始末を弥次郎兵衛に押しつけたため、女房は出て行き、女中も死んでしまう。二人は厄落としのため、伊勢参詣へと旅立つ。

小田原の宿で風呂の底を踏み抜き、泥棒とも知らずに道連れにして路銀《ろぎん》を盗まれ、赤坂で狐に騙《だま》され、雲津《くもづ》で土地の狂歌師に十返舎一九《じっぺんしゃいっく》だと言って歓待を受けるがバレて追い出され、宇治山田では自分の宿を忘れて市中を迷う。

三十石船《さんじっこくぶね》で大坂へ出るつもりが船を間違って京に戻り、そのまま京見物。五条の遊里で遊女の足抜けを手伝った疑いを掛けられる、大坂見物で千両富の空札を当たりと勘違いして前祝いと路銀を使い果たすが、宿屋の主の援助を受け旅を続ける。

『続膝栗毛』は金毘羅詣《こんぴらもうで》、宮島《みやじま》参詣、木曾《きそ》街道、木曾路《きそじ》より善光寺道《ぜんこうじどう》、善光寺道中、上州草津《じょうしゅうくさつ》温泉道中と続き、長野原、高崎を経て江戸に着く。

ここがエモい

自由に旅ができない庶民がターゲット 万人に受けたその設定の妙とは？

戯作者《げさくしゃ》・十返舎一九《じっぺんしゃいっく》の名を上げた滑稽本《こっけいぼん》。道中滑稽見聞録は仮名草子《かなぞうし》の『竹斎《ちくさい》』（54頁）にあったが、一九は弥次郎《やじろ》兵衛《べえ》と喜多八《きたはち》を狂言のシテ（主役）・アド（相手役・脇役）に似せ、さらに行く先々の写実的な描写と狂言・咄本《はなしぼん》・浮世草子などの笑いの要素を取り込み、**大衆向けに徹した。これが読者の共感を集め、また、自由に旅行に行くことが難しい庶民の興味関心を引くことに成功している。**

主人公の弥次郎兵衛・喜多八コンビによるドタバタ道中コメディなのだが、この2人が「駿河生まれの神田に住む自称江戸っ子」と設定したことで、**2人が江戸っ子や粋を気取ってやらかす騒動に、江戸っ子も江戸っ子じゃなくても誰もが笑えるという平和なコメディに仕上がっていることも、成功の要因だと言えるだろう。**

本作で人気戯作者《げさくしゃ》となった一九だが、一方で一九より先にデビューしていた曲亭馬琴《きょくていばきん》や葛飾北斎《かつしかほくさい》はまだ人気作家とは言えず、彼らがヒットをぶち上げるのは本作の5年後だ。そこに何を思ったか思わなかったかはわからないが、馬琴は『近世物之本江戸作者部類《きんせいもののほんえどさくしゃぶるい》』で一九について、「たくさんの本を書いているが、当たり作なし」と厳しい。

ただ本作は別格だったらしく「時世に合ったため大変に評判となり、一九が式亭三馬《しきていさんば》よりも有名になったのはこの作品があるためだ」と認めている。

関連資料

『現代語訳　東海道中膝栗毛　上下』（岩波書店）、『現代語抄訳で楽しむ東海道中膝栗毛と続膝栗毛』（KADOKAWA）、『新編日本古典文学全集 81（東海道中膝栗毛）』（小学館）、『東海道中膝栗毛 上下』（岩波クラシックス　岩波書店）他

19 本朝二十不孝《ほんちょうにじゅうふこう》

◉浮世草子《うきよぞうし》 ◉家族愛・ファミリードラマ

作：井原西鶴《いはらさいかく》 画：吉田半兵衛《よしだはんべえ》（？）
初出：貞享《じょうきょう》3（1686）年 版元：江戸万谷清兵衛、大坂岡田三郎右衛門、千種五兵衛

「今も都も世は借物」 親が死んだら倍にして返済すると「死一倍《しいちばい》」で千両借りた笹六は、あっという間に遊びに使い果たす。家督相続を期待して親の死を願うがうまくいかず、毒薬を飲ませようとするが、これを自分が誤って飲んでしまう（巻一の一）。**「旅行の暮の僧にて候」** 9歳の小吟は、家に泊めた旅僧が金を持っているのを知り、親に勧めて僧を殺させ金を奪う。その後、小吟は奔放に育ち、持て余した親は武家屋敷に奉公に出す。小吟は主人に懸想《けそう》し寝取るが、主人は奥方に諫《いさ》められて以降は小吟になびかず、これに怒った小吟は奥方を殺す。小吟は逃げ、親が捕まり処刑される。その翌日、姿を現した小吟も処刑された（巻二の二）。

ひとこと

御伽草子《おとぎぞうし》『二十四孝』、浅井了意《あさいりょうい》『大倭二十四孝《やまとにじゅうしこう》』、藤井懶斎《ふじいらんさい》『本朝孝子伝《ほんちょうこうしでん》』をもじったパロディ。孝子を顕彰して孝行を勧めるものとは逆に、**親不孝の様々な罪をオムニバス形式で語っている。**巻末には不孝者が改心する話を入れ、さらに女性が主人公の話を各巻にひとつ入れ、舞台を大坂や江戸以外に諸国にも求めるなど、バラエティーに富んでおり、版元顔負けの西鶴《さいかく》の編集力がすごい。

「旅行の暮の僧にて候」は、殺された僧がどうなったのか言及していないが、小吟の両親は捕まったことで安心したのか穏やかな表情のまま処刑され、小吟も処刑される。「どうせ処刑されるのだから親が殺される前に出てくればいいのに、最後まで不孝者だ」と周囲の人々が不思議がるのだが、恐らくは旅僧の怨念が家族全員を死に至らしめるという因果となったのだろう。タイトルはその回収となっており、ここでも西鶴の才能を感じさせる。

20 玉藻前竜宮物語《たまもまえりゅうぐうものがたり》

◉合巻《ごうかん》 ◉妖術・妖怪もの ◉悪女もの

作：式亭三馬《しきていさんば》 画：歌川国貞《うたがわくにさだ》 初出：文化《ぶんか》5（1808）年

日本を侵略できない妖狐の玉藻《たまも》が、もはやこの世では宿願を達成できないと、竜宮に渡る。乙姫《おとひめ》に化けて竜宮の王をたぶらかして海の魚を食いつくそうとする。ムツが乙姫の正体を見破るが、煮つけにされて食われる。鯛が注進するが、王の怒りを買い、鯛の子どもたちが塩漬けにされてしまい、父親の鯛はこれを食わされる。その後、玉藻は海の生き物たちに退治され、竜宮も自分の求める地ではないとして、閻魔《えんま》王をたぶらかすために地獄へと向かった。めでたしめでたし。

ひとこと

『絵本玉藻譚《えほんたまもばなし》』（286頁）のパロディで後日談。『絵本玉藻譚』の残酷シーンを竜宮の魚たちでパロディにしているのだが、酒池肉林とするところを普通に食われてしまうあたりが、全年齢向けの平和な（平和ではないが）なコメディとなっていて、**式亭三馬《しきていさんば》の「滑稽《こっけい》」への姿勢が見える。**結局竜宮もダメで、自ら地獄に行ってしまう九尾《きゅうび》の狐《きつね》も微笑ましい。閻魔王とドタバタコントになった続編が読みたい。

21 画図玉藻譚《がずぎょくそうだん》

◉艶本《つやほん》 ◉悪女もの

作：渓斎英泉《けいさいえいせん》 画：渓斎英泉 初出：文政《ぶんせい》12（1829）年

あらすじは『絵本玉藻譚《えほんたまもばなし》』（286頁）とほぼ同じだが、玉藻と交わる男は皆昇天して死ぬ。鳥羽《とば》上皇は玉藻のテクニックにいろいろと役立たずになる。そこで陰陽師の安成《やすなり》は自身の持ち物とテクニックで玉藻を調伏する。那須で討たれ殺生石《せっしょうせき》になるが、石の前にやってきた石屋和尚が玉藻にそそのかされて破戒する。そこにやってきた玄翁《げんのう》和尚が殺生石を討つと、玉藻が化けた9人の美女が四方八方に飛び散っていった。

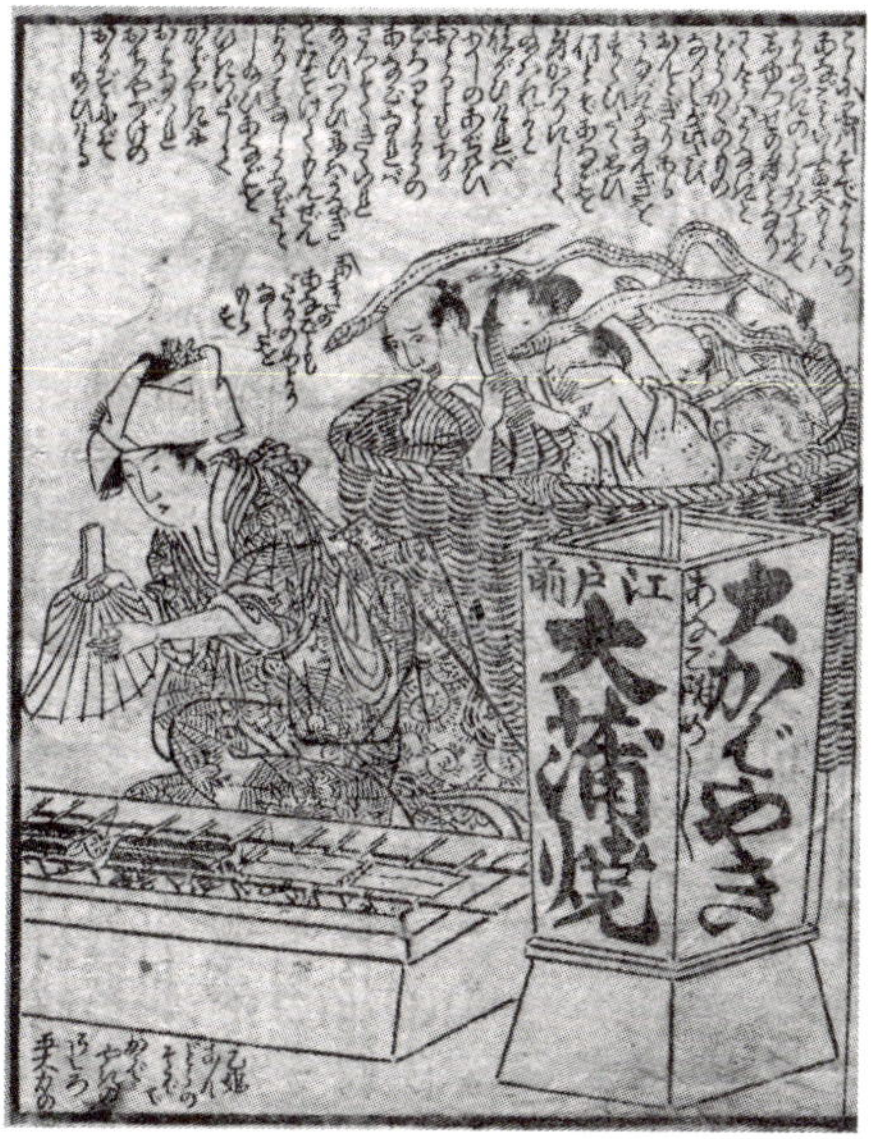

『玉藻前竜宮物語』式亭三馬作　国立国会図書館デジタルコレクション

ひとこと

いろいろと最悪なエロパロ。**サディスティックなシーンが多く頽廃色が濃い。**最終場面は曲亭馬琴《きょくていばきん》『南総里見八犬伝《なんそうさとみはっけんでん》』（16頁）のパロディ。渓斎英泉《けいさいえいせん》はこの設定で続編を書く気満々だったのだが、続編はなかった。**馬琴に怒られたのだと思う。**

ちなみに、『南総里見八犬伝』のエロパロに『恋のやつふぢ』がある。作者は曲取主人《きょくどりしゅじん》（花笠文京《はながさぶんきょう》）で、挿絵は不器用《ぶきよう》又平《またへい》（歌川国貞《うたがわくにさだ》）。続編を出す気満々だったのだが、こちらは天保《てんぽう》の改革で押収絶版となり、続編はなかった。

22 世間《せけん》子息《むすこ》気質《かたぎ》 世間《せけん》娘《むすめ》容気《かたぎ》

◉浮世草子《うきよぞうし》　◉家族愛・ファミリードラマ
◉社会派ドラマ

作：江島其磧《えじまきせき》　初出：正徳《しょうとく》5（1715）年（息子）、享保《きょうほう》2（1717）年（娘）　版元：京都江島屋市郎左衛門

衣屋の息子が武芸に励み勘当される。しかし、大名行列の奔馬《ほんば》（暴れ馬）を取り押さえたことで召し抱えられ、500石取りになる（息子　巻一の二）。酒屋の長男が出家気質なので僧にし、次男に店を継がせる。しかし次男は男色にハマり、これを僧になった兄に窘《たしな》めさせようとすると、その兄は博打《ばくち》と肉食にハマり破戒僧となっていた（息子　巻二の二）。

諸芸に通じている女房、男装して亭主と遊所へ行き、そこで簫《しょう》（笛の一種）を吹き、他の客たちに後生気《ごしょうぎ》（来世の安楽を願う心）を起こさせてしまう（娘　巻一の三）。美人の娘、大名の妾となるが仏説を説き、クビになり零落《れいらく》する。隣の

醜女《しこめ》は按摩《あんま》の技術を学び、繁盛する（娘　巻三の二）。密通駆け落ちした女が美人局《つつもたせ》をやると言って男を長持ちに入れて鍵をかけて、その隙に近所の息子とまた駆け落ちする（娘　巻六の一）。

ひとこと

井原西鶴《いはらさいかく》の『本朝二十不孝《ほんちょうにじゅうふこう》』（221頁）に影響を受けた作品。職業やカテゴリーに分けた人々の、行動や性癖、事件などを誇張して書くことで、主に町人をターゲットとして娯楽性を高めている。因果因縁や怪異による不孝話である『本朝二十不孝』に対して、**本作は町人たちの「あるある」をゴシップ的な話にまとめたもので、大衆エンタメ本として成功している。**

23 化物大和本草《ばけものやまとほんぞう》

◉黄表紙《きびょうし》
◉見立て・擬人化

作：山東京伝《さんとうきょうでん》　画：北斎可候《ほくさいかこう》（葛飾北斎《かつしかほくさい》）
初出：寛政《かんせい》10（1798）年　版元：山口屋忠右衛門

当時の流行や人物像、行動パターンなどを妖怪に見立てて解説。**「平気蟹《へいきがに》」**平家一門の男子の一念は平家蟹になるが、世間一般女子の一念は平気蟹になる。着飾るのが好きで嫉妬深く雄蟹を尻に敷く。**「爪の火」**ケチな妖怪。**「饂飩《うどん》げの花」**うどん好きの花。味は美味ではない。**「癇癪《かんしゃく》の虫」**癇癪持ちの虫。この虫に憑《つ》かれると身を滅ぼすので、近づけてはならない。**「みいらとりのみいらになる」**吉原に行く息子を引き戻そうとして自分が居続けしてしまう父親。

ひとこと

動植物や鉱物を学術的に解説した『大和本草《やまとほんぞう》』（貝原益軒《かいばらえきけん》）のパロディ。『世間子息気質《せけんむすこかたぎ》』（前項）のような人物パターンを妖怪に見立てている。京伝のアイデアや風刺はもちろん鋭く京伝節が利いているのだが、注目は北斎《ほくさい》の挿絵。「饂飩《うどん》げの花」では、生けられた花が腕を伸ばしてつけ汁の猪口《ちょこ》を持ち、箸で麺をつまみ上げている。それを無表情で眺める人間。「みいらとりのみいらになる」は、標本瓶の中には遊女と父親、これを見ている息子。これを前になすすべもない医者。全ての挿絵がシュール過ぎる。本草学をパロディにしているので、解説も絵も大真面目。贅沢《ぜいたく》な才能の無駄遣いである。

24 見徳《みるがとく》一炊夢《いっすいのゆめ》

◉黄表紙《きびょうし》 ◉社会派ドラマ ◉夢落ち

作：朋誠堂喜三二《ほうせいどうきさんじ》 画：不明

初出：安永《あんえい》10（1781）年 版元：蔦屋重三郎

浅草茅町《あさくさかやちょう》の金持ちの息子、清太郎は厳しく育てられ、手《て》代《だい》（使用人）の代次とおしゃべりをして憂さを晴らす日々。ある日、父の留守中に近所のかめ屋から蕎麦《そば》の出前を注文する。蕎麦を待つ間に清太郎はうとうとし、夢の中に浅草並木の栄華屋という夢を商う店が出現。栄華屋は邯《かん》鄲《たん》の枕を貸し出し、金額に応じた内容の夢を見せるという。清太郎は自分の家から千両を盗み出し、50年分の夢を買う。

最初の20年は京、大坂、長崎と遊歴し、唐にまで行って遊蕩する。40歳になり、江戸が一番自由だと悟り、戻って江戸の遊里で4人もの芸妓を身請けし、遊里での遊びに飽きると、俳諧、歌舞伎、能、茶道と通な遊びを楽しむ。70歳になり、浅草茅町の実家に行くと、清太郎は死んだことになっており、家は手代の代次が継いでいた。代次は全財産を処分し、清太郎が遊び倒した50年分のツケ100万両を払う。戻った清太郎と代次は剃髪し、悟りを開くため諸国へと修行の旅へ出る。

清太郎は目覚める。全て夢だった。そこにかめ屋が出前の蕎麦を持ってきた

ひとこと

遊蕩し、栄華を極め、何もかも手に入れた後、何もかも失う。夢から覚めて現実を知るという、恋川春町《こいかわはるまち》の『金々先生栄花夢《きんきんせんせいえいがのゆめ》』（174頁）と同テーマの作品。ところが喜三二《きさんじ》の方は、金々先生が「栄華を極めたところで一炊の夢だ、真面目に働こう」と悟るのに対して、「どうせ夢なら楽しい方が良くない？ それもまた徳ってやつじゃん」と洒落《しゃれ》る。

物語では「なんかめちゃくちゃ景気がいい夢見ちゃった

な」という清太郎に、小僧が「良い前兆かもしれないっすよ、富くじ（宝くじ）当たっちゃうんじゃないですか？」と、これまた夢のようなことを言っている。そんな景気のいい話をしながら食べるのは「俺が奢ってやれるのはこのくらいしかないんだ」という1杯16文の蕎麦《そば》なのである。

本作は、大田南畝《おおたなんぽ》が絵双紙評判記『菊寿草《きくじゅそう》』で「立役之部」の巻頭極上上吉《ごくじょうじょうきち》と評価。これをきっかけに蔦屋重三郎《つたやじゅうざぶろう》が書肆版元《しょしはんもと》として名を上げ、さらにこの礼として南畝宅を蔦重が訪れたことにより、狂歌サロン交流が始まる。

25 文《ぶん》武《ぶ》二《に》道《どう》万《まん》石《ごく》通《どおし》

◉黄表紙《きびょうし》　◉社会風刺

作：朋誠堂喜三二《ほうせいどうきさんじ》　画：喜多川行麿《きたがわゆきまろ》

初出：天明《てんめい》8（1788）年　版元：蔦屋重三郎

源頼朝の命を受けた畠山重忠《はたけやましげただ》は、諸国の大名たちを文と武、「ぬらくら」の3つに分け、ぬらくらたちは箱根に湯治に行かされ、遊芸を見極められる。さらに、大磯の揚屋《あげや》で財産をふるい落とされ、性分を矯正される。

26 鸚鵡《おうむ》返《がえし》文《ぶん》武《ぶの》二《ふた》道《みち》

◉黄表紙《きびょうし》　◉社会風刺

作：恋川春町《こいかわはるまち》　画：北尾政美《きたおまさよし》

初出：天明《てんめい》9（1789）年　版元：蔦屋重三郎

延《えん》喜《ぎ》の御代《みよ》、菅秀才《かんしゅうさい》が武を奨励するが、あたりかまわず矢を放つ、牛若丸に倣《なら》い五条大橋などで人を襲う、馬術の稽古と称して馬ではなく陰間《かげま》（男娼）や女郎に乗るなど、洛中が騒動となったので、今度は大江匡房《おおえのまさふさ》を登用して聖賢《せいけん》の道を講ぜしめる。今度は「政治は凧揚《たこあ》げのようなもの」と勘違いして凧揚げが流行し、これを仲間だと思った鳳凰《ほうおう》もやってくる。鳳凰は見世物小屋で見世物となり、やってきた麒麟《きりん》は鳳凰の檻の隅に置かれた。

ひとこと

25話と26話は、どちらも寛政《かんせい》の改革の文武推進を風刺したもの。出版時期は1年ずれてはいるが、版元の蔦屋重三郎《つたやじゅうざぶろう》はセットと考えていたのだろう。『鸚鵡返《おうむがえし》』は『文武二道《ぶんぶにどう》』の続編という形になっている。既に出版統制の兆しを感じていた版元が速やかに内容変更するなか、本作の内容はかなり際どく、これが評判となった。曲亭馬琴《きょくていばきん》の『近世物之本江戸作者部類《きんせいもののほんえどさくしゃぶるい》』によると、「いよゝますます行れて、こも亦大半紙摺りの袋入りにせられて、二三月比まで市中売あるきたり」とあり、相当売れたらしい。

当然松平定信の耳に入り、この2冊は絶版となる。喜三二《きさんじ》は藩主から事情聴取され、戯作《げさく》の筆を折った。松平定信に呼び出された春町は病気を理由に応じず、そのまま死去した。自殺とも言われている。

馬術の稽古と言いつつ女郎に乗る場面。
『鸚鵡返文武二道』恋川春町作　北尾政美画　東京都立中央図書館蔵

6章

恋愛・ヒューマン

ロマンスが人を狂わせる封建社会で貫く情と業

恋愛・ヒューマン

「清姫日高川に蛇体と成る図」月岡芳年画　東京都立中央図書館蔵

物語の題材に、恋愛や情愛といった人間同士の感情描写は欠かせない。恋にしろ愛にしろ、その人間を動かす原動力となり、時には人生を変えるからだ。

封建社会の江戸時代、恋愛はそうそう自由なものではなかった。家柄、お金、政治、宗教……、多くの障害が愛し合う者たちを引き裂こうとする。不条理な秩序に翻弄《ほんろう》される恋人同士が、来世に望みをかけ死への道行きを決意する姿は、歌舞伎や浄瑠璃、浮世草子《うきよぞうし》や読本《よみほん》に描かれ、彼らのロマンスに多くの庶民が共感し、涙を流した。

近世ロマンスのもうひとつの特徴として、恋情と業の密接な関連があるだろう。愛は欲となり、嫉妬や執着を生む。この感情は鬼となり、蛇体となる。恋を全うさせること自体が人の業となると説いてくるのだ。

もちろん、少女漫画やラブコメ的な恋愛譚も多く、多くの女性たちが目をハートにし、男性たちは作中のイケメンを手本にしてその粋な台詞《せりふ》をまねてみた。勧善懲悪、ミステリー、怪異、ハーレムラブコメ等々、現在よりも自由で多種多様な愛の形。近世ロマンス、恐るべし。

1　恋愛・ヒューマン

桜姫東文章《さくらひめあずまぶんしょう》

永遠の美少女桜姫《さくらひめ》が女郎に？　南北《なんぼく》が仕掛ける逆さまの世界

◉歌舞伎　◉どんでん返し　◉恋愛3（夫婦・恋人の愛憎劇）

作：鶴屋南北《つるやなんぼく》　初出・初演：文化《ぶんか》14（1817）年3月、江戸河原崎座

登場人物

桜姫《さくらひめ》・風鈴《ふうりん》お姫……吉田家の娘で白菊丸の生まれ変わり。前世の記憶はない。のちに権助と暮らすために小塚原《こづかはら》岡場所の女郎となり風鈴お姫と名乗る。

清玄《せいげん》……新清水寺（鎌倉の長谷寺《はせでら》）の高僧。白菊丸と心中しようとしたが生き残った。出家しようとやってきた桜姫が白菊丸の転生した姿と知り、夫婦になろうと桜姫にせまる。

釣鐘権助《つりがねごんすけ》……桜姫を凌辱《りょうじょく》し吉田家の当主と桜姫の弟を殺し、家宝「都鳥《みやこどり》の一巻《いちかん》」を盗んだ盗賊の信夫《しのぶ》の惣太《そうだ》。腕に釣鐘の刺青がある。

白菊丸《しらぎくまる》……清玄と相思相愛だった稚児《ちご》。江ノ島で清玄と心中し、自分だけ死んでしまう。桜姫に転生する。

入間悪五郎《いるまあくごろう》……桜姫の許嫁《いいなずけ》だが信夫の惣太を利用しようとするなどあまりよろしくない素性。最終的に吉田家への婿入りはかなわなかった模様。

発端は江ノ島《えのしま》稚児ケ淵《ちごがふち》の場から。修行僧であった清玄《せいげん》は稚児《ちご》の白菊丸《しらぎくまる》と契りを結んでしまい、道ならぬ恋を儚《はかな》み心中を図るが、清玄だけ生き残ってしまう。

17年後。吉田家の娘である桜姫《さくらひめ》は大変に美しく、しかし生まれつき左手が開かない障害があった。不幸なことに、父親と弟は盗賊に殺され家宝の「都鳥《みやこどり》の一巻《いちかん》」は盗まれ、さらに自分は凌辱《りょうじょく》され妊娠してしまった。赤子を里親に出し、自分は出家するつもりで新清水寺に来ていた。清玄が経を唱えると閉じていた左手が開き、中から香箱が出て来る。それは17年前に清玄が白菊丸と取り交わした香箱であった。清玄は、目の前の美しい姫は白菊丸が転生した姿だと知り愕然とする。

しかし、桜姫は悪五郎《あくごろう》のラブレターを言付かってやってきた男に惹《ひ》かれていた。この男・釣鐘権助《つりがねごんすけ》こそ桜姫を犯した張本人。桜姫はその夜が忘れられず、権助に思いを打ち明ける。権助は、父と弟を殺し、「都鳥の一巻」を盗んだ本人であることは打ち明けず、桜姫と再会を喜びその場で濡れ場を繰り広げる。

逃げた桜姫と権助を、清玄は探し求めて歩くも、運命のいたずらかすれ違いが続く。やっと巡り合えた時に、清玄は前世からの因縁であると打ち明け、夫婦になろう、とも

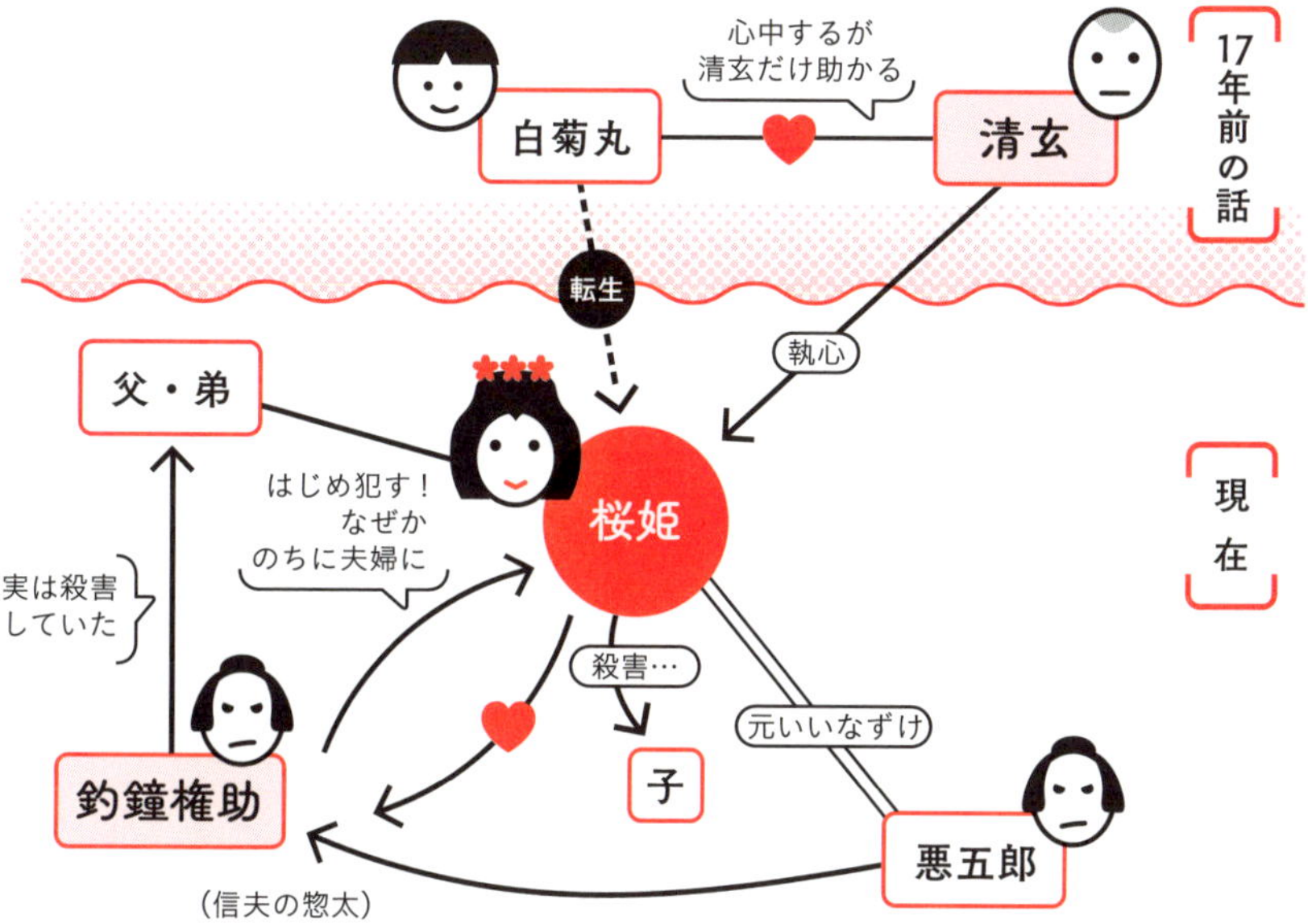

『桜姫東文章』主要人物相関図

に死のうと口説くが、桜姫と争ったはずみで出刃包丁で喉をついて死んでしまう。

桜姫は権助の手引きで小塚原《こづかはら》の女郎に身を落とし、風鈴《ふうりん》お姫として名をはせる。権助と桜姫は赤子を預かり、長屋の大家となって暮らしていた。

ある日、権助が寄合に出かけて赤子と2人だけでいるところに清玄の亡霊が現れ、自分と権助が兄弟であること、預かっている赤子は桜姫と権助の子であることを告げて消える。

帰って来た権助は酔った勢いで、吉田家で桜姫の父と弟を殺し「都鳥の一巻」を盗んだことを口走る。桜姫は、惚れた男が家を貶《おとし》めた「信夫《しのぶ》の惣太《そうだ》」であることを知り因果に慄《おのの》く。仇の血を引いた我が子を殺し、続けて権助を殺し、「都鳥の一巻」を取り戻し桜姫は家を飛び出す。

三社祭の祭り囃子《ばやし》の中、家宝を取り戻し御家の仇を討った桜姫が葛籠《つづら》の中に隠れており、吉田家の者たちが運び出す。しかし、人殺しの桜姫を追う十手を持つ捕手《とりて》たちが取り囲む。

春の夜は追々更けますれば、今日はここまで……。

ここがエモい

永遠の美少女・桜姫が遊女に前世の縁よりも今世の恋に生きる

清玄桜姫物《せいげんさくらひめもの》と隅田川物《すみだがわもの》を綯《な》い交《ま》ぜにした時代世話物。当時は8幕あったが、現代は御家騒動部分をかなり端折って4幕ほどに補綴《ほてい》しているので世話物に近くなっている。

この芝居が始まった文化期は寛政の改革の記憶も新しく、倹約や思想統制の名残がある時期だった。そんな時勢に、永遠の美少女であり処女の桜姫を、こともあろうに凌辱《りょうじょく》し妊娠させ、その男に惚《ほ》れて遊女に身を落とすとは（しかも濡れ場あり）、炎上必至だ。これこそ、**鶴屋南北《つるやなんぼく》の得意技「逆さま」の趣向だった。**

それまでは、運命の美少女に出会ってしまった清玄の破戒と因果に翻弄《ほんろう》される桜姫に焦点を当てて描かれてきた清玄桜姫物だったが、南北は桜姫が持つ欲と業を美少女の仮面から容赦なく削り出す。**桜姫が情欲のまま姫の立場をかなぐり捨て自分を犯した権助に迫り、恍惚《こうこつ》として帯を解かせるシーンは衝撃的だ。**

本作の発端である「江《え》ノ《の》島《しま》稚児《ちご》ヶ《が》淵《ふち》の場」の、清玄が稚児白菊丸《しらぎくまる》と心中し、自分だけ助かるというシーンは、稚児ヶ淵で稚児が入水した伝説に基づいている。鎌倉鶴岡相承《そうしょう》院《いん》で学問を学んでいる白菊という稚児に出会った鎌倉建長《けんちょう》寺《じ》広徳院《こうとくいん》の僧侶自休《じきゅう》は、その姿を忘れられなくなりラブレターを送る。しかし白菊は自休の想いに応えず、想いを募らせる自休に追い込まれた白菊は江ノ島の淵から身を投げる。これを知った自休も白菊の後を追った……というものだ。

後を追われた白菊が気の毒でならないのだが（死んでもストーカーが追ってくるとか恐怖でしかなかろう）、本作の清玄と白菊丸は両思いである。故に、今世で結ばれないのなら来世で、と申し合わせて心中するわけだが、ここで清玄は「いや、自分ここまで修行してきて死ぬとかどうなの？」と、白菊丸が飛び込んだ後を追わなかった。死に遅れたというやつである。

死に損なって生き残ったわけではなく、生きることを選んでしまった清玄。白菊丸への罪悪感もあったであろうし、生を望んだ浅ましさに自己嫌悪に陥ったこともあっただろう。そう。この時の清玄はまともであった。しかし、桜姫の左手から自分の名を刻んだ香箱を見て、清玄は恋に狂う。前世の恋人である白菊丸との因縁に震えながらも、桜姫を追い求めていくのだ。ところが桜姫の方はというと、目の前の高僧が前世の自分の恋人であるという設定に、全く頓着しない。「いや、私には関係ないし、前世の記憶とか知らんし、道ならぬ恋が忘れられないのはそっちの勝手」と言い放つ。そして自身は、そこに因縁が潜んでいるとも知らず、破滅への恋へと飛び込んでいくのだ。

そこに、因果に翻弄されさめざめと泣く弱い姫の姿はない。煙管をふかし、お姫様の言葉と岡場所（遊郭）の言葉がごっちゃになった伝法《でんぽう》な口調で、化けて出てきた清玄に「そこへ来ている清玄の幽霊どの、つきまとう性があらば、ちっとは聞き分けたがいいわな」とひとつも動じない。

しかし、権助が家の仇と知った桜姫はいきなり夢から覚め正気に戻る。我が子も仇と刃《やいば》を立て、あんなに惚れた男をめった刺しにするのだ。

ラストシーンは、最近のものでは桜姫を囲んで大団円というわかりやすいハッピーエンドになっているが、南北は桜姫の生死も行く末もぼかしている。当時はこの後、「所作事」が続けられたらしい。演劇評論家・郡司正勝《ぐんじまさかつ》の昭和42（1967）年の補綴では、桜姫は生きた姿を現しているが、十手《じって》（捕方《とりかた》）に取り囲まれ「そんならここで」と自刃をほのめかし、幕となる。

桜姫が女郎となる設定は、当時品川の女郎が自分は日野中納言の娘だと言い世間を騒がせていたが、ウソだとわかり手鎖《てぐさり》の刑となった事件から取り入れている。時事ネタを入れて巧みに物語を展開する手法も南北の得意とするところであった。

関連資料

『鶴屋南北全集　第6巻』（三一書房）、『通し狂言桜姫東文章・国立劇場上演資料集』（日本芸術文化振興会）。国立劇場上演資料集は、これまでの補綴台本が掲載されている。

「桜姫東文章」歌川豊国画　東京都立中央図書館蔵

2 恋愛・ヒューマン

曾根崎心中《そねざきしんじゅう》

死への道行きが恋の手本 実際の情死事件に取材

◉浄瑠璃、歌舞伎
◉恋愛6（心中）

作：近松門左衛門《ちかまつもんざえもん》　初演：元禄《げんろく》16（1703）年、大坂竹本座

登場人物

徳兵衛《とくべえ》……叔父が営む醤油屋の手代《てだい》（使用人）。遊女であるお初と恋仲にあるが、叔父の娘（徳兵衛の従妹）との縁談を進められる。

お初《はつ》……大坂堂島新地・天満屋《てんまや》の遊女。徳兵衛と恋仲。

九平次《くへいじ》……徳兵衛の友人。結納金を徳兵衛から騙《だま》し取る。お初の客。

叔父……内本町《うちほんまち》の醤油屋・平野屋の主。甥の徳兵衛を手代として雇っている。自分の娘と徳兵衛に所帯を持たせようと先走って、徳兵衛の継母に結納金を入れてしまう。

大坂堂島新地《どうじましんち》・天満屋《てんまや》の遊女のお初《はつ》は、客に伴われて大坂三十三所観音廻りの帰りに茶店で休んでいると、恋人である徳兵衛《とくべえ》と偶然に出会う。徳兵衛は叔父から叔父の娘との縁談を進められ、これを断ったため勘当されたという。

徳兵衛は叔父の家である内本町《うちほんまち》の醤油屋・平野屋で丁稚《でっち》奉公《ぼうこう》をしていたが、働きぶりを認められて娘との結婚を叔父から勧められた。しかしお初がいるため徳兵衛がこの話を断ると、既に徳兵衛の継母に結納金を入れてしまったと怒り、結納金の返還やこれまでの様々な金を返して大坂から出て行けと言われてしまった。しかも返還しなければならない2貫目の結納金は、継母から取り返したあと、どうしても必要だという友人の九平次《くへいじ》に貸してしまった。

ここまで話したとき、九平次がやってくる。ただならぬ雰囲気に、喧嘩《けんか》に巻き込まれたくない客はお初を連れて店の外に出る。徳兵衛は九平次に返済を迫る。しかし九平次は「借金など知らん」と、反対に徳兵衛を詐欺師呼ばわりして、殴りつけた。公衆の面前で恥をかかされ、金が返ってこないことで叔父への返済ができない徳兵衛は、死んで身の潔白を証明するしかないと決意する。

日が暮れて、徳兵衛はお初の元を訪れる。お初は他の人に見つからないように、徳兵衛を縁の下に隠す。そこに九平次が客としてやってきて徳兵衛の悪口を言いふらす。これを聞いたお初は九平次を冷たくあしらい、縁の下の徳兵

衛に足を使って心中の覚悟を伝え、徳兵衛はお初の足を首にあててお初の覚悟に応える。

深夜、店から抜け出したお初と徳兵衛は、この世の名残を惜しみながら曾根崎《そねざき》の天神の森へと赴く。松と棕櫚《しゅろ》との相生《あいおい》の木に体を縛り付け、徳兵衛は震えながらお初の喉に脇差しを突き刺し、自分も喉を刺して死ぬ。この心中を、人々は「恋の手本」と仰いだ。

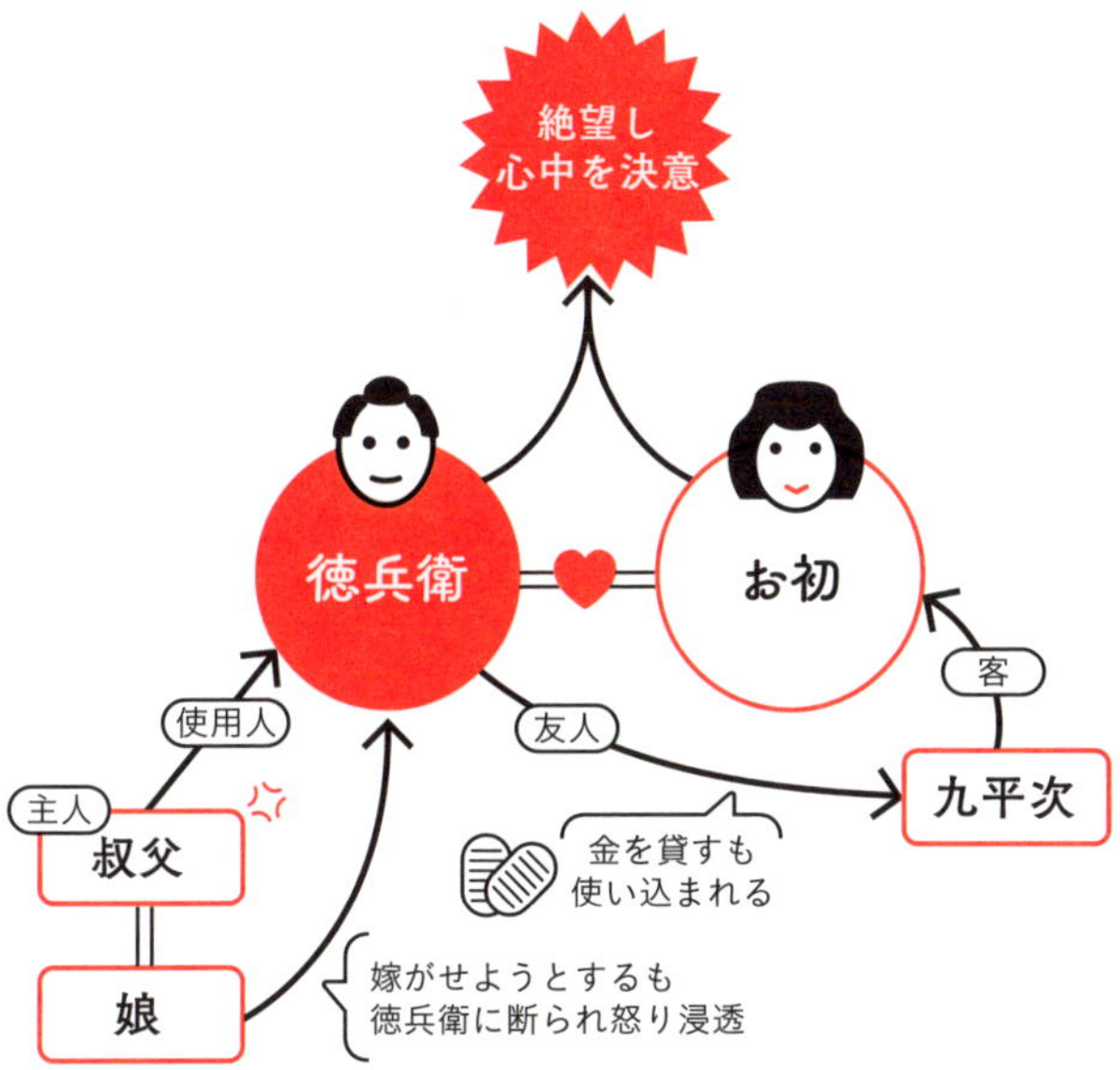

『曾根崎心中』主要人物相関図

ここがエモい
心中が大流行した背後にどうにもできない格差社会の広がりが

元禄《げんろく》16（1703）年の4月7日、大坂の曾根崎天神の森で心中事件が起きた。油屋の手代《てだい》徳兵衛《とくべえ》と新地の遊女お初。本作はこの実際にあった心中事件に取材した世話物《せわもの》で、事件から驚きのスピードで芝居化されている。

なぜこれほどまでに早く浄瑠璃となったのか。それだけこの心中事件が庶民の関心を集めたからだ。

時は徳川綱吉《つなよし》の時代。幕府の金はそろそろ底を突きかけており、なのに綱吉は「歴代の将軍みたいに日光（社参）に行きたい」と駄々をこね、これを聞いた勘定奉行荻原重秀《おぎわらしげひで》は貨幣の改鋳《かいちゅう》で将軍日光ツアー予算（とても金がかかる）をひねり出した。出るも出したわ500万両。側用人《そばようにん》柳沢吉《やなぎさわよし》保《やす》の賄賂《わいろ》政治にも拍車がかかり、世は元禄バブル真っただ中だ。このバブルは商業発展にも寄与し、同時に「雇うもの」「雇われるもの」を作り貧富の差を生む。**経済が発展すればするほど広がる格差は、庶民にとって理不尽でしかない。**

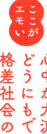

特にこの頃、社会経済の庶民への圧迫に反抗するかのように、やたらと心中事件が流行した。元禄16年には心中者の名鑑『心中恋のかたまり』、翌年の宝永《ほうえい》元（1704）年には『心中大鑑《しんじゅうおおかがみ》』という物騒な本まで出版されている。2年間で36件の心中事件があったらしい。そんな中、身請けされると知った2人による死への道行き。**金がない2人が恋を全うする唯一の手段が「心中」であること**に、多くの庶民が共感し、涙したのである。

本作のクライマックスは、お初と徳兵衛が言葉を交わさずとも心中を決意する場面だ。「徳さんも死ぬ覚悟」と縁の下に隠れている徳兵衛にお初が素足を差し出す。徳兵衛がその足を恍惚《こうこつ》とした表情で己の首にあてる。お初の素足はまるで刀のようでもあり、死に快感すらも感じさせる徳兵衛の動きは、妖しく哀しい。

近松門左衛門《ちかまつもんざえもん》は『長町女腹切《ながまちおんなのはらきり》』で、「世間多い心中も、銀（かね）と不幸に名を流し、恋で死ぬるはひとりもない」と説く。心中は恋に殉じるのではない。金がないから恋に殉じるしか方法がないのだ。

金が全てを解決できる世の中になり、金に詰まり不幸を重ねる庶民の不条理。そんな時代背景の中での心中の流行であった。

冒頭、お初は観音巡りをしている。これは、心中へのフラグであり、恋に殉じた徳兵衛も観音様のご加護があったであろうと観客に希望を持たせる、近松なりの優しさだったのかもしれない。

『霜釖曽根崎心中　天満屋おはつ・平野屋徳兵衛』歌川豊国画
国立国会図書館デジタルコレクション

関連資料

翻刻は『近松全集　第4巻』、『日本古典文学大系 第49　近松浄瑠璃集　上』、『曾根崎心中・冥途の飛脚』（以上岩波書店）、『近松世話物集1』（角川文庫　角川書店）等。

3 恋愛・ヒューマン

怪《かい》談《だん》牡《ぼ》丹《たん》燈《どう》籠《ろう》

無邪気な初恋がもたらす罪
圓朝《えんちょう》怪談の名作

◉落語　◉怪談・幽霊もの
◉恋愛1（心中以外の悲劇・悲恋）　◉どんでん返し
作：三遊亭圓朝《さんゆうていえんちょう》
初出：高座は幕末頃か。速記刊行は明治17（1884）年

登場人物

萩原新三郎《はぎわらしんざぶろう》……浪人。家を貸して収入を得ている。真面目で真っ直ぐな性格で、お露に一目惚《ぼ》れするが想いを告げられない。
お露《つゆ》……飯島平左衛門の娘。妾との折り合いが悪く、下女のお米と亀戸の寮に住む。新三郎に一目惚れするが焦がれ死にしてしまう。
お米《よね》……お露の下女。
山本志丈《やまもとしじょう》……新三郎とお露を引き合わせた太鼓持ち医者。伴蔵の秘密を知る。
白翁堂勇斎《はくおうどうゆうさい》……人相見。新三郎に死を予言する。
伴蔵《ともぞう》……新三郎の店子であり下男。100両で新三郎の家のお札を剥がす。
お峰《みね》……伴蔵の妻。幽霊から100両せしめるようにそそのかす。
飯島平左衛門《いいじまへいざえもん》**（平太郎**《へいたろう》**）**……武士。お露の父親。刀屋の店先で酔った黒川孝蔵に絡まれ、試し切りしたいという欲に負け、斬り殺してしまう。後に、孝蔵の息子である孝助を奉公人として迎える。
お国《くに》**・宮邊源次郎**《みやべげんじろう》……お国は飯島平左衛門の妾。宮邊源次郎はお国の密通相手。2人は邪魔な孝助を殺そうと企む。
黒川孝蔵《くろかわこうぞう》……酒癖が悪い武士。孝助の父親。飯島平左衛門に斬られて死ぬ。
黒川（相川）孝助《こうすけ》……黒川孝蔵の息子。父の仇と知らず飯島平左衛門の家の奉公人になり、剣術を教わる。
相川新五兵衛《あいかわしんごべえ》……お徳の父親で孝助の舅《しゅうと》。
お徳《とく》……相川新五兵衛の娘で孝助の妻となる。
おりえ……孝助の実の母親。お国と源次郎の居場所を孝助に教える。

寛《かん》保《ぽう》3（1743）年、飯島平太郎《いいじまへいたろう》は、本郷の刀屋・藤村屋で酒乱の黒川孝蔵《くろかわこうぞう》に絡まれ、刀の試し切りをしてみたいとの欲に負けて孝蔵を斬る。宝暦《ほうれき》9（1759）年、平太郎から名を改めた飯島平左衛門《へいざえもん》は、女中のお国《くに》を妾にする。

年が明けて3月、斬り殺された黒川孝蔵の息子・孝助が親の仇である飯島平左衛門の家来になり、自分の父の仇を

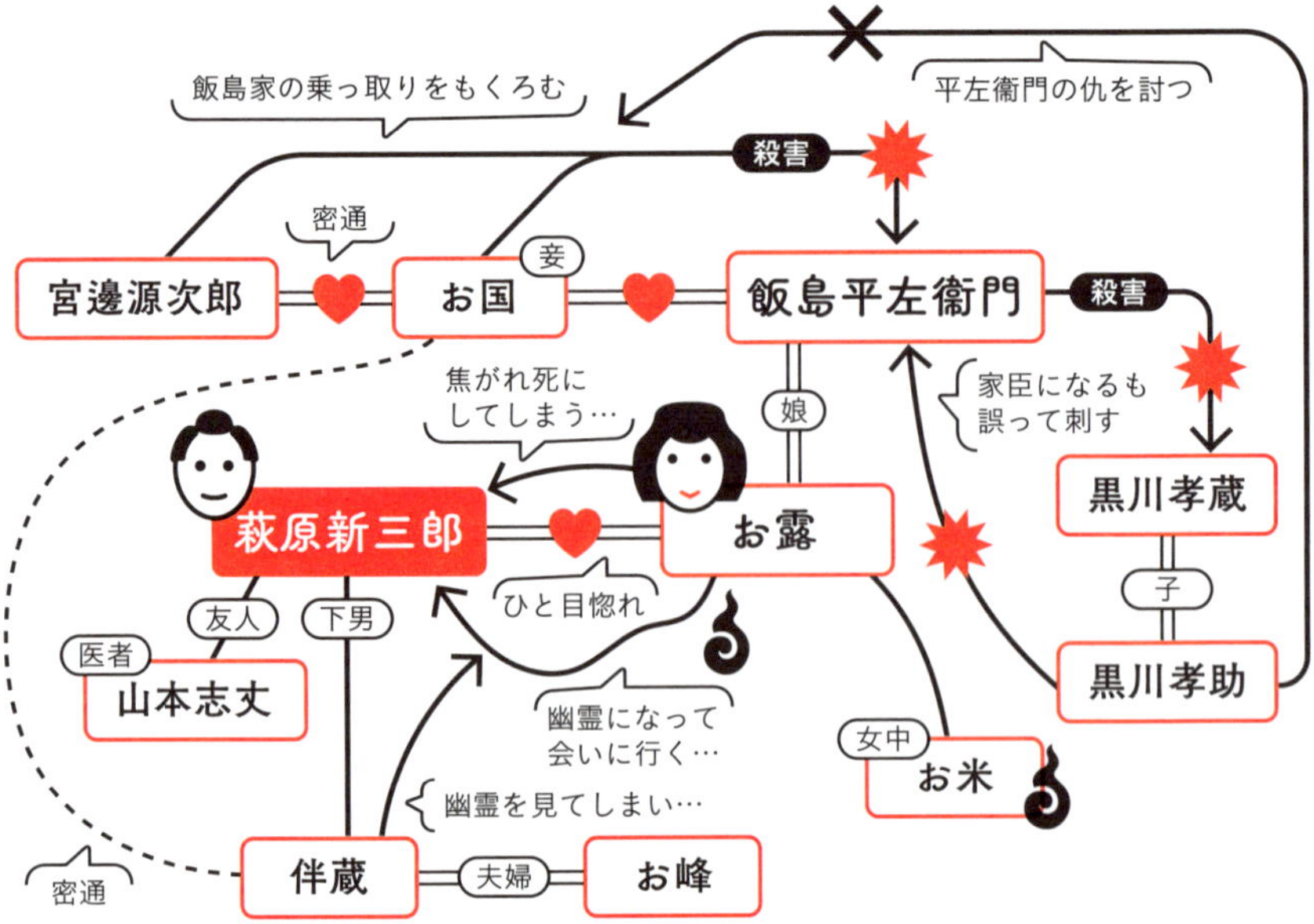

『怪談牡丹灯籠』主要人物相関図

討ちたいと平左衛門にもらす。平左衛門は孝介を黒川の息子だと知りながらも、剣術を教え助太刀することを約束する。

　平左衛門の妾であるお国は、隣家の次男である宮邊《みやべ》源次《げんじ》郎《ろう》と密通。孝助は、2人が平左衛門を殺して家を乗っ取ろうとしていることを知り、2人を討ち自分は切腹を決意する。

　ちょうど同じころの宝暦10（1760）年2月、亀戸の梅見の帰りに医者の山本志丈《やまもとしじょう》に連れられてきた萩原新三郎《はぎわらしんざぶろう》と、飯島平左衛門の娘・お露が柳島の寮で出会い、互いにひと目惚《ぼ》れ。その日は名残惜しくも別れたが、新三郎が会いに行く前にお露が焦がれ死にしてしまう。

　何日か経ち、山本志丈からお露と女中のお米《よね》が死んだことを告げられた新三郎は悲しみにくれていたが、死んだと聞いたお露が新三郎の前に現れる。2人は契りを交わし、やがてお露は毎夜新三郎の家を訪れるようになる。

　不審に思った新三郎の下男である伴蔵《ともぞう》が家をのぞいてみると、新三郎の側には女の幽霊。伴蔵は驚き、白翁堂勇斎《はくおうどうゆうさい》の元へ知らせに行く。

　新三郎は谷中新幡随院《やなかしんばんずいいん》の墓場でお露が毎夜持ってくる牡丹燈籠を見て、契りを交わしたのはお露の幽霊であることを知る。伴蔵から知らせを聞いた白翁堂勇斎は高僧・良石《りょうせき》を紹介。良石はお札と仏像を新三郎に貸し与える。

いつものようにカラン、コロンと下駄の音をさせ、お露とお米がやってくる。しかし、お札が貼ってあるため入ることができない。お露とお米の幽霊は、伴蔵と妻のお峰に、新三郎宅のお札をはがし、仏像を取り捨ててくれと頼む。お峰の入れ知恵で、100両で請け負う。

その頃、飯島平左衛門の金100両が何者かに盗まれ、お国は孝助に罪を被せようとするが、平左衛門の機転で孝助の疑いは晴れる。孝助は源次郎を討とうとしたが、間違えて平左衛門を刺してしまう。平左衛門は自分が孝助の仇であると告げる機会を待っていたと打ち明ける。平左衛門は源次郎に殺され、源次郎とお国は逐電（逃亡）する。

孝助は相川家の娘・お徳と祝言を挙げ、平左衛門の仇を討つため源次郎とお国を追う旅に出る。

伴蔵と妻のお峰は、幽霊から100両を受け取る。新三郎を湯浴みに誘い仏像を偽物とすり替え、お札を取り去る。お札をはがした翌朝、伴蔵とお峰がいつものように新三郎を起こしに家に行くと、新三郎は死んでいた。脇に髑髏《どくろ》があり、その髑髏の手が新三郎の首にかじりついていた。

伴蔵とお峰は盗んだ仏像を埋め、伴蔵の故郷・栗橋《くりはし》に向かい、100両を元手に荒物屋「関口屋」を開く。伴蔵は料理屋の酌婦と密通。この酌婦こそ、孝助が探す平左衛門の元妾のお国であった。

お国と伴蔵の仲に感づいたお峰の口を封じるため、伴蔵はお峰を刺し殺す。やってきた幇間《ほうかん》（太鼓持ち）医者の山本志丈に、新三郎の死や新三郎が持っていた仏像が偽物であったなど矛盾の理由を問い詰められ、伴蔵は新三郎を自分が殺したと打ち明ける。伴蔵は志丈に「仏像を売った金を山分け」と言いくるめ、2人は盗んだ仏像を金に換えるため、江戸へ出立する。

お国を探していた孝助は、平左衛門の法事の帰り道で、口止めに志丈を殺した伴蔵が捕らえられたのを見る。白翁堂勇斎を訪ねたところ、4歳のときに別れた母親おりえと再会する。おりえは、お国は再婚相手の連れ子であり、源次郎とともに宇都宮に隠れていることを伝える。孝助は2人を追い、ついに本懐を遂げる

伴蔵は仕置きとなる。孝助がその捨て札をみると、主人であった飯島平左衛門の娘・お露と萩原新三郎が恋に落ちたところから伴蔵の悪事が始まったことを知る。

孝助は主人と娘、萩原新三郎のために、濡れ仏を建立いたしたという。

ここがエモい

実は怪談ではなく、恋愛スパイスのミステリーという仕掛け

幽霊となって足がないはずのお露《つゆ》が「カラン、コロン」と下駄《げた》の音をさせる演出が話題となり、小さい子どもまでが「カラン、コロン」とまねていたという。新三郎《しんざぶろう》がお露の死を知る前と後で、聞こえ方が大きく変わるのも面白い。三遊亭圓朝《さんゆうていえんちょう》と共に大看板を張った講釈師の松林伯圓《しょうりんはくえん》は「圓朝は贅沢《ぜいたく》だ。**幽霊に下駄をはかせるんだから**」と、演出に驚嘆していたという。

さて、タイトルが「怪談牡丹燈籠」だというのに、お露新三郎の牡丹燈籠の下りは、全22章のうちわずかである。しかも、死んだ新三郎はお露の呪いでもなんでもなく、下男の伴蔵《ともぞう》に殺されたというどんでん返しが待っている。

お露の一途さと恋に殉じる新三郎、下駄の音が意味する熱情と恐怖。この2人の「恋」がテーマとなるはずだと誰もが思うところを、圓朝は知らん顔で新三郎を伴蔵に殺させ、お露新三郎の存在は、火曜サスペンス劇場の導入30分の寸劇のような扱いである。高座が進むにつれて、**聴く者はこの話が「探偵もの」だと知るのである。**伴蔵が殺したと白状するシーンで、何人の人が「お前かい!!」と突っ込んだのだろう（私も六代目圓生のCDに突っ込んだ）。

ただ、この「怪談牡丹燈籠」は明治になってから速記されたもので、創作当時の圓朝がどのように演じていたかはわからない。タイトルがタイトルだし、当初は本当に怪談だったのかもしれない。しかし、「真景累ヶ淵《しんけいかさねがふち》」（74頁）の項でも書いたように、**明治初頭、幽霊の話は御法度《ごはっと》であった。**「幽霊が出てきますけど、これは殺人事件ですよ。お露の幽霊は新三郎の神経病が見せた幻ですよ」と、時代の変化に合わせて変えていったのだろうと思われる。

結果として、ミステリーに変えたことでこの話の残酷性は極まり、圓朝が目指す落語の形としては大成功だった。

自分に焦がれ死にしたお露への想いと後悔、再会できてから毎夜繰り返される欲情、幽霊と契ってしまった業。どうにもならない感情に苛《さいな》まれている萩原新三郎を、伴蔵夫妻に殺させている。殺す理由は１００両の金だ。

伴蔵が狙った隙は、何も知らない若い2人の無邪気な恋である。無邪気であるが故に恋は執着となり、前世からの悪因縁であると言われればこれを信じ、因果の連鎖を止めるには死しか方法がないとばかりに新三郎は死ぬ。それが、憑《と》り殺されたなら恋に殉じたと言えるものを、欲にくらんだ悪党に殺されたのでは救いがない。死相を見た白翁堂勇《はくおうどうゆう》

斎《さい》は新三郎に「悪因果で避けることができない」と言う。身に覚えがない悪因果に人々は翻弄《ほんろう》される。「誠に仕方がない」と圓朝は突き放す。**理由のない悪因縁と身に覚えがない因果因縁は、幽霊なんかよりもよっぽど怖いのである。**

もうひとつのストーリーである御家騒動の主人公である孝助は、最終的に本懐を遂げているし、発端である平左衛門も結果として孝助に斬られるという始末がつけられる。こちらの方は勧善懲悪の従来のパターンだ。

この噺《はなし》だけでもストーリーとしては成り立ったであろう。なのになぜ圓朝は、牡丹燈籠を救いのない展開にして放り投げ、はっきり言って牡丹燈籠騒動に関係のない孝助に、供養の仏を建立させるという始末をつけたのか。

恋への執着も金への執着も、生への執着も、みな人が持つ業だ。手に入れることで快楽を享受し、それは「幸せ」に変換される。そんな己の幸せをつかもうとしても、手に入れることができず不幸に落ちたのなら、それは全て「悪因果」のなせる業《わざ》だ。**人が業を背負っている限り、「因果ですなあ」で済まされてしまう理不尽がこの世には存在するのだ。**

孝助と平左衛門の血を超えた、古くさい忠義の物語のすぐ隣で、執着と因果に翻弄される現実が並走する。たまに交差しつつも互いを見ることはない。関わることもない。

孝助が建立した濡れ仏は、悪因果に巻き込まれただけの青年・新三郎への、圓朝なりの始末だったのかもしれない。

関連資料

三遊亭圓朝の高座速記は『円朝全集 第1巻』（岩波書店）、『三遊亭円朝全集1』（角川書店）等。この他、六代目三遊亭圓生『圓生の落語3』（河出書房新社）など、圓朝以外の噺家による高座速記もある。

お札をはがした新三郎の家に入っていくお露とお米の幽霊。
『円朝全集』三遊亭圓朝著　国立国会図書館デジタルコレクション

4 恋愛・ヒューマン

道成寺《どうじょうじ》

鬼となった娘には蛇の鱗《うろこ》が安珍清姫伝説《あんちんきよひめ》の後日談

◉能、謡曲《ようきょく》 ◉歌舞伎
◉トラウマ・ルサンチマン ◉妖術・妖怪もの
◉嫉妬・葛藤

作者不詳（原案の『鐘巻《かねまき》』は観世小次郎信光《かんぜこじろうのぶみつ》） 初演：不祥

紀《き》州道成寺《しゅうどうじょうじ》の釣鐘供養《つりがねくよう》の日、白拍子《しらびょうし》（歌舞の女芸人）が来て女人禁制の寺内で舞う。白拍子は隙を見て梵《ぼん》鐘《しょう》の中に飛び込み鐘を落下させ、その中に消える。住持《じゅうじ》は道成寺にまつわる男女の恋物語を話し、祈禱《きとう》すると鐘が持ち上がり、仲から鬼女となった娘の怨霊が現れる。娘は男に捨てられた怒りに暴れるが、住持の法力によって祈り伏せられ、娘は耐えられず日高川《ひだかがわ》に飛び込む。

ここがエモい

追い続ける女と追われる男 焦がれる恋は執着となり鬼と化す

本作の能や歌舞伎舞踊の道成寺物《どうじょうじもの》は、いわゆる「安珍清《あんちんきよ》姫《ひめ》伝説」の後日談だ。簡単にあらすじを記す。

熊野詣《くまのもうで》に来た年老いた僧と若い美しい僧（安珍）は、真《ま》砂庄司《なごしょうじ》の娘・清姫《きよひめ》に一目惚れされた。何度も迫って来るので、安珍は熊野詣の帰り道で女の要望に従うと約束してしまう。しかし、安珍は立ち寄らずに帰った。これを知った清姫は激怒して鬼の形相で安珍を追いかける。

日高川《ひだかがわ》で安珍は船に乗り、清姫も船に乗ろうとするが船頭が清姫を拒む。いよいよ清姫は大蛇となって日高川に飛び込んだ。大蛇が追ってくることに気付いた安珍は、道成寺に逃げ込んだ。寺の僧たちは事情を聞いて、鐘の中に安珍を隠した。大蛇の清姫は鐘に巻きつき炎を発し、中にいる安珍を焼き殺してしまった。清姫は入水《じゅすい》した。その後、老僧の夢に蛇道に転生した2人が現れた。法華経供養《ほけきょうくよう》してやると2人は成仏し、天人の姿で現れた。2人はそれぞれ熊《くま》野権現《のごんげん》と観世音菩薩《かんぜおんぼさつ》の化身であった。

説話では清姫は成仏したことになっているのだが、後日談の本作では清姫の執着がぶり返したのか、それとも別の娘が鐘の因縁に引き寄せられたのか、そこはわからない。共通しているのは、恋をする女の蛇体化だ。

女が蛇に化けて愛する男を追い、最終的に殺してしまう怪談は多い。女が持つ嫉妬や執着が蛇になると信じられており、「疝気《せんき》は男の苦しむところ、悋気《りんき》は女の慎むところ」といわれる。嫉妬と執着は女の専売特許なわけではないのだが、当時は女の罪であった（解せぬ）。本作の白拍子《しらびょうし》は「蛇」の姿にはならず、鬼の面を着ける。その着物は三角形の文様であり、これは鱗《うろこ》を表している。つまり、娘はやはり蛇体化しているのだ。逃げる男を追う女。その姿は恐ろしい。しかし、執着も煩悩も人間だからこそ持ち得るのであり、そこにドラマが生まれるのである。

さて、鐘を襲った鬼は、法華経の読経《どきょう》で日高川に飛び込むが、成仏したのか逃げただけなのかはよくわからない（法華経の功徳《くどく》の話なので成仏したのだとは思うが）。しかし、呪われた鐘は音がおかしいということで、せっかく下ろしたものの山に埋められてしまった。この鐘を２００年後に豊臣秀吉が見つけて合戦に使用して、京都に持ち帰って法華経の総本山である妙満寺《みょうまんじ》に鐘を納めたという伝承があるらしい。さすが、怖い物知らずの豊臣秀吉である。

『和漢百物語　清姫』一魁斎芳年作
国立国会図書館デジタルコレクション

5　恋愛・ヒューマン

根南志具佐《ねなしぐさ》

恋人である瀬川菊之丞《せがわきくのじょう》が登場
奇才・源内《げんない》が繰り出すBL小説

◉談義本《だんぎぼん》　◉恋愛5（BL）　◉妖術・妖怪もの

作：天竺浪人《てんじくろうにん》（平賀源内《ひらがげんない》）
初出：宝暦《ほうれき》13（1763）年　版元：江戸岡本利兵衛

地獄はまるで宝暦《ほうれき》の浮世。その地獄に落ちてきた僧は、歌舞伎役者の瀬川菊之丞《せがわきくのじょう》に惚《ほ》れて焦がれ死にをしたのだが、その僧が持っている菊之丞の錦絵が美しく、閻魔《えんま》大王もぽーっとなり、台座から転げ落ちる。閻魔大王は何とかして菊之丞を地獄に呼びたい。どうやら近々、女形《おやま》・荻野八重桐《おぎのやえぎり》との舟遊びの予定があり、ここで菊之丞を攫《さら》ってしまおうと、水神竜王にこれを依頼する。

竜王は人間界に密偵をやり、帰ってきた業平蜆《なりひらしじみ》やさざえに情報を聞くが、報告はあるものの菊之丞を攫おうという者がいない。そこで竜王が怒り自ら出向こうとすると、河童《かっぱ》が「私が行きましょう」と言った。

両国橋の下を流れる大川で、菊之丞と八重桐の一行は舟遊び。中州で菊之丞が1人で船に残っていると、若侍に変化した河童が現れ、2人は親しくなる。

河童は自分がなぜここに来たのか、役目を話す。菊之丞は驚くが、河童の立場を考えると気の毒になり、大川に飛び込もうとする。それを立ち聞きしていた八重桐は、義理がある菊之丞の身代わりとなって飛び込んでしまった。

ここがエモい

江戸のマルチクリエイター初の小説
社会風刺の中に艶っぽさを交えた快作

平賀源内《ひらがげんない》といえばエレキテルが有名だが、あるときは本《ほん》草学《ぞうがく》や蘭学などの学者であり、またある時は殖産《しょくさん》事業家、そのまたある時は戯作者《げさくしゃ》・風来山人《ふうらいさんじん》に浄瑠璃作家・福内鬼外《ふくうちきがい》、俳人、画家、発明家……、でもお金にいつも詰まっている貧家銭内《ひんかぜにない》、しかしてその実態は⁉ 江戸のマルチクリエイターといったところだろうか。そんな時代に早すぎた天才・平賀源内は、自他ともに認める男色家。本作の瀬川菊之丞《せがわきくのじょう》が源内の恋人であった。

本作は源内の初の小説で、同年に、役者で本作にも登場する荻野八重桐《おぎのやえぎり》が隅田川で舟遊び中に溺死したという事件に取材している。この事件の背景を源内なりに想像して書いたというわけだ。閻魔大王に惚れられるほどの美貌を持つ菊之丞に、自分を子のように、兄弟のように育ててくれた義理を通す八重桐の姿は、一番近くで彼らを見てきた源内だからこそ、見立てもせずに本名で登場させられるというものだろう。

さらに、地獄から見た浮世の風景や舟遊びの様子を、風刺や穿《うが》ちを取り交ぜながら軽快な筆致で読ませていく。さらに、河童が化けた若侍を見つけ、ポッと恋に落ちる菊之丞、そして自らも菊之丞に恋をして死なせたくないと涙する河童、2人のイチャコラシーン。これは絶対に知っている者にしか書けない。みずみずしいというか、艶やかというか、**何かこうエロくて、さすがの源内である。**

源内は安永《あんえい》2（1773）年に菊之丞に先立たれ、自身は安永8（1779）年に獄死する。本作で菊之丞は、「黙っていても自分は畜生道に落ちるのだから、早めに地獄に行っても同じこと」と入水《じゅすい》しようとするのだが、畜生道に落ちるくらいのことはやってきたという自覚があっての言葉なのだろう。そして、畜生道に落ちるのは源内とて同じであった。むしろ、菊之丞ひとりで行かせやしない。源内こそ、菊之丞に惚れた、閻魔大王その人だったのではないか。

源内の『翻草盲目《ほんぞうもうもく》』には、死後に地獄に行って散々暴れ回るという内容が書かれている。

「平賀鳩渓肖像」（鳩渓《きゅうけい》は源内の別号）
『戯作者考補遺』木村黙老著　国立国会図書館デジタルコレクション

6 恋愛・ヒューマン

西《にし》山《やま》物《もの》語《がたり》

実際の事件に取材
江戸の「ロミオとジュリエット」

◉読本《よみほん》
◉恋愛1（心中以外の悲劇・悲恋）
作：建部綾足《たけべあやたり》　初出：明和《めいわ》5（1768）年
版元：文台屋太兵衛等　江戸京4書肆刊

西山松尾の郷士である大森七郎は、奇怪なことが起こると祖先彦七《ひこしち》が奉納した宝刀を、恐れもせずに取り戻す豪胆な武士であった。七郎の母が大病をした際、従兄弟の大森八郎は息子の宇須美を看病の手伝いに寄越し、七郎の妹かへと宇須美は相思相愛の仲となる。

　さる西国の大名が、「勝った方を召し抱える」と七郎と八郎を太刀合わせさせる。七郎は母の看病をしてもらった義理を返すため、八郎に勝ちを譲る。八郎が召し抱えられたため貧富の差が出来てしまうが、かへと宇須美の想いは変わらず、八郎家の祝いの席で皆が酔い潰れた真夜中に、ついにかへと宇須美の2人は契りを交わす。しかし、両家は疎遠となり逢瀬《おうせ》も途切れてしまった。

　八郎家は主君と共に東国へ行くことになり、かへと宇須

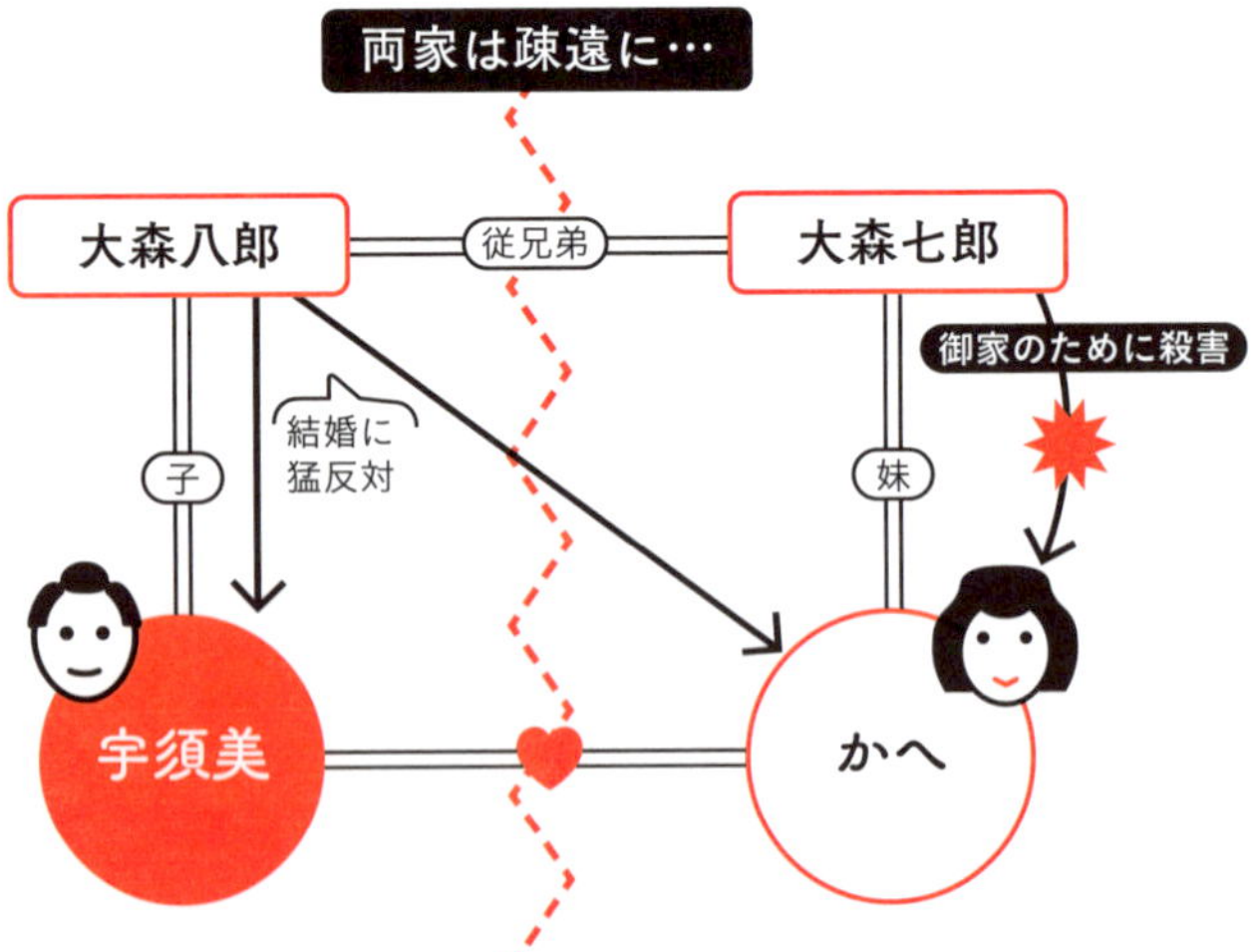

『西山物語』主要人物相関図

美は絶望する。2人の仲を察した七郎は、仲人を立てて八郎家に結婚を申し込むが、八郎は拒絶。七郎は婚礼衣装のかへを伴い八郎の家に行くが、やはり八郎は婚姻を承知しない。七郎は「このますらおの振る舞いを見よ」とかへを斬り殺す。八郎はかへの死体にすがり泣きながら、占者に不吉を予言され心を鬼にして反対したと告白した。

東国に行った宇須美は深草の草庵に住み、かへの菩提を弔っていた。ある秋の夜、宇須美の前にかへの亡霊が現れ、地獄での苦しみを語りながらも、「決して悟りを開いてくれるな」と言う。悟りを開き煩悩が消えてしまえば、二度とかへと宇須美はこうして会えなくなるからだ。

八郎の真意は七郎に伝わり、両家の関係も元に戻った。七郎家も栄えたという。

ここがエモい

来世より、現世を選んだ純愛 仏教にとらわれない救いの形

建部綾足《たけべあやたり》らしいロマン溢《あふ》れる読本《よみほん》である。注目すべきは、幽霊となったかへの**「決して悟りを開かないでほしい」という、人間の業を肯定する願いだ。**

秋の夜、経を読む宇須美は目の前のかへが死んだことを忘れ、今までどこに行っていたのかと問う。これにかへは、穢《けが》れの多い場所に行っていて、文《ふみ》も出せなかったと答える。しかし、会いたいと思う宇須美の心に引き寄せられ、こうして会うことができると、かへは言う。「もしいつまでもかく逢ひ見むとおぼさば、必ず仏の道に入り手悟り心になかへしたまひそ（中略）恋しとおぼす御心につきて、いくたびも幻の中に、ありし姿を見せ奉らむ」。

「怪談《かいだん》牡丹燈籠《ぼたんどうろう》」（237頁）で新三郎《しんざぶろう》は、煩悩を断ちきり一心にお露《つゆ》の成仏を願う。同じように、説話や能、浄瑠璃などでも、女が「出家して菩提を弔って」と伝え、男は悟りを開き出家して経を読む。全ては再び出会う来世への願いと救いだ。

ところがかへは、**仏教的な救いよりも「今、この時」の恋情を選ぶ。**宇須美に煩悩に苦しんでも自分を引き戻してほしいと願う。それは、かへがいつまでも地獄の責め苦に耐えることと同義である。**それでも「会いたい」という煩悩がつなぐ絆は、仏教の救いよりも尊いというのだ。**

綾足は、実の兄の妻と駆け落ちしている。その彼女は翌々年に死んだ。出家したが9年後に還俗した。会いに来てほしい。出家しても消えることがなかった思いと煩悩。綾足にとってそれは、喜びの痛みではなかったか。かへと宇須美の姿に重なる。

7　恋愛・ヒューマン

恋草《こいくさ》からげし八百屋《やおや》物語《ものがたり》

八百屋《やおや》お七《しち》の悲恋
刺さった棘《とげ》が恋の火種

◉浮世草子《うきよぞうし》『好色五人女《こうしょくごにんおんな》』巻四
◉恋愛1（心中以外の悲劇・悲恋）
作：井原西鶴《いはらさいかく》
初出：貞享《じょうきょう》3（1686）年　版元：大坂森田庄太郎

師《し》走《わす》28日の火事で本郷の八百屋八兵衛《やおやはちべえ》の家も焼け出され、檀那寺《だんなでら》である駒込の吉祥寺《きっしょうじ》に避難した。八兵衛の家にはお七《しち》という大変美しい一人娘がいた。年は16歳。年頃の娘ということもあり、母親はお七がひとりにならないように見張っていた。避難して数日経ったある日、寺小姓の少年が、指の棘《とげ》が抜けずに困っていた。お七の母親が毛抜きであれこれしてみても取れず、側で見ていたお七に「棘を抜いておあげ」と言う。お七は少年の手を取り棘を抜いてやると、少年はお七の手を握り返した。お七が寺の僧に聞くと、少年は小野川吉三郎《おのがわきちさぶろう》というらしい。それから、恋文を取り交わすようになった。

正月15日の夜、お七が吉三郎の部屋を探していると、下女がこっそりと教えてくれる。お七は吉三郎の部屋を訪れ、雷の音にお七が吉三郎にしがみつき、想いが通じ合い契りを交わした。翌朝、母親が来てお七を引き立て、やがて八兵衛の家の普請《ふしん》も終わり、2人は引き裂かれる。両親の留守中に松露《しょうろ》・土筆《つくし》売りに変装して訪ねてきた吉三郎は、戻ってきた両親の目を盗んでお七の寝室で一夜を過ごした。

お七は吉三郎と会える手段がないまま焦がれる。ふと、また火事が起きれば会えるのではないかと考え、付け火をしてしまう。すぐに見つかり消し止められボヤですんだが、付け火は重罪であり、お七は市中引き回しの後で火あぶりの刑となった。吉三郎はお七の死を知り、後を追おうとしたが法師たちに止められ、また、お七が言い残した「自分を弔《とむら》ってほしい。来世まで夫婦の縁は絶えません」の言葉を聞き、吉三郎は出家した。

ここがエモい

恋に燃える若い2人 積極的なのはお七のほうだった

八百屋《やおや》お七《しち》の恋の話。実際にあった放火事件であり、本作により世間に知られるようになったという。お七が火の見櫓《やぐら》に登って半鐘を叩く芝居絵が有名だが、あれは浄瑠璃の『伊達娘恋緋鹿子《だてむすめこいのひがのこ》』から始まった設定だ。劇中でお七は放火をしておらず、CGなどない時代、芝居小屋で火の演出をするわけにもいかなかったのだろう。浮世絵では業火の中で火の見櫓に登るお七が描かれるが、実際は火が広がる前に消し止められ、ボヤにとどまっている。当然、業火ではないので半鐘を鳴らす必要もない。こちらも浮世絵上での演出だ。

恋人に会いたいという感情のまま、後先考えずに火を付けてしまう行動は、あまりにも幼く短慮だ。しかし、そんなお七と吉三郎《きちさぶろう》の恋に落ちる瞬間は、初々しくも激しい。

恋に積極的なお七は16歳、吉三郎も16歳。しかし、女子というものは大人になるのが早い。吉三郎が手を握り返すのが精いっぱいなところを、お七は寝所まで忍んでいき、しかも吉三郎の布団に潜り込む。これに驚いた吉三郎から出た言葉が**「私は16になります」**だ。**だから何だというのか。**

しかし、これにお七も「私も16よ」と答え、吉三郎が「長老様が怖や」というと、お七も「私も怖いわ」と言う。「なんとも此恋はじめもどかし」と西鶴《さいかく》がツッコむが、そこに雷が鳴ると、お七は「こっちはもっと怖い」と吉三郎にしがみつく。吉三郎も木の股から生まれたわけでなし。あとは初めての契りとなる(暗転)。

これはどう考えても、忘れられるものではなかろう。あの閨《ねや》でおどおどしていた吉三郎が、変装をしてまでお七の家を訪ねようというのだ。

しかし、この恋はお七の死によって終わる。火に招かれ、火に焼かれる幼い2人の恋。夫婦となる来世を夢見て、お七は逝き、吉三郎は生きるのだ。

お七が火の見櫓に登っていく場面。
『松竹梅湯嶋掛額』大蘇芳年画
国立国会図書館デジタルコレクション

8 恋愛・ヒューマン

好《こう》色《しょく》一《いち》代《だい》男《おとこ》

井原西鶴《いはらさいかく》、初の小説
世之介《よのすけ》を通した当時の好色絵巻

◉浮世草子《うきよぞうし》
◉恋愛4（寝取られ、略奪愛、ボーイミーツガールなど）
作：井原西鶴《いはらさいかく》
初出：天和《てんな》2（1682）年　版元：大坂荒砥屋可心

富豪の夢介《ゆめすけ》と京の遊女の間に生まれた世之介《よのすけ》は、7歳で女中を口説く。11歳で伏見撞木町《ふしみしゅもくまち》の遊女を身請けして親元に帰し、色茶屋などをめぐり、15歳で後家との間に子をもうけるが六角堂に捨てる。16歳で元服、小間物屋の女房の部屋に忍び込みぶたれ、18歳で江戸の出店に遣わされた際に姉妹の遊女を身請けするが別れ、江戸で放蕩《ほうとう》して19歳で勘当される。

20歳、出家するが脱落し大坂に戻り裏長屋の娘と結婚、これも別れ、21歳で謡《うた》うたいとなって富豪楽阿弥に拾われ、22歳で九州小倉《こくら》へ、23歳で大坂の蓮葉女《はすはおんな》（軽い女、遊女）にうつつを抜かす。

24歳、大原の女と同棲、25歳で佐渡に向かう途中の寺泊《てらどまり》で遊女と知り合う。26歳で酒田に出て、27歳で塩竈明神《しおがまみょうじん》で巫女を手込めにしようとしてその夫に片小鬢《かたこびん》を剃られ、28歳で信州追分《おいわけ》で投獄、隣の牢の女と恋仲になり駆け落ちするが、捕らえられて女は殺される。30歳、かつての友人の家に泊まり、女たちの怨霊に苦しめられ、32歳で京都に上り、33歳で島原の太鼓女郎に振られる。34歳、舟遊びの途中で遭難、父の死で2万5千貫目を相続する。

以降、江戸の吉原、京の島原、大坂の新町など諸国の遊女と戯れ、60歳、この世の好色を尽くしたと、天和2年10月町、好色丸《よしいろまる》なる船で女護島《にょごのしま》を目指して行方不明となる。

ここがエモい

実は権威的な古典をパロっている浮世の俗人の愚かさこそ愛おしい

当時から『源氏物語』の現パロ（現代パロディ）として知られており、源氏物語だけでなく、『伊勢物語』や『徒然草』など多くの古典文学がパロディ化されている。普通に読んでいれば世之介《よのすけ》のエロ遍歴としてしか読めないが、古典の知識があれば、時代の風俗や世之介の深層心理が読み取れるようになっており、知識があればあるほど、読書を楽しめるわけだ。**これが流行したというのだから、当時の人々の知識力はすごい。**

　世之介が好色たり得るのは、莫大《ばくだい》な財産があるからだ。「浮世のことを外になして」は、社会や仕事など気にすることなく恋を楽しむことができるという意味であり、日本全国を好色行脚する世之介は、欲のために様々に変容する人間の様を体験していく。西鶴は『西鶴諸国《さいかくしょこく》ばなし』で「人はばけもの、世にないものはなし」というが、**浮世で生きている人間の節操のなさこそ化け物であり、人間そのものであり、恐ろしく、おかしく、その愚かさは愛おしいと描く。**世之介が次から次へと女性の体を渡り歩き、時に情を重ね、時に冷たく捨て、そうして最後は女護島《にょごのしま》を目指し行方知らずとなる。世之介もまた、好色でしか己の存在を実感できない哀れな人間なのだ。

　ところで、世之介が生涯に契った女は3742人、少人《しょうじん》（男色）は725人と記されている。『伊勢物語』の在原業《ありわらのなり》平《ひら》が契った女の人数は、『和歌知顕集《わかちけんしゅう》』によると3733人である。どいつもこいつも。

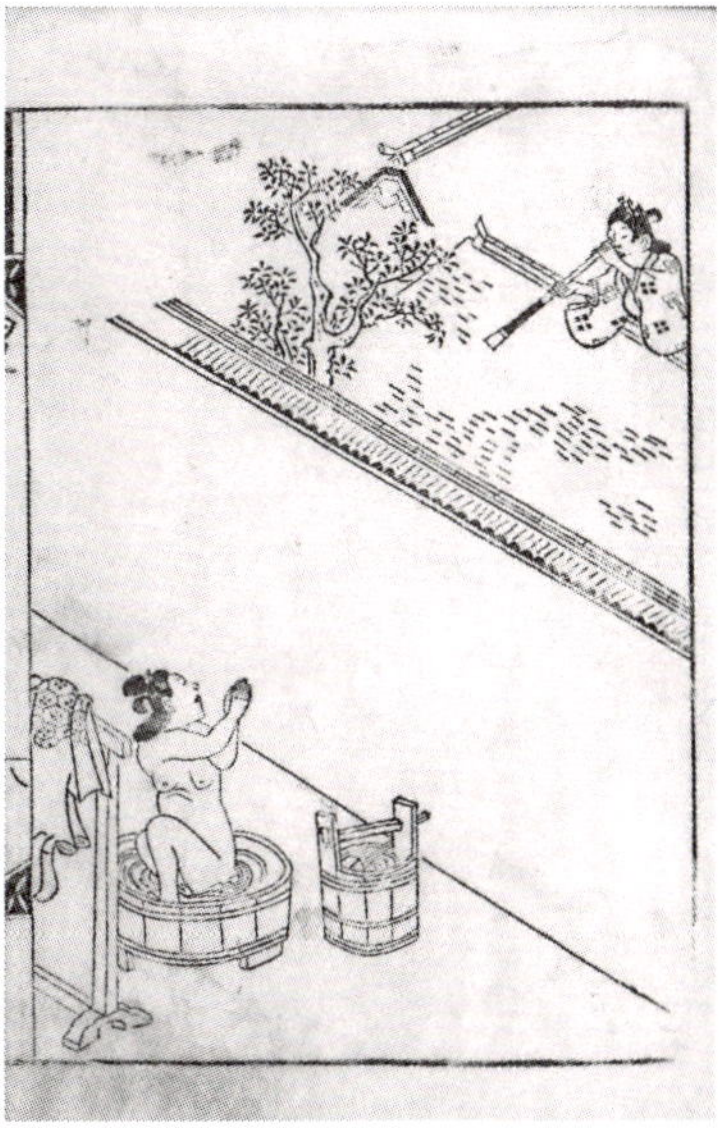

貞享元年、川崎七郎兵衛版の挿絵は、なんと美人画の菱川師宣が描いている
『好色一代男』井原西鶴著　菱川師宣画　国立国会図書館デジタルコレクション

9　恋愛・ヒューマン

薄《うす》雪《ゆき》物《もの》語《がたり》

恋の情を読むラブロマンス小説

◉仮名草子《かなぞうし》　◉恋愛1（心中以外の悲劇・悲恋）

作者不祥　初出：不祥、慶長《けいちょう》末年以前か

物語は、園部左衛門《そのべさえもん》が清水寺で見かけ見初めた薄雪姫《うすゆきひめ》との「をとこ」「女の返し」という艶書《えんしょ》（恋文）のやり取りで進められている。

左衛門は切々と薄雪姫に愛を訴える。しかし薄雪姫は夫がいると告げ断り続けるが、ついに契りを結ぶ。しばらくそうした関係を続けていたが、左衛門が近江の志賀《しが》に赴くこととなり、その1か月の間に薄雪姫は病死してしまう。左衛門は悲しみ、高野山に出家したが、26歳の若さで往生した。

ここがエモい

ラブレターの実用ハウツー本としても人気に

本作は「艶書《えんしょ》」つまり**ラブレターの記録**だ。冒頭の左衛《さえ》門《もん》と薄雪姫《うすゆきひめ》との出会い、薄雪の死後を伝える結末以外は、29通のラブレターで構成されている。『伊勢物語』『太平記』『曾我物語』、説話や御伽草子《おとぎぞうし》、『古今和歌集』などの古歌を引用し、**男の方は「人としてのもののあはれ」「恋のあはれ」を理解しようとする立場、女は貞女で賢女であるべしという立場で恋のかけひきをしながら文を送り合う。**例えば、薄雪が園部《そのべ》への想いを断る際に、「そんなに口説かれても自分は既婚者なんで」と送るのは簡単だが芸がない。そこで薄雪は、『伊勢物語』の、幼なじみの男女の愛の歌を引用する。

在原業平《ありわらのなりひら》「筒井《つつい》つの井筒《いづつ》にかけし麻呂《まろ》が丈《たけ》過《す》ぎにけらしな妹《いも》見ざる間に」

紀有常《きのありつね》の娘「比べ来し振分髪《ふりわけがみ》も肩過《すぎ》ぬ君ならずして誰か上《あ》ぐべき」

薄雪の夫も幼なじみであり、自分たちも業平と紀有常の娘のように固い絆で結ばれていると、夫婦で詠んだ歌をしたためる。

薄雪の夫「我ならで下紐《したひも》解くな朝顔の夕影待たぬ花にはありとも」

薄雪「二人して結びし紐を一人して逢ひ見るまでは解かじとぞ思ふ」

「下紐解く」とは男女の睦言《むつごと》を示す言葉であり、後朝《きぬぎぬ》の別れに2人で結んだその紐を、あなたに会える日まで決して解くことはありませんという意味だ。情緒のない言葉で断るよりも、こうした歌で柔らかい拒絶を示し、園部が現状を理解して諦めるように仕向けたのである。

ところがこの歌でさらに火をつけてしまったようで、結局薄雲は園部の想いに応えてしまう。愛した人が既婚者であるというもののあはれ、**いけないと分かっていても差し出された手を取ってしまう罪。**結ばれた途端にやってくる別れ。**恋のあはれであり、浮世のはかなさだ。**

本書はこうした恋の情を読むラブロマンス小説ながら、貞女が書く実用的なラブレターノウハウ本としても受け入れられ、江戸時代全体を通じて読み継がれた。艶書ノウハウの需要は高かったらしく、本書以降、多くの類書が出版され、後期になると「もののあはれ」はどこへやら、「成功するラブレター文例集」的な本も出た。『女用文忍草《おんなようぶんしのぶくさ》』には「恋路の心得の事」といった恋愛ハウツーまで載っている。

10 恋愛・ヒューマン

傾城買四十八手《けいせいかいしじゅうはって》

これが江戸の粋ってやつサ 吉原、恋のオムニバス

◉洒落本《しゃれぼん》 ◉恋愛4（寝取られ、略奪愛、ボーイミーツガール など）

作：山東京伝《さんとうきょうでん》 画：山東京伝
初出：寛政《かんせい》2（1790）年 版元：蔦屋重三郎

吉原に来た客と遊女の会話文で構成され、各章が独立した話となっている。

「しっぽりとした手」客は18歳くらいの若旦那風、遊女は16歳で昼三（遊女の階級の一つ）の遊女（高級）。お互い会うのはこれが初めてなのだが、お互い何となく良い雰囲気。

「やすひ手」客は22、23くらいの武士で通人。遊女は小見世の座敷持ちの遊女。二人は馴染みの関係で気安い。

「見抜かれた手」客は22、23くらいの武士で、大名の家臣。遊女は部屋座敷で20歳くらい。遊女には他に客が来ており、武士は面白くない。不機嫌になってしまい、戻ってきた遊

女になだめられる。
「真《しん》の手」客は33歳くらいの色男で、遊女は昼三で22、23歳くらい。お互いわりない仲で将来を約束している。客は吉原でこの遊女と会うための金がこれ以上続かないが、かといって身請けする金もない。遊女は客の子を妊娠しているかもしれず、2人は「なぜこんなに惚《ほ》れてしまったのか」と抱き合う。

ここがエモい 江戸の粋な会話の実例がつまっている

洒落本《しゃれぼん》とは色街での男女の会話を書いたもの。粋が好かれ野暮が嫌われる遊里では、身なりも会話も粋でなければならない。何が粋で、何が野暮なのかが書かれている本であり、いわば、**「花街《かがい》でいかにモテるかのためのコミュニケーション」のハウツーとして読まれていた。**

ところが、山東京伝《さんとうきょうでん》が書く洒落本は、従来のものとは一線を画した。そんじょそこらの吉原武勇伝みたいなものとは訳が違う。会話から読み取れるのは、**ハウツーを超えた男女の「心」のやり取り。ノウハウ系実用書から、恋愛小説に昇華しているのだ。**当時、京伝は吉原の遊女・菊園《きくえん》を身請けして所帯を持ったばかり。粋が羽織を着て歩いている京伝に、菊園の方がぞっこんだったとか。そんな京伝に、R18にならない小説に昇華する洒落本を依頼した蔦屋《つたや》重三郎《じゅうざぶろう》の目の付けどころは鋭く、寛政の改革下の統制をうまくかいくぐる新ジャンルを確立したとも言えるだろう。

とにかく会話が良い。「しっぽりとした手」では、初心《うぶ》な客に本気になりそうな遊女との会話がたまらない。

「わっちが惚れたお人は、たった一人でござんすよ」
「そりゃあ、うらやましい男だ」
「……、お前さまさ」
「ずいぶんと、あやしてくれるね」
「ホントのことだもの」

格好つけない、がっつかない。それがモテの秘訣だと京伝は伝えるのだ。

全てが恋愛ごっこかと言えば、そうではない。「真の手」では、相思相愛で、今すぐにでも所帯を持ちたいのに、通う金も尽きかけ、身請けする金もないという男女が登場する。

遊女は「いっそ、死んでしまいたい」と後れ毛のある額を男の顔にすり寄せ、2人は抱きしめ合い涙を流す。

「なぜ、こんなに迷わせたんだ。恨みだぜ」
「なぜ惚れさせてくんなんしたェ」

遊女は、妊娠したことを男に明かす。男はしっかりと女を抱きしめる。暮れ六つの鐘がゴオン。

京伝「ちくしょうづらめな」

恋に理屈が通じないのは世の習い。惚れあってしまったんだものしかたがないじゃないか。京伝は「末永く爆発しろ、ちくしょうめ」と、祝福の捨て台詞《ぜりふ》を告げて去る。

これが京伝の粋であり、江戸っ子の鯔背《いなせ》なのだ。

『傾城買四十八手』山東京伝著・画　東京都立中央図書館蔵

11 恋愛・ヒューマン

新《しん》皿《さら》屋《や》舗《しき》月《つきの》雨《あま》暈《がさ》

お家騒動に江戸の心意気「魚《さかな》屋《や》宗《そう》五《ご》郎《ろう》」

◉歌舞伎　◉嫉妬・葛藤　◉社会派ドラマ

作：河竹黙阿弥《かわたけもくあみ》　初演：明治16（1883）年、東京市村座

お蔦《つた》（＝お菊）は磯部《いそべ》家の殿様の妾であった。磯部家を横領しようとしている典蔵《てんぞう》はお蔦に横恋慕しており、お蔦は典蔵の謀略を知り、なびくことはない。そこで典蔵は、フラれた腹いせに割ってしまった家宝の「井戸の茶碗」を隠し、お蔦に罪を着せ、さらに忠臣・紋三郎《もんざぶろう》との不義をでっちあげる。これを知った殿様は、怒ってお蔦を手打ちにする。紋三郎は冤罪を証明するため切腹しようとするが、お蔦の幽霊が出てきてこれを止めた。

お蔦が死んだとの報告を受け、お蔦の兄・宗五郎は悲しみに暮れる。しかし、お蔦の下女から死の真相を聞かされ、「妹が不義を働くはずがない」と、悲しみと悔しさからやめ

ていた酒に手を出してしまう。酒を飲めば暴れる癖のある宗五郎は、ついに酒乱の体で殿様のお屋敷に殴り込みに行く。宗五郎は暴れるだけ暴れて熟睡。起きて正気に戻ると、殿が謝罪し賠償金を渡し、宗五郎は涙する。典蔵は殿と紋三郎によって捕らえられ一件落着で幕となる。

ここがエモい

権力の横暴に「酒乱」で対抗 不条理な封建社会に一石を投じた

割れた重宝、横恋慕、惨殺、井戸という「お菊の皿」に趣向を取り、タイトルにも「皿屋敷」を入れておきながら、「皿」と「井戸」は一緒くたにされて「井戸の茶碗」になっているし（重宝だけれども）、お菊の幽霊は、幽霊なのか幻なのかわからない演出となっている。明治近代化の波は歌舞伎にも容赦がなかった。

本作は、お菊の皿がどうのとか、お菊（お蔦）の幽霊がどうしたということよりも、**アルコール依存症の宗五郎が酩酊《めいてい》していく様子がすごすぎて**、前半の皿屋敷（っぽい）部分がカットされ、「魚屋宗五郎《さかなやそうごろう》」と名を変えて再演されてきた。御一新の風潮は、幽霊を出して怪異を見せることに時代遅れを感じさせていた。三遊亭圓朝《さんゆうていえんちょう》が「幽霊は神経病が見せるものになったそうで」とマクラで嫌み満載で話していたとおり、幽霊を怖がる時代ではなくなっていたのだ。**怖いのは幽霊ではなく、酒に任せないと文句が言えない庶民の哀しさであり格差である。妾奉公した妹が殺された無念を金で解決されてしまっても礼を言わねばならない、その惨めさと理不尽な世の中だった。**

『新皿屋舗月雨暈』歌川国貞画　東京都立中央図書館蔵

12　恋愛・ヒューマン

助六《すけろく》所縁《ゆかりの》江戸《えど》桜《ざくら》

江戸一番の伊達男《だておとこ》 芝居全部が絢爛《けんらん》吉原

◉歌舞伎　◉成長・運命に立ち向かう

作：金井三笑《かないさんしょう》・桜田治助《さくらだじすけ》
初演：宝暦《ほうれき》11（1761）年、江戸市村座

男《おとこ》

伊達《だて》の助六《すけろく》に身をやつした曾我五郎時致《そがのごろうときむね》は、恋仲である傾城揚巻《けいせいあげまき》がいる吉原に通い、喧嘩《けんか》をふっかけていた。これはわざと刀を抜かせて源家の宝刀・友切丸《ともきりまる》を探すためである。そんな弟に意見する兄の曾我十郎《じゅうろう》もまた、白酒売りに身をやつし、「喧嘩は友切丸を探すため」と聞いて、通行人に股くぐりをさせて喧嘩を売ろうとする。そこに母の満江《まんこう》が現れ、兄弟に意見する。

揚巻に嫌われても吉原に通い続けて豪遊する老人・意休《いきゅう》は、子分のかんぺら門兵衛《もんべえ》や朝顔仙平《あさがおせんぺい》を従えて、助六と張り合う。意休が帯刀する刀こそ友切丸だと見抜いた助六は、意休を斬って刀を奪い、揚巻の機転で廓《くるわ》から逃げ去る。

ここがエモい
江戸のイイ男とイイ女がこれでもかと詰まっている

男伊達に粋と張り、粋《すい》を集めた吉原。江戸の美意識を詰め込んだ、歌舞伎十八番のひとつ。

本作から助六が花道から出る際の曲「出端《では》の唄」に河東《かとう》節《ぶし》が用いられ、その際の浄瑠璃名題《なだい》が「助六所縁江戸桜」だった。その後、河東節は成田屋の専売扱いとなったことで、成田屋、つまり市川團十郎《いちかわだんじゅうろう》、市川海老蔵《えびぞう》が助六を演じる時のみ、この外題と河東節が使われることとなっている。

『助六』自体の成立は正徳《しょうとく》3（1713）年『花館《はなやかた》愛護《あいごの》櫻《さくら》』が嚆矢《こうし》とされ、この時助六を演じた二世市川團十郎は「荒事《あらごと》去って濡事《ぬれごと》がかりの男立《おとこだて》」と絶賛され、荒事に和事《わごと》の加味された演出であったらしい。今でいえば、**「格好いいのに色っぽい（なんかエロい）」**というところか。

本作上演時、助六のモデルは十八大通《じゅうはちだいつう》（江戸を代表する通人）の大口屋暁雨《おおぐちやぎょうう》と言われていた。というのも、暁雨はどんなにしょぼい芝居でも、團十郎が出るとなれば木戸札《きどふだ》を買い上げるほどの團十郎贔屓《びいき》で、交遊を深めるうちに「團十郎の助六は大口屋をまねた」と噂になったのだ。これには暁雨の方も悪い気はせず、助六そっくりのいでたちで吉

原に繰り出すなどした。團十郎の方も、大口屋が好む江戸紫色の鉢巻きを使用して暁雨を持ち上げた。

宝暦といえば江戸の町人文化の転換期。十八大通が文化芸能と知識を身につけて通を気取り、吉原で派手に金をばらまいていた頃だ。粋で鯔背《いなせ》で男伊達。それが江戸っ子の通人たる条件だった。助六もまた、カッコいい江戸っ子の代名詞であり、江戸っ子たちは助六の立ち回りに憧れ、まねをしたのである。

また、吉原の「張り」も忘れてはならない。本作は全編通して吉原のセットの中で物語が進むのだが、遊女・揚巻《あげまき》の悪態《あくたい》も見物《みもの》だ。意休《いきゅう》に助六との仲を責められた揚巻が、助六は立派な男ぶりだが、意休は意地の悪い顔つきで、雪と墨ほど違う。そのことを、「くらがりで見ても助六さんと意休さんを取り違えてよいものかいなア」と命がけで言い放つ。決して金や権力に靡《なび》かず媚《こ》びずに張りを通す。揚巻は江戸の遊女の誇りとして描かれているのである。

助六と揚巻。
『助六由縁江戸桜』歌川国貞筆　東京都立中央図書館蔵

13 恋愛・ヒューマン

女《おんな》殺《ころし》油《あぶらの》地《じ》獄《ごく》

金に窮した若者が向ける殺意
実際に起きた凄惨な殺人事件

◉浄瑠璃、歌舞伎　◉トラウマ・ルサンチマン

作：近松門左衛門《ちかまつもんざえもん》
初演：享保《きょうほう》6（1721）年、大坂竹本座

大坂の油屋河内屋《かわちや》の次男である与兵衛《よへえ》は、徳庵堤《とっかんつつみ》でなじみの遊女の客に喧嘩《けんか》をふっかけ、通行人の武士に泥をかけてしまう。手討ちの難を逃れるも狼狽が激しい与兵衛は、同じ町内で同じく油屋の豊島《てしま》屋の女房・お吉に声をかけられ、汚れた着物を濯《ゆす》いでもらう。

与兵衛の継父は番頭上がり。これに付け込み遊びの金を無心するが失敗。腹いせに継父と病気の妹に手を上げたため、実母から勘当される。金に困らないようにという親心から、与兵衛の両親はお吉に衣類や小遣いを託し、息子への情愛を語る。これを門口で聞いていた与兵衛は、家の偽判で借りた金を返さねばこの親が捕まってしまうと考え借金返済を決意するが、親が持ってきたのは800文。借金銀200匁《もんめ》にはほど遠い。与兵衛はお吉に借金を頼むが、心を鬼にしたお吉に拒まれる。与兵衛は油の中で逃げ惑うお吉を刺し殺し、金を奪った。

ここがエモい

改心もあっけなく台無しに 所詮この世は泡沫《うたかた》なのか

タイトルからして衝撃的である本作は、実際の事件に取材したといわれている。

先の主人の子に遠慮がある番頭上がりの義父と、この立場に気づかう実の母親という家庭事情を見せることで、与《よ》兵衛《へえ》の不良への転落に説得力を持たせている。同時に、優しくしてくれたお吉を慕うなど愛情を求めている様子も見え、根っからのワルにはまだなっていない。だからこそ、両親が心配だからと少ない金と衣服をお吉に預ける様子を見て、改心を決意する。

その決意が、金を貸すことを拒んだお吉への怒りや、殺しという突発的な行動に及ぶとは、与兵衛は**ヤンキーにもなれない甘ちゃんだったのだろう。そして、改心も「金」の前には無力で、簡単に殺人が正当化されてしまうのだ。人間はかくも儚《はかな》く愚かである。**

14 恋愛・ヒューマン

傾城《けいせい》反魂香《はんごんこう》

絵師たちの悲哀と夫婦の情愛
通称「吃又《どもまた》」

◉浄瑠璃、歌舞伎　◉トラウマ・ルサンチマン
◉恋愛3（夫婦・恋人の愛憎劇）

作：近松門左衛門《ちかまつもんざえもん》
初演：宝永《ほうえい》5（1708）年、大坂竹本座

【土佐将監閑居《とさのしょうげんかんきょ》の場】　虎が暴れて村中が大騒ぎとなっているところに、この虎が絵から抜け出たものと見抜いた絵師の修理之助《しゅりのすけ》が、筆で虎を描き消す。師の土佐将監は称賛し、土佐の苗字を許す。同じく土佐将監の門弟である又平《またへい》は、女房のお徳と一緒に師の見舞いを欠かさない実直な人柄であるが、吃音《きつおん》があるためうまく真意を伝えられない。絵の技術は高いのに、土産物の大津絵を描いて生計を立てている。この仕事も、妻が又平の言葉を代弁してできていることだ。

修理之助のことを知った又平は、自分も苗字を許してほしいと師の将監に懇願する。しかし、絵筆の功がない者に苗字は許されないと叱られてしまう。何か手柄を立てねば苗字が得られないと考えた又平は、将監の主人の姫君が誘拐されたと聞き、自分が助けに行くと名乗りを上げる。しかし、これも「出過ぎたことだ」と将監に一蹴され、聞き入れてもらえない。

何をやってもこの吃音のせいで認められないと絶望した又平は、死を決意する。夫婦で涙に暮れながら、自害して贈名《おくりな》を得ようと名残の自画像を手水鉢《ちょうずばち》に描くと、一念が通じたのか手水鉢の裏にまで筆跡が通る。将監はその筆力を賞して、土佐又平光起《みつおき》と名乗らせ、姫救出の任も許す。又平は妻の鼓で祝いの舞を舞う。

逃れてきた姫を、又平夫婦は家に匿《かくま》う。そこに姫をさらった不破・長谷部が手勢を率いて姫を奪いに来るが、又平が描いた大津絵の精が追い払う。

ここがエモい

「来世じゃない、今を生きる」人間の逞しさを描いた近松の名作

全体の物語はもっと長く、土佐将監《とさのしょうげん》の娘お光の霊魂が、恋人狩野元信《かのうもとのぶ》と契る物語を中心に、不破名古屋《ふわなごや》の達引《たてひき》（義理や意気地を立て通すこと）、吃《ども》の又平《またへい》の奇跡などを脚色したもの。歌舞伎ではあらすじに記した「将監閑居《かんきょ》」だけが上

演されることが多く、反魂香《はんごんこう》がひとつも登場しないので、通称「吃又《どもまた》」と呼ばれている。芸をきわめようとする絵師たちの悲哀、**障害故に能力が認められないジレンマを、障害がある又平の姿を通じて描かれているのは、ある意味説話的だ。**

説話では、心身の障害や美醜に関する思想がダイレクトに語られる。生まれつきの障害がある、あるいは醜い顔で生まれるなど、これらは**「前世からの因果因縁」**とされる。だから、現世で徳を積んで極楽に行き、来世の生まれかわりに希望を託そうと説いているのだ。

しかし、「因果因縁で、誠にお気の毒です」と言われて**「さようですな」と納得できるものではない。理不尽なことに納得ずくで生きられるほど、こっちは人生何遍もやっていないのである。**

又平は、自分がうまくいかないのは「吃音」のせいだと嘆く。言いたいことが言えない、伝わらないというのは、こちらの意思が伝わらないことと同じであり、相手の印象だけで物事が進んでしまう。あまりに理不尽だ。

死を以《もっ》て名を残そうという又平の絵が反対側に抜けて映るのは、少し前なら、努力を惜しまなかった者への神や仏の加護と描かれるところだが、本作では「又平の執念」が奇跡を起こしたとしている。

近松門左衛門の、今生を生きようとする人間の逞《たくま》しさを描いた名作だと言えよう。

「見立三十六句撰」「吃又平　女房おとく」
歌川豊国筆　東京都立中央図書館蔵

15 恋愛・ヒューマン

心中天網島《しんじゅうてんのあみじま》

女同士の義理と張り 夫の不倫相手を身請けする妻

◉浄瑠璃　◉恋愛4（寝取られ、略奪愛、ボーイミーツガールなど）　◉恋愛6（心中）　◉嫉妬・葛藤

作：近松門左衛門《ちかまつもんざえもん》
初演：享保《きょうほう》5（1720）年、大坂竹本座

天《てん》満《ま》の老舗《しにせ》紙屋の主である治兵衛《じへえ》は、曾根崎新地《そねざきしんち》の紀伊国屋の小春《こはる》と深い仲であり、見世の者たちが仲を裂こうとしている。2人で死のうと心中の誓いを立てた。

10月のある晩、小春は侍の客に「治兵衛と心中の約束をしているが死にたくないので、諦めるように諭してくれ」と頼む。これを格子先で立ち聞きした治兵衛は怒り、小春を刀で刺そうとするが、侍の客に格子に両手首をくくりつけられてしまう。侍は治兵衛の兄・粉屋孫右衛門《こやまごえもん》だった。孫右衛門は小春に入れ揚げて仕事に支障をきたす治兵衛のため、小春に手を引いてもらおうと来た。治兵衛は小春との別れを決意。実は小春は治兵衛の女房おさんからも「夫と別れてほしい」という手紙を受け取っており、治兵衛と別れるつもりでいたのだ。

治兵衛は仕事をおさんに任せきりで炬燵《こたつ》に寝転がってばかりいる。そこに孫右衛門が、小春が天満の大尽に身請けされるという噂を伝えると、治兵衛が炬燵に潜って泣き伏

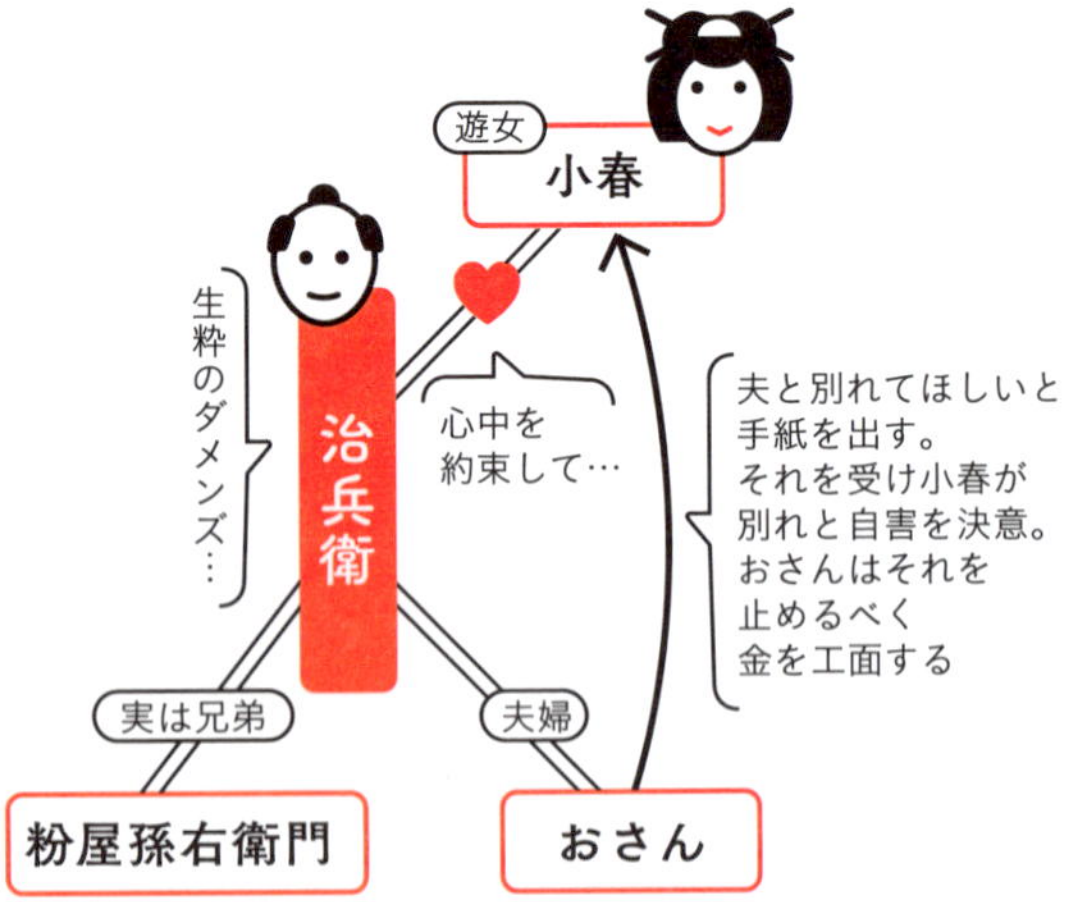

『心中天網島』主要人物相関図

してしまう。おさんは小春が「もし他の客に落籍されることがあれば自害する」と言っていたと治兵衛から聞き、小春の自害は自分の手紙のせいだと考え、小春の身請けを治兵衛に勧め、女同士の義理を通そうとする。おさんはありったけの着物を質に入れ、金を工面。そこにおさんの父親が来て、おさんを無理やり離縁させ連れ帰ってしまう。

一縷《いちる》の望みも絶えた治兵衛は小春に会い、再び心中の約束をする。10月14日の夜の月をしるべに、網島の大長寺《だいちょうじ》にたどり着く。2人は大長寺の明けの鐘が鳴る頃に心中する。

ここがエモい

ここがエモい 近松が描く屈指のダメンズ！

ままならない恋に翻弄され心中する悲劇なのだが、見方を変えればサレ妻がシタ女との義理を通すために身請けして、夫をもくれてやろうとする男気溢《あふ》れる女房の話であり、何たって治兵衛《じへえ》がダメンズ過ぎていてひっぱたきたくなる。

網島《あみじま》の大長寺《だいちょうじ》で、大坂天満《てんま》お前町の小売紙商紙屋治兵衛と、曾根崎新地《そねざきしんち》紀伊国屋の妓婦小春《こはる》との心中事件を脚色したもの。**テーマは女同士の義理と張り。**どう考えても治兵衛は蚊帳《かや》の外で、ダメンズが過ぎる。

添い遂げられなければともに死のうという治兵衛との約束を聞き、おさんは小春がひとりで死ぬつもりだと気がつく。夫の治兵衛に操《みさお》を立てて、しかし治兵衛には自分を諦めさせるという考えなのだ。

しかし、治兵衛は小春が自害したとなれば後を追うだろう。おさんは、自分が出した手紙の通りに治兵衛と別れる決意をしてくれた小春に義理を通し、そして夫に生きていてほしいという望みをかけ、「小春を身請けしろ」と、ありったけの金を持たせる。しかも、歌舞伎の場合は、おさんと娘が髪を切り、小春と治兵衛を夫婦にさせるために出家する。

その姿を見て、泣いて感謝する治兵衛と小春。

いやいやいやいや、ダメだろあんたら！ 治兵衛が最悪なのはともかく、小春、あんた正妻にそこまでさせて、花街《かがい》で生きる気概はどこにいったんだい。

とまあ、恋の哀れとままならなさを描き、おさんの張りを見せた作品なのだが、おさんはこんな治兵衛なんてさっさと捨てて、自分の人生を生きてほしい。

近松が描く男の主人公というのはダメ男が多いのだが、**中でも治兵衛は屈指のダメンズである。**

16 恋愛・ヒューマン

博多《はかた》小女郎《こじょろう》波枕《なみまくら》

身請けの金欲しさに密輸組織の一味となる恋人

◉浄瑠璃　◉恋愛1（心中以外の悲劇・悲恋）
◉社会派ドラマ
作：近松門左衛門《ちかまつもんざえもん》
初演：享保《きょうほう》3（1718）年、大坂竹本座

京の小町屋惣七《こまちやそうしち》は、商用で博多へ下る際、下関《しものせき》沖で毛剃九右衛門《けぞりくえもん》の海賊船に乗り合わせ、その品物を見たため海中に投げ込まれる。毛剃は抜荷《ぬけに》（密輸）の組織を率いていた。海中に落とされたと思った惣七だが、通りかかった伝馬船《てんません》の中に落ちて、運良く無事。無一物となった惣七は、博多柳町《やなぎまち》の奥田屋へ馴染《なじ》みの遊女小女郎《こじょろう》を訪ねる。そこでは毛剃一味が豪遊しており、惣七が無事だったのを見て驚き、その運の強さを見込んで仲間に引き入れようとする。惣七も小女郎の身請けの金欲しさに一味に加わる。

惣七と小女郎は京に住居を構えるが、息子の身持ちを心配した惣七の父親が、2人の留守中に家財一切を売り払ってしまう。戻った惣七は驚き、そこに毛剃が訪れ、預けた割符《わりふ》を返せと争いになる。父親が中に入って惣七を救い、涙ながらに諭す。惣七と小女郎は父親の手引きで京を逃れるが、四日市《よっかいち》にほど近い追分《おいわけ》に着いたところで捕らえられ、惣七は自害する。毛剃一味も召し捕られた。

ここがエモい　不幸のオンパレードはさすがの近松作品

彼女を身請けする金が欲しいからと**闇バイトに手を出す話**。今も昔も変わらないものだ。

本作は、当時話題になった長崎の密貿易団事件に取材した作品。密貿易は「抜荷《ぬけに》」といい、長崎の貿易は公の貿易資格を持った者が公の場所で行わなければならず、それ以外の貿易はみな抜荷であった。つまり貿易は長崎会所《かいしょ》の独占だったというわけだ。

しかし、長崎会所だけで全国の需要に応えようとするのが無理ってもんで、常に品薄状態で国内の需要に対応できず、抜荷はわりと頻繁に行われていたらしい。

抜荷の刑は、当初は死罪だったが本作の享保《きょうほう》期から耳、鼻をそぐ身体刑とした。しばらくは鼻はなくなっても命までなくなることはなかったのだが、寛政《かんせい》の改革の松平定信《まつだいらさだのぶ》は死刑を復活させてしまった。本作は享保なので、毛剃《けぞり》一味はこの後、耳と鼻を削がれるはずなのだが、命は残るのだ。だから、惣七は死んではならず「鼻でも耳でもくれてやる」となれば、物語は「近松門左衛門先生の次回作をお楽しみに！」というポジティブ路線になるのだが、そこは**近松先生、登場人物を不幸にしなければならない病。**惣七に自害させてしまうのである。

相も変わらずダメで弱々しくて破滅まっしぐらの近松作品の主人公なのだが、江戸っ子の衆はそんな男に容赦ない。とっとと惣七を主人公の座から引きずり下ろし、毛剃を主人公にして改作してしまった。これが本作前半部分を脚色した「恋湊博多諷《こいみなとはかたのひとふし》」（通称「毛剃」）だ。大道具の船、異国情緒、廓《くるわ》の風景など、魅せる演出と毛剃の男伊達《おとこだて》が、さすが歌舞伎は魅せる芸能だと納得させられるのだ。

「恋湊博多諷」歌川国貞画　東京都立中央図書館蔵

17 恋愛・ヒューマン

春《しゅん》色《しょく》梅《うめ》児《ご》誉《よ》美《み》

イケメンの代名詞「丹次郎」ハーレム展開江戸バージョン

◉人情本　◉恋愛3（夫婦・恋人の愛憎劇）

作：為永春水《ためながしゅんすい》　画：柳川重信《やながわしげのぶ》・柳川重山　初出：天保《てんぽう》3（1832）年　版元：西村屋与八、大島屋伝右衛門

鎌《かま》倉《くら》恋《こい》ヶ《が》窪《くぼ》（新吉原）の遊女屋「唐琴屋《からことや》」の養子夏目《なつめ》丹《たん》次郎《じろう》は、唐琴屋の内芸者米八《よねはち》と恋人同士であるが、養父母の死後、悪番頭鬼兵衛《きへえ》の奸計《かんけい》により養子に出される。養子先は困窮しておりすぐに分散（破産）となり、養子先の悪番頭松兵衛《まつべえ》と鬼兵衛は結託し、重宝残月《ざんげつ》の茶入《ちゃいれ》の支払いも丹次郎に押しつける。丹次郎は本所深川《ほんじょふかがわ》に隠れ住む。

米八は丹次郎の困窮を見て、婦多川《ふたがわ》（深川）の羽織芸者となって貢ぐ。唐琴屋の娘で丹次郎の許嫁《いいなずけ》のお長《ちょう》は、丹次郎恋しさに家出する途中で襲われるが、侠気《きょうき》の女髪結《おんなかみゆい》小梅のお由《よし》に助けられた後、義太夫竹蝶吉《たけちょうきち》となり丹次郎に貢ぐ。丹次郎は深川芸者の仇吉《あだきち》とも恋仲となり、仇吉も貢ぐ。3人はそれぞれ恋のさや当てをしながら、丹次郎に尽くす。

唐琴屋の花魁《おいらん》此糸《このいと》の馴染《なじ》みの千葉の藤兵衛《とうべえ》は、鎌倉の名家の落胤《らくいん》を探しており、丹次郎がその人であると知る。

藤兵衛は丹次郎と仇吉との手切れに力を貸し、丹次郎はお長を正妻とし、米八を妾とする。藤兵衛とお由は以前の恋人とわかり夫婦となる。此糸も娘時代の恋人だった半兵衛と夫婦となる。鬼兵衛ら悪人は滅び、めでたしめでたし。

ここがエモい

「守りたくなるイケメン」の代表会話劇と女性キャラも人気の秘訣

人情本《にんじょうぼん》の名手、為永春水《ためながしゅんすい》の代表作。人情本とは洒落本《しゃれぼん》から派生したもので、洒落本は吉原や岡場所などの遊里で繰り広げられる遊女と客のやり取りだが、**人情本は遊里だけでなく男女の恋愛をテーマとしたものだ。主な読者層は女性なので、主人公はわかりやすいイケメンで、主人公といい仲になる女は美人で、読者層に共感を得られやすいタイプとなっている。**「あ、この女性、もしかしたら私のことかも」となり、物語に入り込み、**イケメンとめくるめく恋愛を疑似体験できる**という、今でいうところの少女漫画やロマンス小説である。

で、本作はイケメンの丹次郎《たんじろう》を誰が射止めるかという恋

のさや当てハーレム小説なのだが、とにかく丹次郎がヒモ以外の何ものでもない。しかし、これが当時の「色男」の理想の姿だった。役者張りの中性的な顔立ちに、力仕事なんて絶対にしたことがないような細くて長い手足、どこか枯れていて弱々しく、しかし、惚《ほ》れた女には真心と優しさを与える男。「私がいなくちゃ、丹次郎はダメになっちゃう！」と思わせるのが、「色男」だったのである。『好色一《こうしょくいち》代男《だいおとこ》』（250頁）の世之介《よのすけ》は自分から積極的に好色を楽しもうとするが、丹次郎は溜《た》め息をひとつつくだけで女が寄ってきて恋愛ごとになる。それぞれの女を真剣に愛しているというのだから始末が悪い。そこが「好色」と「色男」の違いなのだ。

本作は、文政《ぶんせい》12（1829）年の大火事で書肆《しょし》（書店）も代筆の門人も失ったどん底春水が再起するきっかけとなった。

お家乗っ取りに重宝、勧善懲悪といった読本《よみほん》風の設定に、個性的なヒロインたちの登場。リアルな会話にちょっと濃厚な交情シーンに、心情描写の細やかさ。そんな人情本の誕生は、春水の思惑通りに婦女子に大いに受け入れられた。それだけではなく、洒落本が禁制となり、ハーレム小説に飢えていた男性読者も獲得したのだ。

この背景には、粋で通な会話の再現にあるだろう。春水は世話物《せわもの》の講談師であった経験から、当時の浮世での若い男女の会話を、「喋《しゃべ》るように」紙面に再現した。さらに、女性キャラクターたちも魅力的で、恋のライバルである米八と仇吉《あだきち》の錦絵が売り出され、名古屋では米吉と名乗る芸者まで現れた。

以後、丹次郎・米八・仇吉のスピンオフ作品が次々と発表されることになる。

丹次郎と米八。
『春色梅児誉美』為永春水著　柳川重信画
東京都立中央図書館蔵

18 恋愛・ヒューマン

春《しゅん》色《しょく》辰《たつ》巳《みの》園《その》

丹次郎《たんじろう》をめぐる恋の意気地
「公式」が書く二次創作

◉人情本　◉恋愛2（ハッピーエンド）

作：為永春水《ためながしゅんすい》　画：歌川国直《うたがわくになお》

初出：天保《てんぽう》4（1833）年　版元：大島屋伝右衛門

深川十二軒横丁の会席茶屋小池の座敷で宴会を終えた後、芸者の米八《よねはち》と仇吉《あだきち》は互いの情人である丹次郎《たんじろう》のことで争うが、桜川由次郎と小池の娘おくまが入ってきたことで、一旦は収まる。米八に少しは遠慮しろと言われても、丹次郎は仇吉と切れず、惚《ほ》れている米八は強く言えない。

新道《しんみち》の小料理屋の2階で忍び会った丹次郎と仇吉。仇吉は丹次郎に羽織を誂《あつら》えてやっていた。丹次郎が店から出ると米八がおり、丹次郎の羽織を取ってぬかるみに捨て、駒下駄で踏みつける。米八はそのまま丹次郎と店に入り、仇吉が隠れていると知りながらわざとイチャイチャする。辛抱ならず仇吉が飛び出て米八と喧嘩《けんか》になるが、小料理屋の女房の姉・清元《きよもと》の延津賀《のぶつが》の仲裁で収まる。家に帰ってから、米八は丹次郎の機嫌を取り、仇吉は丹次郎と痴話喧嘩を繰り返しながらも思い切れない。

米八は富岡八幡宮《とみおかはちまんぐう》境内の料理茶屋亀本に仇吉を呼び出し喧嘩になるが、桜川善孝と新孝が取りなす。その後、千葉の藤兵衛《とうべえ》が入り、とりあえず丹次郎と仇吉の仲を切らせる。婦多川《ふたがわ》に残された仇吉は、丹次郎に会えない辛さと継母からのいじめで伏せってしまう。これを知った米八は、仇吉を見舞い、高利貸の鬼九郎から救い、看病する。

それから米八と仇吉は姉妹のように仲良くなり、丹次郎の正妻お長と米八、仇吉で暮らし始めたところ、仇吉が懐妊する。仇吉は正妻と妾への義理から置き手紙をして家を出る。

お長にも男子が生まれ、その子どもが3歳になり、池上の本門寺に詣でたところ、女児を連れた仇吉に会う。仇吉は叔父夫婦の元で三味線の師匠をして暮らしていた。丹次郎は叔父夫婦と仇吉親子を自分の家近くに移らせ、お長と米八も行き来するようになり、一同長く栄えた。めでたしめでたし。

ここがエモい

ダメンズを取り巻く女の争いは どこかシスターフッドも感じさせる

前作『春色梅児誉美《しゅんしょくうめごよみ》』（前項）の米八《よねはち》と仇吉《あだきち》という恋のライバル同士を主人公としたスピンオフ作品。『春色梅児誉美』の中で描かれていない、米八と仇吉のやり取りを描いたもので、「きっと、あの時にはこんなことがあったかもね」という、**「公式」が書く二次創作的な内容となっている。**そして、丹次郎はヒモではないが、相変わらず爽やかな下《げ》衆《す》である。

本作は深川など花柳界《かりゅうかい》で働く女性たちの台詞《せりふ》や風俗が細やかに描かれ、実在の人物も多く登場している。さらに、歌《うた》川国直《がわくになお》の挿絵が実に刺激的で、若干露骨な情交の描写には音曲を挿入してさらに濃厚な演出を施すなど、春水《しゅんすい》の読者サービスにファンは色めき立ったに違いない。

派手な喧嘩を3回繰り返す米八と仇吉だが、仇吉のピンチに米八が駆けつけ、ライバルから一転、妙な友情が芽生える。これは、米八も結局は妾の立場であり、これまでは自分の立場に納得はしてきたが、どう頑張っても正妻にはなれないわけで、結局のところ、仇吉と立場は同じなのだ。二号、三号という「一番にはなれない」者同士の慰め合いか、お互いを慕う2人には、**どこか百合《ゆり》みを感じさせる。**

ここで丹次郎が仇吉を妊娠させるのだが、女たちはこの間の悪い男のどこがよいのだろうか。まあ、一同長く栄えたというのだから良いのか（良いのか?）。米八と仇吉と、「こいつ、やっぱ下衆だな」と気付いたお長で、丹次郎を捨てて女3人で仲良く暮らす日がきっと来るはずと、期待している。

「梅暦辰巳園」豊原国周筆　東京都立中央図書館蔵

19 恋愛・ヒューマン

春色恋廼染分解《しゅんしょくこいのそめわけ》

最後の江戸人情本
ラブロマンスとミステリー

◉人情本 ◉恋愛2（ハッピーエンド）
◉成長・運命に立ち向かう

作：朧月亭有人《ろうげつていありんど》（条野採菊《じょうのさいぎく》） 画：歌川国富《うたがわくにとみ》、落合芳幾《おちあいよしいく》
初出：万延元《まんえん》（1860）年

鎌倉米町《こめまち》の質屋、伊達屋与四郎（俳名・花雪）は柳河岸《やなぎがし》の芸者関の屋小万と恋仲になり、与四郎の女房お重は気に病む。梶原家の侍・番場忠太《ばんばのちゅうた》の息子忠六はお重に気があり、伊達屋の番頭八蔵を介して、お重の養父欲右衛門に、支度金200両と隠居料でお重を離縁させて自分の妻となるように申し入れる。欲右衛門は快諾。番頭の八蔵は与四郎の継母で後家のお柳と通じており、伊達屋の乗っ取りを企てている。欲右衛門は無理矢理お重を連れ帰り、与四郎は事情がわからないままお重を恨み離縁状を書く。

伊達屋が千葉家の依田金右衛門から預かっている勝鬨《かちどき》の茶入《ちゃいれ》が贋作《がんさく》とすり替えられており、与四郎に疑いがかかり玉川在に押し込めとなる。お重はこれが欲右衛門の奸計《かんけい》であると考え、与四郎を訪ねる途中で悪人に拐《かどわ》かされ岡本楼（高本楼）に身売りとなり遊女重の井となる。与四郎の友人が玉川在から与四郎を連れ帰り、小万が面倒を見る。重の井の元に通う忠六の口から茶入の在処《ありか》が判明、欲右衛門が

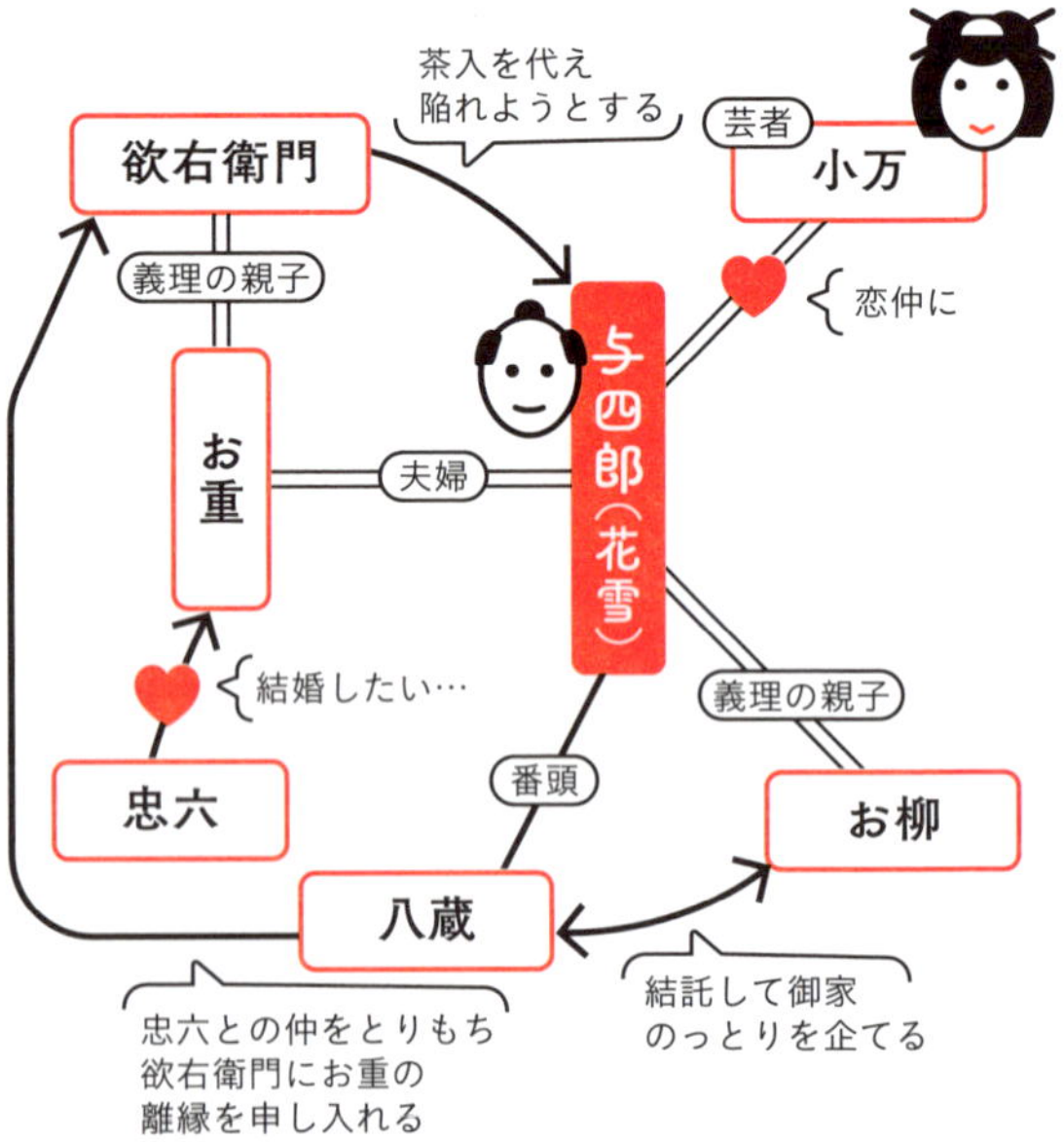

『春色恋廼染分解』主要人物相関図

改心して重の井を身請けし茶入を取り戻す。

忠六一味に襲われた与四郎は相手を斬り、自分も死のうとするところに畠山家の丹波与一が現れ、茶入贋作事件は八蔵とお柳の悪事だと話す。与一は与四郎の兄。与四郎は丹波与作と名乗り、畠山の若殿の家臣となり、お重と小万を同格の妻とする。悪は滅び、めでたしめでたし。

ここがエモい 大風呂敷を広げたストーリーは結局回収できず、しかしネタ満載

条野採菊《じょうのさいぎく》は東京の新聞記者で作家、新聞社の社長として活躍した人物だが、本来は人情本作家であった。三遊亭圓朝《さんゆうていえんちょう》や河竹其水《かわたけきすい》、河竹新七《しんしち》（黙阿弥《もくあみ》）など当時の一流の芸人や作家、役者たちとも交流し、仮名垣魯文《かながきろぶん》と三題噺《さんだいばなし》の会「粋狂連《すいきょうれん》」を組織し、彼らを会員として多くのネタをここで仕入れた。圓朝の人情話の原案としての小説も書いている。

人情本作家だった採菊が戯作《げさく》の筆を折り、ジャーナリストとなったのは、明治維新後の「三条の教憲《さんじょうきょうけん》」の発布があったからだった。近代化を推進し、徳川政権時代を全否定しなければならなかった新政府は、江戸期の文化も否定した。勧善懲悪、江戸の風俗とエロが描かれた人情本、下世話な笑い、幽霊などの怪談は、科学的ではない上に教養のためにはならないと新政府は考えた（ろくでもないな）。そこで、**芸術文化の分野にも「国民の教化」を義務づけたのである。**

採菊と魯文は「今後真面目に書く」旨の答申書「著作道書き上げ」を提出。ここに江戸の戯作は葬り去られた。と思いきや、この「国民教化」はうまくいかなかった。

2年後には染崎延房《そめざきのぶふさ》が「やってられるか」とぶち切れて『阿玉ヶ池櫛月形《おたまがいけくしのつきがた》』を書き、圓朝はしれっと「神経病ですから」と言って幽霊を噺《はなし》の中に登場させ、採菊が「百物語の会」を開催して、その怪異譚《たん》を新聞連載するに至る。

本作は、そんな怒濤の時代に入る前の幕末に発表された。設定も登場人物も盛りだくさんで、続編を予告していたのだが結局風呂敷がたためず未刊。しかし、粋狂連で仕入れたであろうネタをどんどん入れ込んだ、**採菊のワクワク感は十分に伝わる内容となっている。**

この採菊の筆致やジャーナリストとしての経験は、新聞小説の前身となる**「つづきもの」**に生かされた。そして、新聞には講談や落語の速記が挿絵付きで連載されるようになり、この挿絵を見ながら育ったのが、採菊の息子であり日本画家の鏑木清方《かぶらぎきよかた》である。

20 恋愛・ヒューマン

恐可志《おそるべし》

嵐の晩に契った男に、立てた操《みさお》が仇《あだ》となる。三角関係ここに極まれり！

◉人情本　◉どんでん返し
◉恋愛4（寝取られ、略奪愛、ボーイミーツガールなど）

作：鼻山人《はなさんじん》　画：歌川国貞《うたがわくにさだ》　初出：文政《ぶんせい》12（1829）年
版元：丁子屋平兵衛

新

清水参詣をしていた、福入屋《ふくいりや》八郎兵衛の娘・お菊は、雷鳴に驚き雨宿りしていた男に抱きつく。そのまま契りを交わすが、お互いの素性を知らぬまま2人は別れる。男はお菊が落としていった櫛《くし》を拾うが、返しそびれる。

お菊に縁談が持ち込まれるが、お菊は雨宿りの男が忘れられず拒否。困った八郎兵衛は親戚の娘・おしずと、お菊との縁談相手だった男・紅介《こうすけ》を、いずれ夫婦とするべく養子に迎えた。お菊は稲村ヶ崎の別荘に引き移る。紅介はおしずと同衾《どうきん》（一夜を共に）。既成事実ができあがる。

紅介とおしずは稲村ヶ崎のお菊を訪ね、紅介は「なぜ独り身でいるのか」と問う。お菊は雨宿りの日に見初めた男への操《みさお》であると答えると、その時の男が自分であると、お菊に櫛を見せる。お菊と紅介は運命を呪い、お菊は実家まで戻り、紅介とイチャつき始める。おしずは悲嘆に暮れ、見かねた八郎兵衛はお菊を勘当してしまった。

お菊と紅介は夜中、手に手を取って駆け落ち。金を盗まれ進退窮まるが、浄瑠璃の師匠である宮古路文字筆が、紅介に命を助けられたことを理由に2人の世話をする。

ところが2人の仲に横恋慕する盗人の十三郎が、紅介から50両を騙《だま》し取ろうとする。文字筆が横町のご隠居から借りて50両を工面するが、「偽金だ」と大騒ぎ。紅介は偽金づかいの犯人にされてしまう。騒ぎを聞きつけてやってきた横町のご隠居を見て、お菊は驚愕。ご隠居は八郎兵衛だった。

お菊の事情を察した大家の取り計らいにより、紅介の無罪が証明され釈放、十三郎らは罰せられる。

文字筆は八郎兵衛にお菊の勘当を解くように頼むが、八郎兵衛は「お菊は死んだ」と強情を張り、紅介だけ連れ帰ってしまった。文字筆はお菊を連れて八郎兵衛を訪ね、「私の妹であるお菊を、紅介のお側仕えにしてほしい」と頼む。

八郎兵衛の許しが出て、お菊は実家に戻る。紅介はおしずと祝言を挙げ、お菊は紅介の妾となった。文字筆は大家の息子と結ばれ、それぞれ皆栄えたということだ。

ここがエモい

春水以前の人情本 敢えて書かない恋の因果

著者の鼻山人《はなさんじん》は洒落本《しゃれぼん》出身の戯作者《げさくしゃ》。この作品は洒落本の舞台である廓《くるわ》が登場せず、人情本《にんじょうぼん》として位置づけられている。為永春水《ためながしゅんすい》が『春色梅児誉美《しゅんしょくうめごよみ》』（266頁）を発表する前に出されており、人情本のはしりとも言われる。

モテ男とモテ男をめぐる女たちの恋のさや当てというストーリーが展開する、今でいうところのハーレム漫画だ。人情本の流れは概ね決まっている。事件が起こり、色男の主人公（既婚か許嫁《いいなずけ》がいる）が巻き込まれ、これに恋人（妻とは別の愛人）が助けに入ったり貢いだりして苦難を乗り越え、最終的に正妻と妾にそれぞれが収まってめでたしとなる。何だか胸クソっぽい気もするが、当時はそれが三角関係の円満な落としどころであった。

現実でも、当時大店《おおだな》の旦那や富裕層、武士などは「男の甲斐性《かいしょう》」で妾を持つことが「よくあること」とされていた。そういう妾を持つ男にしてみれば、正妻は妾のところに夫が行っても悋気《りんき》を起こさず、妾は自分の立場をわきまえ、盆暮れには正妻に挨拶に行く。というのが、世間の理想形だった。**どっこい「そうはならんやろ」が世の常で、だからこそ、そこにドラマが生まれるのである。**

本作は、人情本のセオリー通り、既婚者の色男と恋人が事件に巻き込まれ、これを乗り越え、愛人を正妻と同等の妾として収まることでめでたしとなる。特に、嵐の晩、雷鳴が一組の男女を結びつけるという趣向はお約束の形で、落語では「宮戸川《みやとがわ》」（276頁）のお花半七馴れ初めにもある。**「雷鳴」は恋が始まるフラグだったのだ。**

鼻山人の元の職業は、なんと与力《よりき》。今で言うところの警察官だ。ところが文化元（1804）年に一転、山東京伝《さんとうきょうでん》に弟子入り。洒落本の他に合巻《ごうかん》も書いたが、人情本に本領を発揮した。しかし、鼻山人の作風は、仏教思想に基づいた因果応報と勧善懲悪の伝奇性が高いもので、そこに恋愛風味が入ったとしても通俗性に欠けていた。洒落本が下火となり、いわゆるロマンス小説の需要が高まっているご時世に、鼻山人の作品は、懐古趣味が過ぎたのだ。

本作のような大衆的なロマンス小説は鼻山人にしてはめずらしく、売れ筋を見たというところだろう。しかし油断するとすぐに元の作風に戻ってしまい、そうこうするうちに春水が『春色梅児誉美』を発表。鼻山人の作品はますます時代遅れとなってしまい、人情本作家としては大成しないまま、作家人生を終えたという。

21 恋愛・ヒューマン

紺屋高尾《こうやたかお》

傾城《けいせい》に真の恋あり 遊女と職人の純愛を描く

◉落語、講談、浪曲
◉恋愛2（ハッピーエンド）
作者不祥　初出：不祥

神《かん》田紺屋町《だこんやちょう》、染物屋吉兵衛のところの職人・久蔵《きゅうぞう》が伏せってしまい、お玉ヶ池の蘭石先生が話を聞くと吉原は三浦屋の太夫・高尾に恋煩いの様子。蘭石先生は「3年、一生懸命に仕事をして10両貯めたら会わせてやろう」と約束する。久蔵はこれまで以上に一生懸命に働いた。親方も安心した。

そうして3年。恋煩いのことなどすっかり忘れていた親方に、久蔵は金を渡してほしいと涙ながらに訴える。思い出した親方は、「一晩でパーッと使ってこい」と結城《ゆうき》の着物に草履《ぞうり》まで貸して身なりを整えてやり、吉原へと送り出した。蘭石先生の提案で「流山のお大尽」という体になって、吉原にやってきた。

部屋に上がると、恋い焦がれた高尾太夫が目の前に。初回とは思えぬもてなしに、久蔵は思い残すことはない。しかし無常にも後朝《きぬぎぬ》の別れ。高尾の「ぬし、今度はいつ来てくんなます」の問いに、久蔵は哀しそうに「3年たったら、また来ます」と答える。「他の客は明日来ると言うが、なぜ3年？」と聞く高尾に、久蔵は紺屋の職人であること、一目惚れした高尾に会うために3年かけて金を貯めたことを明かす。これを聞いた高尾は涙をほろり。

「わちきは来年3月15日に年季が明けんすによってぬしの元に参りんすが、わちきを女房にしてくんなますか？」

夢見心地で店に戻った久蔵は、高尾の言葉を信じて、「来年3月15日に高尾が来る」と一生懸命に働いた。

そうして年が明けた3月15日。久蔵の店の前に駕籠がつき、髪を島田に結い歯を黒く染めた高尾太夫が現れた。親方の声に飛んできた久蔵は、涙を流して喜んだ。その後、久蔵は暖簾分けで店を出し、駄染めという早染めを考案し、高尾と共に幸せに暮らしたという。傾城《けいせい》に誠の恋なしとは誰がいうなり、傾城に誠の恋あり、紺屋高尾の物語。

ここがエモい

花魁と結ばれるという男の夢が実現　人気の人情噺は史実が元になっている

紺屋高尾《こうやたかお》は、江戸中期の実在した人物だ。「高尾」は三浦屋の最高位の太夫の名跡で、島原の吉野太夫《よしのだゆう》、夕霧太夫《ゆうぎりたゆう》と並ぶ三名妓のひとりである。初代、または二代目の高尾は、仙台三代藩主伊達綱宗《だてつなむね》に身請けされた仙台高尾。紺屋高尾は五代目または六代目とされて、享保《きょうほう》5（1720）年刊の吉原の解説書『洞房語園《どうぼうごえん》』によると、歴代の高尾の中でも一段と情があり聡明な女性だったらしい。宝永《ほうえい》7（1710）年または正徳《しょうとく》元（1711）年に、お玉が池の紺屋九郎兵衛に請け出されている。紺屋高尾の物語は、史実を元にした噺なのだ。

歴代の高尾太夫は大名に落籍されているが、町人の職人の女房となったのは紺屋高尾のみ。子宝に恵まれ80余歳の天寿を全うしたとある。

舞台が吉原であり、「太夫といえども売り物、買い物」の台詞《せりふ》があるため、寄席でかけられることは少ない。得意としていた五代目三遊亭圓楽《さんゆうていえんらく》も、地方での落語会ではかけることはなかった。

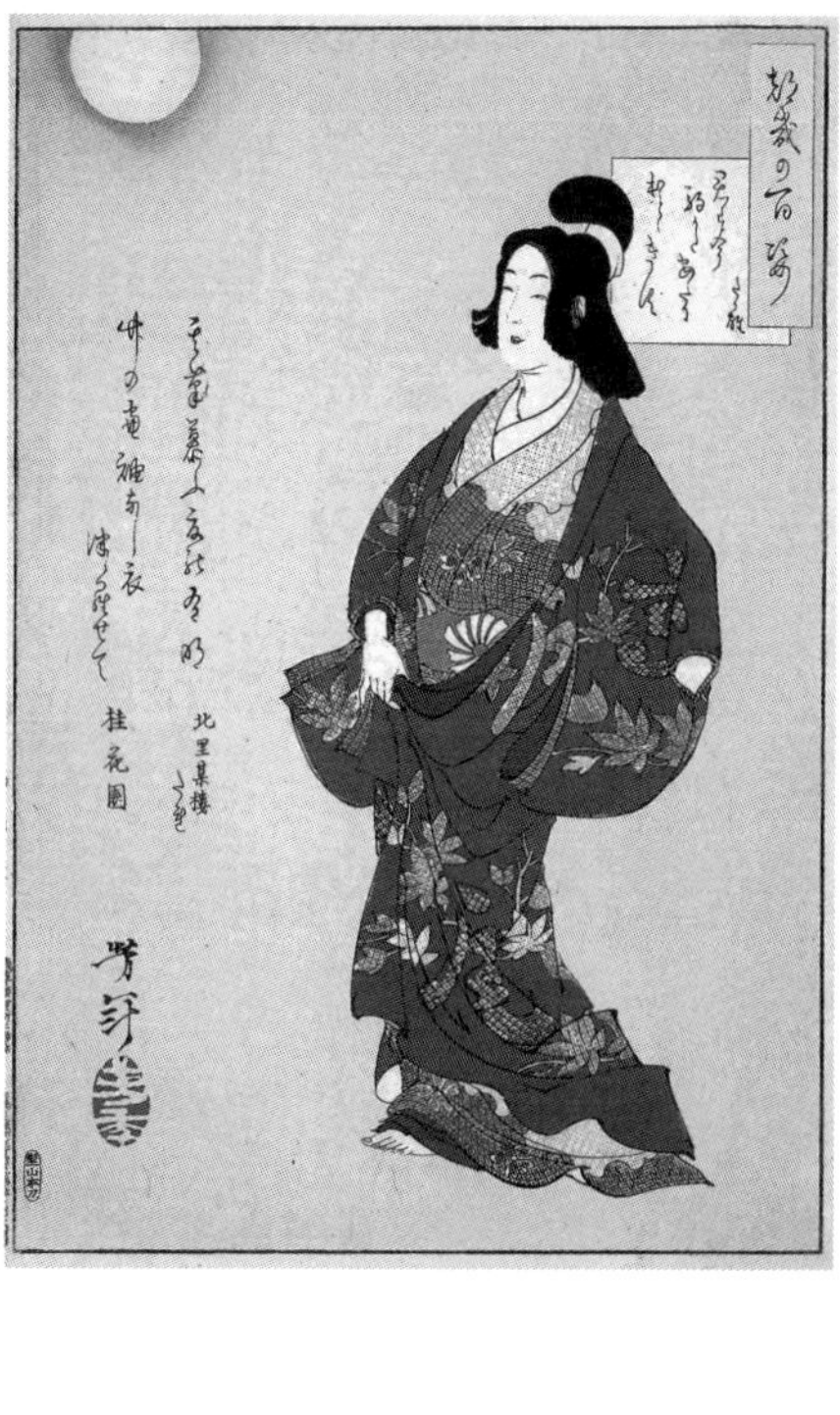

仙台高尾の浮世絵。
「都幾の百姿」「たか雄　君は今駒かたあたりほとゝきす」月岡芳年画　東京都立中央図書館蔵

22 恋愛・ヒューマン

宮《みや》戸《と》川《がわ》

ちょっとませた幼なじみの女子 ラブコメ王道設定

◉落語
◉恋愛4（寝取られ、略奪愛、ボーイミーツガールなど）
作者不祥　初出：不祥

小《こ》網町《あみちょう》の商家の息子・半七《はんしち》は、客先で碁に夢中になってしまい、締め出しを食ってしまった。船宿の娘・お花も帰りが遅くなってしまい家に入れないらしい。半七が霊岸島《れいがんじま》の叔父の家に泊めてもらうと伝えると、お花も連れて行ってほしいと付いてきてしまった。

案の定、2人の仲を大誤解した叔父は「布団がひとつしかないけど枕はふたつある」と2階に半七とお花を追いやる。ひとつしかない布団を譲り合うが、らちがあかず仕方なくひとつの布団に背中合わせで寝ることになる。

外では雨が降り出し遠雷も聞こえ、心細そうなお花。すると、どこかで派手に雷が落ちた。大きな音に驚いたお花が半七の胸に飛び込む。思わず抱き留めた半七の腕に力が入ると、お花の緋縮緬《ひぢりめん》の長襦袢《ながじゅばん》の裾がパッと割れ、真っ白な脚が露《あら》わになる。朴訥《ぼくとつ》なる半七も木の股から生まれたわけではなく、思わず手がお花の脚に伸びて……。

「ここから先は本が破れてわからない。お花半七馴《な》れ初めの一席」。

ここがエモい

「幼なじみが嵐の夜にくっつく」今に通じる定番演出

幼なじみの男女がお互いを意識し、ついに大人の階段を上る話。もっとも、お花は確信犯。幼なじみと恋仲になるってのは少年漫画のあるある設定だし、**嵐の晩の落雷が良い仕事をするというのは人情本のテッパン構成だ。**元ネタは近松門左衛門《ちかまつもんざえもん》の浄瑠璃の心中もの「長町女腹切《ながまちおんなのはらきり》」らしいのだが、物語に重なる部分は皆無で、共通しているのはお花と半七《はんしち》という名前しかない。

「宮戸川」はもともとは鳴り物入りの芝居仕立てでかけられていた。したがって、途中大誤解大会の叔父が先走るくすぐりはあるものの、人情噺《ばなし》の括《くく》りとなっている。通常かけられるのは紹介した前半部分のみだ。「ここから先は本が破れてしまってわからない」という、**全てを語らないサゲが粋**で、人気の演目となっている。

ではなぜ後半はかけられなくなったのか。一言で言うと、胸クソ展開だからだ。あらすじは次の通り。

雷の一夜がきっかけで夫婦となった半七とお花。半七は店を継ぎ、お花は若女将《おかみ》である。ある日、お花が浅草寺に小僧と一緒に出掛けるが、帰りに雨にあってしまい小僧に傘を取りに行かせる。その間にお花は何者かにかどわかされ、半七が懸命に捜しても見つからず、悲しみにくれて葬式を出す。

時は過ぎ、お花の一周忌で山谷堀《さんやぼり》から戻ろうとした半七は、船頭からお花は辱めを受け殺され、宮戸川に捨てられたことを聞かされる。……遠くでお花の声がする。跳ね起きると、お花は無事に浅草寺から戻っている。「ああ、夢は小僧（五臓）の使い（疲れ）だ」

つまり、犯行の場所が、タイトルとなっているのだ。しかも夢落ち。明治23（1890）年の口述速記には、リアルで凄惨なシーンが記録されており、いくら「夢で良かった」と言って、「夢は五臓の疲れ」の地口で落としたとしても、後味が悪すぎて現在ではめったに演じられることはない。

というわけで、幼なじみの男女が嵐の晩にくっつくという、少年漫画の王道ラブコメとしておくのが良かろう。

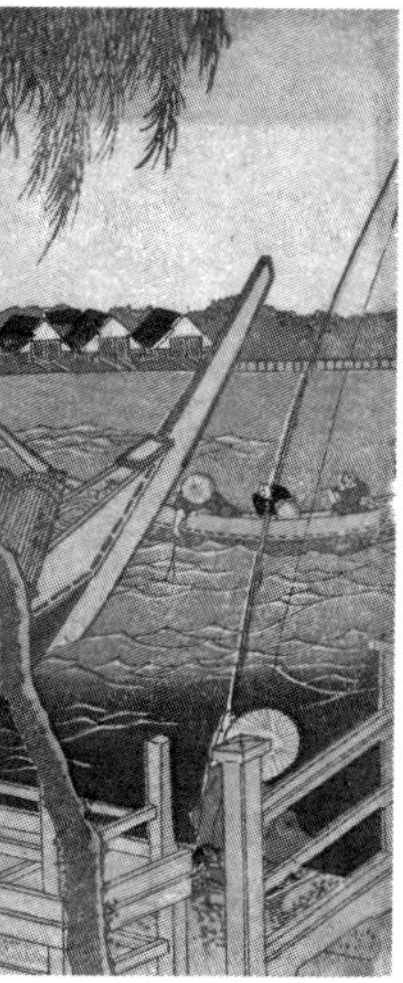

宮戸川とは、浅草近辺の隅田川のことを言う。
「千繪の海・宮戸川長縄」葛飾北斎画　出典：ColBase（https：//colbase.nich.go.jp/）

23 恋愛・ヒューマン

文《ぶん》七《しち》元《もっ》結《とい》

これが江戸っ子だ、べらぼうめ

◉落語　◉家族愛・ファミリードラマ
◉恋愛3（夫婦・恋人の愛憎劇）
作：三遊亭圓朝《さんゆうていえんちょう》　初出：幕末から明治初期か

本《ほん》所《じょ》達磨《だるま》横町《よこちょう》に住む左官の長兵衛《ちょうべえ》は、腕は良いが博打《ばくち》で借金を抱えている。身ぐるみ剝がされて長兵衛が賭場《とば》から帰ると、女房のお兼《かね》が「娘のお久《ひさ》が居なくなった」と泣いて長兵衛を責める。そこに吉原の女郎屋「角海老《かどえび》（佐野槌《さのづち》とも）」から使いの者が来て、お久が店にいるからと、長兵衛を呼ぶ。

角海老の女将《おかみ》は、お久が父親の借金を返すために自ら身売りしてきたと告げ、長兵衛に50両の金を貸す。次の大晦日まで金を返せなかったら、その時はお久に客を取らせるという。長兵衛はお久に「必ず迎えに来る」と約束して吉原を出る。

長兵衛は帰り道の吾妻橋《あづまばし》で身投げしようとしている商家の奉公人らしい若者を止める。聞けば、さる屋敷から集金した50両をすられてしまったので、死ぬしかないという。何度止めても死ぬという文七に、長兵衛は角海老から借りた50両を見せて、これは娘が身売りして作った金だ。これがあればお前さんは死なないというのなら、これをやると言って、固辞する若者に50両を叩きつけて、長兵衛はその場から逃げてしまう。

この若者・文七《ぶんしち》が奉公先の近江屋に帰ると、すられたと思った50両が届いていた。どうやら集金した屋敷に忘れてきたらしい。文七が主人に左官の長兵衛と身を売ったお久の話をするが、要領を得ない。吉原に詳しい番頭が、お久のいる店の当たりを付ける。翌日、主と文七が長兵衛の長屋におもむくと、50両の金がなくなった件で夫婦喧嘩をしている。主は訳を話し50両を返そうとするが、長兵衛は受け取らない。女房と主の説得でようやく受け取り、近江屋の主は祝いの酒を用意し、さらに、酒の肴《さかな》に、と表から呼び入れると、入ってきたのは綺麗に着飾ったお久。近江屋がお久を角海老から身請けしたのだ。やがて文七とお久は夫婦となり、暖簾分けして麴町《こうじまち》に元結《もとゆい》の店を開いたという。

ここがエモい

幕末、江戸に集まる田舎侍に「江戸っ子の美学」を知らしめた

大晦日付近になると、この噺《はなし》か「芝浜《しばはま》」（293頁）か、というくらい年末の風物詩となる演目である。

長兵衛《ちょうべえ》が、娘が身売りして作った金を文七《ぶんしち》に全額やってしまったり、奉公人を助けてくれたからとお久を身請けしてくれたりなど、やり過ぎな面が否めないのだが、それもそのはず。**「これが江戸っ子！」を詰め込んだ噺なのだ。**

というのも、本作が創作されたであろう幕末あたりは、徳川幕府が風前の灯火《ともしび》状態で、市中には薩摩長州の侍が我が物顔で闊歩《かっぽ》していた。これが、江戸っ子たちには面白くない。

そんな中、「田舎侍に、江戸っ子の心意気ってやつを教えてやらァ！　べらぼうめィ！」という勢いで出来たのが、この本作なのだ。

情に厚く、困った人を放っておけない。金に執着するのは野暮で、一度自分の手から離れたものは絶対に返せと言わず、縁がなかったものとキッパリ諦める。しかし、深く考えないから切り替えも早い。どうしてもっていうなら金は受け取るが、それよりも用意された酒の方がうれしい。そこに「肴」と称して娘が戻ってくる。**徹頭徹尾、粋《いき》で鯔背《いなせ》な江戸っ子の美学だ。**

それにしても、情けなくて迂闊《うかつ》でポンコツの文七の元に、よくお久を嫁に出したものだと思うのだが、そこは人情噺のラストとして「めでたし」の大団円というところなのだろう。悪者がひとりも出てこないというのも、年の終わりに聴く噺として後味が良い。ポンコツ文七と、しっかり者のお久に幸あれ。

文七のモデルは桜井文七という信濃国飯田の元結《もとゆい》職人で、丈夫な紙紐《かみひも》は「文七元結」の名で全国的に有名になった。

明治35（1902）年には「人情噺文七元結」として歌舞伎にもなった。
「人情噺文七元結」歌川国貞筆　東京都立中央図書館蔵

24 恋愛・ヒューマン

ちきり伊勢屋《いせや》

余命半年!? 徳を積んでうっかり延命

◉落語 ◉どんでん返し
◉成長・運命に立ち向かう

作者不祥 初出：不祥

8月の終わり頃、麹町《こうじまち》の質屋ちきり伊勢屋の若旦那・傳次郎《でんじろう》が、有名な易者である白井左近《しらいさこん》に縁談を見てもらいに来る。左近は傳次郎の人相を見て、来年の2月15日の正九刻に死ぬという。さらに、傳次郎の亡き父がむごい商売をしており、その祟《たた》りがあるためどうすることもできない、徳を積んで来世に望みをつなぐのが良いと伝える。

傳次郎は店の者に顚末《てんまつ》を伝え、江戸中を歩き回り貧しい者を助けて徳を積もうとする。赤坂で首をくくろうとする母娘を見つけ、100両を与えた。しかし、何せ莫大な資産があり、困っている者たちに金を恵んでもなかなか減らない。ならばと、吉原や柳橋で豪遊する。どうにか財産を使い果たし、店の奉公人たちに手当を渡して暇をやり、あとは命日を待つのみとなった。近所に自分の葬儀を告げて、ついに命日の15日がやってきた。

ところが死ぬはずの時間になっても死なない。死に装束で棺桶《かんおけ》に入っているのに死ぬ気配がないうえに、腹が減ってきたので鰻《うなぎ》を食べようとしたり、はばかり（便所）に行くために棺桶から出たりと、葬式どころではない。結局死ねず、傳次郎は無一文で生き続けることになってしまう。9月になり高輪《たかなわ》の大木戸《おおきど》で白井左近に出くわす。傳次郎が責めると左近は再び傳次郎の人相を見て「首をくくろうとした母娘を助けたので徳が積まれて80歳まで生きる」という。無一文になって80歳までどうやって生きろというのだ。すると「品川に幸がある」と言って、2分を渡された。

品川で遊び仲間の伊之助に出会い、駕籠屋になる。遊郭の帰りに幇間《ほうかん》（太鼓持ち）の一八《いっぱち》に会い、昔にやった羽織を返してもらう。これを金に換えようと質屋に行くと、いつか助けた母娘がいた。母親はこの質屋藤屋の女主人だったのだ。娘を嫁にして店を継いでもらいたいという。

この娘と傳次郎が夫婦となり、ちきりの暖簾をかけ、立派に店を再興した。

ここがエモい

生への執着を笑いと共に描いた説話的小噺

落語や講談は芝居や浄瑠璃と同様に、何かの事件や史実に取材したものの他に、説話や芝居を元にしたもの、戯作《げさく》や随筆を元に創作したものが多くある。本作も同様で、根岸鎮衛《ねぎしやすもり》『耳嚢《みみぶくろ》』の中の「相學奇談の事」によく似ている。

こちらは若旦那ではなくてお店の手代《てだい》（使用人）。人相見に「死にます」と言われ、「どうせ死ぬのだから」と座して死を待つため出家したところ、両国橋から飛び降りようとしている女を助ける。さて、命日予定日になっても死ねず、人相見にみてもらうと「善行をしたから延命しました」と言われてしまう。これには店の主人も大喜び。助けた女性は越後の金持ちの娘で、主人は越後からその女性を呼び寄せ、手代と夫婦にした。そして、今も2人は幸せに暮らしている。

本作がこの物語を元ネタにしたかどうかはわからないが、**徳を積んで運命が変わるというのはどこか説話的であり、似たような話は多いのかもしれない。**

死ぬ気満々で棺桶《かんおけ》に入り、今か今かと待っている傳次郎が、待ちくたびれて鰻《うなぎ》を出前で食べようとしたり、トイレに行ってみたり、面倒だからと棺桶を閉めて釘を打とうとする葬儀屋に「おいおい、まだ生きてるよ」と言ってみたりなど、**ドタバタの中に、生きることへの執着が描かれているのが何ともおかしい。**

傳次郎も『耳嚢』の手代も「どうせ死ぬんだから」とナチュラルに金に執着をなくすのだが、世の中には落語の「黄金餅《こがねもち》」のように、あの世にも金を持っていこうとする人間もいる。**金に執着がなくなってからでしか、人生を変える善行や徳が積めないのだとしたら、人間の業とはかくも深いものか**と空を仰いでしまうのだ。

さて、死ぬ気満々だったのに死なないという本作のような最期だった人物に、江戸の出版プロデューサー蔦屋重三郎《つたやじゅうざぶろう》がいる。寛政《かんせい》9（1797）年5月6日、脚気《かっけ》で危篤状態の重三郎は「今日の午《うま》の刻（昼の12時）に死ぬ」と予言する。しかし、予告時間になっても死ぬ気配がない。「芝居が終わったってェのに、拍子木《ひょうしぎ》が鳴らねェじゃねェか」と言って笑った。自身の人生を歌舞伎に例え、そこにオチまでつけた重三郎は、夕暮れになってからゆっくりと旅立ったという。

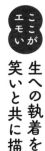

25 恋愛・ヒューマン

明烏夢泡雪《あけがらすゆめのあわゆき》

江戸三河島であった情死事件を脚色

◉浄瑠璃物（新内節《しんないぶし》）　◉恋愛1（心中以外の悲劇・悲恋）
◉成長・運命に立ち向かう

作詞・作曲：鶴賀若狭掾《つるがわかさのじょう》　成立：安永《あんえい》元（1772）年

吉原山名屋《やまなや》の遊女・浦里《うらざと》に通う春日屋時次郎《かすがやときじろう》は、廓《くるわ》への支払いのために方々から金を借り続け身詰まりとなり、廓の人目を忍んで浦里と会い、浦里の床《とこ》の中で目を覚ます。時次郎が死ぬ覚悟を決めひとりで行こうとするのを、浦里は引き留め、起請文《きしょうもん》を交わした仲なのに死に伴えないと、時次郎を恨み縋《すが》り泣く。吉原の遣手《やりて》（監督・仲介役）かやが怪しみ廓の主人に伝え、浦里は引き立てられ、時次郎は若い衆に殴る蹴るの暴行を受け、追い出される。

雪の降る庭に浦里と禿《かむろ》のみどりを松の木に縛り付けた山名屋の亭主は、時次郎と切れなければ身のためにならぬと意見して去る。浦里は二階座敷から聞こえるめりやす（長唄の一種）に時次郎とのことを思い出しながら、無体《むたい》に巻き添えにされた禿のみどりを気遣い悲嘆に暮れる。そこに、屋根伝いに忍んできた時次郎が2人を縛っている縄を解き、浦里とみどりを伴い逃れていくのであった。

ここがエモい

実際にあった心中話
落語の「明烏」はこの話の前日談

江戸三河島《みかわしま》（現在の東京荒川区西日暮里あたり）の田圃《たんぼ》で実際にあった心中事件を、浦里《うらざと》と時次郎《ときじろう》の情話として脚色したもの。

雪の中で無残にも折檻《せっかん》を受ける浦里が、聞こえてくるめりやすに時次郎との時間を想う。しんしんと降る雪は冷たく、浦里とみどりの死を予感させる。

〽きのふの花は今日の夢、今は我身につまされて、義理といふ字は是非もなや。勧めする身の儘《まま》ならず、この苦しみに引きかへて

そこに颯爽《さっそう》と現れる恋人の時次郎。良かった！　しかし、ここで観客は残酷な語りを聴く。

〽ひらりと飛ぶかと見し夢は、覚めて跡なく明烏《あけがらす》後の、噂や残るらん

ひらりと飛んでやってきた時次郎の姿は、浦里が見た夢であったと強調されるのだ。あまりに残酷である。

ところが、清元節《きよもとぶし》の場合はこの語りはなく、現実に時次郎が助けに来るという希望に満ちたシーンで終わる。そのバージョンで浦里と時次郎のその後を書いたのが、為永春水《ためながしゅんすい》の『明烏後正夢《あけがらすのちのまさゆめ》』だ。

廓《くるわ》を逃げ出し落ち延びた時次郎と浦里だが、みどりが居るため心中することができず、知人の家に世話になる。時次郎はどうしたことか既婚者で、妻のお照は病床で時次郎の帰りを待つ。お家の重宝が絡んでいろいろ事件が起こるが、最終的に、時次郎と浦里とお照が3人で仲睦まじく暮らす（得意のハーレムパターン）。

落語の「明烏」は、時次郎と浦里の馴《な》れ初め編。初心《うぶ》すぎる時次郎を心配した父親が、町内の札付きに頼み、お稲荷さんのお籠《こ》もり（神仏祈願）だと騙《だま》して時次郎を吉原に連れ出す。夜が明けると、堅物時次郎も浦里と一つの布団ですっかり柔らかくなっていたという、時次郎が大人の階段を上る話。ここから心中まで考える仲になるのかと思うと、感慨深い。

26 男色大鑑《なんしょくおおかがみ》

◉浮世草子　◉恋愛5（BL）
◉恋愛3（夫婦・恋人の愛憎劇）
作：井原西鶴《いはらさいかく》　初出：貞享《じょうきょう》4（1687）年　版元：大坂深江屋太郎兵衛、京都山崎屋市兵衛

前半は武士社会の衆道《しゅどう》、後半は歌舞伎若衆《わかしゅ》の男色を題材としている。

「傘持つてもぬるる身」 大名の寵童（男色の相手をする童）である美少年の長坂小輪《ながさかこりん》は、「溺愛するだけでそこに尊敬や忠義の心がないのであれば、それは衆道ではない」と心を許さない。小輪は自分に心を寄せていた神尾惣八郎《かんおそうはちろう》と情を交わす。これが発覚し、殿は不義の相手は誰かと詰め寄るが、小輪は口を割らない。嫉妬に狂った殿は小輪の腕を切り落とし、「悔いはない」と言った小輪の首を打ち落とし、殿はその場に崩れ落ちた。惣八郎は殿に不義を伝えた隠密の腕を切った後に殺して復讐し、小輪の定紋（家紋）を自らの腹に切り込み、小輪の墓の前で後を追った。

「女方もすなる土佐日記」 道頓堀畳屋町《どうとんぼりたたみやまち》の扇屋「井筒屋《いづつや》」

は、松島半弥《まつしまはんや》が引退して開店した店。半弥は美貌の女形でセンスもよく、ファンへのサービスも厚く、気配りもできる希有な若衆で、引退が惜しまれていた。そんな半弥が荒木座に出演していたときの話だが、田舎から出てきたであろう男がいきなり舞台に上がり、脇差を抜いて小指を切り落とし、半弥に心中立て（契りを約束立てること）した。半弥は落ち着いてその場を収め、その夜に男と盃を交わし、次に会うまでの形見として中脇差を贈った。男は土佐へ帰る船の中で、半弥に焦がれて狂乱し、半弥から貰った脇差で自害してしまった。

ひとこと

武士による衆道と一般庶民の男色の違いが明確に描かれている。**武士の衆道の根底には武士道があり、忠義の思想の上に成り立つ。一方庶民の男色は恋愛感情や性愛であり、男女の恋愛と変わりはない。**

とはいえ、愛は人を狂わせる。嫉妬に苛《さいな》まれて最愛の人を己の手で殺してしまうのも、焦がれる想いに耐えきれず命を絶つ行為も、男女の恋愛にはない激情と狂気が見える。愛しい者からの刀で己の体を突き刺す男が願ったのは、盃の契りではなく、体の契りであったか。

27 青頭巾《あおずきん》

◉読本《よみほん》『雨月物語《うげつものがたり》』 ◉恋愛5（BL）

作：上田秋成《うえだあきなり》　初出：安永《あんえい》5（1776）年

快《かい》庵禅師《あんぜんじ》が下野国富田《しもつけのくにとみた》の大きな家に宿を求めると、下人たちが「山の鬼が来た」と騒ぐ。主人に詳しく聞くと、山寺の高僧・阿闍梨《あじゃり》には寵愛していた稚児がいたが、その稚児が病で死んでしまってから、その遺体の死肉を食い骨を舐めて食い尽くし、それからというもの阿闍梨は鬼となって里の墓を暴き死肉を食うようになったという。快庵禅師はこの鬼の業を解き、正道に戻すために山寺に向かう。山寺に宿を頼み、夜に座禅をしていると、鬼となった阿闍梨が快庵を探し、やがて倒れた。朝、僧に戻った阿闍梨は餓鬼道に堕ちた自分の浅ましさを恥じ、救いを求める。快庵は庭の石の上に座らせ、青頭巾を僧の頭にのせた。証《しょう》道歌《どうか》（禅の要諦を説く漢文）の二句「江月照松風吹 永夜清宵何所為」を解いてみよと授け、山を下りた。翌年、再び里へ行き尋ねると、あれから鬼は出てこないと里の者たちは言う。快庵が山寺に行くと、僧は影のようになり、石に座りか細い声で証道歌二句を唱えていた。快庵は「何のためにあるのか」と一喝し、錫杖《しゃくじょう》で僧の頭を打ちすえると、その体は氷が溶けるようになくなり、後には青頭巾と骨だけが残った。

ひとこと

執着は人を化け物にする。愛する死んだ者を自身の体の一部にしたいと願うのは、愛か狂気か。禅僧が行くまで体を保っていた阿闍梨《あじゃり》には、まだ邪念や執着があったのだろう。つまり、証道歌《しょうどうか》二句を唱えても救われてはいなかったのだ。錫杖《しゃくじょう》で打ちすえられ、ようやく妄念が氷解する。

鬼と化すほどの「直《なお》くたくましき性」に突き動かされた阿闍梨は、確かにその瞬間生きていた。一方「執着を手放した精神」に向かう姿は影のようだった。残るは青頭巾と骨のみ。**人としての幸せはどちらなのか。**考えさせられる。

28 古《ふる》堂《どう》の天《てん》井《じょう》に女《おんな》を磔《はつけ》にかけをく事《こと》

◉説話集・奇談集『奇異雑談集《きいぞうだんしゅう》』
◉恋愛3（夫婦・恋人の愛憎劇）
作者不祥
初出：貞享《じょうきょう》4（1687）年　版元：京都茨木多左衛門

旅の僧が古堂の軒下に泊まっていると、男たちがやってきて天井裏に上がり、鞭《むち》打つ音や女の悲鳴が聞こえる。男たちが去ったのを確かめて僧が見に行くと、ひどい折檻《せっかん》を受けた女が磔《はりつけ》にされており、その足元には男の生首が転がっている。嫉妬深い夫に姦通の疑いをかけられたという。僧は女を解き、隣町の実家に連れて行った。実家では娘は死んだと伝えられていたため、生きている娘を見て大層喜び、僧は丁重なもてなしを受けた。数日たって療養した娘はすっかり美しくなり、出発する僧に「これをお持ちください」と小葛籠《つづら》を差し出した。気が進まないまま受け取ったが、やはり重いので中身を確認しようと小葛籠を開けた。中には腐りかけた男の生首が入っていた。女はやはり姦通していたのだ。僧は谷底にこれを捨てた。

ひとこと

江戸初期の説話には、やたらに生首に執着したり持ち歩いたりする話が多い。娘がなぜ土産物のように生首を僧に持たせたのかはわからないが、まあ、持ってても仕方ないって理由だけだったとしたら、それは執着から解放されたわけで喜ばしい。僧は気の毒でしかないけれども。

29 絵《え》本《ほん》玉《たま》藻《も》譚《ばなし》

◉読本《よみほん》 ◉社会派ドラマ
◉悪女もの

作：岡田玉山《おかだぎょくざん》 絵：岡田玉山 初出：文化《ぶんか》2（1805）年
版元：大坂海部屋勘兵衛、他5書肆連名

妲《だっ》己《き》に化した九尾《きゅうび》の狐《きつね》が、王の寵愛を得て酒池肉林に誘うなど悪行を繰り返し、周《しゅう》の武王《ぶおう》に滅ぼされる。九尾の狐は天竺《てんじく》に渡り、王の妾華陽《かよう》夫人となり悪を勧めるが仏の威徳によって飛び去る。日本にやってきた九尾の狐は鳥羽上皇《とばじょうこう》に玉藻前《たまものまえ》として寵されるが、安倍泰成《あべのやすなり》に調伏され、正体を現して那須野《なすの》に逃れ、三浦介らに討たれ殺生石《せっしょうせき》（那須の巨石、名勝）となり、玄翁《げんのう》和尚に解脱させられる。

ひとこと

御伽草子《おとぎぞうし》『玉藻《たまも》の草紙』と謡曲《ようきょく》「殺生石《せっしょうせき》」に九尾の狐の伝説を綯《な》い交《ま》ぜにした作品。大本仕立てで口絵は彩色刷りの豪華な仕立てとなっている。寛《かん》政《せい》9（1797）年に校正まで終えていたが、江戸で似た趣向の『絵本三国妖婦伝《えほんさんごくようふでん》』が出版されたため取りやめようとしたところ、書肆《しょし》（書店）たちの説得により出版したとある。挿絵も凝っている美本で、玉藻前《たまものまえ》ものの上方バージョンとする意図があったのだろう。**頽廃の当世から幕府失墜と政権交代の時代へと向かう中で、たった一人の悪女によって政治が乱れ傾城する物語は、**当時の人々にとって興味深いものだったらしく、人気は長く継続し、幕末、明治まで重版出来《じゅうはんしゅったい》した。

30 男色狐敵討《なんしょくきつねのかたきうち》

◉黒本 ◉恋愛5（BL） ◉嫉妬・葛藤 ◉敵討ち

作・画：鳥居清倍《とりいきよます》または鳥居清満《とりいきよみつ》
初出：宝暦《ほうれき》6（1756）年 版元：鱗形屋孫兵衛

小姓・藤本艶之介は類《たぐ》い希《まれ》なる美少年。夏風薫左衛門はことのほか艶之介を口説いていた。ある日薫左衛門は何でも願いが叶《かな》う玉を狐《きつね》から奪い、この狐を通りかかった塩之丞が助ける。塩之丞は艶之介と深い契りを結んでおり、薫左衛門は艶之介がなびかないのは塩之丞がいるせいだと、塩之丞を刺し殺す。

以前に塩之丞に助けられた狐は、塩之丞の妹・お花が艶之介に心を寄せていることを知り、塩之丞に化けてお花と艶之介の仲を取り持つ。香を焚《た》いて戯れる2人を確かめ、狐は障子に、塩之丞の仇は薫左衛門と記して去る。

艶之介は仇を討つため、下人の一平と旅に出る。茶屋で薫左衛門について聞くと、虚無僧《こむそう》に心当たりがあるという。すると、深編み笠を深くかぶり尺八を吹かずに持っているだけの虚無僧に行き合う。風で笠が飛び薫左衛門と判明し、薫左衛門は艶之介に討たれる。この時薫左衛門の懐中から玉が飛び出し、見守っていた狐の尾先にとまる。

ひとこと

さらっと衆道《しゅどう》を書いているが、**本作のテーマは「狐《きつね》の恩返し」である。**黒本とは青少年や婦女子向けの絵本。子ども向けの赤本は御伽噺《おとぎばなし》や教訓などが多かったが、黒本は英雄譚《たん》や浄瑠璃・歌舞伎、御伽噺を題材としたパロディが多かった。**R18というわけではない本に衆道が登場するくらいには、この時代、男色も衆道も特別なことではなかったのだ。**

31 御前義経記《ごぜんぎけいき》

◉浮世草子《うきよぞうし》 ◉パロディ・パスティーシュ

作：西沢一風《にしざわいっぷう》
初出：元禄《げんろく》13（1700）年 版元：京都上村平左衛門他

孤児の元九郎今義《げんくろういまよし》は、夢枕に立った乳母が伝えた、母常磐《ときわ》と妹を求めて、観了と京に向かう。名村の娘おふさと通じ、名村の庇護を受けるがそこを去り、岡崎の越後屋善三郎を頼り、その娘と恋に落ちる。江戸で昔父を愛した2人の尼に会い、父の幽霊が母は大坂に居ると告げる。今義は元服し、観了は伊勢之丞と名を変える。岡崎でおふさと再会、大坂新町で女郎の千歳を助ける。八島の女郎萱原が母常磐であると知り、恋慕のため身請けを許さない抱え主との裁判の結果、萱原を身請けする。千歳は僧と心中しそうになるが今義への情から逃れ、小ざつまと名を変え、今義は小ざつまも身請けする。小ざつまは妹の特徴を聞き、新町の女郎吉野だと言う。しかし、小ざつまは自分こそ妹であり、兄と通じた畜生であると投身自殺する。今義はこれを知り、自分も腹十文字に切り後を追おうしたその時、小ざつまと心中しようとして一人で死んだ僧の幽霊が現れ、兄妹で契りを結ばせ自滅させたと喜ぶ。清水の観音の化身が今義と小ざつまを小舟に乗せて現れ、実の妹は吉野であることを告げ、2人を蘇生して去る。今義は吉野を身請けし伊勢之丞の妻とした。

ひとこと

元九郎《げんくろう》・今義《いまよし》は源《みなもとの》九郎義経《くろうよしつね》。**つまり、本作は義経が諸国を恋愛・遊里遍歴する『好色一代男《こうしょくいちだいおとこ》』である**（なんということ）。どういうわけか、当時の歌舞伎や浄瑠璃では、義経は遊冶郎《ゆうやろう》（放蕩にふける男、遊び人）としてキャラ設定されており、本作の各章は、『義経記』の他に、義経が登場する謡曲《ようきょく》や歌舞伎、浄瑠璃などのパロディで構成されている。

こうした古典や当世の芝居で知識層の笑いをくすぐりつつ、幽霊が登場したり、兄妹で契りそうになったりなど、俗な好奇心を引き出す設定も適宜組み込まれていて面白い。当時マンネリ化していた好色物《こうしょくもの》を、読者層を広げ大衆小説として楽しめる浮世草子《うきよぞうし》に転換する機運となった。

32 妹《いも》背《せ》山《やま》婦女《おんな》庭《てい》訓《きん》

◉浄瑠璃、歌舞伎

◉恋愛1（心中以外の悲劇・悲恋）

作：近松半二《ちかまつはんじ》・松田ばく・栄善平《えいぜんぺい》・近松東南《ちかまつとうなん》・三好松洛《みよししょうらく》

初演：明和《めいわ》8（1771）年、大坂竹本座

山の段。吉野川を隔てる大判事清澄《だいはんじきよずみ》と太宰少弐《だざいのしょうに》の後室（未亡人）定高《さだか》は、領地争いで対立。しかし清澄の息子・久我之助《こがのすけ》と定高の娘・雛鳥《ひなどり》は恋仲である。蘇我入鹿《そがのいるか》は、2人の親が子の恋を黙認しているのは、両家が入鹿に歯向かうためだと考え、両家の身の潔白を証明したければ、久我之助を入鹿に出仕させ、雛鳥を入鹿の後宮に入内《じゅだい》させよと命じる。入鹿の命《めい》に従うことはできないと考えた両家は、それぞれ自分の子を手にかけ、相手の子を助けようとする。両家はそれぞれの子が入鹿に服す、つまり生きることを選択したら、桜の花を散らさずに川に流して無事を知らせることを申し合わせる。

久我之助は切腹し、雛鳥が後を追わないようにと桜花がついた枝を吉野川に流すように頼む。これを見た雛鳥は久我之助が無事であると安心し、操《みさお》を守るために母親の前に首を差し出す。桜花がついた枝が流れてきたのを見て安心する瀕死の久我之助と父親だが、川を隔てた妹山《いもやま》であがる泣き声に雛鳥が命を絶ったと悟る。久我之助の元に、雛道具と雛鳥の首が川に流れて送られてくる。死の婚姻を果たし、久我之助は介錯され絶命する。子どもの死を通して両家は和解した。

ひとこと

王代物《おうだいもの》のロマンス作品の傑作。全体はまだ物語があるのだが、吉野川を挟んで敵対する家同士の恋人が巻き込まれる悲劇「山の段」がことのほか人気で、歌舞伎にも移された。浄瑠璃の衰退期にありながら、「仮名手本忠臣蔵《かなでほんちゅうしんぐら》」にも並ぶ人気狂言だったという。**ロミオとジュリエット設定の本作だが、生きることを選ぶのではなく、お互いを助けるために自身は恋に殉じる若い恋人が哀しい。**両家を隔てる吉野川を雛鳥の首が久我之助の元に向かう様子は、桜が散る風景と相まって、美しく妖しく残酷である。

「妹背山婦女庭訓」豊原国周筆
東京都立中央図書館蔵

33 崇徳院《すとくいん》

◉落語　◉恋愛2（ハッピーエンド）

作者不祥　初出：不祥

熊《くま》五郎《ごろう》が出入りの大店《おおだな》の主に呼び出され行ってみると、若旦那が恋わずらいで伏せっている。上野の清水堂《きよみずどう》に参詣した際に休んだ茶屋で、17、18のお嬢さんに出会い、一目惚《ぼ》れをしたらしい。お嬢さんは「瀬をはやみ岩にせかるる滝川の」と崇徳院《すとくいん》の有名な和歌の上の句を書いて、若旦那に渡して去って行った。彼女はまた会えることを望んでいる。しかしどうすることもできずにわずらってしまったのだ。熊五郎が事情を主に話すと、主はそのお嬢さんを探してくれたら借金を棒引きにするという。早速唯一の手がかりである崇徳院の上の句を叫びながらお嬢さんを探すが一向に見つからない。女房に相談すると、湯屋《ゆや》や床屋に行って叫べという。しかし、お嬢さんは見つからない。もう剃れる髭《ひげ》も髪もない。最後に入った床屋で、飛び入りの客が恋煩いのお嬢さんのために、崇徳院の歌を渡したどこその若旦那を探しているという話をしている。向こうも謝礼目当てのようだ。熊五郎が、それは俺が探しているお嬢さんだといい、双方が謝礼欲しさに「お前がうちに来い」と喧嘩になる。その弾みで鏡が落ちて、店主が怒る。「鏡が割れちまったじゃねえか」「割れても末に買わんとぞ思う」。

ひとこと

若い男女の恋に、周りの大人たちが奔走するドタバタコメディ系の良い話。しかも、若い2人の恋を応援するためではなく、あくまで報酬が目的だというのが落語らしくて良い。本作は、元は上方の演目で江戸・東京にも移されたものだが、別題に「皿屋《さらや》」がある。明治期の速記をみると、鏡ではなく皿が割れていた。手がかりの歌は小倉百人一首にある「瀬をはやみ岩にせかるる滝川のわれても末にあはむとぞ思ふ」。これを詠んだのが崇《す》徳《とく》天皇、すなわち崇徳院ということで、タイトルになっている。サゲの「割れても末に買わんとぞ思う」は、当時は支払いを月末にまとめて行っていたので、下の句に洒落《しゃれ》たもの。

崇徳院の歌がつないだ恋の縁が結ばれて、祝言《しゅうげん》の日には熊五郎も床屋で喧嘩した男も、なんだかんだで手を取り合ってうれし泣きしそう。幸あれ。

34 牡丹灯籠《ぼたんどうろう》

◉仮名草子《かなぞうし》 ◉怪談・幽霊もの

作：浅井了意《あさいりょうい》『御伽婢子《おとぎぼうこ》』より　初出：寛文《かんぶん》6（1666）年

京の町を歩いている男が、少女に灯籠《とうろう》を持たせて歩く美しい女に気付く。女はこちらをチラチラと見ている。男は「脈あり」とみて、「そのあたりでお茶でもしませんか」と声をかけると、女は「長い夏の夜なのだから、一緒に過ごしたいわ」という。男は喜んで家に連れて行き、そのまま同衾《どうきん》（一夜を共に）した。

それから、女は毎日男の家に来た。男の家の大家が「独身なはずだが、毎晩艶めかしい声が聞こえる」と不審に思い、家を覗いてみると、男は骸骨に抱かれて恍惚《こうこつ》としていた。

大家から話を聞いた男は高僧に相談し、悪霊退散の札と念仏を唱えた。7日の間ぶっ続けで念仏を唱え女は来なくなった。男は高僧に礼を言った帰り道に、いつのまにか女が住んでいたという場所に来ていた。そこには女の名が刻まれた墓があった。

夜が明けた。戻らない男を心配して大家と若い衆が女の墓に行くと、掘り返された跡がある。棺を開けてみると、そこには骸骨に抱かれている男の姿があったという。

ここがエモい

「怪談牡丹燈籠」の元ネタ首尾が良すぎる話にはご用心

三遊亭圓朝《さんゆうていえんちょう》「怪談牡丹燈籠《かいだんぼたんどうろう》」（237頁）のお露新三郎《つゆしんざぶろう》と概ね同じ話であるが、女の方は最初から骨女という可能性もある。

というのも、この『牡丹灯籠《ぼたんどうろう》』は当時から有名な怪異譚で、鳥山石燕《とりやませきえん》は妖怪画集『今昔画図続百鬼《こんじゃくがずぞくひゃっき》』に牡丹灯籠を持たせた「骨女」という妖怪を描いている。有名な話なのに芝居等の素材にならなかったのは、この「骨女」にあったらしく、せいぜい牡丹の灯籠が小道具に使われるだけだった。圓朝の人情噺は、下駄の足音だけでお露の美しさと恐ろしさをかき立てる、話芸ならではの斬新な方法であった。

また、女が「骸骨」であることを逆手に取り、歌川豊国は春画『絵本開中鏡《えほんかいちゅうかがみ》』で骸骨を抱きしめた男を描いている。女の体は骸骨なので、男の体の一部がよく見える。その発想はなかった。

35 船《ふな》田《た》左《さ》近《こん》の夢《ゆめ》のちぎりのこと

◉仮名草子《かなぞうし》 ◉恋愛2（ハッピーエンド）

作：浅井了意《あさいりょうい》『伽婢子《おとぎぼうこ》』より　初出：寛文《かんぶん》6（1666）年

山《やま》城《しろ》の淀《よど》に住む色男の船田左近《ふなたさこん》が酒屋に寄ったところ、とても可愛い店の娘がいた。お互いに声をかけることができずその日は家に帰るしかなかった。左近は娘との再会を祈って眠りについた。

左近は夢を見た。酒屋の娘が現れ、閨《ねや》に誘った。愛の言葉を重ね、契りをかわした。次の日も夢の中に娘が現れた。娘は小袖を縫っており、左近が覗き込んだ拍子に灯籠の燃えさしを落として小袖に痕《あと》を作った。別の日の夢では、娘は左近に香箱の蓋《ふた》を送り、左近は水晶の玉を渡した。朝起きてみると、娘の香箱があり、水晶はなくなっていた。

左近が娘と出会った酒屋にいくと、主人が打ち明けた。

「20になる娘があなたに恋をして、今日ここにあなたが来ると予言した。神のお告げだと思って、娘と一緒になってくれないだろうか」

左近は改めて娘に結婚を申し入れた。娘の部屋は夢で見た通りで、小袖には左近が付けた痕があり、左近が渡した水晶を持っていた。

ここがエモい　夢で契りを交わした運命の恋

三遊亭圓朝《さんゆうていえんちょう》「怪談牡丹燈籠《かいだんぼたんどうろう》」（237頁）の中で、新三郎がお露と夢で出会い、お露から香箱の蓋をもらうシーンがある。左近が夢の中で娘に会い、香箱を受け取る部分を翻案にしていると思われる。夢の中のお露も大胆なのだが、こちらの娘も、リアルではめっぽう初心《うぶ》なのに、夢になった途端に寝間に引き入れるなど、男の妄想が具現化したみたいな話になっている。

昔は、夢に現れた人物は自分のことを好いていると解釈されていたという。男が本気になった最初で最後の女が、夢の中に会いに来てくれた娘だった。そんな運命の相手と最終的に夫婦になったというおめでたい話。なぜこれが圓朝にかかると、あんなに暗くて救いのない因果因縁の話になってしまうのか。圓朝とはそういう男である。

36 芝浜《しばはま》

◉落語　◉社会派ドラマ
◉恋愛3（夫婦・恋人の愛憎劇）◉夢落ち
作：三遊亭圓朝《さんゆうていえんちょう》と言われるが不祥　初出：原話は寛政期、現在の人情噺の形式は幕末から明治か

天《てん》秤棒《びんぼう》を担いで行商している魚屋の勝五郎《かつごろう》。腕はいいが酒好きで、最近は河岸《かし》にも行かなくなってしまった。「お前さん、起きとくれ。今日こそ商いに行ってくれるって約束しただろ」と、女房に朝早く叩き起こされ渋々と芝の魚河岸《うおがし》に向かうが、時間が早かったため浜辺で一服していると、汚い革の財布を見つける。中を見ると大金。自宅に飛んで帰り、喜び勇んで自宅に飛んで帰り、数えてみると42両。勝五郎はまた大酒を飲んで寝てしまう。

　翌朝、再び女房に起こされた勝五郎は、拾った金があるのだから働くことはないという。これを聞き女房は財布など知らないという。そんなはずはないという勝五郎に「お前さん、夢を見たんだね。情けないね。そんな了見だから財布を拾った夢なんか見るんだよ。なんだって稼いできた夢を見てくれないんだよ」と一喝。勝五郎は愕然として「俺は酒をやめる。まっとうに商いに出る」と決意し、その日から懸命に働いた。

　そうして3年後。表通りに店を構え、小僧や弟子を雇えるまでになった。

　その年の大晦日。女房は、3年前の財布を勝五郎に見せて「あれは夢じゃなかったんだ」と涙ながらに打ち明ける。驚いた勝五郎だが女房の話を聞き「よくぞ、夢だとだましてくれた」と頭を下げる。

　女房は酒を用意しており、嬉《うれ》しい勝五郎は杯に手を伸ばす。口元へ杯を持っていくが、ふいに杯を置く。

「よそう。また夢になるといけねえ」

ひとこと

名実ともに人情噺《ばなし》の名作。「文七元結《ぶんしちもっとい》」（278頁）と同様に、こちらも年末によくかけられる。三《さん》遊亭圓朝《ゆうていえんちょう》の三題噺《さんだいばなし》から生まれたとされているが真相は不明で、最初は人情噺ではなく「拾った金でどんちゃん騒ぎする噺」だったという説もある（台無しだ）。

　この噺を、**夫婦の情愛にテーマを置くか、人間の生き方にテーマを置くかで「女房」の演じ方が変わる。**「どうか

まっとうになっておくれ」と祈りながら、「夢だ」と嘘をつく女房の演技、夢じゃなかったと真実を打ち明け、「腹が立つだろう、あたしのことを殴っておくれ」と謝罪するシーンは聴く者の胸につまされ、秀逸なサゲへの伏線となっていく様は見事だ。

三代目桂《かつら》三木助《みきすけ》はこの「芝浜」で名人と認められ、以後十八番としてきた。したがって、当時名人と言われた六代目三遊亭圓生《さんゆうていえんしょう》も古今亭《ここんてい》志《し》ん生《しょう》も高座でかけることはなく、圓生は「圓生百席」にも入れておらず音源は残されていない。

志ん生の「芝浜」は、東横落語会で代演の音源が残っている。トリで三木助が「芝浜」をかける予定が、直前に胃がんで亡くなったため、志ん生が代演を務め「芝浜」をかけた。

また、五代目三遊亭圓楽《さんゆうていえんらく》は復帰後に挑んだ国立演芸場での「国立名人会」で「芝浜」をかけたが、言葉が出なくなり引退を決意。事実上この「芝浜」が最後の高座となった。女房が真実を打ち明ける場面では、本人も泣きながら演じていたという。

ふたりの名人の、噺家人生の始まりと終わりを見つめてきた一席である。

参考文献

『日本古典文学大辞典　第一巻〜第六巻』岩波書店

『〈奇〉と〈妙〉の江戸文学事典』長島弘明 著　文学通信

『江戸文学辞典』暉峻康隆 著　冨山房

『人情本事典 江戸文政期、娘たちの小説』
人間文化研究機構 国文学研究資料館 編　笠間書院

『草双紙事典』叢の会 編　東京堂出版

『怪談ばなし傑作選』山本進 編　立風書房

『江戸幻想文学誌』高田衛 著　平凡社

『女と蛇』高田衛 著　筑摩書房

『愛と死の伝承―近世恋愛譚』諏訪春雄 著　角川書店

『日本人の笑い』宇井無愁 著　角川書店

『戯作論』中村幸彦 著　角川書店

『江戸 その芸能と文学』諏訪春雄 著　毎日新聞社

『転換期の文学―江戸から明治へ』興津要 著　早稲田大学出版部

『近世の文学と信仰』諏訪春雄 著　毎日新聞社

『妖術使いの物語』佐藤至子 著　国書刊行会

『江戸怪談を読む 猫の怪』白澤社

『浮世絵と芸能で読む江戸の経済』櫻庭由紀子 著　笠間書院

参考サイト

文化デジタルライブラリー
https://www2.ntj.jac.go.jp/dglib/

歌舞伎演目案内
https://enmokudb.kabuki.ne.jp/

歌舞伎用語案内
https://enmokudb.kabuki.ne.jp/phraseology/

ストーリー・内容別索引

※BL……ボーイズラブの略。男性同士の恋愛、つまり男色・衆道もののこと

※パスティーシュ……先行作品をまねたり、似た要素を寄せ集めて混成すること

ジャンル別索引

※各ジャンルの解説はp8〜13をご参照ください

作品名五十音順索引

櫻庭由紀子（さくらば・ゆきこ）

各媒体の執筆、創作を行う文筆家・戯作者。伝統芸能、歴史（江戸・幕末明治）、日本文化の記事執筆の他、ドキュメンタリーなども手掛ける。
主な著書に『噺家の女房が語る落語案内帖』『江戸の怪談がいかにして歌舞伎と落語の名作となったか』『浮世絵と芸能で読む江戸の経済』『江戸でバイトやってみた。—古地図で歩く大江戸八百八町萬職業図鑑』『落語速記はいかに文学を変えたか』『蔦屋重三郎と粋な男たち！』など。

ブックデザイン　米倉英弘（米倉デザイン室）

古典エンタメ あらすじ事典

2025年4月6日　初版発行

著　者　櫻庭由紀子
発行者　伊住公一朗
発行所　株式会社 淡交社
本社　〒603-8588 京都市北区堀川通鞍馬口上ル
営業　075-432-5156　編集　075-432-5161
支社　〒162-0061 東京都新宿区市谷柳町39-1
営業　03-5269-7941　編集　03-5269-1691
www.tankosha.co.jp

印刷・製本　中央精版印刷株式会社

ISBN978-4-473-04666-6